체호프 문학의 몇 가지 쟁점

: 우리 시대의 인간·현실·관념 읽기

| 강명수 저 |

보고사

책머리에

필자는 젊은 시절의 대부분을 체호프라는 러시아 문호의 작품과 함께 울고 웃으며 지냈다. 육군사관학교 교수부에서 러시아 어문학을 가르칠 때에도, 유학을 준비할 때에도 화두는 역시 체호프였다. 러시아 유학시절을 마감할 즈음, 임신한 채로 뻬쩨르부르그 음악원에서 피아노 연주자과정을 기어이 끝내고 먼저 귀국하던 아내가 이런 말을 했다. "우리 아이는 체호프를 닮았을 거야. 나도 늘 체호프 사진과 자료를 보며 당신과 함께 지냈으니까." 실제로 나의 삶과 앎의 세계에서 체호프는 실로 지대한 영향을 미쳤다. 어느 사이엔가 나역시 체호프처럼 '조건부의 희망주의자'(혹은 'optimo‑pessimist')로서 동시대의 삶과 현실을 바라보게 되었다. 일상적 삶의 현실에서 현실과 이상의 괴리, 관념과 실재의 배리를 노정하는 관념적 회의론자로 전락하지 않기 위해 부단히 지각을 쇄신하면서, 자기를 성찰하려고 노력했다. 그리고 글을 쓸 때에는 습관적으로 체호프 예술세계의 특성 (열린 체계와 미완결성, 독자들로 하여금 생각하게 하기)이 묻어나오는 표현을 사용했다. 학문 연구에 있어서도 '체호프의 프리즘'을 통해 똘스또이를 궁구하고, 가르쉰을 조망하며, 이반 부닌을 연구하게 되었다. 최근에 들어서는 한국 근(현)대 단편소설의 완성자라고 일컬어지는 이태준의 소설을 체호프의 소설과 비교 연구하고 있는 실정이다. (이와 관련된 일체의 내용은 2번째 저서 『체호프 다시, 깊이 읽기(A thorough re-reading of Chekhov's works)』를 통해 상세하게 밝히고자 한다. 따라서 1권에 빠져 있는 체호프의 주요 작품의 분석과 비교 연구는 『체호프 다시, 깊이 읽기』를 통해 만날 수 있다)

총 4부로 구성된 이 책은 체호프 연구자의 삶의 무늬와 결이 체호프의 작품 분석 내용과 겹쳐지고 있을 뿐만 아니라, 체호프 연구를 확장해 보려는 소장학자의 날숨과 들숨이 배어 있다. 독자들도 체호프의 작품들을 다시금 깊이 읽으면서, 자신의 삶과 앎의 세계를 온전하게 파악해 보길 바란다. 나아가서 자기를 성찰하고, 시대 현실을 통찰해 보길 바란다. 이도 저도 자기 취향이 아니라면, 그저 가볍게 체호프와 사귀어 보길 바란다. 보이지 않는 작가와 지적 게임을 해보아도 좋을 듯하다.

이 책은 각각의 제목을 가진 장(章)이 모여 하나의 부(部)를 이루는데, 총 4개의 부(部)로 구성되어 있다. 각 부에 속한 각 장의 개별 작품은 그 자체로 충분히 독자적 의미를 띠고 독자에게 읽힌다. 전체의 부분으로써도 그 역할과 기능을 다하고 있다. 각 장의 개별 작품 하나하나가 구조-의미론적 차원에서 이 저서의 통일성과 단일성에 복무하면서, 인간(주인공)-삶(현실)-관념의 층위에서 개별성과 보편성까지도 획득하고 있는 것이다.

따라서 일반 독자들과 전공학생들은 목차의 순서와 상관없이 각 부에서 어떤 장을 자유롭게 골라서 읽어도 그 자체로써 의미를 찾아낼 수 있을 뿐만 아니라, 전체 흐름에서의 '의미 고리의 연쇄'를 발견할 수도 있다.

필자는 이 책을 통해 냉철하게 자신의 삶과 앎의 세계를 돌아보는 계기로 삼고자 한다. '나의 앎의 세계는 과연 나의 삶의 세계와 진정으로 소통하고 있는 것인가'를 물으면서 말이다. 앞으로 『체호프 다시, 깊이 읽기』를 통해 또다시 총 3－4개의 부를 만들 것이다. 그래서 또 한 권의 저서를 낼 것을 약속한다.

힘들고 어려운 시절을 함께 견디어 준 아내 새봄과 양가 어른들, 삶의 의미를 되새기게 해 준 딸 '사랑'과 아들 '시온', 멀리서 지켜보시며 방향키를 잡아 주신 고 일 스승님, 매일 '생명의 양식'을 공급해 주신 한 인숙 권사님께 이 지면을 빌어 감사드린다. 그리고 무엇보다 절망과 희망의 문턱에서 서성일 때, 빛으로 오셔서 어둠의 그림자를 물리쳐 주신 주님의 사랑을 오롯이 기억하고자 한다.

순은으로 빛나는 아침에,
우암산 기슭 연구실에서.

차 례

책머리에 / 3
시작하는 말 / 9

제1부 : 관념과 현실의 틈새 ·· 23

　　1장. 〈등불〉 ··· 25
　　2장. 〈들 뜬 여자〉 ·· 43
　　3장. 〈검은 수사〉 ·· 53
　　4장. 〈6호실〉 ··· 65
　　5장. 〈다락이 있는 집〉 ·· 83
　　6장. 〈상자 속에 든 사나이〉 ··································· 113

제2부 : 절망과 희망의 경계에서 서성이는 인간 ················· 123

　　1장. 〈신학생〉 ·· 125
　　2장. 〈왕진 중에 있었던 일〉 ···································· 155
　　3장. 〈약혼녀〉 ·· 171

제3부 : 삶과 죽음의 언저리에서 배회하는 인간 ················· 181

　　1장. 〈지루한 이야기〉 ··· 183
　　2장. 〈롯실드의 바이올린〉 ······································ 213
　　3장. 〈주교〉 ·· 219

제4부 : 삶(현실)의 의미 찾기와 진리를 향한 도정 ·············· 239

   1장. 〈결투〉 ·· 241

   2장. 〈큰 발로쟈와 작은 발로쟈〉 ······················· 251

   3장. 〈문학선생〉 ·· 257

   4장. 〈나의 삶〉 ·· 279

   5장. 〈용무가 있어서〉 ····································· 291

맺음말 ·· 309

참고문헌 / 321

연보 / 335

시작하는 말

1.

안똔 빠블로비치 체호프(А. П. Чехов) 연구는 러시아 문학 연구자들 사이에서 늘 '논쟁적'이고 '문제적'이다. 그리고 그에 대한 접근방법이나 평가도 시대에 따라, 사회적 상황에 따라 변해왔다고 볼 수 있다. 로자노프(В. В. Розанов)나 쉬스또프(Л. Шестов)의 경우, 체호프의 작품세계가 드러내는 삶의 파편적인 일상성의 내용에 치우쳐, 그의 숨겨진 사상을 제대로 충실히 규명하지 못했다고 파악된다. 로자노프는 체호프를 "의지박약한 평범한 작가"[1]로 간주했고, 쉬스또프는 체호프 산문에서 드러나는 실존의 고독과 인간존재의 부조리의 모티브를 염두에 두고, "체호프는 거의 25년간의 문학 활동 기간 동안 완고하고, 음울하고, 단조롭게 오직 한가지의 일을 했다: 임의의 방법으로 인간의 희망을 죽였다"[2]고 말했다. 반면에 세르게이 불가꼬프(С. Н. Булгаков)는 <사상가로서의 체호프>에서 처음으로 그의 세계관과 사상적, 철학적 특성들을 지적했다. 그는 체호프 산문에서의 "형이상

---

1) Розанов В. В. А. П. Чехов // Юбилейный чеховский сборник. М., 1910. С. 131-132.
2) Шестов Л. Творчество из ничего // Начала и концы. СПБ., 1908. С. 3.

학적 - 종교적 인식의 본질적이고 위대한 문제란 인간에 대한 수수께끼다"[3]라고 강조했는데, 이것은 니꼴라이 베르쟈예프의 "절대적 존재"[4], 수히흐의 "비밀을 간직한 인간과 비밀을 간직하지 않은 인간"[5]이라는 표현과도 동일한 맥락에서 이해할 수 있다. 한편으로 마야꼬프스끼(В. Маяковский)는 <두 사람의 체호프>에서 체호프를 "황혼의 가객"이면서 동시에 "강하고 쾌활한 언어의 예술가"라고 칭하며, "관념이 말을 낳는 것이 아니라, 말이 관념을 낳는다. 그리고 당신은 체호프에게서 단 하나라도 가벼운 생각으로 쓴 단편을 찾아내지 못할 것인데, 이러한 현상의 출현은 오직 '요구되는' 관념에 의해서만 판명 된다"[6]고 강조한다. 이처럼 마야꼬프스끼는 관념과 관련된 체호프의 특성을 간략하게 언급하고 있다.

위에서 간략히 살펴본 것처럼, 오랜 기간 동안 러시아 문학에서는 체호프 작품의 내용이나 경향을 잘 지적한 반면에, 작품의 구조에 대한 상세한 고찰은 상대적으로 부족했다고 볼 수 있다. 본고(考)에서는 체호프 작품의 구조 분석을 통해 화자의 견해와 역할을 규명하고, 체호프의 사상적 경향과 그 의도를 밝히고자 한다. 이러한 고찰의 이론적 기반은 미하일 바흐찐(М. М. Бахтин), 유리 로뜨만(Ю. М. Лотман)의 문예이론에 의거하지만, 치밀한 분석은 체호프 전문가인 추다꼬프(А. П. Чудаков), 까따예프(В. Б. Катаев), 린꼬프(В. Я. Линков), 수히흐(И. Н. Сухинх), 찔레비치(Л. М. Цилевич), 꾸바소프(А. В. Кубасов), 밀턴(В. И.

---

3) Булгаков С. Н. Чехов как мыслитель // Новый путь. 1904. No. 10. С. 48.

4) Бердяев Н. А. Философия свободы. Смысл творчества. М., 1989. С. 295.

5) Сухих И. Н. Проблемы поэтики А. П. Чехова. Л., 1987. С. 175.

6) Маяковский В. Полн. соб. соч.: В 13 т. Т.1. М., 1955. С. 300.

Мильдон)의 구체적인 작품연구와 접근법, 분석틀을 응용하고 있다. 체호프의 정신구조, 관념형태, 주된 사상의 경향에 대한 사로운 해석과 접근법은 엄밀히 말하면 여기서 파생되고, 변형되어 축조된 것이라 볼 수 있다. 이에 대해 간략한 설명을 덧붙이고자 한다.

미하일 바흐찐의 경우 『도스또예프스끼의 시학』에서 저서의 경우 관념을 개인의 모든 것을 통찰하는 방법으로 간주했고, 두개 혹은 몇 개의 의식이 대화적으로 만나는 점에서 연출되고 있는 살아있는 사건으로 보았다. 또한 이러한 관념은 "상호 개인적"이며 "상호 주관적" 특성을 띤다고 파악했다[7]. 그리고 바흐찐은 독백적 유형의 소설과 다성악적 소설에서의 관념의 차이를 설명한다. 독백적 소설에서는 저자의 관념이 완결성을 띠고, 주인공의 입을 통해 직접적으로 표현되는 반면, 다성악적 소설에서는 독백적 폐쇄성과 추상적이고 이론적인 독백적 완결성에서 해방되어 시대의 커다란 대화 속에서 다면성과 모순된 복잡성을 표현한다고 강조한다.[8]

유리 로뜨만은 "예술에서 관념은 현실의 형상을 창조하기 때문에 항상 모델이 된다. 그렇기 때문에, 구조 밖에서 예술적 관념은 생각조차 할 수 없는 것이다. 형식과 내용의 이원론은 구조 밖에서는 존재하지 않고 상응한 구조 속에서 자신을 실현시키는 관념의 이해로 바뀌어져야 한다"[9]고 말한다.

체호프 연구가인 추다꼬프는 『체호프의 시학』에서, 체호프의 산문

7) M. 바흐찐, 『도스또예프스끼의 시학』 김 근식 역, (서울: 정음사, 1988), 129쪽 참조.
8) 같은 책, 121쪽, 136쪽, 131쪽 참조.
9) Лотман Ю. М. Лекции по структуральной поэтике Вып.1 // Труды по знаковым системам. Т. 1. Тарту, 1964. С. 64.

에서 관념은 더 이상 주인공의 언어, 저자의 위상을 반영하는 도구가 되기를 멈추고, 서술의 총체성을 담지한 '존재론적(онтологический) 요소'가 된다고 본다. 그의 견해에 따르면, 체호프 관념의 존재성 (онтологичность)은 저자에 의해 묘사되는 인간 존재의 매순간에서 그것의 현존과 실재성(актуальность)에서 나타나는 것이다. 체호프의 공간에서 관념은 매순간 삶의 상황에서 쇄신되는 개별적인 삶의 현상(феномен бытия)으로써 나타난다.[10] 따라서 체호프의 관념은 추다꼬프의 관점에서 보면, 구체성과 탈독단성(адогматичность)을 띠게 된다[11]. 추다꼬프의 해석에서 관념은 정신적인 것과 육체적인 것의 종합으로 표현되고[12], 존재의 우연성(случайность бытия)의 셀 수 없는 집합에 의해 규정되는 형상으로 나타난다.[13]

추다꼬프와는 달리 까따예프는 체호프의 관념이 존재론적이기보다는 '인식론적(гносеологический)원칙'에 의거한다고 보고, 개성화 (индивидуальзация)를 체호프의 예술세계를 구성하는 주된 요소로 파악했다.[14] 까따예프에게 있어 체호프의 관념은 인식의 기구, 도구 (инструмент или аппарат познания)가 된다. 그의 관점에서 보면 체호프 주인공의 사상적 탐색은 관념의 프리즘을 통과하며, 편견 없는 관찰과 사실적인 삶의 고찰을 이용해 관념으로부터 해방되는 것에 다

---

10) См.: Чудаков А. П. Поэтика Чехова. М., 1971. С. 263.

11) 관념의 구체성과 탈독단성을 말하면서, 추다꼬프는 관념을 주인공-이데올로그와 동일시 한다. (Чудаков А. П. Поэтика Чехова. С. 263). 이처럼, 추다꼬프의 해석에서 관념은 의인화되고, 인격화되는 특성을 지닌다.

12) Там же. С. 267.

13) Там же. С. 263.

14) 까따예프의 경우 인식론적 원칙과 개성화(개인화)가 긴밀한 관련을 가진다고 보며, 그 두가지의 원칙이 체호프의 예술세계를 만드는 원리로 작동한다고 본다.

름 아니다.15) 추다꼬프에 의해 제안된 체호프 사상의 모델 속에서는 구체적인 관념이 삶의 상황(жизненное обстоятельство)을 연결시키는 묘사의 방법으로 열린다면, 까따예프에 의해 발전된 모델 속에서는 구체적인 사실성의 수법으로 관념의 충돌과 대화가 나타난다.

한편 수히흐는『체호프 시학의 제 문제』에서 텍스트 분석의 구조-철학적 방법과 체호프 예술세계의 미학, 종교 - 윤리적 케이트 모티브 연구와의 결합을 시도했다. 수히흐는 체호프 사상에서의 두 가지 분석(구조 - 문학 그리고 미학 - 철학)을 결합시키는데, 이 측면은 찔레비치의『체호프 단편의 슈제트』,『체호프 단편의 문체』에서의 분석과 유사하다. 찔레비치가 체호프의 사상과 그 진화를 슈제트의 공간, 시간의 구조, 등장인물의 체계, 화자와 저자의 프리즘을 통해 분석하고 있기 때문이다.

체호프는 1880년 말에서 1890년 초의 중편소설에서 '일반적 관념 (общая идея)' 탐색의 복잡하고 모순된 과정으로써의 '개인적인 관념 (индивидуальная идея)' 찾기와 묘사를 시도했는데, 수히흐는 "개성 (личность)은 관념에 의지하고, 관념은 그 존재(существование)에게 의미를 부여하고, 생활(быт)에서 실재(бытие)의 상태로 변화시킨다"16) 라고 언급했다. 그는 그 같은 관념의 예술적 구체화, 실체화가 "각각의 상부구조마다 개별적 인간의 진리의 대조를"17) 제공한다고 보았

---

15) 까따예프는 또다른 저술에서 체호프의 특성을 다음과 같이 분명하게 밝히고 있다 : "체호프의 문학적 입장-이것은 선입관을 가지지 않은 관찰자 그리고 이론, 학설, 신념에 의해 구속당하거나 지배당하는 것과 무관한 삶의 연구자의 입장이다." (Катаев В. Б. Литературные связи Чехова. М., 1989. С. 82.)

16) Сухих И. Н. Проблемы поэтики А. П. Чехова. С. 155.

17) Сухих И. Н. Чехов и ″возвращенная″ литература // Чеховские чтения в Ялте. Чехов: взгляд из 1980-х. М., 1990. С. 22-23.

다. 또한 그는 사상적인 (관념 체계가 드러난) 중편소설의 시공간성(хронотоп)
은 일상생활의(бытовой) 슈제뜨와 사상적인(идеологический) 슈제뜨의
상호작용의 결과로 축조된다고 하면서, 그 속에서는 "두 가지 슈제뜨
가 평행하게 흘러가며, 하나의 슈제뜨가 다른 것을 확인시켜 주는데,
관념은 그 사용자에 의해 모두 소진되는 것이 아니고 마치 독립적인
존재처럼 이끌어 진다"[18]고 강조한다. 그리고 수히흐는 체호프 관념
의 특성을 슈제뜨와 서술구조 측면에서 찾고 있는데, 이것은 텍스트
의 내재적인 특성들로부터 의미와 사상의 총체를 읽어내려 한다는
것을 의미한다. 나아가서 대화성과 사상적인 슈제뜨의 미완결성을
언급하며, 수히흐는 체호프 산문에서 등장인물들의 사상적 논쟁의
자율성으로 결론을 유도한다. 이러한 연구에서 우리는 체호프 사상
실험의 결산과 만나게 된다.

『체호프의 오늘과 어제 (<다른 인간>)』이란 저술에서 밀던은 인간
의 '비반복적인 개인성' 속에서 '보편성'을 발견하는 방법으로 체호프
의 관념을 해석하고 있다. 밀던은 체호프가 "문학작품에서 이미 탈출
구가 없는 그와 같은 세계를"[19] 형상화하는 까닭에 문학이 자신의
사상적이고 섭리적인 기능을 잃어버렸다고 역설한다. 밀던은 체호프
관념의 문화적인 의미성을 펼쳐 보여주면서, 인간은 오직 권위 있는
사상적 규범과 도그마에서 해방될 때만이 비로소 완전함에, 통일성
에 이를 수 있다는 것을 설파한다. 그는 "따로, 떨어진, 마치 사람들을
분리시켜 놓은 것 같은 삶이 - 체호프 예술의 분명한 의미들 중의 하
나"[20]가 된다고 말한다.

---

18) Сухих И. Н. Проблемы поэтики А. П. Чехова. С. 129.

19) Мильдон В. И. Чехов сегодня и вчера (<Другой человек>). М., 1996. С. 164.

우리는 위에서 언급한 모든 것들을 충분히 고려할 때만이, 체호프의 사상적인 중편소설들과 후기 작품들에 대한 전면적인 분석을 시도할 수 있다.

2.

러시아 문학에서 체호프는 '삶'의 근원적 문제를 묘사할 줄 아는 작가였고, 무엇보다 '인간'의 본질을 응시하는 날카로움을 가진 작가였다. 그는 무엇보다 개별적 인간의 삶과 자유를 사랑했고, '소우주와도 같은 한 개인'의 자연스러운 자기표현을 억압하는 규정된 '관념'이나 시스템을 혐오했다. 개별적 인간들의 다양한 삶을 향해 열려있는 체호프의 예민한 감각은 '소통과 이해를 바라는 존재들에 대한 끝없는 사랑'으로 전이된다. 이 사랑의 프리즘으로 체호프는 밝음과 어두움, 무거움과 가벼움, 성(聖)과 속(俗), 희망과 절망의 문턱에서 서성거리는 본원적 인간을 탐구한다. 또한 그는 기존의 문화와 예술 전통에서 나온 작품들을 패러디 하는데도 천재적 자질을 보였다. 그의 작품을 정확히 이해하기 위해서 깐쩩스뜨(контекст)나 뽀드쩩스뜨(подтекст)를 염두에 두는 것도 이 때문이다. 체호프는 한마디로 '단순함에 깃든 복잡성(сложность простоты)'[21]을 가진 양가적 특성의 작가로 간주할 수 있다.

---

20) Там же. С. 38.

21) 이 용어는 98년 발간된 까따예프의 저서 『Сложность простоты рассказы и пьесы Чехова』의 표제에서 따왔다. 체호프의 예술세계에서 드러나는 음악적이고 간결한 문체와 그 속에 녹아있는 심오한 의미들의 결합을 잘 표현한 용어라고 생각된다.

추다꼬프는 체호프를 가리켜 19세기 러시아 황금문학 '그 고리의 완성'으로 간주했다.[22] 수히흐는 체호프와 뿌쉬낀이 '러시아 문학의 패러다임을 구축하는 양 축'으로 작동하며, 계속해서 현재까지 영향을 미치고 있다고 파악한다.[23] 한편 빠스쩨르나끄는 『의사 지바고』에서 인간(주인공) - 삶(현실) - 관념의 상호관계 차원에서 뿌쉬낀과 체호프를 고골, 도스또예프스끼 그리고 똘스또이와 비교하며 두 작가에 대한 평가를 이렇게 적고 있다.

> "러시아 문학의 모든 요소 가운데서 나는 지금 무엇보다 뿌쉬낀과 체호프의 소박성을 사랑하고, 인류의 궁극적 목적이니 자신의 구원이니 하는 따위의 거창한 일에 대한 그들의 내성적인 말없음을 사랑한다. (……) 고골, 똘스또이, 도스또예프스끼는 죽음을 준비했고, 동요했으며, 삶의 의미를 탐색했고, 결론을 이끌어 내었는데, **뿌쉬낀과 체호프는 죽기 전까지 예술가라는 천직으로 자신에게 부과된 당면한 과제에 몰두했고, 이런 과제들을 다른 아무와도 관계가 없는 개인적인 것으로 다루면서 조용히 살았는데, 이제와서 이러한 개인적인 것들이 보편적 관심사로 되었으며, 그들의 작품은 점점 더 단 맛이 들고 의미를 더하면서, 나무에서 아직은 설익었을때 딴 사과가 저절로 익어가듯이 영글어 갔다.**"[24] (진한글씨는 인용자 강조임).

체호프의 주인공의 (내면)세계[25]에서는 주인공의 관념(Идея)이 드

---

22) См.: Чудаков А. П. Пушкин-Чехов : завершение круга // Чеховиана : Чехов и Пушкин. М., 1998. С. 35-45.

23) См.: Сухих И. Н. Чехов в Пушкине (К парадигмологии русской литературы) // Там же. С. 10-18.

24) Пастернак Б. Л. Собр. соч.: В 5 т. Т. 3. М., 1990. С. 283.

25) 일반적으로 체호프의 산문에는 어떤 사상적이고 이념적인 혹은 정신적이고 도덕적인 탐구는 미미하다고 보는 견해가 우세하다. 그 대신에 체호프가 침체기인 19세기말 러시아의 세속적이고 일상적인, 무미건조하고 생기 없는 세태 묘사에 자신의 분석적이고

러난다. 그리고 그와 관련된 '이상화된 저자의 관념'인 이데알(Идеал)
도 간간이 표출된다. 나아가서는 당대 현실 사회와 맞물린 저자의 사
상(Идеология)까지도 은밀하게 각인 된다. 그래서 인간(즈인공) - 삶(현
실) - 관념의 상호관계[26]가 응축되어있는 주인공의 (내면)세계 연구는
중요하다.

1890년대인 19세기말과 1900년대인 20세기 초의 체호프의 작품들

경험적인 노력을 집중시킨다고 말한다. 하지만 한 꺼풀만 벗기고 들어가면, 그 이면에는
자신의 신념을 상실해버린 수동적인 지식인 혹은 자신의 사회적 역할이나 활동에 환멸
을 느끼거나 의구심을 갖는 다양한 직업의 주인공들의 내면세계가 세태 묘사와 결부되
어 다양한 방식으로 표현되고 있다. 그것은 풍경 묘사 속에 녹아 있거나 주인공의 독백이
나 대화에도 용해되어 있다. 교양있는 동시대인들은 체호프의 작품들을 인식할 때에
우선 그의 유머러스한 소품들을 받아들이다가, 그 다음에는 아이러니 방식으로 쓰여진
그의 작품들을 받아들인다. 그리고 마침내는 자신들 스스로 체호프의 역설적이고 풍자
적인 작품들의 주인공이 되어 버린다. 이 말은 독자들이 체호프의 후7 작품들에 나타난
주인공의 (내면)세계를 감지하고, 거기에 몰입하게 된다는 것을 증명하는 것이다.

26) 도스또예프스끼의 시학에서는 관념이 한 개인의 실체를 드러내는 방식인데, 바흐찐
(М. М.Бахтин)에 따르면 관념은 "세계묘사의 원칙이자 세계를 바라보는 것의 원칙"
(Бахтин М. М.Проблемы поэтики Достоевского. М., 1979. С. 64)이 된다. 반면에
체호프의 예술세계에서 관념은 그 역할과 기능 차원에서 볼 때 다양한 양상을 띠게
된다. 체호프 연구가인 추다꼬프는 『체호프의 시학』에서 체호프의 산문에서 나타나는
관념은 서술의 총체성을 담지한 '존재론적인(онтологический) 요소'가 된다고 본다.
그의 견해에 따르면, 체호프의 산문에서 관념의 존재성(онтологичность)은 작가에 의
해 묘사되는 인간(주인공)의 현존과 실재(актуальность)에서 나타나는 것이다. 또한 체
호프의 공간에서 관념은 매순간 삶의 상황에서 쇄신되는 개별적인 삶의 현상(феномен
бытия)으로 나타난다(См.: Чудаков А. П. Поэтика Чехова. М., 1971. С. 263). 추다꼬
프와는 달리 까따예프는 체호프의 산문에서 관념은 존재론적이기보다는 '인식론적인
(гносеологический) 원칙'에 의거한다고 본다. 까따예프에게 있어 체호프의 산문에서
관념은 인식의 기구 혹은 도구(инструмент или аппарат познания)가 된다. 그의
관점에서 보면 체호프 주인공의 사상적 탐색은 관념의 프리즘을 통과하며, 편견 없는
관찰과 사실적인 삶의 고찰을 이용해 관념으로부터 해방되는 것에 다름 아니다(Катаев
В. Б. Литературные связи Чехова. М., 1989. С. 82). 추다꼬프에 의해 제안된 체호프
사상의 모델에서는 구체적인 관념이 삶의 상황(жизненное обстоятельство)을 연결
시키는 묘사의 방법으로 열린다면, 까따예프에 의해 발전된 모델에서는 구체적인 사실
성의 수법으로 주인공의 내면세계에서 표출된 관념의 충돌과 대화로 열리게 된다.

에서는 삶(현실)의 변화에 대한 열망, 진정한 자유에의 갈망이 잘 표현
되어 있다. 이 시기 체호프의 작품들에서는 시대의 당면문제에 대한
올바른 방향설정과 아울러, 그 해결책에 이르는 담론의 도정을 보여
주고자 한다. 그 과정에서 개인과 개인, 개인과 사회, 개인과 역사의
'관계'로부터 생겨나는 수많은 갈등과 충돌요소들이 사회 - 역사적 맥
락과 시대적 징후를 드러낸다. 또한 문제의 해결에 이르기 위한 도정
에서 기존의 사상(관념체계)들이 패러디 된다. 체호프는 이를 통해 인
간(주인공) - 삶(현실) - 관념에 대한 자신의 견해와 입장을 피력하는
작업을 적극적으로 수행한다. 특히 이 시기에 체호프는 당대의 삶(현
실)에 대한 깊은 인식이 녹아든 사회적인 큰 주제들을 단자화 된 개인
의 문제들과 '병렬'시키거나 혹은 '겹쳐서' 다루길 좋아했다.

한편, 그의 예술세계 양식에서도 종전의 작은 형식(스쩬까, 노벨라,
단편소설)으로부터 중편소설로 서서히 이행하는 변화가 나타난다. 체
호프는 작은 형식에서 주인공과 화자를 묘사하면서, 그들을 통해 자
신의 목소리를 직접적이고 노골적으로 드러내지는 않았다. 그리고
이것을 하나의 원칙으로 간주했다. 그러나 사할린 여행이후 생산된
많은 중편소설들에서는 이 원칙이 변화된 양상을 보인다.[27]

체호프의 세계에서는 '개별적이면서도 보편적인 인간'의 삶이 일
상의 평원을 천천히 지나칠 때처럼 그려져 있다. 일견 밋밋하게 묘사
되는 이 삶이 실제로는 관념이나 사상(관념체계)으로 포착하기엔 훨씬
복잡하고 역동적이다. 또한 이 삶은 큰 리듬을 가진 채로 '켜'와 같이
작품 속에 자리잡고 있다.

---

27) См.: Чудаков А. П. А. П. Чехов. М., 1987. С. 108-114, 124-131, 147-153.

체호프는 "견디기 어려운, 끝이 없는, 모든 것에 스며들어가는 윤리적인 영감과 같은 삶을 매혹적이고 유혹적인 비밀처럼"[28] 묘사했다. 체호프의 후기 작품세계[29]에서 이 같은 삶은, 다양한 상황 속에 존재하는 인간들의 상관적 관계와 결부되어 중요한 의미를 지닌다.

체호프에게 가장 중요한 환경은 평범한 삶이자, 인간의 일상적 삶이다.[30] 그래서 인간이 삶에서 느끼고, 경험하는 모든 것이 주요한 묘사의 대상이 된다. 하지만 평범한 일상적 삶으로 인해 '인간이 빠져들기 쉬운 성향'도 나타나는데, 이것은 복잡한 양상을 띠게 된다.[31]

---

28) Хализев В. Е. Художественное миросозерцание Чехова и традиция Толстого // Чехов и Лев Толстой. М., 1980. С. 51. "체호프의 예술세계에서는 모든 삶이 고상한 비밀로 충만 된다 - 먼 것과 가까운 것, 특별한 것과 평범한 것, 고상한 것과 저열한 것의 반(反)정립의 흔적은 여기에서는 없다"(Там же. С. 48).

29) 체호프의 작품세계의 시기 구분은 작가-내레이터로서의 기교에 따라, 테마와 구성에 따라, 체호프가 어떤 현상에 접근하는 태도에 따라 조금씩 달라진다고 볼 수 있다. 이에 관한 자세한 설명은 필자의 논문을 참조할 것(강명수, "안똔 체호프의 후기단편소설에 나타난 희망과 절망의 모티브 연구", 고려대학교 석사학위논문(1990), 1-3). 그러나 일반적으로 1888년에 <초원>과 <등불>을 연이어 집필하면서 후기 작품세계의 지평이 열렸다고 보는 견해가 지배적이다(Катаев В. Б. Проза Чехова : Проблемы интерпретации. М., 1979. С. 30-31 참조).

30) Хализев В. Е. Указ. соч. С. 37. 삶의 일상성은 체호프 문학 연구의 '영원한 주제'이기도 하다(Там же). 체호프의 세계에서는 "본질적인 것과 변변치 않은 것, 물질적인 것과 정신적인 것, 평범한 것과 고상한 것이 나란히 동등하게 구현되는 권리를 가진다"(Чудаков А. П. Мир Чехова. М., 1986. С. 251). 그 결과 정신적인 문제들에 대한 첨예화된 긴장관계를 유지한 채 모든 삶의 현상들에 대해 보여주는 체호프 관심의 동등한 배분성은 '평범함', '일상의 범속성' 고찰에 대한 애착처럼 여겨졌다. 따라서 "일상의 사소한 것들에 관심을 가지는 사람들 위에 존재하는 영역의 관념은, 그래서, 체호프에게, 낯설다"(Хализев В. Е. Указ. соч. С. 41).

31) 일상의 세계는 드러내기와 감추기, 자유와 억압의 이중기제가 작동하고 있는 영역이다(도정일, "문화, 이데올로기, 일상의 삶", 『시인은 숲으로 가지 못한다』, 서울 : 민음사, 1994, 292쪽 참조할 것). 이와 관련해서 도정일은 자신의 논문에서 앙리 르페브르가 말하는 '일상의 삶', '일상성'에 대해서도 상세하게 설명을 하고 있다(같은 책, 305-315쪽 참조할 것). 앙리 르페브르의 '일상성'에 대해서는 앙리 르페브르, 박정자 역, 『현대세계의 일상성』, 세계일보사, 1990을 참조할 것.

　체호프의 후기 작품들32)에서는 삶의 일상성(повседневность)의 늪
에 빠져버린 인간 유형도 보여주고, 그 일상성으로부터 벗어나고자
하지만 진정한 '삶의 의미'를 찾지 못해 고통받는 인간 유형도 보여준
다.33) 이를 통해 체호프는 일상의 세계에 함몰되는 것의 위험성을
말하는 한편으로, 일상의 세계에 뿌리내리지 못하고 허위관념과 추
상적 관념에 이끌려서 '들떠 있는 것'의 위험성도 동시에 말하고자
했다. 이 사실은 '체호프가 그려내는 일상적 삶이 이중기제를 드러내
고 있다'라고 해석할 수 있는 근거가 된다. 인간(주인공) – 삶(현실) –
관념의 상호관계를 토대로 한 본 연구는 '이중기제가 작동하고 있는
일상적 삶'을 사는 인간과 그의 (관념)세계에 대한 집중적인 탐구가
될 것이다.

---

32) 체호프는 자신의 후기 작품들에서 '시대적 징후'를 읽어내는데도 소홀함이 없었다. 그
　　리고 동시대의 당면한 문제들을 놓치지 않고 언급하기도 했다. 또한 그 문제들이 내포
　　하는 사회적 맥락을 간파해 예술적으로 밀도 있게 녹여내기도 했다. 따라서 체호프는
　　자신의 작품에서 주인공이 처한 사회-문화적 상황과의 관계 속에서 '인류의 진보'를
　　말하기도 하고, 인간성을 억압하는 '반민주적인 모든 것들'에 대해 거부감을 드러내기도
　　하고, 때로는 똘스또이처럼 직접적으로 '저항의 담론'을 펼치기도 했다. 그런데 체호프
　　는 시종일관 인간의 육체와 정신의 진정한 자유를 외쳤다. 체호프는 이러한 과정에서
　　한번도 '본원적 인간'의 형상을 자신의 삶과 예술의 중심으로부터 걷어낸 적이 없었고,
　　한시도 그러한 인간의 삶의 궤적으로부터 자신의 시선을 떼어놓지 않았다.
33) 체호프 예술세계에 나타난 '일상성'에 대한 경멸과 그것으로부터의 도망은 체호프에게
　　그리고 체호프의 주인공에게 있어 손상을 입은 심리(과정)의 발현으로 볼 수 있다(Хализев
　　В. Е. Указ. соч. С. 41).

일러두기

1. 번역해서 인용한 체호프의 작품 내용들은 러시아 '나우까' 출판사에서 발간한 30권의 체호프 전집(체호프 작품들로 구성된 18권과 편지글로 구성된 12권) 중에서 1985년부터 1986년에 걸쳐 발간한 7-13권을 원본으로 사용했다.

2. 러시아어 표기는 원음에 가깝게 표기하는 것을 원칙으로 하고, 예외적으로 몇 몇 단어들만을 외래어 표기법에 따랐다.

   예) 원칙-모스끄바, 뻬쩨르부르그, 똘스또이, 가르쉰, 꼬뻬이까

   　　예외-안톤 체호프, 보드카

3. 러시아 원문의 문장부호는 우리말의 문장부호로 문맥에 맞게 바꿨다.

제1부

관념과 현실의 틈새

"살아있는 올바른 사람들의 형상이 관념을 창조하지만,
관념이 형상을 창조하지는 않는다"
　　－ 안똔 빠블로비치 체호프

"개성은 관념에 의지하고,
관념은 그 존재에게 의미를 부여하고,
생활(быт)에서 실재(бытие)의 상태로 변화시킨다"
　　－ 이고르 니꼴라예비치 수히흐

1장
등불

"이 세상에서는 아무 것도 이해할 수 없다"

1.

'사상적인 중편소설'(идеологические повести)이라는 장르개념은 이고르 니꼴라예비치 수히흐가 체호프의 후기산문(1888 - 1904) 장르체계를 분류하면서 만들었다.[1] 이 개념은 이전에 추꼬프스끼(К. И. Чуковский)가 체르늬쉐프스끼(Н. Г. Чернышевский) 등의 작품을 가리켜 사상 - 이념적인 소설(идейная повесть)이란 용어를 사용한 것[2]과는 그 성격이 다르다. 이 장르의 본질은 오히려 비노그라도프(И. Виноградов)가 레르몬또프(М. Ю. Лермонтов)의 소설 <우리시대의 영웅>을 철학 소설

---

1) См.: Сухих И. Н. Жанровая система Чехова (1888-1904) // Памяти Г. А. Бялого. СПб., 1996. С. 119. И. Н. Сухих는 체호프의 사상적인 중편소설을 다음과 같이 언급했다: идеологические повести(8 текстов ; <Огни>, <Скучная история>, <Дуэль>, <Рассказ неизвестного человека>, <Палата No. 6>, <Черный монах>, <Дом с мезонином> и <Моя жизнь>).

2) См.: Чуковский К. И. О Чехове. М., 1967. С. 97.

(Философский роман)이라고 언급하며, 관념을 설명한 것과 더 유사하다
고 볼 수 있다.[3)]

한편, 이 장르는 바일(П. Вайль)과 게니스(А. Генис)가 제안한 미끄
로 - 로만(микро - роман)과 그 특성이 유사하다. 이들은 체호프의 후
기작품들을 단편소설과 미끄로 - 로만으로 나누면서, 미끄로 - 로만
에서는 "서술의 개방성, 관념의 미완결성, 결말의 열림상태, 다의미
성, 중심인물 형상의 비규정성"[4)]이 그 특징으로 나타난다고 요약했
다. 따라서 '사상적인 중편소설'(идеологические повести)이라는 장르
개념은 일상생활의 세계를 그려낸 종전의 세태적인 중편소설의 특성
에다가 미끄로 - 로만이라는 체호프 특유의 장르특성이 화학적으로
결합된 것으로 파악된다. 한 걸음 나아가 러시아 문학사 측면에서 보
면, 이 장르는 큰형식으로써의 "소설의 종말(Конец романа)"[5)] 이후에
생겨난 것으로, 전통적인 중편소설 장르에 새로운 서술구조를 결합
시킨 체호프 식의 변형으로 설명될 수 있다.

당대의 지식인인 주인공들이 대화 - 논쟁(<등불>, <결투>, <6호실>,
<나의 삶>, <다락이 있는 집>) 혹은 독백 - 자기성찰(<지루한 이야기>)을
통해 사회 - 사상적 분위기를 반영하는 이 장르는 '연대기적인 중편
소설'(<초원>)과 장르적 특성이 명확히 대조된다.[6)] 사상적인 중편소
설에서 대화 - 논쟁 혹은 독백 - 자기성찰은 주인공들의 관념을 드러
내면서, 역동적인 주제발전의 중심에 선다. 다른 측면에서는 저자 체

---

3) См.: Виноградов И. По живому следу: Духовные искания русской классики. М.,
   1987. С. 9-27.

4) Вайль П. и Генис А. Родная речь. М., 1991. С. 178.

5) Мандельштам О. Э. Конец романа // Слово и культука. М., 1987. С. 72-75.

6) Сухих И. Н. Жанровая система Чехова(1888-1904). С. 119.

호프의 사상 - 정신적 구조를 반영하는 것이며, 나아가서는 체호프의 예술세계를 구성하는 주요부분이 된다.

이 장르의 또 다른 특성은, 주인공들의 대화 - 논쟁을 통해 드러나는 관념 - 사상적인 갈등이 어떤 문제도 해결하지 못한다는 것이다. 오히려 '인간사이의 이해의 부재'를 더 첨예화시키거나 증폭시킨다. 이것은 관념 - 사상적인 갈등이 점점 더 해결되지 않고 막다른 골목으로 치달음을 의미하며, 종국에는 '전체적인 대화 부재성(тотальная некоммуникативность)'[7]을 나타냄을 뜻한다. 추꼬프스끼는 이러한 현상을 사상적 - 철학적 논쟁 묘사에 대한 체호프의 혁신적 접근으로 파악해, 체호프의 "힘은 - 예리하면서도 해결되지 않는 갈등들의 묘사에"[8] 있다고 말한다. 그리고 갈등상황과 주인공들의 체계(주인공 - 결투자)[9](<등불>에서 아나니예프(Ананьев) - 쉬쩬베르그(Штенберг), <결투>에서 라예프스끼(Лаевский) - 폰 꼬렌(Фон Корен), <6호실>에서 라긴(Рагин) - 그로모프(Громов), <검은 수사>에서 꼬브린(Коврин) - 검은 수사, <다락이 있는 집>에서 예술가 - 리다(Лида), <나의 삶>에서의 미사일(Мисаил) - 블라고보(Благово), 마샤 달지꼬바 (Маша Должикова), 미사일 아버지)가 이 장르에 속한 개개의 작품에서 다양한 형태로, 다양한 측면에서 재현됨을 지적한다. 이것은 이 장르의 유연성과 탄력성, 역동성과 저자의 예술적 기법, 문제

---

7) 까따예프는 '인간사이의 이해의 부재'를 체호프 예술철학의 '의미론적인 핵'으로 보았다(Катаев В. Б. Проза Чехова. М., 1979. С. 52-53.). 로뜨만은 현대 기호학에서 '대화부재성'이 생성되는 원인과 결과에 주목한다(Лотман Ю. М. Система с одним языком // Культура и взрыв. М., 1992. С. 12-16.).

8) Чуковский К. И. Указ соч. С. 148.

9) См.: 1) Чуковский К. И. Указ соч. С. 148-149.; 2) Сухих И. Н. Проблемы поэтики А. П. Чехова. С. 155-156.; ср. также: Гордин Я. А. Дуэли и Дуэлянты: Панорама столичной жизни. СПб., 1997. С. 119-250.

의 인식방법까지도 드러내주는 장치가 된다고 하겠다.

이 장르에서 또 다른 갈등의 국면성은 점점 외부에서 내면적인 심리로(<등불>, <결투>, <다락이 있는 집>, <나의 삶>), 혹은 심리 - 병리적인 양상으로(<6호실>, <검은 수사>) 드러나는 특징이 있다. 빨로츠까야(Э. А. Полоцкая)는 체호프 산문에서 갈등이 점차로 외면적이고 정적인 데서 내면적이고 역동적인 갈등으로 옮아가는 것에 대해 언급하면서, 내면적 갈등은 "문자적 의미에서 사건의 축적에 의해서가 아니라 체험되고 임박한 ('열린 결말') 삶에 대한 주인공들의 사고에 의해"[10] 해결된다고 지적한다. 그리고 사상적인 중편소설에서 관념 - 사상적 갈등은 저자의 예술적 방법의 단일성 속에서 다양한 모습으로 변주된다. 사보례프스까야(Н. Н. Соболевская)는 "모든 갈등의 유사성에도 불구하고 체호프는 결코 그 자체를 반복하지는 않는다"[11]라고 강조하면서, 하나의 싸이클(цикл)에 포함된 단편소설들에서조차도 사고의 다양하고도 미묘한 뉘앙스를 표출한다고 주장한다[12]. 한편, 수히흐는 체호프 예술세계에서 이 장르가 가지는 의의를 은유적으로 풀어낸다. 그는 체호프의 모든 작품을 "하나의 완결된 큰 소설"[13]로 보고, 일련의 '사상적인 중편소설'군은 이러한 메타소설의 핵

---

10) Полоцкая Э. А. А. П. Чехов: от творческого замысла к воплощению (Проблемы поэтики). (автореф. докт. дисс.). М., 1985. С. 19.

11) Соболевская Н. Н. Типологические особенности поэтической системы чеховских повестей и рассказов (1888-1895). (автореф. канд. дисс.). Томск, 1974. С. 5.

12) Там же.

13) См. об этом: Сухих И. Н. Жизнь человека: версия Чехова // А. Чехов "Рассказы из жизни моих друзей". СПб., 1994. С. 5-6. 수히흐는 여기서 1888년 10월 9일자 그리고로비치에게 보내는 체호프의 편지와 1889년 3월 11일자 수보린에게 보내는 체호프의 편지(Я пишу роман!! Пишу, пишу, и конца не видать моему писанью…)를 인용했다. 그리고 В. Шукшин의 말을 덧붙인다(Рассказчик всю жизнь пишет один большой роман).

이 된다고 강조한다. 또한 '사상적인 중편소설'들은 체호프 예술세계
의 연속적인 진화를 잘 드러내 주는데, 그 속에서의 주인공의 진화는
'하나의 완결된 소설'에서의 주인공 진화의 보편적 논리를 그대로 반
복하고 있다고 덧붙였다. 달리 말하면 체호프의 모든 작품들을 하나
의 큰 황금사슬로 간주할 때, '사상적인 중편소설'군은 중단 없는 주
인공의 진화를 반영하면서 '큰 황금사슬의 중요한 연결고리'가 되는
것이다. 체호프의 주인공 – 이데올로그의 형성, 발전, 진화의 논리를
탐구함에 있어, 중편 <등불>은 그것의 맹아가 되며, 그 시초가 된다.
베르드니꼬프(Г. П. Бердников)는 <등불>을 그 시대의 분위기를 반영
하는 주된 사상인 페시미즘에 관한 체호프 식의 해석으로 규정했
다.[14] 무라또프(А. Б. Муратов)는 <등불>이 페시미즘 논쟁에 관한 체
호프의 절박한 응답으로써 궁리되어진 것[15]으로 정리하며, 등불의
형상과 밤의 풍경묘사에서 드러나는 상징을 통해 체호프가 삶과 죽
음, 인간존재의 근원적 비밀에 대해 언급했다고 결론짓는다.[16] 반면
린꼬프는 체호프가 처음으로 <등불>에서 가장 일반적이고도 철학적
인 문제를 놓고 본격적이고 상세한 고찰을 시도했다[17]고 파악한 후,
"체호프에게 있어 중편 속의 상황은 평범치 않다 — 두 주인공들의
추상적이고 철학적인 주제에 관한 논쟁이 있다"[18]고 언급한다. 또한
린꼬프는 이 작품이 갖는 '무언가 새로운 것', '혁신성'을 문체론적이

---

14) См.: Бердников Г. П. А. П. Чехов. Идейные и творческие искания. М., 1984.
   С. 122.

15) Муратов А. Б. Два рассказа Чехова о пессимизме// Русская новелла: проблемы
   теории и истории. СПб. 1993. С. 209.

16) Там же. С. 213.

17) Линков В. Я. Скептицизм и вера Чехова. М., 1995. С. 16.

18) Там же. С. 16.

고 구성적인 계획 속에서 찾는데, 특히 저자의 새로운 위상, 심리묘사
와 풍경묘사에 비중을 두고 있다. 한편 까따예프는 체호프의 관념이 갖
는 '초시간적, 종합적 성격'을 언급하며, <등불>에서 끼소치까(Кисочка)
와 관련된 이야기는 당시의 민감하고 첨예한 사회문제뿐만 아니라,
형이상학적이고 윤리적인 범주의 문제까지도 총체적으로 반영한다
고 강조했다.19)

이바노프(А. И. Иванов)는 <등불>의 결말에서 나타난 마치 저자의
진리의 부정과 같은, 어떤 설교조의 거부가 다음 작품들을 위해 가장
선명한 특질로 먼저 제시되고 있다고 보고20), "이러한 중편소설 <등
불>에서 자신의 독자에 대한 체호프의 새로운 관계가 나타나 있
다"21)고 말한다.

2.

<등불>에서 저자 관념은 서술구조의 내재적이고 역동적인 요소
가 된다. 이 저자 관념은 진리와 권위를 요구하거나 주장하지도 않는
다. 그것은 탈권위적이고 예견하지도 않으며, 다양한 충위를 갖는다.
저자 관념은 주인공들의 대화나 논쟁, 답변 속에 명쾌하게 드러나지
도 않는데, 그것은 구성적 축조, 세부묘사, 모티브의 결합으로 나타난
다. 따라서 체호프 관념의 분석은 여러 가지 서술기능의 검토(슈제뜨
의 구성, 화자의 역할과 저자의 문제)로 귀착된다. <등불>에서는 저자 관

---

19) См.: Катаев В. Б. Литературные связи Чехова. С. 103.
20) См.: Иванов А. И. Повесть А. П. Чехова <Огни> как произведение переломного
периода // А. П. Чехов (проблемы жанра и стиля). Ростов-на-Дону, 1986. С. 12.
21) Там же.

념이 서술구조 속에 용해되어 있어서 서술 구조와 그 기능의 검토는 저자의 의도와 저자 관념의 감식으로 이어진다. 그런 맥락에서 서술 형태, 화자의 형상, 화자의 견해는 중요하다. 세데고프(В. Д. Седегов)는 서술(повествование)의 긴장된 연구가 작품에서 예기치 못한 새로운 발견까지도 가능하게 만든다고 언급했다.[22] 이것은 체호프 관념의 개인적이고 개성적인 특질의 발견으로 연결된다는 것을 의미한다.

<등불>에서는 화자가 주인공들의 대화 – 논쟁 밖에 위치하며, 익명의 재판관으로서 그 목소리는 객관성을 유지한다. 중년의 아나니예프가 끼소치까와 있었던 옛이야기를 할 때, 쉬쩰베르그가 3번씩 끼어들어 과거와 현재의 시간을 교직시키며 슈제트 구성의 변화를 주고, 또 격렬한 논쟁까지 야기시킨다. 화자는 그 논쟁에 참여하지 않고, 주인공들의 견해나 주장에 대해 일체의 입장표명을 유보한다. 그는 또 잘 포착되지도 않게 숨어 있다. 따라서 독자는 화자의 입장을 슈제트 속에서, 주인공들의 행위와 진술의 상호관계 내에서 감촉할 수 밖에 없다. 이러한 화자의 은닉성, 비중심성은 저자의 의도된 서술구조 안에서 설명이 가능하며, 화자의 한 발 비켜선 입장과 그의 불가지론적인 태도를 효율적으로 드러내준다. 추다꼬프는 체호프의 서술경향을 분석하면서 "화자는 은닉돼 있고, 독자는 그의 관점을 슈제트로부터, 주인공들의 행동과 발언의 상호관계로부터 전체적으로 포착할 수 있다"[23]고 파악했고, 화자의 "언어구조의 다양한 측면"[24]에 주목했다.

---

22) См.: Седегов В. Д. А. П. Чехов в восьмидесятые годы. Ростов-на-Дону, 1991. С. 83.

23) Чудаков А. П. А. П. Чехов. М., 1987. С. 33.

24) Там же. С. 48.

한편 주인공 아나니예프와 쉬쩬베르그 그리고 화자가 만들어내는 인식 구성의 삼각형은 헤겔의 변증법을 연상시킨다. 아브라모비치(С. Д. Абрамович)는 이들의 상호관계의 결합에서 "인간 사상 탐색의 완전한 3단계를 충분히 구현한다"[25]고 보았다. 인식의 3단계 과정으로써 아나니예프는 테제, 쉬쩬베르그는 안티테제, 화자는 신테제가 된다. 그러나 아나니예프의 이야기가 쉬쩬베르그뿐만 아니라 "두 번째의 청중인 화자에게도 신념을 주지 못한다"[26]는 추다꼬프의 지적은, 화자가 아나니예프의 이야기나 두 주인공의 대화 - 논쟁에서 발생하는 다양한 관념들을 잘 소화해서, 충실하게 '종합'해내지는 못하고 있다는 사실을 역설적으로 증명하는 것이다.

> "지난밤에 많은 것들이 말해졌지만, 나는 어느 하나의 문제도 해결하지 못했다…." [27]

이러한 화자의 진술은 진정한 신테제를 만드는 역할이 화자의 몫이 아니라 저자의 몫이 된다는 것을 말해주는 장치로 볼 수 있다.

한편 체호프는 의도적으로 대화 - 논쟁에서 주인공들이 개인적이고 주관적인 자신들의 관념, 사상을 좀 과장되게 피력하게 한다. 반면에 화자에게는 타인의 견해나 판단을 객관적으로 기록하게 하는 입장을 시종여일 고수하게 한다. 또 화자의 형상을 도입하면서 어디서

---

25) Абрамович С. Д. "живая и мертвая" душа в художественном мире Чехова-повествователя. Киев, 1991. С. 30.

26) Чудаков А. П. А. П. Чехов. С. 130.

27) Чехов А. П. Полн. собр. соч. и писем: В 30 т. Соч. Т. 7. М., 1985. С. 140. 원문을 번역해서 인용했고, 이어지는 인용문은 인용문 끝의 괄호 속에 권수와 쪽수만을 표기할 것이다.

온 지도 모르는 낯선 익명의 사람을 등장시켜, 감정의 개입 없이 처연하게 주인공들의 말을 옮기거나 사건에 대한 정보를 건넬 수 있는 장치를 구조적으로 마련하고 있다. <등불>은 아나니여프와 끼소치까의 이야기가 액자구성의 형태로 서술구조의 중심에 있고, 그와 관련된 주인공들의 논쟁이 그 바깥에 위치하며, 화자의 견해는 그 모든 걸 감싸 안는 형태로 제일 바깥에서 테두리를 만들고 있다. 이러한 구성은 저자의 '문체론적인 가면쓰기'와 함께 화자를 충분히 중립적으로 만들면서, 주인공 - 논쟁자들과의 '거리 두기'를 가능하게 한다. 따라서 어디에도 주인공의 견해에 대한 화자의 직접적인 평가는 존재하지 않는다. 다만 우리는 화자의 견해가 은근하게 울려 퍼짐을 감지할 수는 있다.

> "…지금 아침 모든 대화로부터 나의 기억 속에선, 마치 필터에 걸러진 것처럼, 오직 등불과 끼소치까의 형상만이 남아있다."(7, 140)

이러한 서술에서 화자는 어떤 주의나 주장이 관념적인 논쟁으로 될 때는 무의미하다는 것을 에둘러서 피력한다. 이처럼 이 구절은 화자를 이해하는데 중요한 열쇠가 된다. 화자는 순수하게 사유하는 주체로서, 이미 문화적으로 고착된 형태가 되어버린 사상적 진술을 피력하는 주인공들과는 다른 입장이다. 화자는 간접적 인상의 흐름 속에 있고, 세밀한 (자기)관찰의 방법에 의해 존재론적 - 인식론적 근거가 되는 견해를 내면적으로 소화해 보려고 노력한다. 화자는 '수동적 종합'의 절차를 밟아서 '주관의 파악작용'에 도달했다고 볼 수 있다. 이와 같은 화자의 인식의 경험은—"내 경험의 일종의 보편적이고 필연적인 구조(예를 들면, 심적 체험 흐름의 내재하는 시간형식)가 스며 나올 때"[28]처럼 — 체호프의 현상학적인 인식방법을 보여준다. 그 반면에 아나니예프와 쉬쩰베르그의 '자아'경험들은 구체적인 현실 '세계'와는 밀접한 관련을 맺지는 못한다. 바꾸어 말하면 '자신의 사상적인 기획'과 '일상의 현실 세계'가 연결되지 못한다는 것이고, '자아'와 '세계'가 '종합'되지 못해서 그들의 인식은 내면의 '영원한 진리' 탐색의 기획 속에서만 머무르게 된다는 것이고, 관념과 현실의 괴리가 노정된다는 것이다.

한편 주인공들처럼 화자도 영원과 현재를 아우르려고 노력하는데, 이것은 오직 직관의 체험적 재료와 함께 만들어 낼 수 있는 것이지, 결코 추상적인 관념들로써는 불가능함을 깨닫는다. 따라서 화자의 기억 속에선 쉬쩰베르그와 관련된 '시간의 영원'을 상징하는 등불의 형상과 아나니예프와 관련된 '찰나적인' 끼소치까의 형상이 잔해처럼 남아, 공존하게 되는 것이다. 이렇게 표출된 신테제는 텍스트에서 열려있는 화자의 관념에 의해 '가능한 경험들의 종합'으로써 '상관적 관념(коррелятивная идея)'[29]을 포함하고 있다.

이제는 화자의 '소크라테스식 아포리즘'을 드러내는 반복되는 읊조림에 대해 살펴보자.

"이 세상에서는 아무 것도 이해할 수 없다!"(7, 140)

우선 이 아포리즘은 직관에 의해 체험된 경험의 연속적이고도 통

---

28) Гуссерль Э. Картезианские размышления. СПб., 1998. С. 89.
29) Там же. С. 141.

일된 흐름 안에 있는 것이다. 또한 "이 세상에서는 아무 것도 이해할 수 없다"란 화자의 결론은 '삶에 부여된 다양한 시간 층의 프리즘'을 통과한 것이며[30], 그 관련성 위에서 '인식론적인' 이해와 분석 뒤에 만들어진 것으로 '진리의 상대성'에 대한 표현으로도 볼 수 있다.

<등불>에서의 "이 세상에서는 아무 것도 이해할 수 없다"는 반복된 읊조림은 <지루한 이야기>에서는 "나로선 무어라 말할 수가 없는데…"(7, 309)로 변형되고, <결투>에서는 "어느 누구도 참된 실제의 진리를 알 수가 없다"(7, 454)로 변주된다. 여기서 우리는 이 아포리즘들이 서로 '테마상의 불러대기(тематические переклички)'를 하고 있음을 감득 할 수 있다. 고른펠드(А. Горнфельд)는 이 같은 중편소설들의 무언가 생각하게 하는 '열린 상태의 결말'에 대해 고찰한 바 있다.[31]

반면에 <6호실>에서는 이러한 아포리즘과 '열린 체계'가 주는 특성들이 그 힘을 상실하게 된다[32]. 그로모프(Л. П. Громов)는 "<등불>에서 제기된 테제 '이 세상에서는 아무 것도 이해할 수 없다'는 원숙기에 접어든 체호프에게 있어 절대적인 특성을 상실하게 된다. <등불> 시기의 음울하고 회의적인 분위기에서 벗어나 체호프는 삶의 많은 문제들을 충분히 연구, 해명하게 되었다"[33]라고 강조한다. 그것은

---

30) Катаев В. Б. Проза Чехова. С. 32.

31) Горнфельд А. Чеховские финалы // Красная новь. 1939. No. 8-9. С. 286-300.

32) 중편<등불>에서는 열린 공간속에서 '큰 시간의 리듬'이 형성되어 작품의 열린 체계와 관련된다(Камянов В. Время против безвременья. Чехов и современность. М., 1989. С. 60). <6호실>에서는 공간의 경계가 횡으로 조금 퍼졌다가 병일의 결채로 집중되는 닫힌 공간이 나타나는데, 이것은 작품의 완결된 구조와 연관된다. 이러한 현상은 저자의 의도와 관념을 반영하는 거울의 역할을 한다.

33) Громов Л. П. Реализм А. П. Чехова второй половины 80-х годов. Ростов-на-Дону, 1958. С. 169.

사할린 여행 이후의 저자의 관념과 깊은 관련이 있는 것이다.[34] 이런 맥락에서 우리는 다시 <등불>로 돌아가, 화자와 부분적으로 교차하지만 종국에는 다른 층(평면)에 위치하는 저자의 위상을 살펴보고, 저자의 관념 위에 드리워진 장막을 분명히 걷어내 줄 필요가 있다.

3.

체호프의 철학적인 입장 혹은 세계관을 분석하면서 이고르 니꼴라예비치 수히흐는 체호프가 스스로 밝혔던 다음과 같은 견해를 인용했다: "이미 언젠가 소크라테스가 고백했고 볼테르가 고백했던 것처럼, 이 세상에는 아무 것도 이해할 수 없다는 것을 사람들에게, 특히 동료작가, 예술가들에게 이제는 고백할 때이다."[35] <등불>에서 체호프 예술세계의 미학적 토대가 되는 저자의 태도는 '나는 아무 것도 알지 못한다는 그 사실을 알고 있다'는 소크라테스의 유명한 아포리즘의 전통 속에 녹아있다. <지루한 이야기>의 "나는 무어라 말할 수 없는데…"와 <결투>의 "어느 누구도 참된 실제의 진리를 알 수 없다"는 유명한 소크라테스의 아포리즘을 다시 한 번 깊이 생각하게 하는 체호프 식의 해석으로 볼 수 있겠다. 수히흐는 아울러서 유추의 제약성과 비유성을 인정하면서 다음과 같이 강조한다: "예술에 대한 부정과 도덕주의로 무장한 후기의 똘스또이(Л. Н. Толстой)는 '러시아의 플라톤'이라 할 수 있고, 도덕적 자백의 이율 배반성을 가진 도스또예

---

34) См. об этом: Сухих И. Н. "Остров Сахалин": границы художественного мира // Проблемы поэтики А. П. Чехова. С. 81-99.

35) Сухих И. Н. Проблемы поэтики А. П. Чехова. С. 158에서 재인용.

프스끼(Ф. М. Достоевский)는 '러시아의 칸트'라 간주할 수 있고, 뚜르게네프(И. С. Тургенев)는 아마도 '러시아의 쇼펜하우어' 정도가 될 수 있겠다. 그렇다면 체호프는 19세기말의 '소크라테스겸 예술가'일 것이다."36)

<등불>은 체호프의 개성이 동시대인들에게 어떻게 인식되는가를 밝혀준다는 점에서 큰 흥미를 끈다. 1892년 『러시아의 사상』에 실린 한 평론에선 이 중편소설이 "가장 허술한 작품들 중의 하나, 하지만 저자 입장에서의 어떤 내면적인 열림으로써, 그 심리적 증거로써 큰 가치가 있는 것"37)이라고 강조했다. 여기서 저자와 화자의 동일시 현상을 읽어낼 수 있는데, 꾸바소프는 화자의 견해를 저자의 직접적인 진술과 성급하게 동일시화 하는 것을 경계하면서, "화자와 저자의 위상의 동일시화는 연구자들의 오랜 실수중의 하나"38)라고 간주한다.

<등불>에서 주인공, 화자, 저자 사이의 관념 – 사상 구조는 3가지의 층을 갖는다. 달리 말하면 제각기 자신의 층(평면)을 갖는다는 의미다.

첫 번째 층(평면)은 주인공들의 부분적이고 개인적인 사상적 입장을 그 내용으로 하며, 다양한 어휘에 의해, 문체에 의해, 비유적인 수단에 의해 특징지워진다. 개개의 주인공의 태도는 자신의 시공간, 심리적이고 사회적인 동기성에 의거하는데, 이 층(평면)의 수준은 극단적인 이질성과 모순적이고 대립된 관점의 다양한 충돌로 특징 지워진다.

두 번째 층(평면)은 화자의 태도로 형성되어진다. 하나의 독특한 어

---

36) Там же.

37) Протопопов М. Жертва безвременья. Повести г. Антона Чехова // Русская мысль. 1892. №. 6. С. 117.

38) Кубасов А. В. Рассказы Чехова. Сведловск, 1990. С. 28.

휘 - 문체론적, 예술적 수단에 의해 특성화된다. 이 수준에서는 화자
의 사상적 입장이 불가지론적인 특성을 드러내며, 주인공들의 부분
적인 의견들의 대조에 의한 동기화로 '외면적인(피상적인) 통일성'을
획득한다. 체호프 주인공들의 진정한 '상호 의사소통의 부재'가 이러
한 과정에서 파악된다.

　마지막 세 번째 층(평면)은 저자의 관념을 그 내용으로 하며, '내면
적인' 통일성을 드러낸다. 저자 관념은 문장들 사이에 분산돼 숨어
있다. 체호프 관념의 정확한 이해는 작품 속에서 드러나는 사상적 진
술의 분석과 함께, 이러한 진술들과 러시아 문학전통과의 깐쩩스뜨
를 통한 대조 속에서도 형성된다. 이 층(평면)에서는 "관념 - 물음"39)
이라는 사실을 최후의 구절을 통해 제시한다. <등불>에서 저자의 관
념은 풍경묘사 속에도 녹아 있는데, 밤의 풍경과 아침의 정경사이의
의미론적 대조 위에 축조된다. 인식론적 기능을 갖는 풍경묘사는 액
자구성과도 긴밀한 관련을 가지며, 시공간성의 구조에도 지대한 영
향을 미친다. 또한 인식론적 양극을 만들어 낸다. 즉 밤의 풍경에서
아침의 정경으로의 전이는 주인공들의 관념 - 사상적이고 주관적인
밤의 논쟁에서 실제적 - 경험적이고 일상적인 번거로운 생활, 현실로
의 인식의 교체를 의미한다. "해가 떠오르기 시작했다…"(7, 140)는 마
지막 구절은 풍부한 원광 (ореол)을 가진 풍경의 세부묘사를 자신 속
에 함유하고 있고, 밤의 논쟁대신에 실제적이고 경험적인 일상 현실
에의 편중을 드러내고 있다. 또한 이 마지막 구절의 의미론적인 미완
결성은 <결투>의 결말에서의 주인공 라예프스끼의 독백의 다의미성

---

39) Чудаков А. П. Художественная система Чехова: генетический и типологический
　　аспекты. (автореф. докт. дисс.). М., 1982. С. 37.

과 비교될 수 있다.

> "진리를 찾아 사람들은 2보 전진하고, 1보 물러선다. 고통, 실수 그리고
> 삶의 권태가 그들을 뒤로 물러서게 하지만, 진리에의 갈망과 강경한 의지
> 가 앞으로 앞으로 나아가게 한다. 그 누가 알겠는가? 참된 실제의 진리까
> 지 도달할 수 있을지…."(7, 455)

이 마지막 구절 또한 열림의 상태로 남겨진 채, 최종의 한 줄의
가는 선에 의해 저자의 입장과 위상을 알려주는 장치가 된다. 이 같은
맥락에서 찔례비치는 "<등불>과 <결투>에서는 시작과 결말의 대조
가 미리 정해져 있다"[40]고 언급하면서, 통찰에 대한, 떠남에 대한 분
명한 인상이 주는 상관의 원칙에 주목한다.[41]

체호프의 관념은 인간에 대해 그리고 그의 시대에 관해 형성된 물
음들에 대한 한 가지 의미로만 드러나지 않는 대답의 연속이며, 그
속에는 저자의 필연성이 녹아있다. 이러한 세계에서는 어떤 완결된
문체론적이고, 사상적 - 심리적인 통일성이 만들어지게 된다. 이러한
통일성은 체호프의 주인공들과 저자 자신을 이끌어 가는 사상적 탐
색의 목표가 된다. 이러한 '통일성의 추구'는 끝없는 '자기인식의 과
정'으로써 저자의 사상적 탐색을 잘 드러내준다. 이런 맥락에서 까따
예프도 "참된 실제의 진리추구"[42]를 내용으로 하는 중단 없는 사고

---

40) Цилевич Л. М. Художественная система чеховского рассказа. (автореф. докт. дис.).
  М., 1982. С. 25.

41) Там же.

42) См.: Катаев В. Б. Проза Чехова. С. 208; ср. также: Наумова И. П. К семантике
  ″правды″ в прозе А. П. Чехова 1880-х-1890-х гг. // От Ивана Грозного до Бориса
  Пастернака. Статьи о русской литературе. Вып.2. СПб., 1998. С. 102-114.

의 과정에 대해 언급하고 있다. 그가 말하는 '참된 실제의 진리'란 우리의 해석에서 저자의 관념과 비교 가능하다. 이것은 변화하는 풍경 묘사 중에도 감추어져 있는데, 체호프는 결코 쉽게 독자들에게 이것을 열어 보여주지 않으며, 애써서 알아내도록 이끌어 간다. 꾸바소프는 하나의 인식이 갖는 불완전성, 불충분성을 체호프가 잘 간파했다고 강조하면서, 체호프는 항상 다양한 측면의 진실과 다양한 방향의 진리를 반영하는 인식의 복잡한 짜 맞춤에 관심을 두었다고 역설 한다.[43]

이처럼 체호프의 관념은 한 가지 의미만 함축하지 않으며, 그것은 주인공들 사이에 분산되어 있기도 하며, 또 그들의 대화나 논쟁 속에 숨어 있기도 하다. 꾸바소프는 인식의 '상호주관적(межсубъектна)'[44] 특질을 인정하면서 주인공들이 갖는 관점의 불완전성, 불충분성을 강조한다. 한편으로 체호프는 자신의 관념에 탈권위적인 성격을 부여하고, 내면적으로 공감할만한 여러 가지 진동음을 깔아놓고 있다. 추다꼬프는 러시아 고전문학에 나타난 사상적 권위를 파괴시키는 구체적 전략이 체호프의 경우 서술구조 그 자체의 내부로부터 나온다고 파악했다. 그런 의미에서 체호프의 <등불>에서의 화자는 아주 특징적인 현상인데, 화자의 "입장의 자유는 규정된 사상적 강령과의 비관련성"[45]에서 발현된다. 까따예프는 체호프의 위상을 두고, "반드시 타인의 의견, 생각, '진리'의 평가를 염두에 두며, 서로 다른 '진리'의 대조"[46]를 항상 고려했다고 설명한다. 달리 말하면 체호프는 자신의

---

43) Кубасов А. В. Указ. соч., С. 28.

44) Там же. С. 27-28.

45) Чудаков А. П. Мир Чехова. Возникновение и утверждение. М., 1986. С. 128.

46) Катаев В. Б. Проза Чехова. С. 45.

관념을 도출하면서 어떤 한가지의 권위적 평가에 의존하지 않는다는
것이다. 또한 체호프의 관념은 삶의 물질적, 구체적, 실제적인 문제와
직접적인 관련성을 가진다. <등불>의 결말부분에서는 논쟁으로 지
샌 밤이 지나고 아침이 오자, 두 주인공의 얼굴에 삶의 일상사의 염려
가 드리워짐이 묘사된다. 실제적인 삶의 문제가 관념적인 논쟁을 덮
어버린 것이다. 추다꼬프는 체호프의 예술세계에선 "믈질적이고 육
체적인 것이 정신적인 것과 등가적"[47] 이라고 간주하고, 도스또예프
스끼와 대조시킨다. 구체적 일상생활의 형식보다는 이데알(идеал)의
영역에서, 정신의 범주로 채워지는 도스또예프스끼의 경우는 체호프
관념과는 극명한 대척점을 형성한다.[48] 체호프는 독자들에게 어떤
관념이나 도식들도 만약 그것이 개인적인 경험에 의해 확인되지 않
거나, 일상의 실제적인 작업에 토대를 세우지 않고서는, 구체적인 삶
의 올바른 방향성을 제시하지 못함을 역설한다.

　역동적인 과정으로써의 체호프의 관념 탐구는, 러시아에서 리얼리
즘과 모더니즘이라는 2개의 문화 패러다임의 접점에서 생겨난 새로
운 사회 - 사상적, 미학적 상황과 관련 된다.[49] 체호프의 일련의 '사상
적인 중편소설'군의 맹아가 되는 <등불>의 서술구조 분석은 체호프
의 관념을 반영할 뿐만 아니라, 새로운 패러다임을 모색하는 체호프
의 예술세계에서 드러나는 부단한 형식실험과 장르 혁신의 일단을
보여주는 것이다.

---

47) Чудаков А. П. Художественная система Чехова. С. 38.

48) Там же.

49) См. : Сухих И. Н. Чехов в Пушкине (К парадигмологии русской литературы)
　// Чеховиана: Чехов и Пушкин. М., 1998. С. 12-18.

2장
들 뜬 여자

"나에게 한 순간을 주시오… 단 한 찰나만을!"

1.

체호프의 <들 뜬 여자>에서는 평범한 인간[1]과 비범한 인간의 문제가 제기된다. 우리는 '관념과 현실의 경계에 선 체호프의 주인공'이 진실로 어떠한 부류의 인간인가를 알도록 종용하는 체호프와 맞닥뜨리게 된다. 또한 듸모프의 형상을 통하여 '평범함 속에 깃들인 비범함'과 '소박한 인간의 참됨'을 읽어내라고 권하는 저자의 의도와도 만나

---

1) 체호프의 예술세계에서 말하는 평범한 인간이란 일상의 삶을 사는 생생히 살아 있는 인간을 의미한다. 그러한 인간은 '어떠한 특별한 것도 없는 인간'이 아니다. 체호프의 평범한 인간은 일상적 삶의 순간과 일상의 사소한 것들로 유착된 개성으로 표현되고 있다. 체호프는 이러한 방법으로 인간의 예술적 묘사의 음역을 확장했다. 체호프의 평범한 인간은 더 정확한 의미에서 일상성의 밖에서 자신을 세우는 인간이 아니다. 일상성의 빛과 그늘 밖에서 그리고 일상성의 기쁨과 슬픔 밖에서 자신을 세우는 인간이 아니다. 동시대인들은 체호프를 '아름다운 평범함'의 옹호자라고 불렀다(Хализев В. Е. Художественное миросозерцание Чехова и традиция Толстого // Чехов и Лев Толстой. М., 1980. С. 40).

게 된다. 그리고 여기서 한 발 더 나아가서 꼬브린과 올가 이바노브나의 형상과 관련해서 나타나는 허위(虛僞)관념과 거짓 믿음, 허명(虛名), 삶의 공허함을 직시하라고 말하는 저자와 마주하게 된다. 체호프는 자신의 작품들을 통하여 인간의 관념이라는 것이 인간의 삶(현실)을 주재하게 될 때의 위험성을 말한다. 하물며 그것이 '허위관념'이라고 할 때에는 더 말할 나위가 없는 것이다. 제한되고 고착된 관념 혹은 허위관념이 개별적이면서 보편적인 '인간의 삶 전체'를 관통하고, 지배하기까지 한다고 하면 참으로 불행하고 끔찍한 일이다. 체호프는 이러한 문제를 '사상적인(관념체계가 드러난) 중편소설' 장르의 일련의 작품들(<지루한 이야기(Скучная история)>(1889), <결투(Дуэль)>(1891), <다락이 있는 집(Дом с мезонином)>(1896), <나의 삶(Моя жизнь)>(1896))에서 이미 구체적으로 언급했다. 한 발 더 나아가서 일련의 허위의 사상(관념체계)을 벗겨내는 방법까지도 이 장르에 나타난 '주인공들의 체계'와 '인물들간의 갈등관계'를 통해 말하고 있다. 이와 같은 맥락에서 볼 때 체호프가 자신의 예술세계에서 궁극적으로 무엇을 이야기하고자했는지는 재론할 여지가 없는 것이다. 이 문제는 진정으로 체호프 예술세계의 중핵(中核)을 관통하는 것으로, 시기와 장르를 떠난 것이다. 체호프는 "예술에 걸림과 동시에 생활에도 걸리는 살아있는 구조"[2]와 같은 자신의 작품[3]을 생각했을 것이고, 작품 속의 주인공과 주인공의 삶 또한 그러한 의도와 결부해서 드러내려고 했을 것이다.

---

2) 이우환, 『여백의 예술』, 김춘미 역, 서울 : 현대문학, 2002, 392쪽.
3) 체호프의 작품은 있는 그대로의 현실 그 자체도 아니며 그렇다고 관념의 축적물도 아니다. 그것은 "현실과 관념 사이에 있으면서 양쪽에서 침투 당하고 또한 양쪽에 영향을 미치는 매개적인 중간항"이자 "일상을 높인 작품영역"이다(이우환, 같은 책, 380쪽).

<들 뜬 여자> 연구는 위와 같은 문제들에 대한 해석의 연장선상에 있다고 보아도 무방할 것이다. <들 뜬 여자>에서는 '허위관념(비범한 인물인 랴보프스끼를 자신이 돌보아 주지 않으면, 그가 나쁜 길로 들어서서 파멸할 것)'으로 인해 일상적 삶의 세계로부터 '들 뜬 상태'에 있는 여주인공의 삶의 모습과 '작고 평범하지만 위대한 인간'인 남자 듸모프의 삶의 모습을 대비시키면서, 관념과 현실의 문제, 인간과 삶의 문제를 고찰한다.

2.

체호프는 '진정한 의미나 가치가 부재(不在)하는 삶의 비극', '일정한 세계관이 존재하지 않는 삶의 비극'을 <지루한 이야기>(1889)에서 이미 다루었다. 작가는 이러한 문제를 <들 뜬 여자>(1892), <검은 수사>(1894)를 통해 변주하면서, 또 다른 양상으로 확장, 확산시키고 있다고 말할 수 있다. <검은 수사>에서는 '거짓된 믿음', '허위관념'이 인간이 추구하고 견지해야 할 삶의 진정한 의미나 가치를 덮어버리는 비극에 대해서 말하고 있다. <들 뜬 여자>에서도 '허위관념'을 좇다가 진정으로 중요한 것을 잃어버리는 한 인간의 비극을 그리고 있다. 이러한 맥락에서 볼 때, 니꼴라이 스쩨빠노비치(<지루한 이야기>)와 꼬브린(<검은 수사>), 올가 이바노브나(<들뜬 여자>) 모두 '허위관념에 사로잡힌 자'라고도 말할 수 있다.

일상생활에서 한 인간이 자신에게 주어진 재능과 능력에 따라서 '자신의 주어진 삶'을 누리면서, 자족하며 순리대로 살기가 얼마나 어려운 가를 역설적으로 보여주는 작품이 <들 뜬 여자>와 <검은 수

사>가 아닌가 한다. 자신을 향한 자신의 허위관념이(<들 뜬 여자>와
<검은 수사>), 그리고 자신을 향한 주변 사람들의 높은 기대와 그들의
허위관념이(<검은 수사>) 평범한 인간이 현실에서 누릴 수 있는 작고
소박한 기쁨도 낚아채고, 가장 가까운 사람과의 관계에서 오는 행복
감까지도 빼앗아가 버린다. 궁극적으로는 삶의 의미나 삶의 참된 가
치조차도 상실해버리게 만든다.

먼저 <들 뜬 여자>를 통해 이것을 고찰해보도록 하자.

여주인공 올가 이바노브나는 매일 '비범하고 천재적인 인물'을 찾
아다닌다. 그리고 조바심을 치며 늘 새로운 '비범한 인간'을 갈구한다.
그녀의 삶의 의미는 바로 거기에 있다. 그녀는 그런 허위관념에서 삶
의 의미와 자신의 정체성을 찾으려고 한다. 그런 그녀를 위해 남편인
듸모프는 자신의 모든 것을 희생한다. 그리고 그녀의 부정(不貞)조차
애써 외면하려고 한다. 그런 듸모프에 대해 그녀는 "그 사람은 자신
의 관용으로 나를 압박하고 있어요!"[4]라고 랴보프스끼에게 여러 차
례 말한다. 그녀의 이와 같은 심리의 기저에는 자신의 모든 거짓행위,
허위, 위선에 대한 방어기제가 작동하고 있는 것이다.

일상생활의 구체성에 뿌리내리지 못하고 '들떠 있는 상태'인 올가
이바노브나는 '비범성', '위대함'과 같은 추상적 개념과 그것에서 파생
된 허위관념에 자신의 삶을 저당 잡힌 채 살아간다. 그녀는 랴보프스
끼를 비범한 인물이라고 믿어 의심치 않는다. 하지만 그는 '로만티즘
에 대한 범속한 위조를 행하는 모방자'로서, '허세의 로만티즘'을 드러

---

4) Чехов А. П. Полн. собр. соч. и писем : В 30 т. Соч. Т. 8, М., 1985. С. 23. 원문을
번역 인용하였고, 이어지는 인용문은 인용문 끝의 괄호 속에 권수와 쪽수만을 표기할
것이다.

낼 뿐이고, 로만티즘의 옷을 입고 '허풍떨고 뽐내기'를 행하는 자일뿐이다[5]. 볼가강 선상에서 올가와 나누는 대화와 거기서 드러나는 말들이 그것을 대변하고 있다.[6] 하지만 올가는 그의 말과 표현의 진부함을 알아차리지 못하고 그것을 위대한 천재의 증거로 간주한다. 그는 듸모프와 비교하면 겸손하지도 않고, 도덕적이지도 않고, 삶을 진지하게 살지도 않는다. 그렇다고 천부적인 재능을 타고난 것 같지도 않다. 감상적이고, 감정의 소비가 심한 인물이고 무책임하다. 그럼에도 불구하고 올가 이바노브나는 자신이 비범한 랴보프스끼를 돌보아주지 않으면, 그가 나쁜 길로 들어서서 파멸할 것이라고 믿는다. 이러한 허위관념, 거짓믿음에 사로잡혀 있는 그녀는 종국에는 자신이 '범상치 않은 인물'이고, 자신만은 '평범하지 않은 삶'을 산다고 간주하게 된다. 그렇게 그녀는 자신의 '삶의 의미'와 '존재 이유'를 정당화하고 있다. 이것은 자기 스스로를 속이는 허위관념, 거짓된 믿음일 뿐이다. 체호프는 이와 같은 여주인공의 내면세계로 잠입해서 '그녀의 인식의 층위'들을 보여주고 있다. 체호프는 '비범하고 위대한 인물 찾기'에 갇혀버린 올가 이바노브나의 내면세계를 드러내는 것에 많은 지면을 할애한다.

죽어가는 듸모프 앞에서 올가는 그를 위해 모든 걸 헌신하겠다고 다짐하지만, 그래도 여전히 그녀의 내면에는 변하지 않는 속물적인 심리가 내재하고 있다. 허위관념이 똬리를 틀고 있는 것이다. 듸모프의 친구인 꼬로스쩰로프를 바라보는 시선이 그것을 증명한다.

---

5) Эткинд Е. Г. Внутренний человек и внешняя речь. М., 1998. С. 370.

6) Там же. С. 369-370.

"평범하고, 아무 훌륭한 점도 없고, 유명하지도 않은 사람, 게다가 이렇게 주름살이 많은 얼굴과 어리석은 태도를 가진 이런 사람과 살아가기가 과연 권태롭지 않겠는가?"(8, 28)

이 시선은 작품의 초반부에서 듸모프를 두고 "그와 같이 단순하고 평범한 사람은 이미 그가 받은 그 같은 행복으로도 충분하지(8, 16)"라고 말했던 것과 관련된다. 이처럼 <들 뜬 여자>에서는 단순하고 소박한 사람들에 대한 비범하고 귀족적인 체 하는 사람들의 보이지 않는 무관심, 멸시가 나타난다.

한편 올가 이바노브나는 결말부분에서 듸모프를 죽게 한 것은 자신이라고 뉘우치는데, 체호프는 그것과 관련해서 아래와 같이 그녀의 내면세계의 인식을 드러낸다.

"올가 이바노브나는 벌써 볼가강에서의 달밤도, 사랑의 고백도, 농가에서의 시적인 삶도 떠오르지 않았으며, **다만 자기가 공허하게 들 뜬 마음과 장난질로부터 다시는 씻어버릴 수 없는 어떤 더러운 끈적끈적한 것으로 손과 발과 온 몸을 더럽히고 말았다는 것만이 떠올랐다.**"(8, 28) (진한글씨는 인용자 강조임).

인용문에서 유추할 수 있는 것은 랴보프스끼는 '들 뜬 마음에서 장난질하는 사람'이고, 올가 이바노브나는 일상적 삶으로부터 '들 뜬 여자'이다.7) 이러한 표현은 두 인물이 지니는 말과 생각 그리고 행위의 총체를 단적으로 집약한 것이라고 할 수 있다. 체호프는 등장인물

---

7) 우리 나라에서는 이 작품의 제목을 <안절부절못하는 여자> 혹은 <베짱이>로 번역하고 있다. 1955년 북한의 조쏘출판사에서 나온 총 4권으로 된 체호프 선집 중 2권에서는 <들 뜬 여자>로 번역하고 있다. 현시점에서 작품 연구를 통해서 얻은 가장 합당하다고 생각되는 제목은 <들 뜬 여자>이다.

들이 구사하는 말을 통해서도 이러한 축약된 표현과 관련된 그들의 특성을 드러낸다. 랴보프스끼는 자연에 대해, 사랑에 다해 말한다. 그의 그러한 말에서는 진부한 문구가 장식처럼 자주 사용되고, 저속함이 드러나기도 한다. 또한 그의 말에서는 삶에 대한 과장과 떠벌림이 나타나기도 한다. 그런데 예술가가 느끼는 그 같은 과장된 괴로움, 지겨움을 올가 이바노브나는 비범하고 위대한 인간의 증거라고 착각한다. 올가 이바노브나는 웅변과 같은 말, 낭송 즐겨하기, 연극적인 제스처를 즐겨 사용한다. 이러한 것들은 유명 인사들을 추종하며 지내는 '공허한 삶의 과장된 표식들'이다. 반면에 듸모프는 단순하고 사무적인 말을 온화하게 구사하는데,[8] 성실한 삶의 자세와 도덕적인 힘이 느껴진다. 등장인물들의 이와 같은 말의 특성들을 통해 우리는 누가 가치 있는 삶을 사는 인간인지를 파악하게 되는 것이다.

이제는 듸모프의 존재를 등장인물들의 생각과 말을 통해 재평가해 보도록 하자.

체호프는 올가의 내면으로 들어가 그녀의 생각과 견해를 빌어 듸모프에 대해 이렇게 평가한다.

> "올가 이바노브나는 처음부터 끝까지, 모든 것을 상세하게, 그와 함께 한 자기의 전(全)생애를 회상하고는, 그가 실제에 있어서는 비범하고 보기 드문 인간이며, 또한 자기가 알고 있는 사람들에 비하여 위대한 사람이었다는 걸 갑자기 깨달았다."(8, 30)

올가의 이러한 생각은 듸모프의 친구인 꼬로스쩰로프의 말을 통해

---

8) Эткинд Е. Г. Указ. соч., С. 374.

더 강화된다. 꼬로스쩰로프는 '듸모프의 진가'를 제대로 알고 그의 죽음을 학계와 인류의 큰 손실로 기억하는 인물이다. 또한 올가 이바노브나에게 자극을 주는 역할을 한다. 그의 말로 인해 우리는 듸모프를 새롭게 바라보고 인식하게 된다. 체호프는 이 등장인물의 배후에서 듸모프에 대한 자신의 견해를 표출함과 동시에, 자신이 의도하는 바를 드러낸다. 그와 관련된 인용문을 보도록 하자

> "**그 어떤 도덕적인 힘이었던가!** ― 그는 누군가를 향해 점점 더 분개하면서 말을 계속했다 ― **선량하고, 깨끗하고, 사랑이 가득 찬 영혼은 사람의 것이 아니고, 깨끗한 유리와도 같았소!** 학문에 봉사하고 학문 때문에 죽었지. 그런데 일은 황소같이 밤낮으로 하였지만 누구도 그를 불쌍하게 여기지 않았소."(8, 30) (진한글씨는 인용자 강조임).

빠뻬르늬이(З. С. Паперный)는 <들 뜬 여자>에서 "여주인공이 **누구를** 사랑했는가 보다는 **어떻게** 사랑했는가에 관심을 돌려야 한다"[9]고 말했다. 하지만 더 중요한 것은 여주인공이 왜 그렇게 자신이 생각하는 '비범하고 위대한 인물 - 유명인사들'에게 집착해야만했을까, 하는 것이다. 이것은 여주인공이 듸모프의 진정한 가치를 모르기 때문에 삶의 공허함을 메우기 위해, 세상에서 인정하는 '비범하고 위대한 인물 - 유명인사'에게 집착했던 것으로 해석할 수 있다.

---

9) Там же. С. 377에서 재인용.

3.

<들 뜬 여자>에서는 '듸모프의 죽음'이라는 사건을 매개로 해서 여주인공의 허위관념이 벗겨지게 된다. 여주인공은 '듸모프의 죽음'을 계기로 허위관념에 갇혀버린 자신의 삶을 직시하게 된다. 나아가서 비범하고 위대한 것처럼 느껴지는 인간들과의 교제만이 자신에게 삶의 의미를 준다는 생각에 휘둘렸던 자신을 후회하게 된다. 진정으로 '비범하고 위대한 인간'은 자신의 가장 가까운 곳에서 있는 듯 없는 듯 존재했던 듸모프였다는 사실을 깨닫게 된다.

체호프의 '평범한 인간'은 주위의 인간과 분리되려고 하지 않으며, 애써 차이를 드러내려고도 하지 않는다. 체호프는 '평범한'이란 수식어로 인간의 개성과 능력, 자질을 축소하지 않는다. 그렇다고 비범한 인간과 그렇지 못한 인간의 차이를 강조하거나 과장하지도 않는다.[10] 우린 이러한 것을 듸모프의 형상을 통해 감지할 수 있다. 듸모프는 '평범함 속에 비범함(необыкновенное в обыкновенном)'을 지닌 '작은 거인(маленький великий человек)'의 형상을 하고 있다.[11]

듸모프는 일상생활에서 많은 양의 노동, 무한한 겸손, 도덕적인 힘, 확고한 삶의 자세를 견지한다. 한 연구가는 이것을 '일상적 삶에서의 영웅주의(повседневний героизм)'라고 명명하기도 했다.[12] 이러한 점이 바로 평범함 속에 감춰진 그의 비범함이다. 듸모프는 평범하고 작은 인간처럼 보이지만 사실은 비범하고 큰 인물인 것이다. 그는 삶을 성실히 살고, 열심히 일하지만, 무심한 운명으로 인해 가장 가까운

---

10) Хализев В. Е. Указ. соч., С. 30.

11) Ермилов В. А. П. Чехов. М., 1951. С. 180-186 참조할 것.

12) Там же. С.181-182.

사람으로부터도 인정받거나 사랑받지 못한다. 반면에 그는 자신의 재능과 능력을 사랑하는 사람을 위해 소진한다. 듸모프를 통해 우리는 한 인간이 견지하는 이타(利他)적이면서 소박한 삶의 행동양식이 결코 평범하지 않은 가치로 삶에 뿌리내리고 있음을 본다. 그것이 바로 '작은 거인'의 형상과 밀접하게 관련되는 것이다.

우리는 인간에 대한 사랑과 학문에 대한 열정을 지닌 듸모프가 그려내는 진실하고 소박한 삶의 무늬가, 허위관념(비범하고 위대한 인물찾기)에 갇혀버린 올가 이바노브나가 그려내는 공허한 삶의 무늬와 대비되고 있음을 살펴보았다. 체호프는 이 작품에서 듸모프를 통해 삶을 묵묵히 견디며 살아가는 성실한 인간의 도덕적인 힘과 아름다움, 타인에 대한 헌신과 사랑을 강조하고 있다. 이점이야말로 체호프가 희구하는 본원적 인간의 참모습인 것이다.

<들 뜬 여자>에서는 누가 진실로 '위대하고 비범한 인간'인가 하는 문제를 제기하는 한편으로, 허위관념과 거짓된 믿음에 사로잡힌 인간의 비극을 그리고 있다. 나아가서 삶의 진정한 의미란, 관념과 현실의 괴리를 극복하며 살아가는 인간의 삶에 존재하는 작지만 소중한 가치들에 있고, 또한 거기서 나오는 도덕적이고 윤리적인 힘에 있다는 것을 말하고 있다.

3장
검은 수사

"환각이 끝났어, 유감이야!"

1.

평범한 인간과 비범한 인간, 허위관념과 삶(현실)의 진실, 고귀한 이상과 일상적 삶 - 이러한 이원화된 대립은 <검은 수사>에 나타나는 주요한 시학적 특성이다. 달리 말하면 이 작품의 본질을 읽고, 해석하는 작업과 긴밀하게 관련된다. 또한 이것은 '꼬브린의 실체 드러내기'와 깊은 연관성을 가지면서 작품의 주제와도 연결된다. '관념과 삶(현실)의 괴리'를 노정하는 꼬브린과 그의 주변 사람들을 통해 수수께끼와 같은 이 작품에 다가가 보도록 하자.

2.

5년만에 꼬브린과 따냐가 만난다. 그때 따냐는 자신의 아버지가 꼬브린을 우상으로 삼았다는 사실을 말한다(아버진 당신을 자랑스럽게 여기세요. 당신은 학자이고, 비범한 사람이라는 거지요.(8, 228)). 그리고 그녀는 자신의 삶의 단조로움을 '비범한 인간'인 꼬브린이 깨뜨려 주었으면 하는 바램을 피력한다.

이처럼 주변 사람들은 그가 '비범한 인간'임을 믿어 의심치 않는다. 게다가 검은 수사는 지속적으로 꼬브린에게 이러한 믿음을 강화시켜 준다.

> "위대하고 빛나는 미래가 당신들, 인간존재들을 기다린다. 지구상에 자네와 같은 사람이 많아질수록, 그 미래는 더 빨리 실현될 걸세. 최고의 원칙을 섬기며 지적으로 자유롭게 사는 자네와 같은 사람이 없으면 인류는 가치가 없을 걸세. 보통의 인간들은 자연의 질서에 순응하면서, 지상 역사의 종말까지 오랫동안 여전히 기다릴 수밖에 없지. **그러나 자네가 수 천 년 앞당겨 인류를 영원한 진리의 나라로 이끌 걸세. 이것이 자네의 새로운 봉사야. 자넨 인간들 사이에 거하러 온 신의 축복의 구현이야.**"(8, 242)(진한글씨는 인용자 강조임).

꼬브린은 일주일에 한 두 번 검은 수사를 정원에서나 집안에서 만나고, 대화를 나눈다. 이제 그는 이런 종류의 환상은 오직 '선택된 소수'에게만 나타나고, 한 가지 사상에 몰두하는 '비범한 자들'에게만 나타난다고 확고하게 믿게 된다. 이와 관련된 화자의 진술을 보도록 하자.

> "수사가 그에게 한 적지 않은 말이 그의 자부심을 치켜세우지는 못했지만, **그의 모든 영혼, 그의 전(全)존재를 들뜨게는 만들었다. 선택받은 자가 된다는 것, 영원한 진리를 섬긴다는 것, 수 천년을 앞당겨 신의 나라에서 인**

류를 가치 있게 만드는 자의 대열에 선다는 것, 그럼으로써 인간을 불필요한 투쟁, 죄와 고통으로부터 수천 년을 앞당겨 구원한다는 것, 하나의 사상에 모든 것을 - 젊음, 힘, 건강을 - 바친다는 것, 일반적 선(善)을 위하여 죽을 준비가 되어 있다는 것, 그것은 얼마나 고상하고도, 얼마나 **행복한 운명이겠는가!**"(8, 243) (진한글씨는 인용자 강조임).

그러나 꼬브린이 건강을 회복하고 허위관념과 환각에서 깨어날수록, 내면세계의 기쁨은 사라진다(지금은 점점 더 이성적이고 안정되어 가지만, 아무하고나 마찬가지일 뿐이야. 평범한 인간일 뿐이라는 거지 사는 것이 지루해.(8, 251)). 꼬브린의 내면에서 일어나는 기쁨과 행복은 불안정하고 '병적으로 들뜬 상태'에서 검은 수사와의 대화에서만 생겨난다. 반면에 그가 일상의 삶에서 건강해져서 심신의 상태가 안정되면, 삶의 기쁨과 행복이 사라지게 된다. 꼬브린의 주변 사람들은 그가 '들 뜬 상태'에서 고귀한 이상으로 희열에 차면, 병의 증상이 심화되었다고 생각해서 불안해진다. 반면에 그의 내면이 삶의 기쁨도 없이 따분하고 지루한 상태일지라도 일상 생활에 잘 적응하는 것처럼 보이면, 주위의 사람들은 꼬브린이 건강해졌다고 생각하고 마음의 안정을 찾는다.

한편 꼬브린은 따냐의 편지[1]를 읽은 후에 깊은 생각에 잠겼다가 자신의 지내온 삶을 반추하는데, 화자는 그것을 이렇게 정리한다.

"그는 삶이 줄 수 있는 무의미한 혹은 아주 평범한 축복들을 위해서, 삶이

---

1) 따냐의 편지내용은 다음과 같다 : "내 아버지가 방금 돌아 가셨어요. 당신 덕분이에요. 당신이 아버지를 죽인 거나 다름없어요. 우리 정원은 황폐해지고 있어요. 이미 낯선 사람들이 돌아다니고, 말하자면 불쌍한 아버지가 그렇게 걱정하던 데로 되고 있어요. 이것도 역시 당신 덕분이에요. 난 당신을 깊이 증오해요. 당신이 곧 죽기를 바라고 있어요. (…) 난 당신이 비범한 사람인 줄 알고, 천재인 줄 알고, 그런 당신을 사랑했었지만, 당신은 미친 사람이었던 거예요…"(8, 255)

얼마나 많은 것을 요구하는지 생각해 보았다. 예를 들어, 마흔 살이 다되어 대학에서 한 자리 얻기 위해, 그저 그런 교수가 되기 위해, 생기 없고 지루하고 장황한 언어로 게다가 독창적이지도 않은 남의 사상을 설명하기 위해, 간단히 말하자면, 삼류학자의 지위를 얻기 위해, 꼬브린은, 15년을 연구해야만 했고, 밤낮으로 공부해야만 했고, 심각한 정신질환을 겪어야만 했으며, 결혼이 깨지는 것을 경험해야만 했고, 떠올리지 않으면 좋을 어리석고 부당한 많은 일들을 해야만 했다."(8, 256)

인간이 추구하는 삶의 목적은 현실세계에 뿌리내려야만 한다. 그리고 그것을 실현하려고 하는 과정 자체에서 기쁨을 느끼고 행복을 누리지 않는다면, 그 인간의 삶은 참다운 의미나 가치를 잃게 된다. 높은 이상과 고귀한 가치 추구가 개별자의 관념에서만 존재하고, 자신의 일상적 삶과는 괴리될 때에 불행이 생겨난다. 더 나아가 그것이 주변 사람들의 삶과 연계되지 않고, 상호관련성을 맺게되지 않을 때에는, 그러한 개별자의 삶은 울적하고 무의미한 것이 되기 쉽다. 꼬브린이 소진한 힘과 시간, 그 모든 것은 그런 맥락에서 이해될 수 있다. 체호프는 여기서 우리에게 꼬브린의 창백하게 시들은 삶이 다시는 생환(生還)될 수 없음을 암시하고 있다. 마침내 꼬브린은 마침내 꼬브린은 자신을 직시하게 된다.

"꼬브린은 자기가 비범한 사람이 아니라는 것을 이제 아주 분명하게 깨달았고, 그 사실과 기꺼이 화해를 했다. 왜냐하면, 그가 생각하는 바, 개개의 인간은 자신의 있는 그대로에 만족해야 하기 때문이었다."(8, 256) (진한글씨는 인용자 강조임).

체호프의 후기작품세계에서는 확신과 독단의 후광으로 에워싸인 허위관념을 벗기는 방법이 있다. <결투>의 경우 이 방법은 폰 꼬렌 (사회-다원주의자)의 말에 대항해서 신념이 다른 사람들(가장 '차이'나는 입장을 가진 사람들)인 라예프스끼, 사모일렌꼬, 보좌신부사이에 할당 된다. 달리 말하면, 이것은 관념상의 논쟁자들과의 대화와 갈등관계 를 통해 폰 꼬렌이라는 인물이 가지는 '관념의 실체'를 드러내는 기법 인 것이다. 이 기법은 <검은 수사>에서도 변형되어 나타난다. 꼬브린 은 환각, 환상 속에서 자신의 '허위관념'을 확신에 이르도록 부추기는 검은 수사와 대화하고, 논쟁한다. 한편으로 일상 생활에서는 '잘못된 확신(허위관념)'으로 인해 가장 가까운 사람들인 뻬소츠끼, 따냐와 갈 등하고 충돌한다. 나중에 따냐의 편지를 통해 꼬브린은 자신의 허위 관념을 벗고, 있는 그대로의 자신을 직시하게 된다. 체호프는 이와 같은 전과정을 면밀히 보여주면서, '현실과 관념의 불화', '현실과 이 상의 부조화'의 문제를 제기한다. 체호프가 <검은 수사>에서 보여주 는 현실은 삶의 의미로 충만된 세계가 아니다. 오히려 현실은 그것이 전혀 아니거나, 다른 세계인 것이다(<문학선생>의 경우도 그러하다).

한편 <검은 수사>에서는 주인공들 각자가 허위관념에 사로잡힌 다. 따냐와 뻬소츠끼는 꼬브린이 '비범한 인간'이라는 허위관념에 사 로잡히고, 꼬브린 자신은 검은 수사에 의해서 자신이 '비범한 인간'이 라는 허위관념에 사로잡힌다. 꼬브린은 죽음에 임박해서야 자신이 '비범한 인간'이 아니라는 걸 깨닫는다. 따냐 또한 자신의 평범한 일 상을 타개해 줄 인간이라고 믿었던 꼬브린이 결국 '비범한 인간'이 아니라는 걸, 아버지가 죽고 '아버지의 정원'이 황폐해진 후에서야 깨 닫게 된다.

인간이 높은 이상(고귀한 관념)을 향한 열망이 지나쳐 일상적 삶의

현실에서 안정을 찾지 못하는 문제가 생겨날 수 있다. <검은 수사>
에서는 일상적 삶의 세계에서 뿌리내리지 못하고 '들 떠 있는 인간'이
그려져 있다. 체호프는 이러한 인간 형상을 통하여 '높은 이상(고귀한
관념)'과 '일상의 평범한 삶(구체적 현실)' 사이의 불화, 부조화의 문제를
제기하고 있다. <검은 수사>의 시작과 끝에 나오는 세레나데의 내
용2)이 시사하는 바를 "꼬브린의 실현되지 못하는 이상의 한 표식"3)
으로 간주하는 것도 이와 관련된다고 하겠다.

꼬브린의 내면에서 일어나는 마음의 상태와 감정의 변화는 꼬브린
이 느끼는 외부세계의 묘사(자연에 대한 풍경묘사)에서도 잘 드러난다.4)
사실 <검은 수사>에서 자연은 인간의 정서와 감정에 무심하게 그저
있는 그대로의 자연일 뿐이고, '하나의 조화로운 세계로서의 자연'이
다. 하지만 그것을 감지하는 인간 내면의 상태에 따라 자연은 다르게
와 닿는 것이다. 체호프는 이 작품에서 주인공에게 각인 된 높은 이상
(고귀한 관념)과 현실의 괴리, 불화, 부조화를 드러내기 위해, 주인공의
삶과 '조화로운 자연의 형상(꽃이 만발한 정원과 잔털이 많은 어린 소나무5)'

---

2) 세레나데는 이 작품의 시작 부분(2장)과 끝 부분(9장)에서 반복해서 나오는데, 그 내용이 꼬브
린과 따냐의 모든 이야기와 관련된다(Рев М. Специфика новеллистического искусства А.
П. Чехова (<Черный монах>) // Проблемы поэтики русского реализма XIX века.
Л, 1984. С. 223). 특히 꼬브린과 검은 수사가 자주 언급하는 하나님의 선택, 영원한 진리
와 그 왕국 등에 관한 대화 내용과도 관련된다(강명수, "체호프의 사상적인 중편소설
장르에 나타난 풍경의 인식론적 기능", 슬라브학보 제17권 2호, (2002년 겨울) 161쪽
참조할 것). 그 세레나데의 내용을 요약하면 다음과 같다 : 병적인 상상력을 가진 소녀
는 마음의 병을 앓고 있었는데, 어느 날 밤 정원에서 아름답고 신비스러운 소리를 듣고
는 그것이 우리 죽을 인간들로서는 이해할 수 없는 신적인 것, 신의 하모니라고 받아들
인다. 그런데 그 소리는 다시 천상으로 올라갔다.

3) Линков В. Я. Скептицизм и вера Чехова. М, 1995. С. 76.

4) 이에 관해서는 강명수, "체호프의 사상적인 중편소설 장르에 나타난 풍경의 인식론적
기능", 슬라브학보 제17권 2호, (2002년 겨울), 159-162쪽을 참조할 것.

과의 대조를 시도했는지도 모른다. 아니 어쩌면 체호프는 꼬브린이 갖는 허위관념을 이야기하면서 삶 자체가 가지는 아름다움, 시적인 것을 대조해 보여주고 싶었는지도 모른다.[6]

<검은 수사>에서 꼬브린은 일상의 단조로움과 평범함 속에서 사느니, 환상과 환각 속에서 미쳐가더라도 기쁨과 행복감을 맛보길 원한다. 결말에서 떠올리는 모든 형상[7]을 통해, 비록 짧은 한 순간이지만 그는 자연의 아름다움을 지각하면서, 이상과 일상의 현실이 겹쳐지는 기분을 맛본다. 체호프는 이렇게 인간의 높은 이상(고귀한 관념)과 일상적 삶 사이의 해결되지 않는 영원한 화두('조화'의 문제)를 <검은 수사>에서 '적극적인 여백의 미학[8]'으로 각인시켜 놓고 있다.

<검은 수사>에서는 <들 뜬 여자>에서보다 '자극적인 공백'과 '여백의 미학'이 뚜렷이 나타나 있다.[9] <들 뜬 여자>에서는 등장인물들

---

5) Линков В. Я. Указ. соч., С. 76.

6) Паперный З. С. А. П. Чехов. М., 1960. С. 137. 수히흐도 유사한 맥락에서 "주인공들의 환상과 망상에 대조되는 평범한 삶의 형상에 진정한 저자의 이상(理想)이 존재한다"고 파악했다.(Сухих И. Н. Загадочный "Черный Монах" // Вопр. литературы. 1983. No. 6. С. 124)

7) "그는 따냐를 불렀고, 이슬을 흩뿌리는 아름다운 꽃들이 있는 거대한 정원을 불렀다. 그는 공원을 불렀고, 뿌리가 무성한 소나무들, 호밀 밭, 자신의 대단한 학습, 자신의 젊음, 용기, 기쁨을 불렀다. 그는 아주 아름다웠던 인생을 불렀다."(8, 257)

8) 결국 작품의 결말부분에서 꼬브린이 다시 떠올리고 감각적으로 느껴보고자 하는 그 정원은 실제의 정원이라기보다는 그의 전(全)존재가 바쳐진 꿈의 공간이자, 그의 이상(理想)이 집적된 공간이라고 볼 수 있다(Donald Rayfield, *Chekhov : The Evolution of his art* (London, 1975), 149-150쪽). 또한 독자에게 강한 인상과 잔영을 남기는 '소나무가 있는 신비스러운 강독', '이삭이 패지 않은 어린 호밀 밭'과 함께 '꼬브린이 떠올리는 정원'의 형상은 주제를 상징적으로 드러내는 효과를 창출한다(Paul Debreczeny, "<The Black Monk> : Chekhov's Version of Symbolism", *Reading Chekhov's Text* (Illinois, 1993), 188쪽). 나아가서 이 모든 것은 이 작품의 열린 체계, 구조-의미상의 미완결성과도 관련된다고 볼 수 있다(강명수, "체호프의 사상적인 중편소설 장르에 나타난 풍경의 인식론적 기능", 슬라브학보 제17권 2호, (2002년 겨울), 162쪽을 참조할 것).

의 말과 생각에 스며있는 저자의 목소리가 작품의 결말에서 직접적
으로 울려 퍼진다. 여주인공의 내면세계를 통과하는 체호프의 시선
이 우리에게 감지된다는 의미이다. 또한 꼬로스쩰로프와 여주인공의
말과 관념을 통해 듸모프의 참된 가치가 우리에게 직접적으로 드러
나게 된다. 반면에 <검은 수사>에서는 작품 자체에서 말하여진 것보
다 더 크고 다양한 의미가 내포되고, 개시(開示)된다. 달리 말하면, 매
혹적이면서 수수께끼와 같은 삶을 암시하고 상징하는 가운데 생겨난
'여백'이 작품에서 한 몫을 담당한다는 의미이다.

3.

<지루한 이야기>의 경우에도 '허위관념(나는 늘 나 자신을 왕과 같다
고 느꼈다. 왜냐하면 이 권리를 무한히 이용하고 있었기 때문이지.(7, 281))'의
문제가 제기된다. 또한 그와 더불어 '일반적 관념의 결여', '세계관의
부재'로 인한 '삶의 의미 상실'의 문제가 중요하게 부각된다. <검은
수사>에서도 '허위관념(나 자신은 비범하고 위대한 사람이다)'에 사로잡혀
주변사람들을 황폐하게 만드는 인간이 그려져 있고, 진정한 삶의 의
미나 가치가 어디에 존재하는 것인가 하는 문제가 제기된다. 마찬가
지로 <들 뜬 여자>에서도 여주인공이 '허위관념(자신이 비범한 사람인
예술가와 교제하고 있고, 자신이 그를 돌보지 않으면 그는 파멸할 것이라는 생각
에 빠져 있다)'에 사로잡혀서 '평범함에 깃 든 비범함'을 가진 남편 듸모

---

9) "여백은 현실이니 관념이니 하는 말을 다가서지 못하게 하는 퍼짐, 번뜩임과 예감의
   화면이 불러낸 종잡을 수 없는 타자의 나라"(이 우환, 김춘미 역, 『여백의 예술』, 서울
   : 현대문학, 2002, 384쪽)인데, 체호프의 <검은 수사>에서는 그러한 여백이 다양한 형태
   로 오롯하게 존재한다.

프의 존재를 알아차리지 못하는 비극을 그리고 있다.

한편 이러한 '허위관념에 사로잡힌 인간'들이 자신의 '허위관념'을 벗는 양상도 조금씩 차이가 난다. <지루한 이야기>에서는 62살 난 노교수가 죽음에 임박해 스스로 자신의 삶을 돌아보면서, 자신의 명성과 유명함에 소외되어 버린 자기 자신을 직시하고 관조하게 된다.[10] <검은 수사>에서는 꼬브린이 우선 따냐의 편지를 받고 자신으로 인해 주변의 많은 것들이 황폐해졌음을 느끼고, '따냐의 말(당신은 비범한 사람이 아니다)'을 곰곰 생각하게 된다. 그 후 죽음 직전에서 자신은 위대하고 비범한 사람이 아니었음을 깨닫는다. <들 뜬 여자>에서는 여주인공이 위대하고 비범한 사람이라고 간주하는 예술가와의 부정(不貞)이 생겨난 가운데, 남편인 듸모프가 디프테리아에 감염되어 죽게 되는 상황이 생긴다. 그 죽음을 지켜보는 남편의 친구인 꼬로스쩰로프의 말과 태도가 그녀에게 자극이 되어, 그녀는 자신의 '허위관념'을 직시하게 되고, 듸모프를 새롭게 평가하고 인식하게 된다. 이처럼 우리는 이 작품들을 통하여 '허위관념', '거짓믿음'의 장막을 벗겨내야만 '삶의 진정한 의미'와 '인간의 참된 가치'를 깨달을 수 있다는 걸 알았다.

---

10) "유명한 인간인 나도 이젠 운명으로부터 사형 선고를 받았다는 사실을, 반년만 지나면 여기 이 강당도 다른 사람이 차지할 것이라는 사실을 큰 소리로 외치고 싶은 것이다."(7, 264) ; "하지만 지금 나는 왕이 아니다. 나의 마음속에는 오직 노예에게 적합한 무언가가 생겨나 있다."(7, 282) ; "나는 우리의 아내나, 자식이나 친구나 학생이 이름이 아니고, 상표가 아니고 레테르가 아니고, 보통의 평범한 인간으로서 우리를 사랑해 주기를 바라는 것이다."(7, 307) ; "필시 명성이라고 하는 것이 그것을 띄우고 있는 인간과는 별개로 오직 존재하기 위해서 만들어진 것과 같다. 지금 나의 이름은 하리꼬프 시내를 평온하게 돌아다니고 있다. 3개월이 지나가게 되면 그것은, 비석에 황금의 글자로 새겨져서, 태양의 그것처럼 빛날 것이다. 그리고 그때에는, 나는 이미 이끼로 덮이고 있을 것이다."(7, 308)

한편 체호프의 후기 작품세계에서는 "주인공이 정신의 고양된 상태에서 어떠한 말을 진술할 것인가가 아니라, 말의 진술이후에 주위의 삶과 어떠한 관계로 존재하는가가 훨씬 더 중요하고 흥미로운 것"11)인데, 위의 작품들은 그와 관련된 전과정을 우리에게 여실히 보여주고 있다.12)

우리는 <검은 수사>에서 인간이 자기 자신과 자신의 삶을 있는 그대로 직시하지 못할 때에 생겨나는 비극을 본다. 또한 그것을 있는 그대로 받아들이지 못하는 데에서 발생하는 비극을 본다. 그 비극이 더욱 더 비극적인 것은 그것이 한 단독자의 비극에 그치지 않고, 그와 관계를 가진 다수의 인간들에게도 삶의 비극이 된다는 점이다. 또한 여기서 우리는 인간과 인간의 삶을 '스스로 그러한 데로(自然而然)' 흘러가도록 하지 않을 때에 생기는 불화, 부조화의 문제를 읽게 된다. 자연은 인간사(人間事)에 무심한 채 계절의 순환을 반복하면서, '스스로 그러한 데로' 흘러가고 있다. 다만 그러한 자연을 바라보고 있는

---

11) Катаев В. Б. Герой и идея в произведениях Чехова 90-х годов // Вестник Московского университета. 1968. No. 6. С. 37.

12) <검은 수사>에서 꼬브린은 환각, 환상 속에서 검은 수사를 만나 말을 주고받으면서부터, 내면에서 솟아나는 기쁨과 환희, 존재의 고양되고 충만한 느낌을 맛본다. 또한 꼬브린은 자주 일상의 평범함을 초월하는 그 무엇, 그 어떤 것에 대해 검은 수사와 이야기한다. 하지만 꼬브린은 고양된 정신상태에서 깨어나 다시 일상 생활로 돌아왔을 때에는 주위 사람들(따냐, 뻬소츠끼)과의 관계에서 '소통의 부재', '이해의 부재'라는 문제를 발생시킨다. 더 나아가서 꼬브린은 주위 사람들과 불편한 관계로 존재할 뿐만 아니라, '긴밀한 유대 관계의 파괴', '사랑의 파괴'를 행하는 인간존재로 전락하게 된다. <들 뜬 여자>에서 올가 이바노브나는 유명한 화가와의 사랑에 빠져서 정신이 고양된 상태에서 많은 말을 내뱉지만, 자신의 '허위관념'으로 인해 가장 가까운 사람인 남편 듸모프와의 '믿음의 관계'를 파괴하고 그를 죽음에 이르게 한다. 그녀 자신 또한 부정(不貞)한 여자로 전락해 양심의 고통을 받게 되고, 남편의 친구로부터 보이지 않는 질책을 당하게 된다. 더구나 그녀가 일생을 걸고 찾아 헤매던 '진정으로 위대하고 비범한 사람'을 가장 가까운 데 두고서도 놓쳐버리는 과오를 범하면서 불행한 처지에 빠지게 된다.

인간의 정신 상태, 그 영혼이 문제가 된다13). 다시 말하면, 허위관념으로 인해 열병 환자처럼 '들 뜬 상태'의 꼬브린과 올가 이바노브나의 의식이 문제가 된다는 것이다.

　<검은 수사>를 읽으면서 우리는 저마다 자신은 세상의 무엇에 집착하고, 어떤 허위에 사로잡혀 있는지를 생각하게 된다. 그리고 저마다 자신의 삶을 반추하게 된다. 이렇게 체호프는 우리에게 자신의 '담론의 내밀한 속살'을 되새김질하도록 하는 '여지'를 준다. 나아가서 관념의 범주를 넘어서 생환(生還)해야 하는 진정한 '삶의 의미'를 우리 모두가 감지하기를 넌지시 말하고 있다.

---

13) 이에 관해서는 강명수, "체호프의 사상적인 중편소설 장르에 나타난 풍경의 인식론적 기능", 159-160쪽을 참조할 것.

4장
6호실

"저것이 바로 현실이다!"

1.

　체호프의 예술세계에서 <6호실>은 자연주의적인 <사할린 섬> (1893-1895)과 상징주의적인 <검은 수사>(1894)의 특성을 대위법으로 표현한 독특한 작품으로 평가된다.[1] 한편 구르비치 (И. А. Гурвич)는 <등불>에서의 인과관계가 <6호실>에서 깊어지고, 복잡해진고 말하면서, "체호프는 주인공의 외면적 행동의 필연성이 아니라, 내면적 법칙, 내재하는 논리에 관심을 가진다"[2]고 강조한다. <6호실>에서는 주인공의 행위가 저자의 사상적인 기획과 관련된 내면적인 뽀드 텍스트(подтекст)에 의해 규정된다. 체호프는 의도적으로 인간에 대

---

1) См. об этом: Кулешов В. И. Реализм Чехова в соотношении с натурализмом и символизмом в русской литературе конца XIX и начала XX века // Чеховские чтения в Ялте. М., 1973. С. 37.

2) Гурвич И. А. Проза Чехова(Человек и действительность). М., 1970. С. 95.

한 한쪽으로 치우친 접근을 통해 논쟁을 계속 유도하면서, 텍스트에서 뽀드텍스트로 논쟁적인 모티브를 이행시킨다. <등불>에서 제기된 문제들에 관한 <6호실>의 철학 - 사상적 계승성은 서술구조 측면에서 볼 때, 일상생활의 (бытовой) 슈제뜨와 사상적인(идеологический) 슈제뜨의 관련성에서 잘 드러난다. <등불>에서 <6호실>에로의 이행과 저자 사상의 변모는, <등불>에서 페시미즘의 판단이 여성에 대한 관계, 즉 내밀한 인간의 삶의 재료에 근거한다면, <6호실>에서는 사회적인 재료에 근거한다는 것과 밀접한 관련을 가진다.3) <등불>, <지루한 이야기>, <결투>로부터 <6호실>에로의 이행은 체호프의 '사할린 여행'과 밀접한 관련을 가지면서 그의 예술철학의 변화를 반영하는 거울이 되는데, 이것은 체호프의 국면적이고 개인적인 사상이 보편적이고 사회적인 사상으로의 악센트 이동으로 규정된다.

2.

<6호실>에서의 "사회성"은 감옥에 대한 생각("저것이 바로 현실이다!"(8, 121))에서 잘 드러나며, 이것이 "슈제뜨에서 부터 세부묘사의 작은 부분에 이르기까지 작품의 예술적 축조를 결정한다."4) 이 작품에서는 철학적 - 사회적 물음에 대한 체호프의 사상이 비교적 구체화되어 있는데, 철학적인 해석의 외관이 아니라 "실존의 우화(экзистенциальная притча)"5) 형태로 구현되고 있다. <6호실>의 구조 - 의미론적 성분

---

3) Громов Л. П. Реализм А. П. Чехова второй половины 80-х годов. Ростов-на-Дону, 1958. С. 161.

4) Паперный З. С. А. П. Чехов. М., 1960. С. 103.

들의 개개의 요소는 3개의 다른 위상을 갖는 구성성분으로 조립된다.
첫 번째는 주인공들의 개인적인 사상이다. 이것은 그들의 항변이나
답변, 내면적인 담론 속에 특히 풍부하게 스며들어 있다. 두 번째는
화자의 서술 (повествование)로써, 주인공들의 서로 독립된 관념들과
비교되며, 양식화된 화자의 말은 사상적 공간의 단조롭고 무개성적
목소리와 합쳐지게 된다. 세 번째는 저자의 사상이다. 체흐프는 주인
공들의 운명을 규정하는 사상에 대한 정밀하고도 적확한 진단을 제
시한다. <6호실>에서 저자는 이데올로그 - 분석가이다. 이 작품에서
는 유럽문화의 전통에서 차용된 철학이 주인공 - 관념가들의 말속에
서 좀 생경하게 체현되어 있는데, 이러한 철학이 저자에 의해 러시아
의 일상적 삶의 세계와의 콘텍스트 하에서 분석되고, 그 실체가 폭로
되는 과정이 드러나게 된다.

　　<등불>에서는 슈제뜨를 생산하는 중심역할이 "다양한 층을 갖는
시간"의 크고 긴 흐름과 관계된다면, <6호실>에서는 그 역할이 공간
으로 옮겨가게 된다. 여기서는 주인공들의 개별적인 목소리들이 '삽
화적인 실례'가 되고, 공간은 이로부터 나온 독립된 관념들을 흡수하
거나 삼켜버린다. 체호프는 독자들에게 '공간이 어떻게 상징화되는
가?', '사상적 공간이 어떻게 형성되는가?' 그리고 그 속에서 '주인공
들의 개인적 관념들이 어떻게 기능하는가?'를 알아내기를 요구하고
있다. 나아가서 저자는 서구의 형이상학적 혹은 실증주의적인 관념
들이 낯선 러시아의 현실과 조우했을 때, 그것이 갖는 불충분성과 근
거박약을 폭로한다. 그로모프는 라긴과의 논쟁에서 "헛되고 헛됨, 외

---

5) Полянская И. Чистая зона Ирины Полянской // Литературная газета 1. IV. 98
　　No. 13(5694) C. 10.

부와 내면, 삶의 통찰, 고통과 죽음, 이해력, 진실의 선, — 이 모든 철학은 러시아의 게으름뱅이에게나 가장 어울리는 것이다"(8, 103) 라고 외친다. 그로모프는 라긴이 무장한 서구의 사상이나 페시미즘 철학이 러시아 현실에서는 무용하고, 비실용적이라고 확신한다. 그로모프에게 서구의 철학이나 사상은 러시아의 현실적 맥락에서 — "이것은 철학도, 사상도, 시야의 넓음도 아니고, 나태, 고행, 잠이 덜 깬 의식의 혼돈, 독말풀 … "(8, 103) 이다. 이러한 관념분석이 진행됨에 따라 역설적으로 '관념이나 사상에서 해방되려는 인간의 자유지향'과 '삶 그 자체로의 귀환 갈구'가 드러난다.

다양한 기능을 수행하는 감옥, 정신병원 등은 억압의 기구이자 '규율과 징계의 공간'으로 규정된다. <6호실>의 첫 구절에서 나타나는 정신병원의 내부에 위치하는 '규율 공간'은 외부세계로부터 완전히 차단된 닫혀있는 공간이다. 특이한 것은 외부세계와 정신병원의 경계가 '인위적'인 것이 아니라 '자연적'인 것이라는 점이다.

> "병원의 뜰에는 우엉, 쐐기풀과 야생대마의 완전한 숲으로 둘러싸인 크지
> 않은 곁채가 있다."(8, 72)

여기서 우리는 체호프 시학에서의 세부묘사(деталь)에 주목할 필요가 있다. 그것은 자기 스스로 독특한 일반화를 함유하는 아주 작은 그림(микро-картина), 아주 작은 형상(микро-образ)을 가진다. 스따리꼬바(В. А. Старикова)는 "체호프의 세부묘사의 핵심은 분석과 가치평가의 종합이면서, 비유적 정보의 최대치이며, 말의 표현의 최소치이다"[6]라고 강조한다. <6호실>에서 특히 공간의 폐쇄성을 의미하는

'회색 담장의 형상'은 저자의 미학적 평가를 담보한 것으로써, "작품의 사상과 정서를 드러내는 핵"[7])으로 자리매김 된다. 이 형상은 <개를 데리고 다니는 부인>에서도 잘 나타나고 있는데, 끝없이 펼쳐진 회색 담장은 '구습을 완고하게 답습하는 것'과 '침체'를 상징한다. 한편 구로프의 자유분방한 자기표현에의 갈망은 회색 담장에 대한 증오로 표현되기도 한다. 철도에서 200킬로미터 떨어진 지방의 작은 도시에서 예상되는 '의지를 속박 당한 삶'은 표제 <6호실>과 결합한다. 표제 그 자체에서 이미 주인공들의 삶이 강요된 '규율공간'으로 집중되고 응축됨을 읽어낼 수 있다. 표제에 녹아있는 이러한 공간 모델은 텍스트의 모든 곳에 투사되면서, 종국에는 그것이 '닫힌 공간'이라는 해석을 가능케 한다. 레스꼬프(Н. С. Лесков)는 상징적인 독법으로 "<6호실>에는 우리들의 일반적인 질서와 특성들이 작은 모형으로 소규모로 묘사되어 있다"[8])고 말했다. 이러한 상징적 설계 속에서의 공간은 이제는 더 이상 '기하학적 공간'이 아니라 '전(全) 인류적 공간'이 되고, '러시아 자체'가 된다.

주인공의 정신병과 피해망상의 징후는 메베(Е. Б. Меве)로 하여금 심리 - 사회적 분석으로 유도한다 : "그로모프의 근본적인 관념은 박해받는 자의 관념이다. 저자의 과제는 박해의 본원이 나타나는 사회적 환경을 질책하는 것이다."[9]) 우리는 여기서 메베가 '사회적 환경'이라고 부르는 것은 구조 - 문학적 관점에서 보면 '닫힌 폐쇄된 공간 -

---

6) Старикова В. А. Многомерность чеховской детали // Творчество А. П. Чехова. Ростов-на-Дону, 1981. С. 47.

7) Там же. С. 45.

8) Паперный З. Указ. соч., С. 101에서 재인용.

9) Меве Е. Б. Медицина в творчестве и жизни А. П. Чехова. Киев, 1961. С. 111.

러시아'가 된다.

이 닫힌 폐쇄된 공간은 시간의 진행과 함께 주인공들에겐 유일한 현실이 된다. 18장에서 라긴은 6호실 안에 서서 병원 담장에서 겨우 이미터 떨어진 '돌담을 친 높고 흰 건물'을 쳐다본다. 러시아 문화에서 전통적으로 흰색의 상징적 의미는 신성함, 순수함과 관련되어 있다. 따라서 '높고 흰 건물'은 교회를 연상시킨다. 그러나 저자의 다음의 언급에 따르면 이 건물은 교회가 아니라 하나의 닫힌 '규율 공간'인 감옥이 된다. 그리고 라긴이 깨닫는 "저것이 바로 현실이다!"(8, 121)라는 진술의 지시적 성격은 감옥, 정신병원과 같은 '규율 공간'들이 서로 구별되지 않는 유사 공간이라는 것과, 유일하게 다가갈 수 있는 현실이 된다는 점이다.

쇠창살의 형상은 그 같은 규율공간의 의미상의 골격을 창조하는 레이트 모티프가 된다.

> "그(그로모프)는 인간의 비열함에 대해, 정의를 유린하는 폭력에 대해, 머지 않아 이 땅에 도래할 아름다운 생활에 대해, 그에게 **매 순간 압제자의 우둔함과 잔인함을 일깨워 주는 창문의 쇠창살에 대해** 이야기한다."(8, 75) (진한글씨는 인용자 강조임).

> "… 그러나 갑자기 절망감이 그(라긴)를 휘감았고, **그는 양손으로 쇠창살을 거머쥐고 힘을 다해 흔들어 보았다. 단단한 쇠창살은 꿈쩍도 하지 않았다.**"(8, 122) (진한글씨는 인용자 강조임).

> "물빛 같은 달빛이 **쇠창살을 통해** 비쳐서 바닥 위에 그물과 같은 그림자를 만들고 있었다. **무서웠다.**"(8, 125) (진한글씨는 인용자 강조임).

‘반복되는 쇠창살의 형상’은 주인공과 화자에게 현실과 ‘닫힌 공간’ 사이에 경계를 긋게 한다. 스따리꼬바는 작가가 빈번하게 쇠창살 묘사를 반복하면서 독자로 하여금 감옥의 예속상태를, 부자유의 고통스러운 감각을 느끼게 하며, 그 같은 방법으로 현실에 대한 예술적 판결을 내리고 있다고 파악한다.10) 찔레비치는 “세부묘사의 반복이 체호프의 세계에서 뽀드텍스트의 요소 중의 하나가 된다”11)고 강조한다. 주인공들의 철학 - 사상적 탐색은 쇠창살을 보는 것과 관련되며, 그들을 인식론적 위기로 이끌고 간다.

　<6호실>은 라긴의 죽음으로 완결된 구조로 끝을 맺는다. 이것은 <등불>의 열린 구조의 결말과 대조된다. 찔레비치는 결말의 참된 의미는 총체적인 구성 요소들, 즉 예술체계와의 연관 하에서 지각되고 분석되어질 때만이 열려진다고 피력하며, 특히 ‘시작’과 ‘끝’의 연관이 중요한 의미를 갖는다고 강조한다.12) <6호실>의 ‘시작’에서 드러나는 외부세계와 차단된 병원 곁채의 묘사는 ‘끝’에서 라긴의 죽음과 장례식의 묘사와 상관성을 가진다. 다시 말해 공간의 경계가 ‘시작’부터 좁아지는 것과 모스끄바와 뻬쩨르부르그, 바르샤바 여행에도 불구하고 병원의 곁채로 공간의 중심이 다시 이동하는 것은, “삶 그 자체가 병원 곁채의 협소함에 스며들면서 오그라들고, 비틀어 꼬이는 듯”13)한 라긴 삶의 ‘끝’과 관련되기 때문이다.

　체호프는 <6호실>의 결말에서 라긴의 죽음을 통해 득자들에게 다

10) См.: Старикова В. А. Указ соч., С. 41.

11) Цилевич Л. М. Стиль чеховского рассказа. Даугавпилс, 1994. С. 154.

12) Цилевич Л. М. Сюжет чеховского рассказа. Рига, 1976. С. 101.

13) Камянов В. Время против безвременья. Чехов и современность. М., 1989. С. 9.

시 한 번 꽉 막히고 닫힌 진정한 의사소통이 부재하는 '닫힌 공간 ─ 현실'의 섬뜩한 비극성을 보여주고 있다.

<6호실>에서는 일상생활의 슈제뜨와 사상적인 슈제뜨의 2가지 노선이 있는데, 이것은 실존적, 사상적 위기로 귀결되는 주인공의 자기인식의 발전과정에 의해 규정된다. 까즈로프스까야(И. С. Козловская)는 '서술의 사건적인 수준'과 '주인공 내면진화의 역동성'의 상호관련이 슈제뜨의 움직임에 날카로움을 부여한다고 강조했다.[14] 라긴에 의해 차용된 스토아 철학과 페시미즘 철학이 논쟁이나 대화로 드러나는 사상적인 슈제뜨는, 한편으로 주인공들의 병의 원인과 일상생활에서의 행위를 설명하는 역할을 한다. 라긴은 현실에서 무기력하고 나태해진 원인에 대해 이렇게 읊조린다.

> "불성실한 죄는 내게 있는 것이 아니고, 시대에 있다. 만약 200년 후에 태어났더라면 나도 딴 사람이 되었을 것이다." (8, 92-93)

이러한 라긴의 사고는 러시아 인텔리겐차의 유형학적인 특징을 반영하는데, 베르쟈예프가 말하는 "무기반성"[15]과 관련된다. 베르쟈예프는 러시아 인텔리겐차들이 "현재에 살지"[16] 못하고, 항상 "미래에 살거나 이따금 과거에 산다"[17]고 지적한다.

주인공들 사이의 논쟁이 슈제뜨의 출발점이 되는 체호프의 다른 사상적인 중편 소설들과 비교해서, <6호실>에서는 1장에서 7장에 걸

---

14) См.: Козловская И. С. Повести А. П. Чехова 90-Х годов. Горький, 1990. С. 4-5.

15) Бердяев Н. А. Истоки и смысл русского коммунизма // Философия свободы. Истоки и смысл русского коммунизма. М., 1997. С. 258.

16) Бердяев Н. А. Русская идея. М., 1990. С. 64.

17) Там же.

쳐 오랫동안 '공간 노출'이 나타난다. 체호프는 의도적으로 단조롭고, 서술템포가 느린, 분석적인 톤을 사용하면서, 신문과 잡지 장르의 속성이 반영된 사회 평론인 <사할린 섬>의 특성을 미리 브여주고 있다.

정밀하고도 거침없는 병원의 곁채묘사와 인물특성 묘사로 특징 되는 1장의 노출은 외관상으로는 일상생활의 슈제뜨와 관련되지만, 실제로는 사상적 슈제뜨를 창조하는 장치가 된다. 이러한 특성을 갖는 1장에서 7장에 걸친 일상생활의 슈제뜨는 하나로 잘 짜여진 '닫힌 공간의 완전한 지배력에 관한 슈제뜨'로 되는 것이다. 주목할 만한 것은 체호프가 '규율 공간'의 지형도를 가지고 치밀하게 노출을 시작한다는 점이다. 우선 병원 곁채 실내의 '닫힌 공간의 정체돈 시간의 흐름'을 나타내는 '악취 묘사'를 한 다음, 6호실 환자들의 초상을 그리기 시작한다. 나아가서는 '규율 공간'의 억압요소로 필수 불가결한 간수 니끼따와 그와 대비되는 유태인 바보 모이세이까와 그로모프의 초상을 부각시킨다. 이처럼 체호프는 인물들의 묘사 때에 즈로 그들의 사회적 역할이나 주도적 관념을 드러내는 데에 힘을 집중시킨다.

> "그(니끼따)는 세상에서 무엇보다 질서를 사랑하고 그래서 그놈들을 때려야만 한다고 확신하고 있는, 저 단순하고 적극적이고 열성적이고 우둔한 사람들 중에 속한다." (8, 72)

2장에서는 그로모프의 경력이 진술되는데, 그의 심리적 특성도 함께 나타난다. 체호프는 일반화의 기법을 사용하는데, 그로모프의 형상은 당시 러시아 인텔리겐차가 갖는 특성들을 표현하고 있다. 그로모프는 자신의 시야에서 어떤 미묘한 사상적 차이, 음영을 소거해 버린다.

"사람들을 판단할 때에 그는 결코 어떠한 음영도 허용치 않고, 오직 흑과 백, 두 색의 선명한 물감만을 사용했다. 그의 생각으로는 인류란 정직한 자와 비열한 자로 나누어지고 그 중간은 없었다." (8, 76)

한편 그로모프의 독서체험이 그의 모든 인식의 나머지 형태를 대체하는데, 현실에 대한 투사가 없는 그의 독서는 '그의 병적인 습관들 중의 하나'로 특징 지워진다.

"그 표정으로 보아 그는 분명히 그냥 읽고 있기보다는 이해하기가 무섭게 글을 꿀꺽꿀꺽 삼키고 있다는 편이 옳았다. 닥치는 대로, 작년 신문이나 잡지까지도 탐독하는 것을 보면 독서는 오히려 그의 병적인 습관들 중의 하나였다." (8, 77)

빠뻬르느이는 "체호프 주인공들의 신경질적인 것, 병적인 것은 불건강한 비정상적인 관계에 대한 자연스런 반응이며, 반인간적인 삶의 조건에 대한 반작용이다"[18]라고 정리한다. 그로모프의 인식 속에서는 이미 자기를 둘러싼 지방도시의 현실에 대한 반작용이 감행된 것으로 여겨진다.

이와 같은 맥락에서 4장은 전직 우체국 분류 - 정리 계에 있었던 사람의 정신착란, 과대망상에 관한 묘사로 채워진다. 그는 자신을 스따니슬라브 2등 훈장으로 표상되는 인물과 동일시하며, 늘 훈장에 관한 이야기만 되풀이한다. 한 존재의 '사상적인 페티시즘'의 반복이 닫힌 공간에서의 매일 매일의 되풀이되는 일상과 씨줄과 날줄처럼 교직된다.

---

18) Паперный З. С. Указ. соч., С. 53.

"이렇게 매일 매일이 지나간다. 전직 우체국 분류-정리 계원은 언제나 똑같은 훈장 이야기만 되풀이한다." (8, 81)

5장부터 8장에 걸쳐서는 라긴의 전기, 철학적 관점, 사상적인 기호가 진술되어 있다. 여기서 이끌어진 정보는 일상생활의 슈제뜨의 액자틀이 되며, 러시아 일상적 삶과의 콘텍스트 하에서 라긴 철학의 발전과 위기를 반영한다.

9장부터 11장에 걸쳐서는, 처음으로, 주인공들의 사상적 논쟁의 형태로 사상적 슈제뜨가 전면으로 부상하게 된다. 여기서 의미의 하중은 라긴의 관념에 실려 있다. 그는 철학적으로 사유하는 페시미스트이고, 쇼펜하우어의 계승자이다. 그는 그로모프와의 논쟁을 통해 내면적 방황의 기로에 선다.

12장부터 15장에서는 일상생활의 슈제뜨가 다시 전면에 나타나고, 현실과 라긴의 관념이 빚어내는 불화와 부조화가 몇 가지 형태로 드러난다. 라긴의 정신능력을 감정하기 위한 의사위원회가 열리는 삽화적 에피소드가 그 중의 한 축이고, 이 작품의 시공간성을 축조하는 데 일정한 역할을 하는 미하일 아베랴느이치와 함께 하는 '라긴의 여행'이 또 다른 중심축이 된다. 여행의 에피소드는 삶의 현실과 어쩔 수 없이 다시 맞대면하고 마는 라긴의 내면적 갈등을 반영하면서, 한편으로는 사람들 사이의 '진정한 이해의 부재'를 보여준다. 공간과 관련해서 살펴보면, 라긴은 여행 중에도 '열린 거리의 공간'으로 나가기보다는 '폐쇄된 공간(호텔방)'에 머물기를 선호하고, 종국에는 그전의 삶의 공간으로 귀환하고 마는 '자폐적 증세'를 드러낸다.

작품의 결말 부분은 16장에서부터 시작되는데, 라긴이 정신병원에

유폐되는 장면 후에는 사상적 슈제뜨가 완전히 일상생활의 슈제뜨를 압도하게 된다. 이것은 정신병원 안에서 라긴과 그로모프의 논쟁이 다시 시작되는 것을 의미한다. 16장에서 18장에 걸쳐 라긴의 형이상학적인 위기가 죽음에 대한 공포, 양심의 문제로 귀결되는데, 죽음은 이러한 인식의 총계이자 결산의 의미가 있다. 마지막 19장에서 라긴의 죽음과 장례식은 다시 일상생활의 슈제뜨로 돌아감을 의미한다. 뇌일혈에 이은 그의 죽음은 '닫힌 공간'이 그를 삼켜 버리고, 최종적인 승리를 거두었음을 의미하며, 사상적 슈제뜨와의 희미한 접촉으로 간주할 수 있다.

<6호실>에서 '닫힌 공간'의 명백한 안티테제는 '저 세상' 혹은 '신화적인 내세왕국'이 된다. 그로모프의 말이 이를 뒷받침한다.

> "…이 생활이 고통에 대한 보답이나 오페라에서와 같이 아름다운 종막으로 끝나는 것이 아니라 죽음으로써 대단원의 막을 내린다는 거지. (…) 그 대신 **저 세상**에 가면 우리의 축제일이 있을 테니까… 난 유령이 되어 **저 세상**에서 여기로 나와 그 독사들을 혼내주어야지. 그 녀석들의 머리를 하얗게 세게 만들어야지." (8, 121) (진한글씨는 인용자 강조임).

더 나은 내세의 신화적 원형은 러시아 인텔리겐차의 종말론적인 관념, 진술들과 관련된다. 그들은 현실을 '사상의 새장', '사상의 우리'로 인식했다. 그리고 자신의 종교적 - 유토피아적 과제에 의해 '다른 삶', '다른 세계에로의 도달'을 갈구했으며, 현실 너머의 '저 세상'에 자신을 투사시켰다. 그래서 미하일롭쓰끼는 러시아 인텔리겐차의 종말론적 탐색의 관점에서 체호프의 사상적 풍자를 이해했다. 그는 그것을 "하늘을 향한 수직선, 평평한 현실 위로 인간들을 들어올리는

3차원의 세계"[19]로 간주했다.

<6호실>에서는 일상생활의 슈제뜨가 사상적 슈제뜨를 비춰주며, 사상적 슈제뜨의 서술 부분이 된다고도 할 수 있겠다. 이와 같은 맥락에서 라긴의 죽음으로 표상되는 일상생활의 슈제뜨의 완결성은 사상적 슈제뜨에도 투사된다. 사상적 슈제뜨는 닫혀 있고, 거기서 '러시아의 현실'이 제시된다.

3.

일련의 체호프의 사상적인 중편소설들의 주인공들은 각자가 하나의 통일된 관념(идея)을 말하는 것 같지만, 실제로는 '통일성과 단일성'이 부재하는 관념을 피력할 뿐이다. 그리고 진실로 서토가 서로를 이해하려 하지도 않을뿐더러, 상대방의 관념에 마음을 열고 귀를 기울이지도 않는다. 이러한 체호프 주인공들의 '상호 이해의 부재', '대화 부재성'은 많은 연구자들의 지적처럼, 체호프 시학의 구조적 원칙이 된다. 수히흐는 이러한 '대화 부재성'을 두고, "체호프는 극한까지 등장인물들의 심리적 공존의 불가능과 비동질성으로 이끌고 간다 : 개개의 주인공은 거의 자신의 시간을 살고, 자신의 오솔길을 따라 달려가고, 드물게 심리적 접촉이나 이해가 가능한 지대를 출입한다"[20]고 비유한다. 바일(П. Вайль)과 게니스(А. Генис) 또한 체호프 주인공들의 '상호 이해의 부재'에 대해 언급했다 : "체호프 주인공들의 독단성, 비반복성, 개인성은 삶을 참기 어렵게 만들면서, 극한까지 이르고

---

19) Михайловский Н. К. Кое-что о Чехове // Русское богатство. 1900. No. 4. С. 137.
20) Сухих И. Н. Проблемы поэтики А. П. Чехова. Л., 1987. С. 142.

자 하는 자유의 외적 표현이다 : 어느 누구도 다른 누구를 이해하지 못한다는 것, 세상은 분열되어 있고, 인간들의 관계는 공허하고, 인간은 고독의 유리껍질 속에 감금되어 있다. 체호프 식의 대화는 자주 간헐적인 독백으로, 수신인 주소가 적혀있지 않은 항변의 나열로 전치되어 버린다."[21] 달리 표현하면, 체호프의 산문에는 로만 야꼽슨이 말하는 언어의 의사소통 기능이 파열되어 있고, 그 상황에서 언어의 시학적 기능이 형성되고 있다.

<6호실>에서도 이러한 특성이 라긴과 주변 인물들(호보또프, 미하일 아베랴느이치, 라긴의 정신감정위원회에 모인 위원들)간의 관계에서 표출되고 있다. 또 다른 측면에서 보면, '6호실'의 공간에서는 상징과 현실 사이의 '의사소통 체계'가 부재한다. 이 닫힌 공간에서는 현실에서 차단된 주인공(우체국 분류-정리계원)이 자신만의 상징체계에 몰두하고 있다. 또한 그는 자신의 사고와 행동을 현실의 '이 세상'에 결부시키는 것이 아니라 '문화적인 상징'에 결부시킨다. 따라서 그에게는 자신보다 나폴레옹이나 케사르가 '더 구체적이고 현실적인 자신'이 될 수 있는 것이다. 그리고 그러한 주인공의 삶은 자신이 만들어 낸 '관념 속의 삶'이다. 예를 들면, <광인 일기>에서 왜소한 관리인 주인공은 자신을 에스파니아 국왕 페르디난도와 동일시한다. 최대한 상징적이고 비중이 있는 형상과 자신을 동일시하고, 이국적이고 낯선 것과의 컨텍스트를 통해 '러시아 현실과의 괴리'를 극대화시켜 버린다.[22]

---

21) Вайль П. и Генис А. Родная речь. М., 1991. С. 183.
22) 고골의 <뻬쩨르부르그 이야기>에서 일어나는 현실과 괴리된 관념, 환상 혹은 비실재적 사건들은 '공간의 의미장'과 밀접한 관련을 맺는다. 윤새라는 <뻬쩨르부르그 이야기> 사이클에 나타나는 비논리성, 환상과 허구를 로뜨만이 말하는 '고골의 공간(1. 환상적이고 비실재적 사건들로 채워진 비공간 2. 딱딱하게 굳고 공간적으로도 닫힌 세계

"오늘은 ― 가장 위대한 승리의 날이다! 에스파니아엔 국왕이 있다. 그가 발견되었다. 바로 그 국왕이 나인 것이다."[23]

<6호실>에서의 정신병원은 또한 사회적 현실과 관념의 괴리가 발생하는 지점이자, 그것이 극한까지 치닫는 곳이다. 그로모프의 경우는 자신의 관념과 현실사이의 진정한 '의사소통 체계'가 차단되고 있어, '이 세상' 현실의 문제를 '저 세상'에 결부시키고, 유토피아를 지향하는 관념을 강조하게 된다.

19세기말 러시아의 인텔리겐차들은 자신의 조국에서 상징적 의미에서 '사회적 신분을 잃어버린 사람(изгой)'이다. 이들은 자신의 '사회적 소외'를 급진적으로 극복하려고 하는데, 이것에 관해 로뜨만(Ю. М. Лотман)과 우스뻰스끼(Б. А. Успенский)가 통찰적인 발언을 하고 있다 : "자신을 쳐다보는 외부적 시선을 자기화시켜 받아들이는 인텔리겐차에게 사회적 책임의 콤플렉스, 속죄의 모티브, 사회적 신분을 잃어버림(изгойничество)을 스스로 극복하려는 도덕적 요구가 나타나는데, 이것은 사회구조와 결합하게 된다."[24] 한편 표도또프(Г. П. Федотов)는 현실과 단절된 인텔리겐차의 운명을 묘사한다 : "인텔리겐차들은 귀족저택과 사제의 집으로부터 아무런 정치적 경험 없이, 국가적인 업무와 러시아 현실과의 아무런 관계도 없이 정치적 도정에 올랐다. 현

---

3. 기표의 공간과 기의의 공간이 서로 일치하지 않음 4. '높은 곳'과 '낮은 곳'의 기표와 기의가 전복되는 현상이 발생)' 메카니즘과 관련하여 분석한다(윤새라, "고골의 <뻬쩨르부르그 이야기>에 나타난 환상", 고려대학교 석사학위논문(1995), 23-26쪽 참조).

23) Гоголь Н. В. Полн. собр. соч.: В 14 т. Т. 3, СПб., 1938. С. 207.

24) Лотман Ю. М., Успенский Б. А. "Изгой" и "изгойничество" как социально-психологическая позиция в русской культуре преимущественно допетровского периода // Типология культуры, взаимное воздействие культур. Тарту, 1982. С. 121.

실과 분리된 사상의 공기로 숨 쉬는데 익숙해져, 인텔리겐차들은 혐오와 심한 두려움을 가지고 현실세계를 쳐다보았다."[25]

　라긴 역시 결국에는 위에서 강조된 인텔리겐차의 특성을 가진 채, 현실에서 '사회적 신분을 잃어버린 사람'이 된다. 라긴은 관념과 현실의 괴리를 좁히는데 실패함에 따라, 그의 개성과 인격은 이지러지고, 급기야는 자아 분열을 일으킨다. 이러한 맥락에서 라긴의 형상에 대한 저자의 이원론적인 가치평가에 대해 말할 수 있다. 한 측면에서는, 저자가 등장인물과의 거리를 유지하면서 풍자적이면서도 객관적으로 그를 묘사한다. 다른 측면에서는, 라긴이 저자의 '두 번째 자아(второе я)'가 되는데, 라긴은 부분적으로 저자와 동일시되고, 저자의 세계인식의 사용자가 된다. 이것을 구조적 측면에서 살펴보면, <등불>에 비해서 <6호실>에서는 화자의 서술과 역할이 점차로 축소되는 반면에, 주인공과 저자의 목소리가 교차하고 마주치는 층(평면)이 광범위해진다. 이러한 현상은 <등불>에서의 저자의 의도가 물음표를 지향한다면, <6호실>에서는 마침표를 지향하는 것과 무관하지 않다.

　전통적으로 <6호실>은 "사회의 전횡에 대한 상징"[26]으로 해석되거나, '러시아 인텔리겐차의 삶과 운명에 대한 알레고리적인 제시'로 파악된다. <6호실>에는 인간의 실존탐색, 유폐된 자아의 출구모색이라는 근원적인 문제들과 더불어서 사상적인 논쟁, 인텔리겐차의 운명, 적극적이고 활동적인 현실참여와 수동적인 관조의 문제 등이 나

---

25) Федотов Г. П. Революция идет // Русские философы: конец XIX-середина XX века. М., 1996. С. 114.

26) Елизарова М. Е. Творчество Чехова и вопросы реализма конца XIX века. М., 1958. С. 136.

타나 있다. <6호실>의 개개의 주인공은 현실과 분리된 채, 관념적인 형태로 자신의 신념을 실현시키려고 애쓴다. 프랑끄(С. Л. Франк)에 따르면, 19세기말과 20세기초의 세기의 경계에 선 러시아 인텔리겐차들은 "항상 신념을 찾았고 자신의 삶을 신념에 바치기를 갈망했다."[27] 그러나 <6호실>의 주인공들은 자신의 신념의 실현 방법이 현실과 부합하지 않는다는 것을 희미하게 깨닫게 되고, 그들만의 닫힌 사상적 공간 속에 그 모든 것을 남겨 놓게 된다. 달리 말하면, 주인공들의 자아가 현실 세계와 결합되지 못했다는 의미이고, 모든 것을 '이성의 기획' 속에 남겨둔다는 것에 다름 아니다. 라긴은 <6호실>의 법이나 규정을 극복하려고 노력했던 인물이었으나 그 한계를 극복하지 못했다. 라긴이 자신의 관념, 신념에 부합하는 현실을 창조하지 못했다는 의미다. 따라서 정신병원의 위상기하학(топология)은 주인공의 관념과 현실의 괴리, 단절, 파열로 규정할 수 있다. <6호실>에 드러난 라긴의 관념은 결과적으로 현실과 실재에서 차단되는 한계가 있고, 그에 대한 반작용으로 표출되는 그로모프가 지향하는 유토피아는 현실과 실재를 초월하려 한다는 측면에서 역시 한계가 있다.

사회적 인식을 규정하는 표상들의 총합으로써의 사상은 사회적 현실의 리포트가 되기를 강요받는다. 체호프는 19세기말의 인텔리겐차들의 위기를 '사상적 기획'과 '현실적 기획'의 괴리감, 불일치에서 찾아내고, <6호실>에서 관념과 현실이 서로 맞물리지 못하는 상황'의 한 국면을 제시하고자 했다.

---

27) Франк С. Л. Этика нигилизма // Вехи. Интеллигенция з России. Сб. ст. 1909–1910. М., 1991. С. 184.

5장
다락이 있는 집

"미슈스 너는 어디에?"

1.

『러시아 사상』(1896, No.4, 1-17쪽)을 통해 발표된 <다락이 있는 집>에서는 1인칭 화자의 형상, 그의 감정과 느낌, 사유(관념의 흐름)가 중요한 의미를 획득한다.[1] "예술가의 이야기"라는 부제에 걸맞게 1인칭 화자인 예술가가 회상의 형식으로 자신의 이야기를 풀어나간다. 체호프는 4장으로 된 희곡 형태로 <다락이 있는 집>을 구성하는데, 1장에서는 예술가와 볼차니노프 가족과의 만남을 보여준다(발단). 2장에서는 그들이 서로 가까워지고, 사건의 발전에서 숙명적인 역할을 담당하는 주된 상황이 제시되고 있다. 구체적으로 말하면, 리다와 예술가의 논쟁이 암시되고, 두 사람간의 직접적인 충돌과 논쟁은 일

---

1) 추다꼬프는 이 같은 1인칭 화자의 이야기가 <등불>(1888)에서 시도돼고, <지루한 이야기>(1889)에서 발전되며, <다락이 있는 집>에서 확고히 정착된다고 말한다.(Чудаков А. П. Мир Чехова : Возникновение и утверждение. М., 1986. С. 128)

어나지 않는다(전개). 3장에서는 리다와 예술가의 첨예한 논쟁이 직접
적으로 드러나면서, 관념과 현실의 경계에 서있는 주인공들의 모든
생각과 감정이 밖으로 표출된다(절정). 4장에서는 3장에서 일어난 모
든 것의 결과로, 미슈스의 갑작스러운 '떠남'이 대미(大尾)를 장식한다
(대단원)2).

2.

4장으로 이루어진 이 작품은 크게 두 부분으로 나눌 수 있는데,
그 중 한 부분은 2장과 4장에 걸쳐서 드러난 예술가와 미슈스의 '이루
지 못한 사랑'이다.3) 이것을 강조할 경우 <다락이 있는 집>은 서정적
인 단편소설(лирический рассказ)에 가깝다.4) 다른 한 부분은 3장에
나타난 예술가와 리다의 논쟁으로, 이 프리즘을 통해 사회적 맥락과 시
대적 징후를 읽어낼 수 있다.5) 여기에 드러난 의미들에 더 하중을 실을

---

2) См.: Полоцкая Э. А. А. П. Чехов: Движение художественной мысли. М., 1985.
   С. 185. 1890년대 후반부터 체호프는 이러한 4장으로 된 희곡 형태로 <개를 데리고 다니
   는 부인>(1899), <주교>(1902)를 쓴다.(Там же)

3) 이와 관련해서 인간과 인간 '사이'에 존재하는 사랑의 문제와 '인간사이의 이해의 문제'
   가 다뤄지고, 주인공들의 공간과 <다락이 있는 집>이라는 표제어에 대한 탐구가 행해
   진다. 또한 가로수 길의 형상과 이미지, 그 시적 기능이 언급되면서 맨 마지막 구절
   "미슈스 너는 어디에?"와 결합해서 생겨나는 '울림의 시학'에 대해 말한다.

4) 이고르 수히흐는 이고로프와 까따예프가 이 작품을 '이루지 못한 사랑의 이야기'로
   보고 있다고 규정한다(Сухих И. Н. Проблемы поэтики А. П. Чехова. Л., 1987. С.
   117). 이에 관해서는 Егоров Б. Ф. Структура рассказа <Дом с мезонином> // В
   творческой лаборатории Чехова. М., 1974. С. 253-269; Катаев В. Б. Проза Чехова.
   М., 1979. С. 226-238을 참조할 것. 연구자는 에르밀로프가 이 작품을 두고, 사회적인
   주제들에 대한 해석에 많은 지면을 할애한 점은 인정하지만, 그 또한 근본적으로는 이
   작품을 '이루지 못한 사랑의 이야기'로 간주하는 것이 아닌가 하고 조심스럽게 규정한
   다.(Ермилов В. А. П. Чехов. М., 1951. С. 190-197)

경우 이 작품은 사상적인(관념체계가 드러난) 중편소설(идеологическая повесть)6)에 해당된다.

이 작품에서는 미슈스와 사랑에 빠진 예술가의 정서와 그 내면세계가 슈제뜨의 중요한 노선을 이루고, 예술가와 리다의 논쟁에서 드

---

5) 여기서는 똘스또이의 '작은 일' 이론과 체호프의 '큰 가치' 이론이 리다와 예술가의 주장을 통하여 은닉된 논쟁으로 내장되어 있다. 그리고 이에 직간접적으로 관련되거나 영향을 끼친 미하일롭스끼의 '진보의 이론'이나 글렙 우스뻰스끼의 작품 『토지의 힘』이 깐쩩스트가 된다. 또한 당시 인텔리겐차의 한 전형인 리다가 갖는 경직성과 제한성, '지성의 전횡' 문제가 큰 가치를 추구하는 예술가의 시적인 품성과 비교된다. 나아가서 예술가의 '최소한의 노동과 정신활동의 자유'가 체호프의 유토피아와 결부되면서 반향의 시학을 낳는다.

6) 베르드니꼬프와 도날드 레이필드 그리고 벨낀은 이 작품을 '사상적인 증편소설' 장르라고 규정하지는 않았다. 다만 베르드니꼬프는 『안똔 빠블로비치 체호프. 이념적이고 창조적인 탐색들』이라는 저술의 19장 "작은 이익에 대한 생각"에서 <다락이 있는 집>을 <나의 삶>과 연결하면서, 똘스또이의 이론('작은 일'과 '간소한 생활')에 대한 체호프식의 해석으로 간주하고 있다.(Бердников Г. П. А. П. Чехов. Идейные и творческие искания. М., 1984. С. 330-345) 니꼴라예프는 이렇게 정리한다 : "베르드니꼬프는 체호프가 사회학자나 경제학자가 아니라 예술가로서 독자를 진리로 이끌어 감을 강조하는 걸 잊지 않는다. 그럼에도 불구하고 서정적인 <다락이 있는 집>에서 의미상의 중심은 '사회적'이라는 것이다."(Николаев П. Советское литературоведение и современный литературный процесс. М., 1987. С. 86) 도날드 레이필드는 "체호프의 독자들이 <다락이 있는 집>을 사랑이야기나 붕괴된 낙원의 환기로 자연스럽게 받아들이지 않고, 우사-사회주의(quasi-socialism)와 유사-종교정적주의(quasi-religious quietism) 사이의 논쟁으로 파악한다"고 지적한다.(Donald Rayfield, Chekhov : The evolution of his art. London, 1975. 161쪽) 한편, 벨낀은 이 작품을 통해 체호프가 작은 이익과 큰 일의 문제, 내면적인 정당성과 위선의 문제, 독단주의와 영원한 탐색의 문제를 연결시키고 있다고 보았다.(Белкин А. А. Читая Достоевского и Чехова. М., 1973. С. 230-264) 연구자는 'идейный'와 'идеологический'를 우리말로 '이념적인', '사상적인'이라고 구분해 용어를 사용한다. 그리고 후자에다가 (관념체계가 드러난)을 함께 명기한다. '사상적인(관념체계가 드러난) 중편소설'이라는 장르개념은 수히흐가 체호프의 1888년 이후의 후기 작품들을 분류하면서 만들어 내었다. <등불>(1888), <지루한 이야기>(1889), <결투>(1891), <6호실>(1892), <무명씨의 이야기>(1893), <검은 수사>(1894), <다락이 있는 집>(1896), <나의 삶>(1896)으로 대표되는 사상적인 중편소설의 중요한 특징으로는 주인공들의 체계(주인공-사상적 논쟁의 결투자)와 해결되지 않는 갈등, 이러한 요소가 파생시키는 일상생활의 슈제뜨와 사상적 슈제뜨의 병렬과 교직을 꼽을 수 있다.

러나는 사유와 사회적 주제가 또 다른 중요한 노선을 형성하고 있다. 이러한 점은 이미 에르밀로프(B. Ермилов)가 '친근한 서정적 주제'와 '사회적 큰 주제'라는 표현을 쓰면서 언급했고[7], 벨낀(A. A. Белкин) 또한 '사랑의 슈제뜨(любовный сюжет)'와 '사상적인 논쟁(идеологический спор)'이라는 용어로 이 두 부분을 표현했다.[8] 수히흐(И. Н. Сухих)와 찔레비치(Л. М. Цилевич)는 구조 - 미학적 측면에서 혹은 주제 - 구성적 측면에서 '슈제뜨의 노선(сюжетная линия)'이라는 개념을 도입해 이 두 부분을 정교하게 가다듬는데[9], 수히흐는 '일상생활의 슈제뜨의 노선(бытовая сюжетная линия)'과 '사상적 슈제뜨의 노선(идеологическая сюжетная линия)'이라는 용어를 사용한다.[10]

본론에서는 편의상 이 작품을 '이루지 못한 사랑이야기'가 표현된 서정적 단편소설로 보는 경우와 사회적 맥락과 시대적 징후가 드러

---

7) Ермилов B. Указ. соч., C. 193.

8) См.: Белкин A. A. Указ. соч., C. 230-264; Сухих И. Н. Указ. соч., C. 118.

9) См.: Цилевич Л. М. Сюжет чеховского рассказа. Рига, 1976. C. 147-160. 찔레비치는 두 개의 슈제뜨의 노선(예술가-제냐, 예술가-리다)이 1장과 2장에서는 서로 평행하게 흘러가면서, 정서적인 대조(контраст)의 심화와 함께 갈등을 점차로 성숙시키고 있다고 파악한다. 특히 2장에서는 3장의 논쟁에 참가하는 주인공의 특성을 미리 보여주고, 유발되는 갈등 속에서의 힘의 배치에 대해서도 소개하고 있다고 본다.(Там же. C. 152)

10) См.: Сухих И. Н. Указ. соч., C. 117-129. 수히흐는 <다락이 있는 집>을 분석하면서, 주인공인 예술가와 리다 사이에 일어나는 논쟁(인간의 자유와 '큰 가치'를 논하는 예술가의 견해와 가까이 산적해 있는 '작은 것'부터 바꾸자는 리다의 견해의 충돌, 갈등)이 야기시키는 사상적 슈제뜨의 측면에 주목한다. 특히 그는 사상적 슈제뜨가 완결되지 않은 채, 열린 상태로 자신의 논리를 갖고 텍스트를 흘러간다고 본다. 그리고 사상적 슈제뜨와 일상생활의 슈제뜨가 평행하게 흐르면서도, 서로가 서로를 되 비춰 주고 있다고 파악한다. 또 이러한 흐름 속에서 관념은 그 사용자에 의해 사라지는 것이 아니라, 독립된 존재로 이끌어 진다고 강조한다. 나아가서 그는 이 같은 두 가지 슈제뜨와의 관련하에서 주인공과 관념의 문제, 저자의 위상, 화자의 입장, 저자와 화자와의 거리에도 관심을 가진다.

난 사상적 중편소설로 파악하는 경우로 대별하고 있지만, 사실은 그렇게 나누는 주도적 인자(доминанта)들이 서로 연결되고, 얽혀 있다. 따라서 이 작품이 서정적 단편소설과 사상적 중편소설 중에 어디에 더 가까운 예술양식인가를 밝히는 것이 이 연구의 목적이 아님은 자명해진다. 연구자는 <다락이 있는 집>에 나타난 주도적 인자들이 긴밀하게 상호관련 되면서 '서로 겹쳐지고 있는 것'과 그 2중의 겹쳐짐 속에 관념과 현실을 오가는 주인공 내면의 존재론적 - 인식론적 운동을 보여주고자 한다. 또한 연구자는 1인칭 화자가 서로 "겹쳐져 있는 것들을 절실한 자기어법으로 이야기"[11]하고, 관념과 현실의 틈새에서 자신의 진정성을 드러내는 과정에서 <다락이 있는 집>이 새로운 확장된 의미를 얻는다는 것을 규명해 내고자 한다.

3.

3-1. 어느 예술가의 사랑, 그 울림의 서정성

체호프 작품세계의 마지막 시기는 자주 반복해서 '사랑'이라는 주제로 향한다. <다락이 있는 집>(1896), <나의 삶>(1896), <나무딸기> (1898), <사랑에 대하여>(1898), <개를 데리고 다니는 부인>(1899) 등 이러한 작품들 속에서 '한 시대의 총체를 드러내는 사랑'을 통하여 인간과 세계의 단절, 개인과 사회의 부조화와 갈등의 문제를 형상화한다. 나아가서 '세계 내에서 인간이 갖는 가치'라는 철학적인 문제로까지 나아가기도 한다.

---

11) 이인성, "정열 가다듬기", <식물성의 저항>, 서울 : 열림원, 2000, 131쪽.

위에 언급된 작품들에서는 인간을 고결하게 하고, 한없이 고양시키기도 하는 복잡하고도 심오한 감정인 사랑이 그 당시 귀족사회의 삶의 조건, 상황과 충돌하면서 빈번히 파괴된다. 그 사랑은 비극적인 색채로 마감되거나(<나의 삶>), 애틋하고 쓸쓸한 여운과 울림을 남기든지(<다락이 있는 집>), 아니면 희망과 절망이 교차된 이중적인 느낌, 조건부의 희망의 모티브를 나타내기도 한다(<개를 데리고 다니는 부인>).

한편, 체호프는 사랑의 프리즘을 통하여 그의 예술세계를 관통하는 일관된 주제인 '인간사이의 상호이해의 문제', '의사소통의 문제'를 다양한 형태로 변주시키고 있다(<문학선생>(1889-94), <다락이 있는 집>, <나의 삶>, <상자 속에 든 사나이>(1898), <사랑에 대하여>). 어쩌면 체호프는 "사랑은 '나'의 안에 있는 것이 아니라 '나'와 '너'의 '사이'에 있는 것이다"(마틴 부버)라는 말을 예감하기라도 한 듯, 인간(나)과 인간(너)의 '사이'에 존재하는 그 '관계의 그물망'을 탐색하는 것에 그의 온 예술적 열정을 소진한다.

체호프와 관련된 자료 중에 <다락이 있는 집>에 대한 저자 생각의 일단을 드러내는 기록이 있다 : "지금 <나의 약혼녀>라는 단편을 쓰고 있다. 언젠가 내게도 약혼녀가 있었다 … 내 약혼녀를 '미슈스'라고 불렀다. 나는 그녀를 무척 사랑했다. 나는 이에 대해 쓴다."[12]

이런 맥락에서 보면, 이 작품의 주요한 슈제뜨의 노선과 흐름은 매혹적인 처녀 미슈스(제냐)에 대한 예술가(화자)의 이루지 못한 사랑을 '회상의 형식'으로 말하고 있는 것이 된다. 예술가의 단조롭고 지루한 일상(будни)의 삶에서 미슈스와의 만남은 하나의 경이로운 축제

---

12) Стахорский С. В. (Под. ред.) Энциклопедия литературных произведений. М., 1998. С. 151에서 재인용.

일(праздник)의 시작이었다. 그의 내면에서 솟아나는 기쁨과 환희가 이전의 고독과 공허감을 뒤덮어버렸고, 그녀와의 사랑은 예술가의 영감을 자극해서, 창작에의 열망을 자아낸다. 나아가서 존재의 고양되고 충만된 느낌까지도 불러일으킨다. 예술가는 일상 속에서 초연(超然)한 성정(性情)을 보존하면서, 일상적인 틀을 초월하는 그 무엇, 그 어떤 것에 대해 이야기하고, 미슈스는 이에 공감한다.

> **"그녀는 영원하고 아름다운 영역으로, 그녀 생각으론, 내가 친근한 사람이 되는 이 지고의 세계로, 나에 의해 이끌리기를 바랐던 겻입니다. 그녀와 나는 하나님이라든가 영생이라든가 기적에 관해 이야길 했습니다"**13) (진한 글씨는 인용자 강조임).

이러한 진술은 다른 등장인물들(리다, 벨로꾸로프, 류브피 이바노브나)과 예술가와 미슈스를 구별시켜주는 중요한 요소이다. 달리 말하면, 그들에게서 아름다움이나 영원성과 관련된 감정을 찾기는 어렵다. 또한 벨로꾸로프와 류보피 이바노브나 사이에서 진실된 사랑, 속 깊은 이해를 생각하기란 불가능하다. 그러한 주인공들의 특성과 그들의 삶과 세계에 대한 태도는 주인공이 몸담는 공간과 밀접한 관련을 맺는다. 예술가가 머무는 공간인 오래된 귀족의 집은 크고, 높고, 휑하고, 일상세계의 외부에 존재하는 듯 하다.14) 예술가는 일상의 밖에서 사고하는 듯 하고, 그의 거처는 평범한 주거공간의 장식물대신에 정면에 원주를 세운 거대한 홀과 '큰 열 개의 창문'15), 폭이 넓은 소파

---

13) Чехов А. П. Полн. собр. соч. и писем: В 30 т. Соч. Т. 9. М., 1985. С. 180. 편의상 원문을 번역하여 인용하였고, 이어지는 인용문은 인용문 끝의 괄호 속에 책의 권 수와 쪽 수를 쓸 것이다.

14) См.: Цилевич Л. М. Указ. соч., С. 147.

로 구성되어 있다. 주인공은 거기서 혼자 산다. 그가 사는 공간의 텅
빔은 미슈스(볼차니노프 집의 다락)를 만나기 전까지 시간의 허전함과
내면세계의 황량함과 밀접한 관련을 맺는다. 이러한 시공간의 노출
은 슈제뜨의 흐름에서 주인공의 정신세계를 잘 표현한다.[16)

한편, 벨로꾸로프 가(家)와 연관된 무미건조, 부자연스러움, 불편함
에서 미슈스의 공간(볼차니노프 가(家)의 다락)이 주는 순수함과 아름다
움, 자연스러움, 편안함, 평온감에의 도취[17)는 볼차니노프 가(家)의
맹주인 리다("손에 채찍을 들고 현관의 계단 어귀에 서서"(9, 180))로 인해
깨어진다. 리다의 경직성과 편협함, 제한성은 다음과 같은 묘사에서
도 명료하게 드러난다.

> "그녀는 자신의 큰 딸 앞에서 조심스런 태도를 취했습니다. **리다는 전혀
> 어머니에게 다정하게 굴지 않았고, 진지한 이야기만 했습니다. 자기만의
> 특별한 생활을 하고 있는 리다는, 어머니에게나 동생에게나 마치 수병들
> 에게 있어서 언제나 자기 선실에만 있는 제독처럼**, 그와 같이 신성하고,
> 어느 정도 독특한 수수께끼와 같은 인물로 여겨졌던 것입니다."(9, 181) (진
> 한 글씨는 인용자 강조임).

화자인 예술가는 볼차니노프 가(家)에 와서 극명히 대조되는 특성
을 가진 리다와 미슈스를 두고, 2장과 4장에서 이렇게 말한다.

---

15) 여기서 '창문'의 이미지는 '안'과 '바깥'의 소통을 가능케 하는 개방성이 아니라, 주체의
'여기'와 타자의 '저기'를 선명하게 차폐(遮蔽)시키는 폐쇄성을 특징으로 한다. 반면에
미슈스의 '다락의 창'은 예술가(주체)와 미슈스(타자)의 '관계의 통로'로 작용한다. '다락
의 창'에서 새어나오는 불빛은 예술가의 고독과 황량함을 위무(慰撫)해주는 미슈스 영
혼의 빛이다.

16) Цилевич Л. М. Указ. соч., С. 147.

17) См.: Егоров Б. Ф. Указ. соч., С. 254-255; Цилевич Л. М. Указ. соч., С. 150.

"그녀가 나를 좋아하지 않는 것은 내가 풍경화가여서 그림 속에 민중의 실상을 묘사하지도 않고, 또한 그녀가 굳게 믿고 있는 것에 대해 무관심하게 보였기 때문입니다."(9, 178) (진한 글씨는 인용자 강조임).

"**사물을 보는 시야가 넓은 것이 나를 매혹케 했습니다. 아마도, 그녀의 사고 방식이 나를 싫어하는 엄정한 미녀인 리다와는 달랐기 때문일 겁니다.**"(9, 188) (진한 글씨는 인용자 강조임).

또한 예술가는 일상의 분주함과 걱정에서 한 뼘도 벗어나지 않는 '리다의 일상세계'와 일상의 무게를 벗어버린 한가로움(праздность)과 기쁨이 넘치는 '미슈스의 축제의 세계'를 동시에 맛본다.[8] 예술가는 미슈스에게 더 친밀감과 동질성을 느끼면서 볼차니노프 가(家)의 장원에서 한가로움을 만끽한다.

"자신의 변함없는 한가로움을 위해 정당성을 찾고 있는 태평한 나에게는, 이 곳 장원에서 맞는 이 여름 휴일의 아침은 언제나 더할 나위 없는 매력이었습니다."(9, 179)

이러한 정서를 가진 예술가는 리다와의 논쟁에서 예술과 학문에 대한 자신의 견해를 강력하게 피력한다.

"**학문과 예술은, 그것이 참 된 것인 한, 일시적이고 개인적인 목적이 아니라 영원한 것, 일반적인 것을 지향하고 있는 겁니다. 진리와 삶의 의미를 찾고, 하나님과 영혼을 구하는 것이 학문과 예술인 것입니다. 구급용 약품이나 도서관과 같은 필요하고도 당면한 문제에 얽매어 놓으면, 학문과 예술은 오직 삶을 복잡하게 하고, 쓸데없는 것들로 채워질 뿐입니다.**"(9, 186) (진한 글씨는 인용자 강조임).

---

18) См.: Цилевич Л. М. Указ. соч., С. 147-148, 154.

3장에서 드러나는 이와 같은 예술가의 '큰 가치'와 리다의 '작은 일' 논쟁으로 인해 예술가와 미슈스와의 사랑은 파국으로 치닫는다. 리다와 예술가의 불편한 관계로 인해 예술가와 미슈스의 사랑은 꽃을 피우지 못한다. 말없이 떠나가는 미슈스의 목소리는 그녀가 남긴 쪽지 속에서 긴 울림으로 남는다.

> "언니에게 모든 것을 말했더니, **언니는 당신과 헤어져야만 한다고 했습니다. 언니의 말에 복종하지 않고, 언니를 슬프게 할 수는 없습니다. 주님의 은총으로 행복하게 지내시기를. 정말 죄송할 따름입니다. 엄마와 제가 얼마나 고통스럽게 울고 있는지 알아주시기 바랍니다!**"(9, 190) (진한 글씨는 인용자 강조임).

예술가는 미슈스와의 이별을 아쉬워하며, '우연히' 낯선 장원 속으로 들어왔던 그 가로수 길을 따라 다시 되돌아 나간다. 체호프는 그 '길의 형상'[19]을 4장으로 구성된 이 작품의 1장의 시작 부분과 4장의 끝 부분에서 반복해서 묘사하고 있다. 마치 시가(詩歌)에서 첫 연을 다시 끝 연에서 반복하는 수미쌍관법(首尾雙關法)처럼, 길의 형상과 시적 이미지를 그 같은 구성 속에 녹여내고 있는 것이다. 또한 이것이 예술가의 내면세계와 수미상응(首尾相應)하면서, 의미가 고갈된 삶의 되풀이의 현전(現前)을 드러내고 있다.

---

19) 1880-1890년대 러시아 예술에서 길의 형상은 주로 침체기 러시아 인텔리겐차들의 정신적 탐색을 표현하는 시적인 수단으로 합법성을 얻는다고 한다(Старикова В. А. Образ дороги в произведениях Чехова и Левитана // А. П. Чехов(Проблемы жанра и стиля) : Межвузовский сборник научных трудов. Ростов н/Д, 1986. С. 95). 체호프의 작품에서 길의 형상은 중편<초원>과 <지루한 이야기>, <3년>, <골짜기에서>, <농군들>에서도 나타난다. 체호프의 개개의 작품에서 길의 형상은 주제와 저자의 의도와 관련해서 조금씩 다른 '예술적 이미지와 상징'을 획득한다고 볼 수 있다.

"이미 해질 무렵이라서 꽃이 핀 호밀 밭 위로 저녁의 그림자가 드리워져 있었습니다. 두 줄로 **빽빽이** 심어 놓은 매우 키 큰 전나무의 고목들이, 어 두운, 아름다운 가로수 길을 이루며, 마치 끊임없이 이어진 두 개의 벽처럼 보였습니다. (…) 주위는 조용하고, 어두웠으며, 선명한 황금빛이 높은 꼭 대기의 어딘가 에서만 흔들렸고, 거미줄에서는 무지개로 보였습니다. **이윽 고 나는 길게 이어진 보리수 길로 방향을 바꾸었습니다. 이 곳 역시 황량함 과 쇠잔함을 느끼게 했습니다.**"(9, 174) (진한 글씨는 인용자 강조임).

"**어두운 전나무의 가로수 길, 무너진 울타리… 그 때, 그 들판에서는 호밀** 이 한창 이었고, 메추라기들이 울고 있었으나, 지금은 그 들판을 암소와 다 리를 묶인 말떼가 어슬렁어슬렁 거리고 있습니다. (…) **나는 쓸쓸하고 허전 한 기분에 사로잡혀 있었습니다.**"(9, 190) (진한 글씨는 인용자 강조임).

예술가는 미슈스와의 만남으로 일상의 권태와 허무감에서 벗어나 생동하는 삶의 고원(高遠)한 경지로 상승운동을 하다가, 그녀와의 헤 어짐으로 인해 또 다시 소멸하는 삶의 도저한 허무감으로 비극적인 하강운동을 하게 된다. 이 같은 예술가 내면 정서의 '비상과 추락', '상승과 전락'은 "수평적 공간의 매개항인 길"[20]을 통해 '바깥으로 나

[20) 이어령, <공간의 기호학>, 서울 : 민음사, 2000, 324쪽. 이어령은 청마 유치환의 시를 공간 기호학적으로 분석한다. 청마의 시는 상(하늘), 중(수직의 매개항인 산, 나무, 깃발, 標ㅅ대), 하(땅)라는 수직공간의 삼분구조(三分構造)로 시적 세계가 구축되어 있는 한 편으로, 수평공간 역시 펼쳐지고 있다. 즉, 바깥과 안 그리고 경계의 삼분구조로 분절되 어 나타난다. 안과 바깥을 매개하는 경계공간인 수평적 공간의 매개항은 광야, 사막, 섬과 바다, 배 그리고 길이 된다. 이어령은 시조 <早春>의 분석에서도 위와 같은 수직 축과 수평축의 삼분구조, 수직적 이동과 수평적 이동(화자의 공간과 시점방향), 수직적 공간과 수평적 공간의 이항대립을 연결하는 매개 공간인 다리에 대해 언급한다.(이어 령, 앞의 책, 5-8, 15-28, 322-372쪽 참조할 것) 또한 이어령은 이렇게 말한다 : "공간체계 를 만들어내고, 그 텍스트 구조를 형성하는 것은 화자라는 시점 공간이 있었을 때 가능 해진다. (…) 훗설이 신체를 공간의 거점이라고 한 것이나 메를로 퐁티가 投描點(points d'ancag)이라고 부른 것 등이 모두 그러한 뜻을 담고 있다. 기하학적 공간과는 달리

아감', '떠나감'의 외면 행동으로 전이된다. 즉, 초월과 등천(昇天)을 지향하던 예술가 내면 의식의 '전락'이, 수평적 공간의 매개항인 가로수 길을 통해 '바깥으로 나아감', '떠나감'의 외면의 행위로 변형되고 있는 것이다.

길은 예로부터 인생의 상징으로 표현되고, 되돌릴 수 없는 우리 삶의 소멸을, 젊음과 아름다움이 잦아드는 것을 드러내는 시적인 수단으로도 통용된다. 이반 부닌의 <어두운 가로수 길>의 끝 부분에서도 길의 형상과 작품의 주제가 잘 어우러져 표현되고 있다.

> **"황량한 들판 위로 저무는 해가 황금색으로 빛났고,** 말들은 물웅덩이를 지날 때마다 동일하게 철썩철썩 소리를 내었다. 그는 검은 눈썹을 찌푸려 번쩍이는 편자에 시선을 던지면서, 생각했다 :
> **'그래, 자신이나 책망해야지. 그래, 정말이지, 최고의 시간이었어. 아니 최고가 아니라, 진정으로 매혹적인 시간이었지!'**
> **주변에는 새빨간 들장미가 피었고, 어두운 피나무의 가로수 길이 나 있었다**… "21)(진한 글씨는 인용자 강조임).

<다락이 있는 집>에서도 한없이 멀리 뻗어있는 길의 서정적인 형상과 그 테마는 주로 애틋하고 쓸쓸한 결말의 분위기와 조우하고, 우울하고 의기소침해진 인간들의 삶에서 나온 상처 입은 감정, 소외감과 결부된다. <다락이 있는 집>의 그러한 분위기와 음조는 레비딴의

문학 속에 나타난 기호로서의 공간은 민코프스키가 밝히고 있는 것 같은 '나, 여기, 지금' 속에서 펼쳐지는 체험된 공간(Espace vecu)이기 때문이다."(이어령, "문학작품의 공간 기호론적 독해", <한국문학과 구조주의>, 이승훈 엮음, 서울 : 문학과 비평사, 1988, 39-40쪽)

21) Бунин И. А. И. А. Бунин. Повести и рассказы. М., 1983. С. 327; 이반 부닌, 김경태 역, 『비밀의 나무』, 서울 : 삶과 꿈, 2000, 13쪽 참조.

그림 <가을날. 매부리는 사람들(Осенний день. Сокольники)>과 비교
될 수 있다[22]. <다락이 있는 집>의 시작과 끝에서 묘사되는 가로수
길의 형상과 예술가가 읊조리는 마지막 구절("미슈스, 너는 어디에?"(9,
191))의 화학작용으로 생겨난 크나큰 진폭의 울림이 <가을날. 매부리
는 사람들>의 그것과 유사하다는 것이다. 레비딴의 그림에서는 고독
한 여인이 시작도 중단도 없이 가을날의 가로수 길을 쓸쓸히 걸어간
다[23]. 그녀는 가없는 삶의 공간에 펼쳐져 있는데, <다락이 있는 집>
의 예술가의 읊조림("미슈스, 너는 어디에?")을 온 몸으로 끌어안고 가는
듯 하다. 그녀 또한 자신의 삶에서 작지만 소중하게 간직하고픈 가치
들을 회상하며 인생의 길을 쓸쓸히 딛고 간다. "미슈스 너는 어디에?"
라는 마지막 구절은 '상실한 것에 대한 그리움'의 모티브를 드러내면
서, 멀리 뻗어있는 어두운 가로수 길과 하늘의 공간과 두 줄로 길게
이어진 나무들과 어울려 깊고 큰 울림을 낳는다.[24] 또한 돌이킬 수
없는 행복, 지나가 버린 삶의 아름다움에 대한 애절한 안타까움은 그
'울림'에 미세한 파동을 더한다. 에르밀로프도 이 작품을 "상실한 아
름다움에 대한 이야기, 소멸해 가는 삶의 시에 관한 이야기"[25]라고
해석하고 있다.

---

22) Старикова В. А. Образ дороги в произведениях Чехова и Левитана // А. П. Чехов
(Проблемы жанра и стиля). Ростов н/Д, 1986. С. 94-101.

23) Там же. С. 100.

24) А. А. Федоров-Давидов는 <가을날. 매부리는 사람들> 해설에서 이렇게 말한다 :
"레비딴은 풍경화에서 이미 정서적으로 공간과 비례의 관계를 체험하고, 이것을 멀리
뻗어있는 길과 하늘의 공간과 크고 작은 나무들을 대비시키면서 전달할 수 있었던 것이
다."(Федоров- Давидов А. А. И. И. Левитан. Жизнь и творчество 1860-1900. M.,
1976. С. 29)

25) Ермилов В. Указ. соч., С. 193.

그런 차원에서 이 작품의 표제 <다락이 있는 집>에 대해 살펴보도록 하자. 우선 집의 형상은 의인화되어 미슈스처럼 묘사되고 있다.

"귀엽고, 순박한 오래된 집이, 마치 모든 것을 이해하는 눈을 하고, 자신의 다락의 창으로 나를 쳐다보았다."(9, 189) (진한 글씨는 인용자 강조임).

이제 집은 더 이상 배경이 아니고, 등장인물로서 사건의 목격자이자 참가자가 된다[26]. 그리고 4장에서 독자의 시선은 집에서 다락으로 이동한다. 다락은 2장에서 1번, 4장에서 3번이나 언급되는데, 특히 4장에서는 상호관계하고 상호침투하는 다양한 의미망 속에서 단순한 사물이상의 의미를 획득한다. "사물들이란 시대의 뼈들이다. 사물들이란 이처럼 인간현실의 화석들이다."[27] 원래 다락(мезонин)은 집의 중간 부분에 주거용으로 증축된 부분으로 불완전한 층(этаж)을 이룬다. 다락이라는 공간이 완전한 하나의 층을 이루지 못하는 어정쩡한 상태인 것처럼, 가족관계에서 미슈스 역시 아직 완전한 성인, 하나의 독립된 인격체로 인정받지 못한다("가정에서는 그녀를 아직도 성인으로 간주하지 않았고, 어린 여자아이처럼 미슈스라고 불렀다."(9, 176)). 이처럼 다락은 "정치적 사회의 최초의 모형인 가족사회"[28]에서 만들어지는 미슈스의 위상과 관련을 맺으면서, 볼차니노프 가족사회의 '권력 관계'[29]를 반영한다. 또한 역사적으로 볼 때, 체호프가 이 작품을 쓸

---

26) Цилевич Л. М. Указ. соч., С. 159.

27) 미셸 뷔토르, 김치수 역, 『새로운 소설을 찾아서』, 서울 : 문학과지성사, 1996, 80, 82쪽.

28) 장자크 루소, 이환 역, 『사회 계약론』, 서울 : 서울대학교 출판부, 1999, 6쪽.

29) "가족은 여러 세대들이 직접적으로 부딪치는 사회적 공간이며 두 개의 성이 그들의 차이점과 권력관계를 규정하는 사회적 공간이다"(마크 포스트, 이효재 편, "비판 가족이론의 구성요소", 『가족연구의 관점과 쟁점』, 서울 : 까치, 1988, 119쪽). <다락이 있는

시기에 다락은 사라져 가는 건축양식으로 간주되었다.[30] 따라서 이 단편소설의 표제에는 시적이고 매혹적이었던 지난날의 사라져 가는 소중한 것에 대한 기억이 내장되어 있을 뿐만 아니라, 동시에 미슈스의 아련한 형상이 '겹쳐져' 있다.

> **다락이 있는 집에 관한 기억도** 이제는 희미해지기 시작했습니다. 다만 아주 가끔 글을 쓰거나 책을 읽을 때면, **한밤중 추위에 손을 비비며 사랑에 취해 집으로 돌아오던 그 때에 들판에 울려 퍼지던 내 발자국 소리와 창문에서 새어 나오던 초록빛 불빛이 문득 머리에 떠오를 때가 있습니다.** (…) **미슈스, 너는 어디에?"**(9, 191) (진한 글씨는 인용자 강즈임).

체호프는 "개인의 실존적 체험 혹은 그 체험의 독특한 사건과 관계된 기억"[31]을 통한 회상이라는 형식과 서정적인 주제(예술의 영원한 테마인 남녀간의 사랑)로 자신의 개인적인 경험을 독자에게 각인시킴과 동시에 깊은 울림을 자아냈다. 동시대 한 독자는 체호프에게 다음과 같은 편지를 보낸다.

> "며칠 전에 「러시아 사상」에서 당신의 최신 단편소설을 읽었습니다. **거기에는 그렇게 섬세한 시적인 매력의 뚜르게네프적인 특성이 있었는데, 저는 그로 인해 제공된 즐거움에 대한 감사를 작가에게 표현하고 싶었습니다.**"[32] (진한 글씨는 인용자 강조임).

집>에서는 한 개의 성만 있고(남성은 없고), 리다가 그 모든 역할을 대신하며, 동생인 미슈스에게 힘(권력)과 억압을 행사한다.

30) Качурин М. Г., Мотольская Д. К. Русская литература: Учеб. для 9 кл. сред. шк. М., 1988. С. 316.

31) 오생근, "집과 시적 상상력", 『그리움으로 짓는 문학의 집』, 서울 : 문학과지성사, 2000, 23쪽.

32) Ермилов В. Указ. соч., С. 192에서 재인용.

그러나 이 작품은 '그렇게 섬세한 시적인 매력의 뚜르게네프적인 특성'의 단순한 반복이 아니다. 친근하고 내밀한 정서적 - 심리적인 노선의 흐름(예술가와 미슈스의 사랑)과 사상적인 노선의 흐름(예술가와 리다와의 논쟁)이 병렬하고 서로 교차하는 가운데 예술텍스트의 구조 속에 미세한 시학적인 결합이 생겨난다는 것, 그리고 개인의 잃어버린 행복에 대한 쓸쓸하고 애틋한 감정과 인간의 보편적인 행복, '더 나은 삶'에 대한 관념들을 동시에 보여주고 있다는 점에 주목할 필요가 있다. 달리 표현하면, 체호프 예술세계에 드러나는 시적인 서정 속에 깃 든 철학적 - 사회적인 일반화를 모색하고 지향하는 '의식과 관념의 운동'에도 관심을 돌려야 한다는 것이다. 그런 의미에서 우리는 개인적이고 시적인 주제와 일반적이고 철학적 - 사회적인 주제가 긴밀하게 연관되면서, 정교하게 얽혀있는 이 작품을 또 다른 측면에서 고찰할 수 있는 것이다. 특히 3장에서 첨예하게 드러나는 예술가의 '큰 가치'와 리다의 '작은 일'에 관한 정치(精緻)한 탐구는 이 작품의 온전한 예술적 - 철학적 가치를 되살려 낼 수 있을 뿐만 아니라, 시대의 당면한 문제들에 대한 사회사상사적 맥락과 그 징후를 읽어내는 데도 유익한 방법이 된다.

3-2. 예술가와 리다의 논쟁을 통해 살펴 본 사회적 맥락과 시대의 징후

<다락이 있는 집>의 역사적 시간은 새로운 세기의 전야이다. 체호프는 이 작품에서 당시 러시아 사회에서 제기되는 많은 문제들과 그 시대를 표상하고 주도하는 '시대적 징후들'[33]을 언급했다. 인간과 그

---

33) "소설은 징후들의 세계이다. 소설은 삶과 사물의 세계의 의미를 설명하지 않고 그 징후

의 숙명이라는 보편적인 문제를 필두로 하여, '인간의 진보란 과연 무엇인가?'라는 물음, 관념과 현실의 틈새에서 제한된 시야를 가진 역사적 인간(이성)과 초월을 꿈꾸는 심미적 인간(이성)의 갈등과 충돌, 인텔리겐차와 민중의 관계, 자유와 노동의 문제, 인텔리겐차의 진정한 역할과 사명에 대한 견해 등을 예술가와 리다의 첨계한 논쟁과 갈등의 미해결 구조 속에 녹여내고 있다. 이들의 논쟁은 슈제트의 또 다른 한 노선을 형성하면서, 예술가와 미슈스와의 사랑을 중심으로 하는 서정적인 노선과 서로 자연스럽게 씨줄과 날줄로 교직된다. 이러한 특성을 가진 사상적(관념체계가 드러난) 슈제트는 위에 언급된 많은 문제들의 언저리에서 나오는 목소리들의 반향을 흡수하고 있다. 또한 사상적 슈제트의 주인공의 체계(예술가 - 그의 관념의 결투자인 리다)에서 드러나는, 해결되지 않고 오히려 증폭되어 예술가와 미슈스의 사랑에 유탄을 날려버리는 갈등이 '인간사이의 이해의 부재'와 '의사소통의 문제'를 제기하면서, '지성의 전횡의 문제'와 결합된다.

<다락이 있는 집>의 2장과 4장에서는 예술가와 미슈스의 사랑, 그 만남과 헤어짐에서 '존재의 전환'에 이르게 하고, '내면의 심연에 도달'하게 하는 그 서정적인 울림을 감촉 할 수 있다. 반면에 사상적 슈제트가 잘 드러나는 3장의 예술가와 리다의 논쟁에서는 관념과 현실의 경계에 선 인간의 삶과 세계를 이해하는 방법에 대한 견해의 충돌을 감지할 수 있는 것이다. 특히 예술가의 '큰 가치'와 리다의 '작

들을 보여준다. 징후들은 한 시대를 표상하고 지배하는 욕망과 정서, 억압과 금기들, 그리고 변화를 감싸안고 아우르며, 돌이킬 수 없이 드러내 보인다. 징후들을 통해 한 세대의 삶의 이면에서 소용돌이치는 인식의 지형도를 드러낸다. 징후들은 풍경으로 구체화되고 가시화 된다"(장석주, "소설과 삶", 『문학, 인공정원』, 서울 : 프리미엄북스, 1997, 203쪽).

은 일'의 충돌은 3장 도입부에서 바로 드러난다. 이것은 똘스또이의 이론('작은 일')에 대한 체호프의 은닉된 논쟁을 반영한다.

> "나는, 진료소나, 학교나, 도서관, 구급용 약품들도, 현재의 조건하에서는 민중의 노예화에 이바지 할 뿐이라고 생각하는데요. 민중은 큰 쇠사슬에 얽매어 있어요. 당신들은 그 쇠사슬을 끊어 버리려 하지 않고, 오직 쇠사슬에 새로운 고리를 덧붙일 뿐이지요. 이것이 나의 확신입니다. (…) 굶주림, 추위, 동물적 공포, 대량의 노동이 눈사태와 같이 밀어닥쳐서, 정신적인 활동에의 길을 모두 차단하고 만 것입니다. 바로 그 정신적 활동이야말로 인간을 동물과 구별하고 인간이 사는데 가치 있는 유일한 것을 형성하는 데 말입니다."(9, 184) (진한 글씨는 인용자 강조임).

> "저는 선생님과 논쟁을 하고 싶지는 않아요. (…) 다만 한 가지 말씀드리고 싶은 것은, 다만 팔짱을 끼고 앉아 있어서는 안 된다는 거예요. 하긴 사실, 우리들도 인류를 구원할 수 없고, 아마도, 많은 점에서 잘못하고 있을지도 몰라요. 하지만 우리들은 할 수 있는 일을 하고 있고, 그런 한도에서 우리들은 정당해요. 교양 있는 사람에게 가장 높고, 가장 신성한 과제는 가까운 이들을 위해 봉사한다는 것이죠."(9, 184) (진한 글씨는 인용자 강조임).

체호프는 민중과 인텔리겐차를 분리시키는 그 어떤 심연을 생래적으로 맛보았었기에, 그것을 극복하기 위한 탐색의 필연성을 어느 누구보다도 잘 알고 있었다. 아래의 언급 또한 똘스또이의 '작은 일' 이론에 대한 체호프 나름의 견해를 피력한 것으로 볼 수 있다.

> "여러분들은 병원이나 학교에서 그들에게 도움을 주려고 합니다. 그렇지만 그것으로 그들을 멍에에서 자유롭게 해주지는 못합니다, 그 반대로 그들을 더욱 더 노예화 할 뿐입니다. 왜냐하면 당신들이 그들 생활 속에 새로

운 편견을 심어 줘, 그들의 욕구를 증대시키고 있기 때문입니다."(9, 184) (진한 글씨는 인용자 강조임).

베르드니꼬프(Г. П. Бердников)는 체호프의 '작은 이익에 대한 생각' 을 <다락이 있는 집>과 <나의 삶>, 이 두 작품[34]과 연관시켜 논하면 서 색다른 시각을 제공한다. 그는 체호프가 민중을 위한 인텔리겐차 들의 진지한 노력에 반대했다기보다는, 당시 유행처럼 번진 똘스또 이의 '작은 일' 이론에 편승해 자선과 선행을 베푸는 인텔리겐차들의 한 경향을 비판한 측면이 강하다고 보았다.[35]

"**만일 치료를 하려고 한다면, 질병이 아니라 질병의 원인을 치료해야 합니다. 질병의 주요 원인, 즉 육체 노동을 없애 보세요. 그러면 질병도 없어질 겁니다.**"(9, 186) (진한 글씨는 인용자 강조임).

위의 인용문에서 우리는 사회적 문제들의 근본적 해결을 위한 체 호프의 탐색을 읽을 수 있다. 민중들이 '큰 쇠사슬'과 '멍에'를 벗기 위해서는 현상의 치유가 아닌 사회 시스템의 근본적 변화가 필요하 다는 저자의 목소리를 들을 수 있다.[36] 이러한 탐색은 예술가의 '큰

---

34) <다락이 있는 집>의 원래 제목은 <나의 약혼녀>인데, 이것은 <나의 삶>과 긴밀히 연관되어 있음을 보여주는 한 예가 된다. 왜냐하면 <나의 삶>의 잠정적인 제목이 <나 의 결혼>이었기 때문이다. 또한 부제를 보더라도, <다락이 있는 집>으 부제가 '예술가 의 이야기'라면, <나의 삶>의 부제는 '지방민의 이야기'이다(Donald Rayfield, 앞의 책, 161-162쪽). 그리고 두 작품에서는 공통적으로 똘스또이와 관련된 작가의 은밀한 논쟁 이 녹아있다. 또한 두 이야기에서 남자 주인공은 한결같이 사랑하는 여자와 헤어진다. 하지만 "<나의 삶>에서 더욱 더 강하고 선명하게 '사회적인 빠포스(социальный пафос)' 가 드러난다"(Николаев П. Указ. соч., С. 86).

35) См.: Бердников Г. П. Указ. соч., С. 337.

36) Ермилов В. Указ. соч., С. 194.

가치' 논리 속에 반복되는 '최소한의 육체적인 노동'과 '정신적인 활동의 자유'[37]와 결부시킬 수 있고, 또한 똘스또이의 '작은 일' 이론에 대한 체호프 나름의 입장으로 정리된다.

> **"필요한 것은 인간을 괴로운 육체 노동에서 해방시켜 주는 일입니다, -나는 말했다. -필요한 것은 그들의 멍에를 벗겨 주고, 숨돌릴 짬을 주는 일입니다.** (…) 영혼과 하나님에 대해서도 생각할 여유를 가지고 **자기의 정신적 능력을 더 널리 발휘할 수 있게 해주는 것입니다. 사람은 누구나 다 정신적인 활동에 종사할 사명, 즉 끊임없이 진리라든가 삶의 의미를 탐구할 사명이 있죠. 그들을 위해서 동물적인 거친 일이 불필요한 것으로 만들어 주세요, 그들이 자유롭다고 느낄 수 있도록 해 주세요. 그렇게 하면, 소책자나 구급용 약품이 본질상 얼마나 웃긴 것인지 아시게 될 겁니다.** (…) 인간을 만족시킬 수 있는 것은 그런 시시한 것이 아니라 종교와 학문과 예술뿐입니다."(9, 185)(진한 글씨는 인용자 강조임).

> **"필요한 것은 읽고 쓰는 능력이 아니라 정신적인 능력을 널리 발휘하게 하는 자유입니다. 초-중등학교가 아니라 대학이 필요한 것이지요."**(9, 186) (진한 글씨는 인용자 강조임).

리다의 즉각적인 반론(노동에서 인간을 어떻게 해방시키는가?)에 대한 예술가의 대답을 들어보자. 여기서는 체호프가 희구하는 인간의 유

---

37) 체호프는 1898년의 작품인 <나무딸기>에서도 '인간의 자유로운 정신'을 강조한다 : "인간에겐 3아르쉰의 땅이 아니라, 대저택이 아니라, 전 지구, 자연 전체가 필요합니다. 거기서 인간은 자유로운 정신의 모든 본성과 특성을 아무 거리낌 없이 마음껏 발휘할 수 있는 것입니다"(10, 58). 한편, 얀코 라브린은 이 구절을 "똘스또이의 훌륭한 민중설화인 <인간에게는 얼마만큼의 땅이 필요한가>에 직접적으로 상당히 날카롭게 대적하는 내용을 담고 있다"(얀코 라브린, 『똘스또이』, 이영 역, 서울 : 한길사, 1997, 174쪽)고 해석한다. 인간은 3아르쉰, 즉 자신의 무덤이 요하는 만큼의 땅이 필요로 할뿐이라는 똘스또이의 주장에 대한 반박이라는 것이다.

토피아를 동시에 엿볼 수 있다.

> "가능하죠. 그들의 노동의 한 부분을 대신 해주면 됩니다. 단일 우리들 모
> 두가 도시에서나 농촌에서나 한 사람의 예외도 없이 협정을 맺고, 인류
> 전체가 육체적인 요구를 충족시키기 위해서 들이는 노동을 서로 분담할
> 것을 약속한다면, 아마 우리들 각자는 혼자서 하루에 두세 시간 일하는
> 것만으로도 충분할 겁니다. 자, 생각해 보세요. 부자이건 가난한 사람이건
> 하루에 세 시간만 일하면 되고, 나머지 시간은 무엇을 하든 자유로운 겁니
> 다. (…) 그런 짬을 합쳐서 학문이나 예술에 쓰는 겁니다."(9, 185-186) (진
> 한 글씨는 인용자 강조임).

예술가는 이미 2장에서 힘든 일없이, 달성해야 할 과중한 목표치도
없이 삶의 여유와 한가로움을 즐기고 싶다는 것을, 그가 바라는 유토
피아의 한 정경과 함께 묘사한다.

> "(…) 집 주위에서는 목서(물푸레나무)와 협죽도의 향기가 풍기고, 교회에
> 서 이제 막 돌아온 청춘남녀들이 정원에서 차를 마시고 있습니다. 모든
> 이들이 산뜻한 옷차림에 즐거워 보입니다. 건강하고 살이 오른 아름다운
> 이 모든 사람들이 긴 여름날 하루를 아무 일도 하지 않고 지낼 것이라는
> 것을 아는 그 때에는 우리의 전 생애가 이와 같았으면 하고 바라게 됩니
> 다."(9, 179) (진한 글씨는 인용자 강조임).

체호프는 태만(лень)[38]이 아닌 삶의 여유, 한가로움(праздность)을

---

[38] 체호프의 초기 단편인 <나의 그녀>("자명종", 1885, No.22, C. 264-265)에서는 태만을
의인화해 나의 '그녀'라고 부르면서, 그 특성을 다음과 같이 지적한다. "첫째, 나로부터
밤이고 낮이고 떨어질 줄 모르고 붙어있는 나의 '그녀' 때문에 나는 일을 할 수가 없습니
다. 그녀는 내가 읽고, 쓰고, 산책하고, 자연을 즐기는 것을 방해하지요… (…) 둘째,
그녀는 프랑스인 애첩처럼 나를 파산지경으로 몰아갔습니다. 그녀의 집착으로 인해 나

원했는데, 1897년에 수보린에게 보낸 편지가 이를 뒷받침한다.

> "저의 이상이 태만이라고 당신은 쓰셨죠. 그러나 아니에요. 태만이 아니에
> 요. 전 태만을 정신활동의 쇠약과 무기력만큼이나 경멸합니다. **제가 당신**
> **께 말씀드린 것은 태만이 아니라 한가로움이죠. 게다가 덧붙이고 싶은 것**
> **은 한가로움 역시 저의 이상이 아니라 개인적인 행복의 필수조건중의 하**
> **나에 불과하다는 것입니다.**"39)(진한 글씨는 인용자 강조임).

예술가가 모든 이들에게 일관되게 강조하는 학문과 예술은 한가로
움에서 나오는 정신적 활동의 자유, 자유로운 정신의 발현을 우선하
지 않고서는 불가능하다. 그리고 그것을 실현하는 전제조건이 바로
서로간의 협력을 통한 최소한의 노동이고, 개인의 존중, 개성의 발휘
다. 이 같은 예술가 나름의 견해와 거기서 엿보이는 체호프의 유토피

는 모든 것을 희생해야 했지요. 출세, 명예, 안락함… (…) 그녀의 이름은-태만입니
다."(4, 11)

39) 장한, "체호프의 산문에 나타난 자연과 자연관 연구", 한국외국어대학교 박사학위논문
(2000), 154-155쪽에서 재인용. 장한은 체호프의 한가로움을 노장철학의 본질인 '무위
(無爲)' 개념과 결부시키고, 이를 다시 무심(равнодушие)의 문제와 관련시킨다. 그리
고 궁극적으로는 이러한 모든 것을 체호프의 자연과의 친교로 귀결시킨다. 또한 장한은
'자연과 연관된 무위와 무심의 동양적 사고방식'이 체호프의 삶과 예술세계 속에 용해
되어 있다고 결론 짓는다. 연구자는 그의 이러한 시각에 한편으로 수긍하면서도, 체호
프의 개개의 작품 속에서 구체적이고, 명쾌하게 이것을 규명해 주었으면 하는 바람이
있었다.(장한 역시 박사학위논문 주 151에서 "이 문제는 앞으로 규명해야 할 과제로
남는다"고 스스로 밝히고 있다) 연구자의 그러한 바람의 작은 부분이 <다락이 있는
집> 분석에서 미약하나마 이와 같은 내용으로 드러나게 되었다. 특히 <다락이 있는
집>에서 체호프가 강조하는 한가로움은 그의 유토피아에 대한 관념과 결부된다는 것
이 연구자의 견해다. 연구자는 한가로움과 관련된 19세기 말 체호프의 시각이 21세기
초 서양식 담론인 '느림의 철학'과도 그 의미가 상통하는 측면이 있다고 본다. 예를 들면,
프랑스 철학자이자 에세이스트인 피에르 쌍소의 저작 『느리게 산다는 것의 의미』 중에
서 "한가로이 거닐기", "고급스러운 권태", "분주하지 말기", "소박한 사람들의 휴식"에
서도 위와 같은 한가로움의 의미가 드러난다고 하겠다(피에르 쌍소, 『느리게 산다는
것의 의미』, 서울 : 동문선, 2000, 41-52, 65-76, 201-210, 211-224쪽 참조할 것).

아는 한 개인에게서 나온 독창적인 생각이 아니라, 미하일롭스끼(Н. К. Михаиловский)의 '진보의 이론'과 글렙 우스뻰스끼(Гл. Успенский)의 작품 『토지의 힘』(1882)에서 영향을 받은 것[40]이라고 할 수 있다. 미하일롭스끼의 저작 『진보란 무엇인가?』(1869)[41]에서 개인과 개성의 확장을 요구하는 그의 '진보의 이론', '진보의 공식'이 생겨난다 : "진보란 분할불가능의 통일성을 향한 점진적인 접근으로, 인간 신체 기관들 사이에는 완전하고 철저한 노동의 분업을, 인간들 사이에는 최소한의 노동의 분업을 가능하게 하는 것이다. 이러한 진행을 지연시키는 모든 것은 비도덕적이고, 올바르지 않고, 해롭고, 비이성적인 것이다. 개별적인 사회구성원의 이질성을 강화하면서, 사회의 이질성을 감소시키는 것만이 도덕적이고, 올바르며, 이성적이고, 유익한 것이다."[42] 그에 따르면, 개인의 발달이 사회로부터의 소외로 귀결되어서는 안되고, 그와는 반대로 개인이 동등함을 가진 협력 속에서 발전해야 한다고 주장한다.[43] 이러한 '진보의 이론'은 위의 인용문에서 예

---

40) Бердников Г. П. Указ. соч., С. 335.

41) 미하일롭스끼의 이 저작에서는 인간 개인과 개성을 모든 사회 현상의 근본적인 척도로 간주했다. 그의 역사-사회적 개념의 중심에는 개인의 관념이 위치하고 있고, 진보의 기준이 되는 발전이 자리잡고 있다. 또한 그의 이상은 전면적이고 철저한 발전과 개인의 다양성이다. 따라서 그가 규정한 '공동의 원리의 중재를 거친 개인의 원리의 승리'로써의 사회주의가 문제의 해결이 되는 것이다. 하지만 그의 사회학적 주관주의는 이상적인 사회의 선천적인 조직화로 이어지고, 사회의 법칙성과 경향의 과소평가 혹은 도외시로 귀결되는 문제를 낳는다. 그래서 레닌으로부터 이중의 잣대로 상반된 평가를 받는다(См.: Ильичев Л. Ф.(Гл. редакция) Философский энциклопедический словарь. М., 1983. С. 379-380; Лихачев Д. С.(Гл. редакция) Русские писатели. М., 1971. С. 444-447; Иванов-Разумник. История русской общественной мысли. В 3 т. Т. 2, М., 1997. С. 228-302).

42) Иванов-Разумник. Указ. соч., С. 257-258.

43) См.: Ильичев Л. Ф.(Гл. редакция) Указ. соч., С. 379.

술가가 강조하는 인간들 사이의 육체적 노동의 분업과 그로 인한 개개인의 정신적 활동의 자유와 관련된다고 하겠다. 반면에 리다의 지방 자치체에서의 활동과 약국이나 도서관의 유용성 강조는 레닌의 '작은 진보(миниатюрный прогресс)'44)와도 연관성을 맺는다고 할 수 있다.

한편, 『토지의 힘45)』에서 우스뻰스끼는 농민의 삶과 그들의 세계관의 본질적인 법칙성을 규명하려고 노력했는데, 그 결과 농업노동의 조건들이 모든 것들을 규정한다는 결론에 도달한다.46) 따라서 농민 삶의 조건인 물적 토대를 파헤치려는 그의 열망이 동시대 농촌의 생생한 묘사를 위한 추동력이 되었다. 그러나 그는 노동의 조건을 해체시키는 사회 – 역사적 원인의 작용을 끝내 정확히 이해하지는 못했다.47) 그는 미래를 읽는 성찰의 눈, 역사적인 흐름과 그 역동성을 짚어내는 통찰력은 없었던 것이다. 그런 차원에서 본다면, 체호프 자신과 그의 화자인 예술가는 큰 흐름을 읽는 통찰력은 있었지만, 어떤 실현 가능한 방법과 구체적인 대안으로 농민을 위해 거대한 쇠사슬의 멍에를 끊을 수 있는지 알지는 못했던 것 같다.

다른 한편으로, 우리는 예술가와 리다의 논쟁을 통하여 시대적 징

---

44) Ермилов В. Указ. соч., С. 195.

45) См.: Иванов-Разумник. Т. 3, С 26-29. 『농민과 농민의 노동』(1880)과 『토지의 힘』(1882)은 우스뻰스끼의 농민 인상기의 주요한 저작의 일군이 되었다. 개별적인 인상기와 많은 단편소설들이 이와 관련되면서 하나의 사이클을 형성한다. 이러한 작품들에서 작가는 전면적이고도 철저하게 농민계급의 분화와 동시대의 농촌을 묘사했다. 또한 사회계급으로서의 꿀라끼(부농)의 탐욕뿐만 아니라 소유계급 특유의 의도와 심리, 농민의 개인주의에도 정확한 특성을 부여했다(Лихачев Д. С.(Гл. редакция) Указ. соч., С. 657-661).

46) Лихачев Д. С.(Гл. редакция) Указ. соч., С. 660.

47) Там же.

후와 사회적 맥락을 읽어낼 수 있다. 특히 1880년대 말에서 1890년대 초 러시아에서는 육체에 의한 노동, 특히 농업과 관련된 일에 대한 '노동 선전'이 광범위한 호응을 얻었다[48]는 것을 알 수 있다. 동시에 이러한 선전은 '자신의 노동에 의한' 삶의 호소로 연결되고, 민중을 생각하고 사랑하는 '인텔리겐차의 양심의 문제'로 귀착된다.[49] 체호프의 후기 단편소설인 <왕진 중에 있었던 일>(1898), <약혼녀>(1903)와 사상적인 중편소설 <나의 삶>(1896), 그리고 희곡 <세 자매>(1901)에서도 지속적으로 '자신의 노동에 의한' 삶의 갈구가 반향을 낳는다. 특히 <나의 삶>에서 미사일은 모든 희생을 감수하고 '자신의 노동에 의한 삶'을 살아간다. 그리고 마샤 달지꼬바와의 새로운 형태의 삶이 똘스또이의 이론('작은 일'과 '간소화')에 근거해 실험되고 있다[50]. 그들의 사랑의 파괴와 헤어짐에서 여주인공이 보여주는 행태와 사유의 흔적은 확고한 신념이나 투철한 역사의식이 결여된 채, 단순히 똘스또이의 이론에 편승한 것을 보여준다. 하나의 유행이나 삶의 장식처럼 자선과 선행을 베푸는 인텔리겐차의 한 경향이 여지없이 폭로되고 있는 것이다.

우리는 예술가와 리다의 논쟁을 복합적인 맥락에서 고찰해 보았다. 그런 차원에서 보면, 그 당시의 비평이나 신문은 이 작품을 통해 체호프가 노리는 진정한 의도와 그것을 반영하고 있는 주인공들을 제대로 평가했다고 보기는 어렵다. 자유진영의 신문인 <러시아 통보(Русские ведомости)>는 이 작품의 화자를 체호프 작품의 '우울한 사

---

48) См.: Бердников Г. П. Указ. соч., С. 335-337.
49) Там же. С. 335.
50) Там же. С. 337-345.

람들'의 대표자로 꼽았다[51]). 또 다른 자유진영의 신문인 <주식중개신문(Биржевые ведомости)>은 화자가 슬픔과 불만족, 우울한 탐색을 거쳐, 주위세계에 무관심하고 세계와 수동적인 관계를 맺는 '안일한 정적주의(беспечный квиетизм)'를 드러낸다고 평가한다. 그 반면에 리다를 통하여 가까운 이들에게 봉사하고 자신을 바치는 '젊은 힘'을 느낄 수 있다고 보았다.[52] 한편, <오뎃사 소식(Одесские новости)>의 한 평론가는 이 작품의 주인공의 관념내용을 분석하면서 이렇게 쓰고 있다 : "체호프는 보잘것없고 정신적으로 빈약한 주인공의 입을 통하여 이 같은 고귀한 생각들을 말했으면 좋았을 텐데, 그렇게 하지 않아서 고귀한 생각들이 모든 진지한 의미들을 잃어버리고, 그처럼 속화(俗化)되고 있는 것이다."[53] 상당히 층(평면)적이고, 인상주의적인 이러한 평가들은 체호프가 노리는 진정한 의도를 간과하고 있다. 체호프는 예술가와 리다의 논쟁을 통해 당시 인텔리겐차의 한 전형으로 묘사되는 리다의 제한성과 '지성의 전횡'을 지적하고, 상대적으로 '큰 가치'를 파악하고자 하는 예술가의 열정과 그 시야의 폭넓음, 시적인 품성을 정당하게 평가해주려는 의도를 내 비추었던 것이다. 그리고 체호프는 예술가와의 논쟁에서 리다가 보여주는 인간과 삶을 이해하는 방식을 "하나의 원칙으로부터 세계를 언어로 유도해내려는 것은 권력에 저항한 것이라기보다는 권력을 찬탈하려는 사람의 행위방식"[54]으로 파악하고 있는 것 같다. 이것은 시간이 흐른 후 우연히

---

51) Ермилов В. Указ. соч., С. 196.

52) Там же.

53) Чудаков А. П. Мир Чехова : Возникновение и утверждение. С. 292에서 재인용.

54) T. W. 아도르노, 최문규 역, 『한 줌의 도덕』, 서울 : 솔, 1995, 127쪽.

기차 속에서 벨로꾸로프를 만나서 들은 이야기로 뒷받침된다.

> "리다는 (…) 그녀에게 호감을 보이는 사람들을 조금씩 규합ㅎ여 세력화하
> 는데 성공했고, 요전에 치러졌던 자치회 선거에서는 **그녀의 세력이 강한**
> **당을 조직하여, 그 때까지 온 군을 장악하고 있던 발라긴을 '낙선시켰다'는**
> **것입니다.**"(9, 191) (진한 글씨는 인용자 강조임)

우리는 예술가와 미슈스의 관계에서 "설득하기보다는 이해하고자
하고 지배하기보다는 매혹시키고자 하는"[55] 지식인(예술가)의 형상을
보았다면, 리다와 예술가의 관계에서는 이해하기보다는 계몽시키고
자 하고, 매혹시키기보다는 지배하고자 하는 지식인(리다)의 형상을
읽어낼 수 있었다.

한편으로, 당대 신문의 비평처럼 예술가의 한계 또한 나타난다. 당
대의 역사가 만들어낸 질서나 상황에 대한 그의 불만족, 쿨평이 개선
된 상태로 나아가려는 열정과 행위로 승화되지 못하고, 미슈스와 헤
어진 후에는 침울하고 회의적인 톤을 형성한다. 이것은 관념과 현실
이 서로 배리(背離)되는 가운데, 예술가의 내면의 '존재론적 – 인식론
적 운동'이 소멸되는 것과 밀접한 관련을 맺는다.

> **"볼차니노프 가(家)에서 지껄인 것들 모두가 부끄럽게 느껴졌습니다. 그**
> **리고 전과 같이 살아가는 것이 지루하게 여겨졌습니다."**(9, 190–191) (진한
> 글씨는 인용자 강조임).

리다는 현실에서 자신의 신념을 관철시키면서, 자신의 의지대로

---

55) 자크 아탈리 지음, 편혜원, 정혜원 역, 『21세기 사전』, 서울 : 중앙M&B, 1999, 281쪽.

환경을 바꾸어 가고 있다. 하지만 예술가는 삶의 질을 고양시키고 욕
망을 간접화하는 예술에 대한 열정을 잃어버리고, 이전처럼 삶의 의
미나 목적을 상실한 상태로 돌아가고 만다. 달리 표현하면, 상황과
욕망사이에서 팽팽한 긴장감을 유지하면서 편협한 관념의 틀을 변화
시키려던 예술가의 말이 현실에서는 그 힘을 잃게 된다. 체호프는 '큰
가치'를 통해 진정한 정신적 자유를 주장하던 예술가의 관념이 현실
에서 반향을 낳지 못하고 잦아드는 측면을 보여준다. 그리고 거기에다
덧붙여 그의 '이루지 못한 사랑(욕망)'과 '잃어버린 낙원 (потерянный
рай)'에의 애절한 그리움을 표현하고 있다.

4.

　체호프의 <다락이 있는 집>은 탄탄하게만 축조된 건축물과 같은
작품이 아니다. 구축된 "그 틀 속에서 숨결 같은 것, 유동적인 것, 불
투명한 것, 신비스러운 것"[56]이 충만해 있다. 감동의 느낌과 그 여운
이 오히려 그 틀 속에서 확장되고, 확산된다. 그것은 한편으로 "견고
한 형식의 무게를 전혀 무겁지 않게 만들면서 견고성을 살아있고 유
동적으로 만드는"[57] 것과 밀접하게 연관된다. 이 작품에 나타난 예술
가와 미슈스의 사랑이 드러난 슈제뜨의 역할과 기능은 이러한 측면
에서 해석되고, 정리될 수 있다.
　한편으로 우리는 예술가와 리다의 논쟁이 드러난 사상적(관념체계
가 드러난) 슈제뜨를 통하여, 어떠한 사유(관념의 흐름)가 어떤 형식으로

---

56) 오생근, "바람과 그리움의 집짓기", 앞의 책, 364쪽.
57) 같은 곳.

담아지는지 파악할 수 있었다. 체호프는 화자의 성격을 복잡하게 만들면서 입체적인 인물로 형상화하고, "텍스트 바깥에서 문화적인 관계를 많이"[58] 끌어들인다. 그리고 텍스트 내에서 사상적 슈제뜨를 다른 슈제뜨와 되비추게 하거나 겹쳐지게 하면서, 새로운 의미들을 생산하고 있다. 따라서 독자나 비평가는 최대한의 노력을 들여야만 텍스트에서 다양한 의미의 층과 정보를 얻어낼 수 있는 것이다. 본론에서 지적한 체호프 시대의 독자나 비평가의 층(평면)적이고, 인상주의적인 비평의 한 원인이 이 지점에서 생겨난다. <다락이 있는 집>은 '그렇게 섬세한 시적인 매력의 뚜르게네프적인 특성'이 단순하게 반복되는 작품이 아니다. 이 작품에서는 정서적‒심리적인 노선의 흐름(예술가와 미슈스의 사랑)과 사상적인 노선의 흐름(예술가와 리다와의 논쟁)이 병렬하다가 서로 겹쳐지는 가운데, 예술텍스트의 구조 속에서 미세한 시학적인 결합이 생겨난다. 또한 한 개인의 잃어버린 낙원(потерянный рай)에 대한 쓸쓸하고 애틋한 서정과 함께, 인간의 보편적인 행복, '더 나은 삶'에 대한 관념들을 동시에 보여주고 있다.

체호프는 <다락이 있는 집> 이후의 작품들인 <개를 데리고 다니는 부인>(1899)과 <약혼녀>(1903)에서도, 삶(현실)의 진정한 경계를 설정하는 유일한 것이라고 할 수 있는 시간 속에 깃 든 인간 내면의 존재론적‒인식론적 운동(철학적‒사회적 관념의 운동)을 부단히 강조하고 있다. 이 같은 특성은 20세기 러시아 문학의 한 정수(квинтэссенция)라고 할 수 있는 보리스 빠스쩨르나끄의 예술세계에서도 재현되고, 굴절되어 있다.

---

58) 장‒이브 타디에 지음, 김정란, 이재형, 윤학로 역, 『20세기 문학비평』, 서울 : 문예출판사, 1995, 301쪽.

6장
상자 속에 든 사나이

"벨리꼬프는 자신의 생각도 상자 속에 가두어 두려고 했지요"

1898년 잡지 『러시아 사상』에 주제와 구성이 서로 밀접한 관련을 가지면서, 모티브가 유사한 '작은 3부작'이 발표되었다. <상자 속에 든 사나이>, <나무딸기>, <사랑에 대하여>가 그것이다. 작은 3부작'의 주인공들은 한결같이 삶의 고립감에 시달리면서 생기 있는 삶을 영위하지 못한다. 이 작품들에 드러나는 주요한 모티브는 상자성(футлярность)으로 구현되고 있다[1]. 상자성이라는 것은 <상자 속에 든 사나이>의 화자인 부르낀이 서술하는 대상인 벨리꼬프라는 인물의 '현실에 대한 공포감으로 인한 외부세계로부터의 단절'을 개념화한 용어이다. 상자(футляр)에서 나온 이 말은, 자아와 외부세계 사이의 접촉을 감소시키기 위해 신체적, 정신적, 도덕적으로 자아를 감싸는 것을 일컫는 말로, <상자 속에 든 사나이>의 화자인 부르낀이 벨리꼬프의 이러

---

1) 강명수, "체호프의 작은 3부작과 「이오늬치」 연구", 『어문논총』 제20집(2006년 겨울), 175-176쪽을 참조할 것.

한 성향을 지적하고 있다[2].

<상자 속에 든 사나이>에서는 '어디에서(где)'와 '무엇(что)'이 '누구(кто)'를 규정한다. 남자주인공의 자아는 자신이 선택할 수 없는 물적 환경, 물적 장면의 세목(細目)으로부터 규정된다. 또한 이 작품에서 체호프는 인간의 몰개성화를 드러내는 고골의 기법을 활용하고 있다[3]. 벨리꼬프는 결국 현실에서가 아닌 죽음에서만 행복을 찾을 수 있는 자의식이 강하고 소심한 사람으로 그려지고 있다. 주인공의 의복(연장된 자아)은 자신의 '심리적 외양'을 표현하는 기호(sign)이자 당시 사회 현실에 대한 하나의 알레고리가 된다.

"당장 가까운 예로 두어 달 전에 우리 읍에서 사망한 내 동료 벨리꼬프라는 그리스어 교사를 들 수 있습니다. 당신은 필시 그 사람에 대한 이야길 들으셨으리라 믿습니다. **그는 괴상한 인물로서 아주 화창한 날씨에도 밖으로 나갈 때는 기어이 덧신을 신고, 우산을 들고 반드시 방한용 외투까지 입고 다니는 사람이었습니다. 그리고 우산은 자루 주머니 속에 넣고 시계는 잿빛 사슴가죽으로 싸고, 연필을 깎으려고 칼을 꺼내는데, 그 칼까지도 자그마한 주머니 속에 들어 있었습니다. 게다가 이 인물은 항상 올려진 옷깃 속에 얼굴을 파묻고 있어, 심지어 얼굴마저도 자루 속에 들어 있는 것처럼 보였습니다.** 검은 안경을 쓰고 재킷을 입고 귀까지 솜으로 싸고는

---

2) <나무 딸기>에서는 화자인 이반 이바늬치가 자신의 동생이 영지에 갇혀서 부자연스럽게 사는 걸 이야기한다. 여기서는 '상자성'을 드러내는 것이 이반 이바늬치의 동생이 갇혀 사는 '자신만의 작은 영지'가 된다. <사랑에 대하여>에서는 화자인 알료힌 자신 스스로가 진정한 사랑으로 개화하지 못한 자신과 안나와의 사랑에 대해 이야기한다. 여기서도 갑갑한 삶의 모습과 더불어 '상자성'이 나타나고 있다. 한편으로 <상자 속에 든 사나이>의 화자 부르낀과 <나무딸기>의 화자 이반 이바늬치는 자신들이 만난 '상자성을 가진 인간들'에 대해 말하면서, 역설적으로 자신들의 상자성을 드러내고 있다.
3) Donald Rayfield, "Chekhov and the literary tradition", A *Chekhov companion*, Westport : Greenwood Press, 1985, p. 41.

마차에 타서 앉으면 반드시 휘장을 치라고 명령했습니다. **한 마디로 이 사나이에겐 항상 무엇으로 몸을 감싸는, 말하자면 외부의 영향으로부터 자기를 격리시켜 보호해줄 상자 같은 것을 만들고자 하는 좀처럼 극복하기 어려운 성향을 볼 수 있었답니다. 현실이 그를 초조하게 했고 놀라게 했고 끊임없는 불안 속에 잡아 두었습니다.** 아마도 자신의 소심함과 현실에 대한 증오를 정당화하기 위해서 그랬는지도 모르겠지만, **이 사나이는 언제나 과거를 찬양했고 남이 보기엔 결코 있을 수 없는 일을 찬미했습니다.**"(10, 42-43) (진한 글씨는 인용자 강조임).

"우리는 모두 그를 두려워했습니다. 교장 선생님까지도 그랬지요. (⋯) **언제나 우산과 덧신을 몸에 착용하고 다니는 진드기같은 남자가 15년 동안 학교 전체를 좌지우지했거든요! 학교뿐만 아니었어요. 마을 전체에도 그랬지요!** (⋯) 벨리꼬프같은 사람들의 영향 아래 우리 마을 사람들은 모든 걸 두려워하기 시작했습니다. 크게 말하는 것도, 편질 쓰고 친구를 사귀는 것도, 책을 읽고 가난한 사람들을 돕고 문맹자들을 가르치는 것도 두려워했지요."(10, 44) (진한 글씨는 인용자 강조임).

벨리꼬프는 언제나 외투 깃을 세워 얼굴을 가렸다. 외투의 깃이 벨리꼬프 자신에게는 현실로부터 자신을 보호하는 상자가 되기도 하고, 자기 의도와는 상관없이 남들이 보기에는 오만하고 거만한 모습으로 비추어지기도 한다[4]. 또한 그는 가장 좋은 날씨에도 우산과 덧신과 솜을 넣은 외투 없이는 집 밖에 나가지 않는 것으로 유명했다. 또한 벨리꼬프는 우산과 덧신을 착용한 채 15년 동안 학교 전체를 좌지우지 했고, 학교뿐만 아니라 마을 전체까지도 쥐고 흔들었다. 마

---

4) 깃을 세운 외투는 옷 주인에게 거만한 모습을 더해주었다. 여기서 '당당한 태도 취하기'라는 표현이 나왔다(라쁘체프, 『중세 러시아문화』, 정막래 역, 계명대출판부, 2000, 18쪽 참조).

을 사람들 모두가 그의 영향아래서 매사를 두려워했는데, 그의 우산
은 황제의 필수적 상징물인 지팡이의 역할과 비교될 수 있다5). 남자
주인공의 우산은 <나의 삶>에서 아버지의 우산처럼 "상징적으로
'반(反) 자유'의 형상들과 부응하고 결합한다"6).

위와 같은 의복(의복장식) 착용은 현실이 벨리꼬프 자신을 동요시
키고, 두렵게 해서 나온 자기보호본능이라고 말할 수 있다. 그가 현실
에 적응하지 못하고 늘 과거를 찬양하는 것과 더불어 직업이 그리스
어 교사라고 하는 것도 하나의 상자성에 대한 알레고리로 여겨진다.
그는 정해진 사회 체계 안에서 삶을 영위하고, 법과 국가 기구의 공권
력에 복종하는 것을 삶의 기본 원칙으로 삼고 있다. 그는 사람과의
관계에서도 이 기본 원칙을 준수하려고 한다.

이러한 벨리꼬프와 대조되는 성격의 인물로서 바렌까의 동생이자
동료교사인 꼬발렌꼬가 있다. 그는 벨리꼬프와 동료교사들을 비난하
고, 엄숙하고 숨이 막힐 것 같이 통제된 분위기를 혐오한다.

> "이해할 수가 없어요. 저 행정 감독관 같은 녀석과 그놈의 불쾌한 추한
> 얼굴을 보고 어떻게 살아갑니까? 여러분! 이런 곳에서 어떻게 살아요! 당
> 신들의 분위기는 숨이 막힐 듯하고 불결해요. 이러고도 당신들이 교육자라
> 고, 선생이라고 할 수 있나요? 당신들은 공무원이에요. 이곳은 학문의 전당
> 이 아니라 질서를 유지하는 자치 기관입니다. 게다가 파출소에서 나는 것
> 같이 몹시 신 냄새까지 풍겨 나오고 있어요."(10, 49)

---

5) "황제의 필수적인 상징물은 존귀함과 품격의 표시인 길다란 지팡이였다. 황제는 길다
   란 지팡이 없는 자기 방에서 나올 수 없었다. 이 지팡이는 잔인한 사람의 손에 쥐어졌
   을 때 무기로 사용되기도 했다."(위의 책, 193쪽).

6) Harvey Pitcher, "Chekhov's Humor", A *Chekhov companion*, Westport : Greenwood
   Press, 1985, p. 98.

꼬발렌꼬는 벨리꼬프를 유난히 싫어한다. 왜냐하면 벨리꼬프란 인물은 항상 누군가 자기를 감시하는 것 같아 불안해서, 누군가와 이야길 하면 상부에 보고를 해야만 직성이 풀리는 사람이기 때문이다. 체호프는 시대적 징후를 담지하고 있는 벨리꼬프의 외견을 묘사하다가 그 다음에는 대조적인 성향을 가진 꼬발렌꼬를 통해 벨리꼬프의 '자아의 폐쇄성과 폭력성'을 비판하고 있다[7].

체호프는 위와 같은 두 등장인물을 매개로 해서 당시 러시아 사회의 억압된 관료 조직과 경직된 체제에 대한 알레고리를 표현하고 있다. 이런 점에서 이 작품은 <6호실>과 유사하다[8].

다른 측면에서 분석해 보면, 벨리꼬프의 자아 − 이상(ego-ideal)은 법, 권력이다[9]. 그는 현실에서 자신과 자아 − 이상 사이의 간격을 용납할 수 없다. 관념과 현실의 괴리를 참을 수 없는 것이다. 그런 차원에서 그의 강한 편집증, 강박 신경증도 해석할 수 있는 것이다. 체호프는 이러한 벨리꼬프를 그로테스크하게 변형된 원칙주의자로 묘사한다[10]. 마치 체호프의 초기 단편 <쁘리쉬비예프 하사>에 묘사된 그로테스크한 주인공의 형상과도 유사하다.

체호프의 후기 작품세계의 주인공이 당면한 가장 주요한 문제는 러시아의 '끝없이 단조롭고 평범한 삶의 현실'에 내재된 막연한 공포와 불안, 불확실성에 대처해 나가는 것이다[11]. 그런데 공포와 불안, 불확

---

7) 강명수, "체호프의 작은 3부작과 <이오늬치> 연구", 179쪽 참조.

8) 강명수, "가르쉰의 <붉은 꽃>과 체호프의 <6호실>에 드러난 공간과 주인공의 세계", 『노어노문학』 제12권 1호(2000년 여름), 122−141쪽을 참조.

9) 딜런 에반스, 『라깡 정신분석사전』, 인간사랑, 1998, 175−176쪽 참조.

10) 이경완, "체호프의 멜랑콜리형 지식인들의 상자성−'소삼부작'을 중심으로", 한국슬라브학회 2006년 제3차 정기논문발표회 발표문집, 8쪽 참조.

실성이 지배하는 현실을 살아가는 쁘리쉬비예프 하사나 벨리꼬프와 같은 주인공들에겐   법과 규정이야말로 확실한 길라잡이가 된다[12].

> **벨리꼬프는 자신의 생각도 상자 속에 가두어 두려고 했지요. 무엇인가가 금지된다고 쓰여 있는 회담장과 신문 기사만이 그에게 이해되는 것이었습니다.** 학생들이 밤 9시 이후에는 거리에 나가지 못하도록 하는 훈련이 있거나, 육체적 사랑에의 탐닉을 비난하는 기사가 실릴 때 그에겐 모든 것이 명백하고 분명해 졌지요 - 이런 일들은 최종적으로 금지되어야 했으니까요."(10, 43) (진한 글씨는 인용자 강조임).

> "저는 다만 당신께 주의를 주고 싶을 따름입니다, 미하일 사브비치. 당신은 아직 젊고 전도유망하니 아주 신중하게 처신해야 합니다. 그런데 당신은 신중하지 못해요! **수놓은 셔츠를 입고 돌아다니고 온갖 종류의 책을 길거리에 가지고 다니는게 항상 눈에 띄고 이번엔 자전거예요. 당신과 당신 누이가 자전거를 타고 다니는 게 눈에 띄었다는 사실이 교장에게 알려지고 학교 후원자의 귀에 들어가고** … 그러면 좋을 게 없지요."(10, 51) (진한 글씨는 인용자 강조임).

  벨리꼬프가 비판하며 금지를 명하는 꼬발렌꼬의 수를 놓아 장식한 의복, 거리를 활보하며 들고 다니는 책, 자전거는 각각 미(美), 개인의 관념과 사상, 자유로운 신체 활동을 의미한다[13]. 벨리꼬프는 일상적 삶의 현실에서 미적인 것, 개인적인 사고와 감정, 자유로운 신체 활동과 그것에서 오는 즐거움을 금지해야 하는 것으로 인식한다. 따라서

---

11) Kenneth A. Lantz, "Chekhov's Cast of Characters", A *Chekhov companion*, Westport : Greenwood Press, 1985, p.76.

12) Ibid., p.77.

13) 이경완, "체호프의 소삼부작에 나타나는 상자성의 중첩 구조", 『슬라브학보』 제22권 2호(2007년 여름), 126쪽 참조.

벨리꼬프의 상자성은 '한 개인의 자아의 상자성'으로 설명될 수 있을 뿐만 아니라, 감시와 억압, 금기의 형식이 만연된 19세기 후반 러시아 전제 정권의 사회적 병리현상을 드러내는 '사회의 집단적 상자성'으로 해석할 수도 있는 것이다.

꼬발렌꼬를 통해서는 자유주의(Liberalism)관념을 읽어낼 수 있다. 그 반면에 벨리꼬프를 통해서는 인간 행동에 대한 금기와 억압을 강조하는 관념을 읽어낼 수 있을 뿐만 아니라, 19세기말 러시아의 시대상황(니꼴라이 2세에 의한 보수 반동과 억압의 시기)과 관련된 정신적 - 이데올로기적 보수주의(Conservatism)까지도 읽어낼 수 있다.

따라서 이 작품에서는 주인공들(**벨리꼬프**/꼬발렌꼬)의 관념특성(**상자성 - 폐쇄성**/개방성)을 읽어낼 수 있을 뿐만 아니라, 주인공들의 이데올로기적 성향(Conservatism/Liberalism)도 파악할 수 있다. 나아가서 주인공들의 시간관(**과거지향**/미래지향)까지도 감지해 낼 수 있다[14].

벨리꼬프는 주변 사람들과 주위 상황에 대해 유약하고 수동적인 자기 방어적 태도를 견지하는 한편으로, 동료 교사들과 학생들의 행동을 집요하게 감시하는 적극적이고 능동적인 태도를 동시에 보여준다. 한 개인에게 내재된 '자아의 상자성'과 그것이 변형되어 타자에게 표출되는 '자아의 폭력성'은 당시 러시아 사회가 가지는 불만과 폐쇄성, 경직성, 무의미와 공허 등과 맥이 닿아 있다. 이것은 러시아라는 삶의 전 공간에 스며든 '집단적 상자성'과 그것이 변형되어 발현된 '집단적 폭력성'으로 나타난다. 그래서 우리는 러시아 사회 전체의 상

---

14) Тихомиров С. В. А. П. Чехов и О. Л. Книпер в рассказе <Невеста> // *Чеховиана : Чехов и его окружение.* М., 1996. С. 261 참조. 이를 통해 벨리꼬프(상자성-폐쇄성/금기와 억압)와 꼬발렌꼬(개방성/자유)는 서로가 서로에게 관념의 결투자가 된다.

자성에 주목하지 않을 수 없다. 동시대의 어느 여성 독자는 체호프에게 이렇게 편지를 썼다.

"내게는 러시아 전체가 상자 속에 들어 있는 것으로 느껴져요."15).

결말에서는 러시아 사회 전체의 집단적 상자성과 폭력성(자신의 삶의 공허와 권태를 해소하고자 벨리꼬프를 결혼시키려고 하는 부르낀과 교육계 부인들의 상자성과 폭력성)이 벨리꼬프라는 인물의 '자아의 상자성과 폭력성'을 삼켜버리는 양상으로 마무리된다16).

이 작품을 통해 체호프가 드러내고자 하는 바는 우리의 관념에서 발견되는 권위주의적, 계급 - 제도적, 권력 - 조직적 경향이다. 이 경향은 현실에서 우리가 다른 사람을 조직할 권리가 있고, 그들에게 무엇을 하라고 말할 권리가 있다고 느끼게 한다17). 하지만 체호프는

---

15) Катаев В. Б. Сложность простоты : рассказы и пьесы Чехова. М., 1998. С. 23에서 재인용.

16) 벨리꼬프의 '사랑의 문제'와 연계해서 '한 개인의 상자성'과 더불어 '사회의 집단적 상자성과 폭력성'을 고찰해보자. 어느 날 벨리꼬프는 자신이 마음에 둔 바렌까가 '자전거를 타는 것'을 보고는 훈계하러 갔다가, 그녀의 남동생인 꼬발렌꼬에게 떠밀려서 계단에서 굴러 떨어진다. 바렌까가 이 광경을 보고 무심하게 웃어 버리자 그는 충격을 받는다. 사랑하는 이로부터 자신의 권위가 손상되었다고 느낀 벨리꼬프는 상자처럼 생긴 침대에서 이불을 뒤집어 쓰고 앓다가 죽어버린다. 그는 이성과의 사랑의 문제에 있어서도 자신과 자아 - 이상사이의 간격(관념과 현실의 괴리)을 용납할 수 없다. 이로 인해 바렌까와의 사랑 역시 지속되지 못한 채 종말을 맞는다. 그런데 이 '사랑의 문제'를 다른 측면에서 고찰할 수도 있다. 화자 부르낀은 삶의 권태와 공허에 시달리는 교육계 부인들과 마찬가지로 벨리꼬프를 결혼시키겠다는 계획에 가담한다. 그는 벨리꼬프가 주위 사람들의 가볍고 경솔한 기획(혹은 음모론)에 의해 상처받거나 죽을 수도 있다는 생각을 전혀 하지 못한다. 부르낀은 자신이 이야기하는 대상에 대한 연민의 감정과 잔인함 사이의 양 극단을 오가고 있다. 그 역시 '사회의 집단적 상자성과 폭력성'에서 자유롭지 못한 것이다.

17) Harvey Pitcher, "Chekhov's Humor", p. 98.

현실에서 '상자성'과 결부된 어떠한 이종과 변형도 허용하지 않는다.

<상자 속에 든 사나이>에서 벨리꼬프는 '무슨 일이 일어나지 말아야 할 텐데'라는 걸 좌우명으로 삼고, 자신의 전(全) 생애를 법과 규정을 지키는 일에 바친다. 이 주인공은 자아를 상자에 가두어 놓고, 어떤 협소한 계획과 강령에 따라 자신의 삶을 관념세계에 끼워 맞추어 나가려고 노력한다. 장례식에서 관 속에 누워 있는 그의 평화롭고 온화한 얼굴 묘사는, 삶이 아니라 죽음을 통해서만 안온함을 느끼는 인물의 이상(Ideal)의 한 단면을 드러낸 것이다. 어쩌면 그는 죽음을 통해(자아 - 이상의 작동을 멈춤으로 인해) '현실에서 느끼는 불안이 제거된 세계', '관념과 현실의 틈새가 완전히 메워진 세계'로 들어갔다고 말할 수 있다.

> **"이제 그가 관 속에 누워 있으니, 그의 표정은 이제 다시는 떠나지 않아도 될 상자 속에 마침내 놓인 게 기쁘기라도 하듯, 온화하고 만족스럽고 유쾌하게 보이기까지 했습니다. 그렇습니다. 그는 자신의 이상을 달성한 것입니다."** (10, 52) (진한 글씨는 인용자 강조임).

일상적 삶의 현실에서 '자아의 진정한 자유'를 방기하고 타인의 자유를 억압하며 지내던 벨리꼬프는, 죽어서야 '관념과 현실의 괴리'를 극복하고 '자아 - 이상을 달성한 인물'로 묘사되고 있다.

체호프는 이 작품에서 19세기 말 전제정치 하 러시아에서의 인간의 삶(현실)을 주인공의 관념과 연계해서 잘 드러냈다. 이처럼 체호프는 무엇보다 자주 인간의 관념이 어떻게 거짓된 방향으로 끌려가고, 길들여지는지에 대해 말하고 있다.

한편으로 체호프는 <나무딸기>의 결말에서 상자 속에 든 인간의

'자아의 상자성'과 그것을 낳고 기른 기형적 사회의 '집단적 상자성'을 깨트려 줄 '망치를 쥐고 있는 인간'의 등장을 고대하고 있다. 이러한 '망치를 쥐고 있는 인간'을 고대하는 체호프의 관념은 이미 <상자 속에 든 사나이>의 결말에서 암시되고 있다.

> "그래 우리는 숨이 가쁜 채로 비좁은 도시 공간에서 살고 있고, 불필요한 문서들을 작성하거나 카드놀이를 하며 지내는데 − **이것이 상자 속에서 사는 게 아니라고 할 수 있나요?** 그렇지 않으면 우린 게으름뱅이들, 소송을 하는 자들, 어리석고 쓸모없는 아줌마들 속에서 지내면서 갖가지 부질없는 말들을 지껄이거나 듣곤 하는데 − **이것이 상자 속에서 사는 게 아니란 말이오?**"(10, 53-54) (진한 글씨는 인용자 강조임).

제2부
절망과 희망의 경계에서 서성이는 인간

"그러자 나쟈의 눈앞에는 광활하게 확 트인 새 삶이 그림처럼 펼쳐졌다.
그 삶은 아직은 희미하고 신비로 가득하지만,
나쟈의 마음을 이끌며 오라고 손짓하는 것이었다."
- 체호프의 <약혼녀> 중에서

"**보이니쯔끼** 아, 자네 이해하겠나...
(불안하게 아스뜨로프의 손을 잡는다)
이해하겠어, 남은 생애를 새롭게 살 수만 있다면.
청명하고 고요한 아침에 일어나서, 과거는 모두 잊혀지고,
연기처럼 사라져 버려서, 새롭게 다시 살 수 있다는 걸 느낄 수 있었으면
해. (운다) 새로운 인생을 시작하는 거야... 어떻게 시작해야 하는지...
무엇부터 시작해야 하는지, 내게 가르쳐 주게..."
- 체호프의 <바냐 외삼촌> 중에서

1장
신학생

"그는 이제 겨우 22살 이었다"

1.

체호프의 <신학생>(1894)은 <러시아 통보>(1894, No. 104, 4월 15일자)에 <저녁에>라는 제목으로 처음 발표되었다가, 후에 모음집 『중편소설들과 단편소설들』에 <신학생>이라는 제목으로 실렸다. 체호프의 전(全) 작품들 중에서도 희망의 모티브가 잘 드러난 작품으로 간주되는 이 작품은 러시아 어 원문으로 3쪽이 조금 넘는 분량이지만, 체호프의 세계에서 중요한 자리를 차지하며, 체호프 예술세계의 근본적인 특질을 내장하고 있다. 세르게이 불가꼬프(С. Н. Булгаков)는 <신학생>에 대해 "3쪽에 거대한 내용이 담긴 체호프 작품의 고가(高價)의 진주다"[1]라고 말했다. 이고르 니꼴라예비치 수히흐(И. Н. Сухих)는 체호프의 모든 작품들을 하나의 완결된 장편소설로 볼 때, <신학생>은 그

---

1) Булгаков С. Н. Чехов как мыслитель // Избранные статьи. Т. 2, М., 1993. С. 151.

'장편소설'의 진수(квинтэссенция)이고 제사(эпиграф)이자 에필로그(эпилог)라고 간주한다[2]. 그리고 거기에서는 젊음과 늙음에 대해, 배반과 후회에 대해, 삶의 의미와 그것의 탐색에 대해, 예수의 운명에 대해, 과거와 현재의 관계에 대해, 역사에 대해, 러시아에 대해, 영혼들의 소통과 교제에 대해 말하고 있다고 정리한다[3]

　<신학생>은 그 분량에 비해 다양한 접근 방법과 해석들 그리고 그에 따른 쟁점들을 포함하고 있다. 연구자들은 역사적 관점에서, 종교적 관점에서, 구조-미학적 관점에서 그리고 인식론의 관점과 존재론의 관점에서 <신학생>에 대한 해석을 시도한다. 하지만 보기에 따라서는 종교-철학적 관점으로, 역사-철학적 관점으로, 철학적 관점과 구조-미학적 관점이 결합된 관점으로, 종교-시학적 관점으로 <신학생>을 해석한다고 할 수 있다.

　<신학생> 연구를 위해서 우선 먼저, 본론에서 언급될 2가지 상반된 해석에 영향을 끼친 연구자들의 <신학생>에 대한 접근 방법과 해석들을 간단히 소개하고자 한다.

　우선 게오르기 프리들렌제르는 역사적 관점에서 <신학생>을 해석한다[4] 주인공 이반 벨리꼬뽈스끼의 성서 이야기는 한 세계가 붕괴하고 새로운 세계가 탄생하는 시대에 살았던 그들(주인공과 두 과부)

---

2) Сухих И. Н. Жизнь человека : версия Чехова // А. Чехов "Рассказы из жизни моих друзей". СПб., 1994. С. 25.

3) Там же.

4) "부닌에게 있어서는 역사에 대한 관심이 완전히 그를 사로잡은 반면에 체호프에게 있어서는 역사에 대한 관심이 거의 보이지 않는다"라는 D. S. 리하초프의 견해(게오르기 프리들렌제르, 『리얼리즘의 시학』, 이항재 역, 서울: 열린책들, 1986, 153쪽에서 재인용)에 동의하지 않으면서, 프리들렌제르는 <신학생>에서 역사적 변혁의 문턱에 서 있는 인간과 삶, 사상을 이야기한다.

과 같은 시골사람과 소박한 어부(베드로)에 관한 이야기라고 간주한
다5). 그리고 이제 주인공에게는 새롭게 인식된 사상 ─ 인류의 역사
는 무용한 것이 아니며, 그 자신과 다른 사람들, 현재와 미래 사이에
는 보이지 않는 강력한 유대가 존재하고 있다는 사상 ─ 이 있어서,
비록 외부적 삶의 조건과 형태가 변화되지 않더라도, 인간 사이의 강
력한 유대가 거대한 역사적 의미로 다가와 인류의 삶을 충만하게 할
것이라는 해석으로 나아간다.6)

세르게이 불가꼬프는 종교적 관점에서 <신학생>을 해석한다. 그
는 <신학생>에 나타난 체호프의 분산된 관념들로부터 결론부분의
내밀한 관념들에까지 충분히 규정된 인상이 도출된다고 파악한다7).
그리고 "그것들에서 수줍게, 아마 어느 정도의 주저함과 더불어, 굳건
한 기독교 뉘앙스의 종교적 믿음이 반영되는데, 이 가정 밖에서는 체
호프의 모든 것이 수수께끼가 되고"8), 특히 <신학생>은 이 가정을
전제하지 않고서는 심리적인 그리고 논리적인 난센스(non-sens)가 된
다고 강조한다.9)

잭슨(Robert L. Jackson)은 종교적 - 시학적인 관점에서 <신학생>을

---

5) 달리 말하면, 삽입된 성서 이야기가 주인공과 두 과부, 이상과 현실, 과거와 현재 그리
   고 미래 사이를 갈라놓은 벽을 허문다는 것이다. (같은 책, 155쪽)
6) 같은 곳.
7) 이 언급은 본론에서 논쟁의 초점이 되는 삽입된 성서 이야기가 <신학생>의 주제, 구
   성, 인물들간의 관계에 긴밀한 연관성이 있음을 시사한 것으로 해석할 수 있는 하나의
   근거가 된다.
8) Булгаков С. Н. Указ. соч., С. 151.
9) Там же. 나아가서 세르게이 불가꼬프는 체호프 세계관의 종교적 측면과 관련해서
   다음과 같이 언급한다 : "종교적 감정의 운문에 대한 체호프의 비범한 감수성과 함께 대체
   로 종교적 심리의 깊고 섬세한 이해가 평범한 인간의 특질 속에서 발견된다."(Там же
   С. 151-152)

해석한다. 서브텍스트(subtext)인 삽입된 성서 이야기를 '부활(절)의 드라마'로 간주하고, 이와 관련해서 주인공 이반(요한)이 '공존'하는 고통과 기쁨 속에서 '부활절의 변모(The paschal transfiguration)'를 재(再)경험한다고 강조한다.[10] 달리 말하면, <신학생>은 부활절의 드라마(삽입된 성서 이야기)에 나타나는 고통과 기쁨을 재연(re-enactment)하는 작품이라는 것이다. 한편으로 잭슨은 <신학생>에 나타난 풍경묘사를 성서의 그것과 비교하고, 주인공의 행위를 예수, 모세, 베드로의 행위에 비유하면서, 이 작품을 부활과 재생의 상징주의(symbolism) 시학으로 바라보는 관점은 흥미롭다.[11]

끼르야노프(Daria A. Kirjanov)는 인식론적 관점에서 <신학생>에 접근한다.[12] 끼르야노프는 삽입된 2000년 전의 성서 이야기에서 베드로의 정신적 고통에 대한 두 과부의 공감, 감정의 전이가 신학생으로 하여금 과거(시간 사슬의 한 쪽 끝) 혹은 2000년 전에 일어난 일(사건 사슬의 한 쪽 끝)과 현재(시간 사슬의 다른 한 쪽 끝) 혹은 현재에 일어난 일(사건 사슬의 다른 한 쪽 끝) 사이에 관련성이 있다는 해석으로 나아간다. 한편으로 주인공 내면세계의 에피파니[13], '깨달음의 현현(顯現)'은 주

---

10) Jackson L. Reading Chekhov's Text. Illinois, 1993. 127-133쪽.

11) Ibid., 130-132쪽. 이에 관해서는 본론에서 간략히 언급될 것이다.

12) 그는 <신학생>을 체호프 예술세계의 근원적인 주제라고 할 수 있는 "시간과 경험의 흐름 내에서 자아의 의미 있는 방향 정하기(orientation)에 대한 탐색"과 연관해서 고찰한다.(Daria Kirjanov, The Poetics of Memory in the Stories of Anton Chekhov, Yale Univ., 1996. 1쪽)

13) 본래 기독교에서 사용되는 신학적 용어로 기독교의 1월 6일 축제를 일컫는다. 이 날은 동방박사 세 사람이 갓 태어난 아기 예수를 방문한 날로, 그리스도가 온 천하에 '나타남'을 기념하는 날이다. 그리스어 'epiphaneia'에서 유래된 이 말은 '나타남 또는 명백하게 드러남'을 뜻한다. 에피파니는 제임스 조이스에 의해 '사물, 사람, 또는 상황의 가장 핵심 되는 본질이 갑자기 드러남'을 의미하는 용어로 차용되었다. 그에 따르면 "에피파니

인공 '인식의 갑작스러운 변모의 순간'을 의미하는데, 그는 삽입된 성
서 이야기의 역할과 기능을 주인공 인식의 이러한 변모와 관련해서
일관되게 탐구한다.

  찔레비치(Л. М. Цилевич)는 체호프 텍스트 해석의 일반적인 경우처
럼, <신학생>의 해석에서도 구조-문학적 관점과 철학-미학적 관
점의 결합을 시도한다.[14] 그는 주인공 인식의 변모를 슈제뜨의 공간,
모닥불과 관련된 시간의 층위, 풍경묘사와 세부묘사들의 기능과 역
할을 통해 해석한다.[15] 또한 그는 주인공의 공간 이동(집-정원, 밭-
광활한 평원)과 주인공 인식의 새로운 지평이 열리는 것(절망적 세계인
식에서 희망찬 미래로의 전환)을 겹쳐지게 한다. 그리고 체호프의 <신학
생>과 이반 부닌의 <멜리똔>의 비교를 통해, 이반 부닌의 역사에
대한 정적이고 숙명론적인 진술에 대조되는 체호프의 역사에 대한
낙관, 미래지향성을 이끌어낸다.[16]

  볼프 쉬미뜨(Вольф Шмид)는 종교적 관점, 역사적 관점, 구조-문
학적 관점 그리고 인식론적 관점을 결합한 해석을 통하여, 위에 소개
된 연구자들의 해석의 주된 흐름과는 상반된 <신학생> 해석을 내놓
는다.[17] 그는 주인공의 통찰이 허위이며, 일시적이고 피상적이며 추

란 대상이 함축하고 있는 진수가, 그 본질이 겉을 감싸고 있는 외양들을 뚫고 갑자기
우리 앞에 나타나는 것이다". 이 용어는 주인공 내면세계에서 이루어지는 지각 양식과
관련되는 심미적 현상이라고 할 수 있다. 에피파니와 관련된 모든 언급은 이상룡, "자유
와 에피파니의 심미적 서술구조-톨스또이 <이반 일리치의 죽음>", 문예연구, 98년 가
을호, 문예연구사, 1998, 72쪽을 참고했다.

14) 이러한 측면에서 그의 저작 『체호프 단편소설의 슈제뜨』와 『체호프 단편소설의 문체』
에서 드러나는 <신학생> 해석은 거의 유사하다.

15) См.: Цилевич Л. М. Сюжет чеховского рассказа. Рига, 1976. С. 137-147 ; Цилевич
Л. М. Стиль чеховского рассказа. Даугавпилс, 1994. С. 179-187.

16) Цилевич Л. М. Стиль чеховского рассказа. С. 150-151.

상적인 것으로 파악한다.[18] 특히 삽입된 성서 이야기와 관련된 부분
에서는 종전의 해석을 뒤집는다. 달리 말하면, 볼프 쉬미뜨는 베드로
의 울음과 바실리사의 울음과의 긴밀한 연관성의 부재를 지적한다.[19]

까따예프(В. Б. Катаев)는 인식론적 관점을 중심으로 역사적 관점과
구조-문학적 관점을 결합해 <신학생>에 대한 절충적 해석을 내리
고 있다.[20] 그는 자연, 일상생활의 상태, 역사와 같은 외부 세계의
물적 조건이 주인공의 인식 세계에 끼치는 지대한 영향을 인정하고,
그것을 주제와 구성과도 관련시킨다. 그의 절충적 입장은 여기서 비
롯되는데, 삽입된 성서 이야기를 통한 주인공 인식의 변모는 인정하
면서도, 외부 세계의 물적 조건의 변화 없음과 화자-체호프의 진술
인 "그는 이제 겨우 22살 이었다"[21]로 인해 확실한 결론 내리기를
하지 않는다. 까따예프는 모든 것이 '공존'하며 흘러가는 (두려움과 부
조화, 진리와 아름다움, 낙담과 절망, 기쁨과 희망) 이 세상에서 진리와 아름

---

17) 그는 외부 물적 세계의 변화가 없는 상태에서, 22살 난 주인공의 일시적으로 고양된
정신은 언제든지 다시 처음의 상태(절망적인 세계 인식)로 돌아갈 수밖에 없다는 것을
일관되게 주장한다. 그리고 곳곳에 이어지는 추위와 관련된 자연묘사와 결말 부분의
불빛과 연관된 풍경묘사를 근거로 하여 주인공 이반의 절망적 역사인식의 순환을 강조
한다. 이러한 해석을 통하여 볼프 쉬미뜨는 이제 겨우 22살 난 주인공 통찰의 허위성과
일시성을 주장한다.

18) Вольф Шмид. Проза как поэзия : Пушкин, Достоевский, чехов, авангард. СПб.,
1998. С. 278-294.

19) 바실리사가 베드로의 고통과 눈물의 진정한 의미를 제대로 파악하고 눈물을 흘리지
않았다는 것이다. 그리고 두 과부 모녀와 주인공 사이의 긴밀한 관계도 형성되지 않는
다고 본다. 볼프 쉬미뜨는 주인공들간의 감정의 전이, 공감(共感)의 형성 등이 작품에서
구체적으로 드러나지 않는다는 입장이다.(Там же. С. 289-291)

20) Катаев В. Б. Сложность простоты : Рассказы и пьесы Чехова. М., 1998. С. 9-13.

21) Чехов А. П. Полн. собр. соч. и писем: В 30 т. Соч. Т. 8, М., 1985. С. 309. 편의상
원문을 번역 인용하였고, 이어지는 인용문은 인용문 끝의 괄호 속에 책의 권수와 쪽수
를 쓸 것이다.

다움 그리고 빛을 향해 올바른 방향설정을 하기를 권하면서 열린 결말로 나아간다.[22]

예사울로프(И. А. Есаулов)는 종교적 관점과 구조 - 문학적 관점을 결합하면서 <신학생>에 대한 절충적인 해석을 시도한다. 그는 <신학생>을 "러시아 문학에서의 사보르노스찌의 범주"란 큰 주제 아래에서 접근한다.[23] 그리고 "단편소설 <신학생>의 공간 구성과 러시아 정교의 전통"이란 구체적이고 세부적인 주제 아래에서 전면적인 해석을 시도하고 있다.[24] 그는 루케리아, 바실리사, 이반 벨리꼬뽈스끼, 베드로 사이에 고유의 '집단적인 결합(соборное единение)'이 있다고 본다.[25] 바실리사의 울음도 그런 맥락에서 해석한다.[26] 예사울로프는 이 작품의 슈제뜨를 '낡은 인간으로부터의 해방 과정'으로 파악하면서, 주인공의 정신적 체험의 '완결되지 않음'을 강조한다.[27]

위에 언급된 다양한 해석을 토대로, 본 연구는 <신학생>에 관한

---

22) Катаев В. Б. Указ. соч., С.13.

23) См. : Есаулов И. А. Категория соборности в русской литературе. Петрозаводск, 1995. С. 145-158.

24) См. : Есаулов И. А. Пространственная организация рассказа "Студент" и православная традиция // Чеховский сборник. М., 1999. С. 123-130.

25) Есаулов И. А. Пространственная организация рассказа "Студент" и православная традиция // Там же. С. 127.

26) 그녀의 울음은 베드로를 향한 그녀의 '연대 체험'이자, 베드로의 변절을 용서하는 것까지 표현하고 있다는 것이다. 그리고 베드로는 바실리사의 울음으로 인해 사람들의 집단적인 결합 (соборное единение)과 관련된다고 강조한다.(Есаулов И. А. Пространственная организация рассказа "Студент" и православная традиция // Там же. С. 127-128)

27) 따라서 결말 부분의 이반의 생각을 주인공 정신 도정의 진정한 결산이자 완성이라고 보지 않는다. 그 근거로 "그는 이제 겨우 22살이었다"(8, 309)란 화자-체호프의 끼어드는 진술을 든다. 이처럼 그는 체호프의 주인공을 '러시아 정교의 인간'이자 '과정의 인간'이지, '결산의 인간'이나 '해결의 인간'으로 보지 않는다(Есаулов И. А. Пространственная организация рассказа "Студент" и православная традиция // Там же. С. 129).

해석을 크게 2가지로 구분했다. 하나는 "주인공의 인식이 변모된 세계 — 희망찬 미래에 대한 착념(着念)"이고, 다른 하나는 "허위의 통찰과 일시적 희망 — 다시 만나게 될 일상의 현실과 절망적 과거의 순환"이다.

이제 <신학생>을 통하여 '두 얼굴의 체호프 — 절망과 희망의 경계에서 서성이는 인간'과 만나면서, 체호프 예술세계의 특질도 고찰해 보도록 하자.

2.

2-1. 주인공의 인식이 변모된 세계 - 희망찬 미래에 대한 착념(着念)

<신학생>에서 주요한 사건이란 바로 주인공 내면인식의 전환을 의미한다. 그리고 주인공 인식의 '변모의 순간(transfiguring mom-ent)'이 구성과 긴밀히 연관된다. 이를 근거로해서 이 작품을 크게 3부분으로 나눌 수 있다. 첫 번째 부분은 자연의 분위기와 일상생활과 관련해서 주인공 이반 벨리꼬뽈스끼의 절망적 세계인식의 드러남이다. 두 번째 부분은 주인공 이반과 두 모녀(바실리사와 루케리아)와의 만남, 삽입된 성서 이야기를 통한 주인공의 인식 변화이다. 세 번째 부분은 자아와 세계의 새로운 관계 구축, 새로운 인식의 프리즘으로 인간의 삶을 인도했던 진리와 아름다움에 대한 깨달음, 희망찬 미래에 대한 착념(着念)이다.

<신학생>의 첫 번째 부분에서 이미 주인공 이반의 세계인식, 세계지각을 구성하는 3가지의 주요한 근원이 나타나는데, 그것은 바로 자

연(차가운 바람과 추위), 일상생활의 상태(가난과 배고픔), 그리고 역사(류리끄 시대, 이반 대제 시대, 뽀뜨르 대제 시대에도 똑같이 반복되는 가난과 배고픔, 무지와 비탄, 황폐함, 어둠, 압제와 같은 열악한 삶의 조건들의 끊이지 않음)이다.[28] 이 작품의 첫 번째 부분에서 드러나는 체호프 풍경묘사의 인식론적 기능은 이 3가지를 하나로 결합시키면서 주인공의 절망적 세계인식의 정조(情調)를 표현한다. 또한 주인공의 '절망적 세계인식'은 자연의 분위기와 일상생활의 상태에 부응하는 '육체와 정신의 상관성' 그리고 '육체와 정신의 등가성'에 기초해 이끌어지고 있다.

> "그러나 숲에 어둠이 내리자, 품속으로 파고드는 차가운 바람이 때에 맞지 않게 동쪽에서 불어왔고 <…> 숲은 아늑하지 못했고, 황량하고 외롭게 느껴졌다. 겨울의 냄새가 났다. <…> 그의 손은 감각이 없었고 얼굴은 바람을 맞아 얼얼했다. 갑자기 닥쳐온 추위가 만물의 질서와 조화를 파괴했고, 자연 자체가 무시무시하게 보였고, 그것은 저녁의 어둠이 보통 때보다 빨리 내렸기 때문인 듯 했다. 주위는 황폐하고 기묘하게 울적했다 <…> 그가 집을 나설 때, 어머니가 입구에 있는 마루에 맨발로 앉아 사모바르를 닦고 있었고, 아버지는 난로에 누워 기침을 하고 있던 것을 상기했다 ; 수난 금요일이라 집에서는 아무 음식도 만들지 않았고, 따라서 학생은 몹시 배가 고팠다."(8, 306)

'때에 맞지 않게 빨리 내린 어둠'과 '갑자기 닥쳐온 추위'는 만물의 질서와 조화를 파괴하고 두려움을 자아내는데, 그것은 동일하게 주인공의 육체와 정신 속에서도 일어나고 있다. 육체의 고통(추위와 배고픔)과 정신의 고뇌(쓸쓸함, 외로움, 울적함)는 상관적이고 동등한 가치로 결합하면서 조화롭고 평온한 소우주(심신)의 파괴를 보여준다. 이것

---

28) Катаев В. Б. Указ. соч., С. 11.

은 현재에 나타난 '절망적 과거의 순환'을 읽어내는 주인공의 역사인
식으로 나아간다. 그리고 개인의 경험에서 나온 생각을 러시아와 러
시아 민중에 대한 문제로, 전 인류의 역사적 문제로까지 '일반화'시킨
다. 마침내는 구체적인 물적(物的) 현실을 회피하는데 까지 다다른다.

> "추위에 몸을 웅크리면서 그는 바로 그런 바람이 류리끄 시대에, 이반 대제
> 와 뾰뜨르 시대에도 불었으며, 똑같은 절망적인 가난과 배고픔이 있던 때,
> 구멍 뚫린 똑같은 초가지붕과 무지와 비탄과 똑같은 황폐함, 똑같은 어둠,
> 똑같은 압제가 있었던 시대에도 불었다고 생각했다 ― 이 모든 두려움은
> 존재했었고 존재하며 존재할 것이고, 천년의 세월이 흘러도 삶은 더 나아
> 지지 않을 것이다. **그러자 그는 집에 돌아가고 싶지 않았다.**" (8, 306) (진한
> 글씨는 인용자 강조임).

일상의 고통스런 공간으로 다시 돌아가고 싶지 않은 주인공의 생
각으로 첫 부분이 마감되고, 두 번째 부분은 주인공이 어둠대신 불빛
을 향해, 추위대신 따뜻함과 온기가 있는 공간을 찾아 이동하면서 시
작된다("모닥불이 쟁기질이 된 땅 멀리까지 두루 빛을 던지며 탁탁 튀는 소리를
내며 타고 있었다"(8, 306-307)). 첫 부분에서는 불빛과 관련된 풍경묘사
("불빛이라곤 강가에 있는 과부들의 채소밭에서 깜박거리는 것뿐이었다"(8,
306))가 외부 세계의 황량한 분위기와 주인공 내면세계의 비애감, 페
시미즘과 연결된다면[29], 두 번째 부분에서의 모닥불과 그 불빛은 나
중에 주인공의 몸을 녹여주면서 따뜻함과 온기를 주고, 정신의 고양
된 단계로 나아가는 계기를 마련해주는 풍경묘사의 인식론적 기능을
수행한다. 특히 주인공이 불을 쬐며 몸을 녹이는 현재의 모닥불은,

---

29) Там же. С. 12.

삽입된 성서이야기에서 베드로가 추위 때문에 불을 쬐런 모닥불과 겹쳐진다.

> "바로 이런 추운 밤에 모닥불 곁에서 사도 베드로가 몸을 녹였지요."(8, 307)

이것은 구성적 측면에서 보면, 베드로의 3번의 부인(否認)과 관련된 성서 이야기를 텍스트에 자연스럽게 삽입시키는 실마리가 된다. 한편 삽입된 성서 이야기에서 평범하고 나약했던 어부 베드로의 3번의 부인(否認)과 그와 관련된 울음과 참회, 그리고 '지금 여기' 있는 바실리사의 울음은 주인공 인식의 변모와 긴밀히 연관된다. 이것은 텍스트 전체와의 관계에서 볼 때, 삽입된 성서 이야기가 구조적 측면(구성, 시공간)에서도, 시간 사슬의 형상과 관련된 의미론적 측면(인간의 삶을 인도했던 진리, 아름다움)에서도 아주 중요하게 고찰되어진다는 의미이다.

시공간의 문제와 관련하여 모닥불의 기능을 살펴보면, 그것은 다른 층위의 시간이 자연스럽게 '지금 현재'와 겹쳐지게끔 한다. 달리 표현하면, 모닥불은 현재와 과거, 동시대성과 역사가 '지금 여기'에서 만나는 접촉지점이다.

> "베드로도 그들과 함께 불 옆에 서서 지금 제가 하고있는 것처럼 불을 쬐었지요." (8, 308)

또한 모닥불은, 진리와 아름다움을 향한 삶의 기나긴 도정에서 만나는 따뜻함, 아늑함, 평온함의 상징이자 주인공 인식 변모의 촉발지점이다.

한편으로 <신학생>에서 집을 나서서 숲과 밭을 지나 강을 건너가는 이반 벨리꼬뽈스끼(great field)는, 자신의 이름의 의미처럼 길을 따라가다 보면 광활한 평원, 대초원에 이를 것이다. 벨리꼬뽈스끼가 집의 시공간에서 길을 매개항으로해서 대초원의 시공간으로 나아가게 된다는 것은 그의 인식의 변모, 세계관의 변화, 새로운 역사인식의 지평이 열린다는 것으로 해석 가능하다.

<신학생>에서는 모닥불로 매개되는 삽입된 성서 이야기를 통하여 주인공 인식이 변모하는 계기가 마련되고, 슈제뜨의 절정단계로 나아간다. 삽입된 성서 이야기는 다시 2부분으로 나눌 수가 있다. 이야기의 정점에 도달하기 위해 잠시 숨고르기를 하는 "루케리야가 숟가락을 놓아둔 채 눈 한번 깜박이지 않고 학생을 바라보았다"(8, 308)가 그 기점이 된다. 그 이전 부분은 예수가 베드로에게 닭이 울기 전에 자기를 3번 부인할 것이라고 말하는 부분과 베드로가 "어둠 속으로도, 죽음에까지도 당신과 함께 기꺼이 가겠습니다"(8, 307)라고 말하는 부분[30]이다. 그 이후 부분은 주인공 이반(요한)이 베드로가 3번씩이나 예수를 부인하는 전(全)과정과 더불어 베드로가 예수의 말을 상기하고, 비통하게 울었다는 이야기를 하는 부분이다.[31] 덧붙여 이

---

30) 이와 관련된 내용은 성경 마태복음 26 : 31-35, 마가복음 14 : 27-31, 누가복음 22 : 31-34, 요한복음 13 : 36-38을 참조할 것. 여기서는 예수의 긍휼과 깊은 사랑이 베드로의 경솔히 맹약(盟約)하는 것과 대조된다.

31) 이와 관련된 내용은 성경 마태복음 26 : 69-75, 마가복음 14 : 66-72, 누가복음 22 : 54-62, 요한복음 18 : 15-18, 25-27을 참조할 것. 베드로는 자기를 부인하지 아니하면 예수를 부인해야 하는 상황에서 3번의 부인(否認)을 한다. 그 후 변절한 양심으로 인해 찔림을 받고 회개의 눈물을 흘린다. 예수에 대한 사랑이 남달랐던 베드로의 철저한 실패가 드러나 있다. 하지만 뜨거운 열정의 사도 베드로는 사도행전에서는 판이하게 달라진 모습을 보인다. 베드로는 예수가 그리스도임을 전파하다가 요한과 함께 옥에 갇히기도 한다. 하지만 복음을 전하였고, 이방인에게도 복음을 전할 문을 열어 놓았다(사도행전 12 : 1-19, 15 : 1-41 참조). 시몬(베드로의 본 이름)이 예수를 만나 베드로가 되고, 성령 받음으로 새로운 반석이 되는 놀라운 변모를 보인다.

반은 복음서에 쓰인 "밖에 나가서 심히 통곡 하니라"[32]라는 베드로의 그 울음을 재현한다 : "조용하고 조용한, 어둡고 어두운 정원, 그리고 정적 속에서 불명료한 흐느낌만이 겨우 들렸다…."(8, 308)

이러한 내용의 성서 이야기는 마침내 두 모녀에게 영향을 미친다. 바실리사는 갑자기 울음을 터뜨리고, 루케리야는 얼굴을 붉히고, 긴장한다. 신학생은 우선 베드로의 울음과 바실리사의 을음의 관련성을 생각했고, 그 다음 자신의 영혼 안에 새로운 깨달음이 생겨남을 느낀다. 바실리사가 왜 울었는지 그 자체를 상세히 설명하고 있는 구체적인 진술은 없다. 다만 이러한 서술로 채워진다.

> "지금 신학생은 바실리사에 대해 생각하고 있었다 : 그녀가 눈물을 흘렸기 때문에, 예수가 십자가에 못 박히기 전날 밤 베드로에게 일어났던 모든 일들이 그녀와 어떤 관련을 가진 것 같았다…. <…> 신학생은 또 다시 만일 바실리사가 눈물을 흘렸고, 그녀의 딸이 심란했다면 그가 그들에게 말하고 있었던 것, 19세기 전에 일어났었던 일은 현재와 — 두 여자와, 쓸쓸한 마을과, 그 자신과, 모든 사람들과 관련을 가진 것이 분명하다는 생각을 했다. 그 늙은 여자가 울었다면, 그가 그 이야기를 감동적으로 할 수 있었기 때문이 아니라, 베드로가 그녀 가까이 있었기 때문에, 그녀의 전 존재가 베드로의 영혼 안에서 일어났던 것에 관심을 가졌기 때문이었다."(8, 308-309)

이 짧은 단편소설에서 문제가 되는 것은, 주인공의 인식이 변모되는 과정에서 생겨난 다른 사람의 반응(바실리사의 울음)에 대한 주인공의 생각을 화자가 개입해 진술한 부분이다. 우리는 그것을 두고, 바실리사의 울음이 과연 삽입된 성서 이야기에서 '베드로에게 일어났던

---

32) 성경 마태복음 26 : 75, 마가복음 14 : 72, 누가복음 22 : 62을 참조할 것.

모든 일'과 구체적으로 어떤 관련을 가지는지, 또한 '그녀의 전 존재가 베드로의 영혼 안에서 일어났던 것'을 정말로 이해했을까하는 물음에 초점을 맞추면 안 된다. 여기서 초점은 두 시간의 층위에서 만들어지는 관념의 연합으로 생성되는 주인공의 생각이, 그의 내면세계의 에피파니로 나아가는데 있어 하나의 지렛대이자 전환점이 된다는 사실에 맞춰져야만 한다. 삽입된 성서 이야기의 역할과 기능도 여기에 맞춰져야만 한다. 그렇지 않다면 삽입된 성서 이야기는 왜 존재하는가? 결말의 시간 사슬의 형상과 그 의미성은 어떻게 해석해 낼 것인가?

삽입된 성서 이야기는 한 세계가 붕괴하고 또 다른 새로운 세계가 탄생하는 시대에 살았던 평범한 사람(베드로가 이야기 할 때 불을 쬐던 사람)과 소박하고 나약했던 어부(베드로)에 관한 이야기로, 결국 현재의 그들(바실리사, 루케리야, 주인공 이반)을 성찰하게 하는 바로 그 자신들의 이야기이다.[33] 따라서 '육체적 피로와 정신적 불안에 지친 베드로'가 굳건한 결심과는 달리 3번의 부인을 행했던 과정과 그로 인한 그 영혼의 흐느낌은 바실리사에게 성서적인 깊은 이해의 차원이 아니더라도 인간적인 공감과 연민의 감정을 낳았을 것이다. 그 같은 바실리사의 울음을 보면서 주인공의 영혼에서는 갑자기 기쁨과 함께 '사건 사슬의 형상', '시간 사슬의 형상'이 만들어진다.

> "그러자 갑자기 그의 영혼 안에서 기쁨이 물결쳤다. 그래서 그는 숨을 쉬기 위해 잠시 멈춰 서기까지 했다. **과거는 하나에서 다른 하나로 흘러가고 있는 사건들의 끊이지 않는 사슬에 의해 현재와 연결되고 있다고 그는 생**

---

33) 게오르기 프리들렌제르, 앞의 책, 154쪽.

각했다. 그리고 그는 방금 그 고리의 양끝을 본 것 같았다. 그가 한 쪽 끝을
만졌을 때 다른 쪽 끝이 떨렸다고 느껴졌다." (8, 309) (진한 글씨는 인용자
강조임).

주인공의 삶과 그의 내면세계로 흐르던 공허하고 의미 없는 시간
이 충만하고 고결한 시간으로 변화하면서, 그에게 '존재론적 기쁨'[34]
을 가져다준다. 이러한 주인공 내면세계의 변모는 물적 세계의 변화
가 없는 상태에서 급작스러운 것임에 틀림없다. 그렇다고 그것이 개
연성이 없는 상태에서 생겨난 것이 아님을 우리는 멀게는 슈제뜨에
서의 시공간의 역할과 관련해서, 가깝게는 삽입된 성서 이야기와 연
결해서 고찰해 보았다. 이 연장선상에서 '시간 사슬의 형상'과 그것의
의미가 파악된다. 부연하면, 삽입된 성서 이야기는 현재의 신학생과
바실리사와 루케리야 사이에 '정서적인 연대감'을 경험하게 할 뿐만
아니라, 과거와 현재 사이의 '정신적인 지속'의 느낌을 갖게 하고, 나
아가서 신학생의 갑작스런 깨달음에 이르게 한다. 이 무형의 '정서적
인 연대감'과 과거와 현재 사이의 '정신적인 지속'의 느낌이 '시간 사
슬의 형상'으로 구상화되고, 그 의미를 획득하는 것이다[35]. 이제 신학
생 앞에 놓인 인류의 역사는 단순한 과거의 혹은 과거 사건의 순환이
아니라, 정신의 고양된 상태에서 나타나는 상관적인 사건들의 일련

---

34) 장 한은 자신의 박사 학위논문에서 지극히 개인적인 주인공의 '깨달음의 문제'를 강조
   한다. 그는 주인공의 깨달음을 시간의 흐름에 대한 자각에서 기인한 것으로 파악한다.
   그리고 체호프가 강조하고자 한 것은 주인공의 깨달음 그 자체라고 말한다. 이것을 주
   인공이 자연의 흐름의 한 부분으로 존재하고 있다는 자각과 관련시키면서 '존재론적
   기쁨'이라고 표현했다.(장 한, "체호프의 산문에 나타난 자연과 자연관 연구", 한국외국
   어대학교 박사학위논문(2000), 143-145 참조)

35) Daria Kirjanov, 40-42쪽.

의 총체가 되는 '시간 사슬의 형상'인 것이다.

그의 이러한 세계인식은 새로운 세계로의 이행을 상징적으로 보여 주면서, 진리와 아름다움이 오늘까지 끊임없이 계속되어 왔다는 생각으로 이어진다.

> "나룻배로 강을 건너고, 그 다음에 언덕을 오르면서, 그의 고향 마을과 차가운 보랏빛 일몰이 폭 좁은 빛줄기를 놓아둔 서쪽을 바라보았을 때, 그는 동산과 대제사장의 뜰에서 인간의 삶을 인도했던 진리와 아름다움이 오늘까지 끊임없이 계속되어 왔고, 지상에서의 인간 생활에서 가장 주요한 것이었다고 생각했다…." (8, 309)

신학생이 "나룻배로 강을 건너고"는 과거의 어두운 세계에서 미래의 밝고 새로운 세계로 이행하는 과정을 상징적으로 드러낸 것으로 해석 할 수 있다. 또한 위에 언급된 동산과 대제사장의 뜰은 예수가 고독한 빛으로 서 있었던 겟세마네 동산과 대제사장의 뜰이라고 할 수 있다. 그리고 진리, 아름다움은 그 빛으로 인해 생겨난 지상 세계에 울려 퍼지는 고요하고 평온한 메시지이다. 따라서 <신학생>의 구성상 첫 번째 부분에서 드러난 주인공의 절망적 세계인식을 규정했던 자연, 일상생활의 상태, 역사가 주인공의 내면(정신적)세계와 외부(물적, 육체적)세계를 단절시키고, 불화(不和), 부조화(不調和)를 낳게 했다면, 여기에서는 주인공 내면(정신적)세계가 외부세계(자연, 역사)와 부조화에서 조화로, 불화에서 화해로 변화된다. 그리고 체호프로 하여금 다음과 같이 개입토록 해, 주인공의 변모된 인식에 의한 '새로운 미래에의 희망'을 그리고 '삶의 고결한 의미'를 표현하도록 한다.

"그러자 젊음과 건강과 생기의 느낌과 ─ 그는 이제 겨우 22살 이었다 ─ 미지의 신비로운 행복에 대한 표현할 수 없는 달콤한 기대가 그를 사로잡았고, 그래서 삶은 그에게 매혹적이고 놀라우며 고결한 의미로 가득 찬 것으로 여겨지는 것이었다."(8, 309)

문제는 이 진술에서 "그는 이제 겨우 22살 이었다"의 허석이다. 이것은 지금까지와는 다른 해석을 소개하는 데에서 함께 다르기로 한다.

2-2. 허위의 통찰과 일시적 희망 ─ 다시 만나게 될 일상의 현실과 절망적 과거의 순환

<신학생>에 대한 상반된 해석의 핵심내용은, 주인공의 새로운 인식 세계가 근본적으로 허위이고, 가짜라는 것이다. 주인공의 세계인식을 규정하는 외부세계의 물적 토대가 근본적으로 어느 하나도 변하지 않았다는 것을 기저로 한다. 달리 표현하면, 현실과 주인공의 새로운 인식 사이의 불일치, 단절이 드러난다는 것이다. 슈제뜨의 긴 흐름에서 볼 때, 점선처럼 툭 툭 끊어져 있는 몇 개의 풍경묘사들에 대한 해석이 이를 뒷받침한다. 다른 한편으로는, '삽입된 성서 이야기의 과거'와 '작품의 현재' 사이의 긴밀한 연관성의 부재 그리고 주인공들 사이의 관계를 해석하는 데 드러나는 추상적인 애매함의 문제이다.(이것은 삽입된 성서 이야기에 의미론적 하중을 지대하게 싣는 앞의 해석 방법의 중요한 논리적 연결고리를 파괴하면서, 해석의 뒤집기를 시도하는 것으로 연결된다). 또한 결말에 나오는 "그는 이제 겨우 22살 이었다"를 서술 구조 차원에서 나온 화자-체호프의 중립적인 발화로 보는 견해[36]까지 덧붙이면서 상반된 해석의 완성으로 나아간다. 이에 관해

---

36) 오 원교, "체호프의 객관성의 시학-서술방법을 중심으로-", 한국슬라브학회 2001년

차례로 살펴보도록 하자.

주인공의 새로운 인식 세계가 근본적으로 허위이고, 가짜라는 해석은 이 작품의 구성을 크게 2부분으로 나누어 놓는다. 신학생이 추위와 배고픔, 고통과 절망으로 모닥불 곁으로 다가와 두 모녀와 대화하면서 성서의 베드로 이야기를 하는데 까지를 한 부분으로 하며, 모닥불 곁을 떠나가는 것부터를 다른 한 부분으로 한다.

> "신학생은 과부들에게 작별 인사를 하고 계속 길을 갔다. **또 다시 어둠이 그를 둘러싸고 손가락들은 감각이 없어지기 시작했다. 매서운 바람이 불고 있었다. 겨울이 정말 되돌아 와서 부활절이 내일 모레라고 느껴지지 않았다.** 지금 신학생은 바실리사에 대해 생각하고 있었다 : 그녀가 눈물을 흘렸다면, 그 무시무시한 밤에 베드로에게 일어났던 모든 일들이 그녀와 어떤 관련이 있음을 의미한다…"(8, 308)(진한 글씨는 인용자 강조임).

위의 인용문은 추위와 배고픔으로 생겨난 주인공의 고통과 고뇌가 일시적으로 모닥불 곁에서 따뜻함, 편안함, 평온함으로 위로 받지만, 거기서 떠날 때는 이미 주인공은 다시 어둠에 싸이고, 추위 때문에 손가락 감각이 없어지고, 새로운 세계인식의 근거를 잃고, 또 다시 절망적 과거로 순환한다고 해석하는 근거가 된다.[37] 또한 이 풍경묘사는 바실리사의 울음 바로 다음에 위치하고, 신학생이 바실리사와 그녀의 울음의 의미를 생각하는 진술 바로 앞에 위치한다. 이 풍경묘사야말로 주인공의 세계인식의 변화과정에서 외부세계의 물적 토대는 근본적으로 어느 하나도 변하지 않았다는 것을 화자의 개입을 통

제2차 정기논문발표회 발표문, 7쪽.

37) Вольф Шмид. Указ. соч., C. 278-281.

해 상징적으로 보여주는 것이다. 달리 표현하면, 체호프가 현실과 주
인공의 고양된 새로운 인식 사이의 불일치, 단절을 독자에게 상기시
킨다는 것이다. "겨울이 정말 되돌아 와서 부활절이 내일 모레라고
느껴지지 않았다"는 것도 그런 차원에서 이해 할 수 있겠다.

　단락만 바뀌지 바로 이어서 나타나는 불빛과 관련된 풍경묘사를
보자.

> "그는 주위를 둘러보았다. **외로운 불빛이 어둠 속에서 아직도 희미하게
> 빛나고 있었고, 지금은 불 주위에 아무도 보이지 않았다.** 신학생은 또 다시
> 만일 바실리사가 눈물을 흘렸고, 그녀의 딸이 심란했다면 그가 그들에게
> 말하고 있었던 것, 19세기 전에 일어났었던 일은 현재와－두 여자와, 쓸쓸
> **한 마을과, 그 자신과, 모든 사람들과 관련이 있음이 분명하다는 생각을
> 했다.**" (8, 308-309) (진한 글씨는 인용자 강조임).

　"외로운 불빛이 어둠 속에서 아직도 희미하게 빛나고 있었고, 지금
은 불 주위에 아무도 보이지 않았다"는 이 자체만 떼어놓고 보면, 구
체적인 현실 속에서 세계고(世界苦)를 안은 주인공에 대한 하나의 상
징으로 읽어낼 수 있고, 인간의 근원적 고독과 절망을 표현한 것이라
고 충분히 해석할 수도 있다. 또한 절망적 과거의 순환의 징후로 연결
할 수도 있다.[38] 하지만 전후맥락에서 고찰할 때도 그런 해석이 타당
성과 설득력을 지니는지 생각해 볼일이다.[39]

---

38) Вольф Шмид. Указ. соч., С. 291.

39) 잭슨은 화자가 개입한 이 부분을 우선 요한복음 1장 5절("빛이 어두음에 비치되 어두
　음이 깨닫지 못하더라")과 관련시킨다. 그리고 나서 빛을 겟세마네 동산에서 그리고
　제사장의 뜰에서 고독하게 있었던 예수로 비유한다. 그 빛은 평온하고 고요하게 빛나고,
　그 메시지는 분명하다고 말한다. 이런 관점에서 잭슨은 다음 구절에 나타나는 주인공의
　생각과의 연결을 도모한다.(Jackson L., 130쪽)

이제 결말에 나오는 "그는 이제 겨우 22살 이었다"를 살펴보자. 주인공의 절망적 세계인식을 규정했던 구성상 첫 번째 부분의 두 문단을 출발점으로 해서, 이 작품의 주된 흐름에서 '끊어졌다 이어지는 점선'의 흐름이 있는데("또 다시 어둠이 그를 둘러싸고 손가락들은 감각이 없어지기 시작했다. 매서운 바람이 불고 있었다. 겨울은 정말 되돌아 와서 부활절이 내일 모레라고 느껴지지 않았다" - "외로운 불빛이 어둠 속에서 아직도 희미하게 빛나고 있었고, 지금은 불 주위에 아무도 보이지 않았다" - "그는 이제 겨우 22살 이었다") 바로 여기서 마침표를 찍는다. 상반된 해석들이 <신학생>의 첫 두 문단을 출발지점으로 하면서도, 하나의 해석은 젊음과 건강과 활기를 띤 다양한 가능성을 지닌 22살 난 주인공 인식의 변모와 그에 의한 희망찬 미래에로의 착념으로 귀결되고, 다른 하나는 이제 겨우 22살 된 젊은이의 피상적이고, 추상적인 세계인식이 구체적 일상의 현실에서 언제든지 회의와 절망으로 떨어질 수 있다는 해석으로 마무리된다. 모닥불 곁에서 육체의 따뜻함과 정신적 충만감으로 일시적으로나마 22살 난 젊은이가 미래에의 기대를 품지만, 그가 가는 길에는 여전히 매서운 바람과 함께 어둠이 내린 추운 밤길이 현실로 기다리고 있다는 것이다. 볼프 쉬미뜨는 여기서 연구자들이 저자 체호프와 주인공을 분리해서 생각하지 않은 점을 지적하면서, 주인공과 저자의 동일시, 일치에서 내리는 해석은 오류라고 본다.[40] 그에 따르면, 체호프의 세계인식은 외로운 불빛의 묘사와 화자의 개입에서 보이는 경우처럼, 여전히 페시미즘에 가깝다는 것이다. 또한 외부의 물적 상황의 변화가 없는 상태에서 주인공 인식의 일시적인 변모는 언제든지 회의와 절망으로 다시 떨어질 수 있다는 '절망

---

40) См. : Вольф Шмид. Указ. соч., С. 281.

적인 역사인식의 순환 가능성'을 보여준다는 것이다.

한편, "그는 이제 겨우 22살 이었다"를 화자 - 체호프의 중립적인 발화로 해석하는 관점에서 보면, 체호프가 섣부르게 인식의 절대성과 주관성만으로 문제 해결을 시도하지 않는다는 입장이 나올 수 있다. 결말 부분의 해석 때에 구체적인 현실성이 배제된 점을 지적하면서 결론을 유보하는 입장도 이 연장선상에 있다.[41] 그래서 이제 겨우 22살 난 주인공을 '길 위의 인간', '과정중의 인간'으로 해석하는 것으로 이 작품의 주제와 본질을 찾기도 한다.[42] 그렇다고 이것이 작품의 주된 흐름을 전복시키면서, 페시미즘의 해석으로 무게 중심을 이동시킬 만큼의 의미를 가지고 있는 것일까? 체호프가 독자로 하여금 일방적인 최종화를 유보시키는 기법으로 그리고 문제의 섣부른 해결 시도의 주된 흐름을 끊어주면서 객관성을 담보하려는 장치로 끼어 넣은 중립적인 발화에 너무 의미를 실은 것이 아닐까?

이쯤에서 우리는 위에 소개된 두 가지의 상반된 해석이 서로의 반(反)으로만 머물지 않고, 서로의 반(半)으로 되도록, 켜켜이 쌓인 작품의 의미들을 쌍방향에서 온전하게 구명(究明)되도록 할 필요가 있다. <신학생>에 나타난 체호프 예술세계의 특질을 고찰하는 일은 서로 상반된 해석이 나오는 원인을 밝혀주고, <신학생>을 더 깊은 이해로 이끌 것이다.

---

41) Катаев В. Б. Указ. соч., С. 13.

42) Есаулов И. А. Пространственная организация рассказа "Студент" и православная традиция // Там же. С. 128-129.

3.

<신학생>에서는 체호프의 초기와 후기 예술세계의 특질이 '공존' 한다. 1894년에 쓰여진 이 작품은 분명히 체호프의 후기 작품에 속한 다. 하지만 일반적으로 말하는 체호프의 후기 작품들에 드러난 특성 들의 이해만으로는 여기에 나타나는 체호프 예술세계의 특질들을 온 전히 이해할 수 없다. 왜냐하면 <신학생>에는 초기 단편소설, 스쩬 까[43])에 나타나는 체호프 예술세계의 초기적 특성들과 후기 중편 소 설과 단편 소설에 나타나는 후기적 특성들이 '공존'하기 때문이다. 작 고 간편화된 출판물에 발표한 초기 작품들에서 체호프는 일상생활의 정확한 묘사, 일종의 생리학적 스케치[44]), 일상생활의 현상들과 자연 의 현상들과의 '공존' 등을 보여 주었다. 이것은 외부세계의 당면한 물적 환경에서 인간의 삶과 정신을 바라보는 일관된 체호프 세계인 식의 중요한 특성을 미리 보여주는 것으로, <신학생>의 구성상 첫

---

43) 스쩬까(сценка)는 주로 짧은 머리말-무대지시-대화로 구성되는데, 체호프 언어의 간 결성과 대화 지향성이 잘 나타난다. <관리의 죽음>, <카멜레온>, <홀쭉이와 뚱뚱이> 를 이 장르의 작품으로 간주하는 체호프 연구가도 있다.

44) 체호프의 예술세계에서는 순수하게 생리적인 순간들이 이러저러한 생각들의 발생과 운동에 본질적인 역할을 한다. "<신학생>에서 류리끄 시대에도, 이반 대제 시대에도, 뾰뜨르 대제 시대에도 있었던 가난, 추위, 기아에 대한 주인공의 음울한 생각을 위해 그가 부모님 집에서 보았던 그 모든 것, 그리고 참을 수 없는 배고픔, 그에게 추운 것이 충격이 되었다. 이야기의 말미에서 주인공은 전혀 다른, 기쁜 생각에 이른다. 그러나 여기서도 체호프는 강조하지 않을 수 없다-삽입되는 문장에서-가장 단순한 생리학적 인 사물들과의 관계 : "그리고 젊음과 건강과 생기의 느낌이, -그는 이제 겨우 22살이었 다, -미지의 신비로운 행복에 대한 표현할 수 없는 달콤한 기대가 그를 서서히 사로잡았 고, 그래서 삶은 그에게 매혹적이고 놀라우며 고결한 의미로 가득 찬 것으로 여겨지는 것이 었다". 그로테스크-아이러니 하게도 관념과 생리학의 관계는 수첩의 메모 중의 하나에서 표현되어 있다 : "텍스트로 갔고, 두꺼운 가락지 빵과 함께 차를 충분히 마셨고, 그래서 무정부주의는 지나갔다." (수첩 1, 107쪽)" (Чудаков А. П. Мир Чехова. Возникновение и утверждение. М., 1986. С. 329)

번째 부분의 자연, 일상 생활의 상태, 역사가 만들어내는 절망적 세계 인식은 이에 기초해서 해석할 수 있다. 한편으로 <신학생>에서는 후기 체호프 작품들의 서술방식을 반영한다. 화자의 목소리에서는 객관적이고 중립적인 서술 방식이 나타난다. 화자는 자연스럽게 상황 ‐ 국면의, 우연성의 삶의 단편(斷片)의 묘사들로 들어간다. 또한 화자 ‐ 체호프와 주인공을 구별하는 결말 부분의 서술구조 분석은 해석의 큰 흐름을 바꾸어 놓는 요소가 된다. 이러한 요소들이 <신학생> 분석 때에 연구자의 필요에 따라 강조되면서, 상반된 해석의 결과를 낳는다고 할 수 있다.

이제 <신학생>에 나타난 체호프 예술세계의 특질을 2가지의 상반된 해석이 나올 수밖에 없는 원인과 관련시키면서 고찰해 보자.

첫 번째, <신학생>에는 육체와 정신, 외부의 물적 세계와 주인공의 정신세계, 고상한 것과 일상적인 것, 현실적인 것과 이상적인 것, 구체성과 추상성이 '공존'한다. 이 '상이함의 공존'은 때로는 긴밀히 연관되면서45), 때로는 '불화'와 '부조화'를 일으킨다. 체호프는 이들 각각에 관심을 균등히 배분하고, 서로 등가성으로 존재하게 한다46).

---

45) 예를 들면, 추다꼬프는 "감정의 물적 형태 혹은 감정의 물화(物化)라고 부를 수 있는 심리묘사의 방법"을 언급한다. 그리고 "심리적인 현상은 육체적인 세계의 현상과 비교되거나 직접적으로 그것과 비슷하다"고 강조한다(Чудаков А. П. Мир Чехова. С. 251).

46) 추다꼬프는 이와 관련된 설명을 삽입된 성서 이야기에서도 찾아낸다 : "무엇보다 베드로의 정신적이고 육체적인 상태가 묘사된다 : "영혼이 몹시 지쳤고, 약해졌다", "기진맥진한, 우수와 불안에 시달린 <…> 충분히 자지 못한", "지상에 무언가 끔찍한 일이 생겨난 것을 예감하면서", "당황했다". 다른 추가진술들 또한 상황의 구체화이고, 이미 물적이고 외견적이다 : "멀리서 예수를 쳐다보면서", "그리고 모닥불 주의에 위치한 모든 일꾼들이 의심스럽고 냉엄하게 그를 쳐다보았고", "조용하고 조용한, 어둡고 어두운 정원, 그리고 정적 속에서 불명료한 흐느낌만이 겨우 들렸다…"(Чудаков А. П. Мир Чехова. С. 229).

일반적으로 체호프 예술세계에서 정신, 관념은 삶에서 나타나는 물질성 혹은 외부의 물적 세계로부터 자유롭지 못하다. 따라서 주인공의 인식세계에서 나타나는 진리와 아름다움, 조화 그리고 삶의 고결한 의미 충만은, 상호 연관되는 구체적 현실 세계의 정신적 - 물적인 영역에서 열려야만 한다. 그래야 관념의 허위성, 추상성, 피상적인 성질을 벗어날 수 있다.

두 번째, <신학생>에는 슈제뜨와 파블라 진행의 간헐적인 끊어짐과 함께 저자의 의도가 숨어있다. <신학생>에서는 슈제뜨 흐름의 연속성 혹은 일정한 파블라의 운동을 방해하며 끼어드는 풍경묘사나 진술이 있다. 체호프의 초기 작품들에서부터 나타나는 끼어들기 기법(생각, 대화, 에피소드들이 이웃하는 일련의 대상들의 어떤 슈제뜨 상황으로 자유롭게 진입한다)은 체호프로 하여금 '결합될 수 없을 것 같은 징후들의 결합'을 통해 자신의 새로운 예술세계를 창조하도록 했는데, 체호프의 원숙기 작품인 <신학생>에서는 이것을 예술적 차원에서 **변용**(變容)하고 있다. 이미 인용문에서 구체적으로 드러난 이것은("또 다시 어둠이 그를 둘러싸고 손가락들은 감각이 없어지기 시작했다. 매서운 바람이 불고 있었다. 겨울은 정말 되돌아 와서 부활절이 내일 모레라고 느껴지지 않았다" -"외로운 불빛이 어둠 속에서 아직도 희미하게 빛나고 있었고, 지금은 불 주위에 아무도 보이지 않았다" - "그는 이제 겨우 22살 이었다") 점선의 형태로 여백을 만들어낼 뿐만 아니라, 이어지는 다른 풍경묘사나 진술과 서로 대립하면서, 상반된 관점의 해석에 있어 중요한 의미들을 창조한다. 바로 이것을 통해 만들어진 상반된 해석은 켜켜이 쌓인 의미들의 중층구조에 숨겨진 체호프의 '또 다른 의도와 지향'을 짚어내게 한다. 체호프가 독자로 하여금 일방적인 최종화를 유보시키는 기법으로 그리고 문제의 섣부른 해결시도의 주된 흐름을 간헐적으로 끊어주면서 객관성을 담보하려는 장치로 해 놓은 것이 '끼어드는' 풍경묘사나 서술자- 체호프의 중립적인 진술인 것이다.

세 번째, <신학생>에서는 삶의 단편(斷片)적, 에피소드적 특성을 드러내고, 국면적 상황의 중요성을 표현한다. 체호프는 우리의 의지로 '시작'되지도 않고, '끝'나지도 않는 우연적인 삶을 지각하고, 삶의 단편(斷片)의 프리즘을 통하여 개별적이고, 분산적인 요소들로부터 자신의 새로운 예술세계의 기원을 구축하려고 했다. 따라서 체호프는 19세기 러시아 문학의 전통적 작가들과는 달리, 자족적이고 초월적인 모형으로써의 관념 혹은 세계인식이 아니라, 구체적 상황 하에서 실체로 드러나는 매순간의 사실적인 삶의 동력으로써의 관념 혹은 세계인식을 제시하려고 한다. 따라서 그 속에서의 등장인물들은 매순간의 현실 상황에서 나락으로 떨어지기도 하고, 자신들 스스로 삶을 추슬러 세우기도 하는 것이다. <신학생>에서 주인공이 다시 현실의 어둠에 싸여 절망할 것이라는 전망 혹은 해석도 일리(一理)가 있지만, 현재의 그의 자각과 '지금 이 순간에' 충만한 삶의 의미가 더 중요한 것이 아닐까? 체호프가 진정 강조하고자 한 것은 지금 이 순간의 주인공 개인의 깨달음 그 자체가 아닐까? 상반된 해석들의 주요한 쟁점사항들은 이러한 체호프 예술세계 특질의 이해를 통해 체호프 예술세계의 반쪽의 이해가 아닌 온전한 하나의 이해로 나아가야 한다.

네 번째, <신학생>에서 체호프는 개성화, 개별화를 통해 '일반적 관념', '일반화'를 지향하면서도 섣부른 일반화를 거부한다. <신학생>에서는 화자의 목소리에서 보편적인 삶의 의미와 인간과 세계에 대한 명상과 사유(관념의 흐름) 그리고 개별화를 통한 철학적인 일반화의 추구가 녹아 있고, 객관적이고 중립적인 서술 방식을 보여준다. 또한 '큰 리듬을 가진 삶의 끊임없는 운동'과 그것의 '중단 없는 완성을 위한 과정'을 보여주기 위해, 화자는 자연스럽게 상황 - 국면의, 우연성의 삶의 단편(斷片) 묘사로 나아간다. <신학생>의 결말 부분은 위의 특성을 근거로 해야만 온전한 해석이 가능하고, 첨예한 논쟁의 부분도 해결의 실마리를 찾을 수 있다.

　다섯 번째, <신학생>은 열린 체계와 구조적 미완결성을 지향하며, 관념의 독단성을 거부하고 섣부른 해결을 지양하는 끊임없는 운동의 시학을 드러낸다. 체호프의 중편소설들(<초원>, <등불>, <지루한 이야기>, <검은 수사>), 단편소설들(<개를 데리고 다니는 부인>, <약혼녀>)의 결말 부분의 '충분히 말하지 못하는 것', '미완결성', '비종결성'이 이와 관련된다[47]. <신학생>은 단편(斷片)이고, 그것은 종결되지 않았다. "그는 이제 겨우 22살 이었다"는 무한한 가능성의 인생 드라마에 관한 '무언가 생각하게 하는 효과'[48]를 불러일으키면서, '거두어들이지 않는 효과'를 창조한다. 이것은 작가가 의도하는 '최종화의 유보', '섣부른 일반화의 지양'을 통한 끊임없는 '운동의 시학'을 반영하는 것이다.

---

47) 분명한 예를 하나만 들면, <개를 데리고 다니는 부인>의 결말 부분을 언급할 수 있다 : "그러자 조금만 더 있으면-그 해결의 실마리가 찾아질 것 같고, 그 때야 말로 새롭고 아름다운 삶이 시작될 것처럼 여겨졌다 ; 하지만 이 사랑의 종점까지는 아직도 멀고도 멀다는 것을, 가장 복잡하고 어려운 길이 이제 막 시작되었을 뿐이라는 것을 두 사람은 분명히 깨닫는 것이다." (10, 143) '상이함의 공존', '이중적 느낌' 그리고 '희망과 절망이 교차된 모티브'가 감지되는 이 부분 또한 서술자의 '말을 다하지 않기', '암시'가 드러난 부분으로, <신학생>과 여러 측면에서 서로 불러대기(перекличка)를 하고 있다고 말할 수 있다.

48) Горнфельд А. Чеховские финалы // Красная новь. 1939. №. 8-9. С. 286-300.

여섯 번째, <신학생>에서는 시공간과 주인공의 내면인식이 긴밀한 관련성을 가진다. 일반적으로 체호프의 예술세계에서는 시공간의 변화와 세계에 대한 주인공 진술의 변화가 관련되고, 수제뜨 형성의 근간으로서의 사건도 이와 관련된다.[49] 나아가 주인공의 내면인식의 탐색과 관련하여 시공간과 그와 관련된 세부묘사는 하나의 방향지시기가 된다. <신학생>에서는 이러한 요소가 아주 상반된 해석을 낳는 근거가 되기도 한다. 주인공 인식의 변모와 희망찬 미러에의 착념과 관련해 <신학생>을 해석하는 입장에서는, 시공간의 협소함에서 광활함으로의 이행이 자아와 세계의 부조화에서 조화로의 진행과 맞물린다고 본다. '집으로 돌아가고 싶지 않은' 주인공이 나룻배로 강을 건너서 산에 오른다.[50] 그 후 아마도 산을 내려와 길을 따라 평원에 다다랐을 것이다. 이 길 위의 도정은 진리와 아름다움을 향한 삶의 도정과 맞물리면서, 삶의 '조화로운 큰 리듬'이 광활한 평원, 대초원에서 형성될 것이라는 해석으로 나아간다. 반면에 주인공 인식의 허위성 혹은 일시성을 강조하는 입장에서는, 시공간의 광활함도 역시 주인공 내면세계의 황량함, 인간 존재의 근원적 고독감, 페시미즘과 연

---

49) См. : Цилевич Л. М. Художественная система чеховского рассказа. (автореф. докт. дис.). М., 1982. С. 28, 35.
50) 잭슨은 이 장면을 성경과 관련시켜 해석한다. 예수의 골고다 언덕 오르기 혹은 느보 산에서 약속의 가나안 땅을 바라보는 모세와 연결시킨다.("너는 여리고 맞은 편 모압 땅에 있는 아바림 산에 올라 느보 산에 이르러 내가 이스라엘 자손에게 기업으로 주는 가나안 땅을 바라보라" 신명기 33장 49절) 그리고 다음의 성경 구절을 인용한다.("내가 이스라엘 자손에게 주는 땅을 네가 바라보기는 하려니와 그리로 들어가지는 못하리라 하시니라" 신명기 33장 52절) 잭슨은 여기서 여호와께서 모세에게 이르는 '약속의 가나안 땅을 바라보기만 하고 들어가지는 못한다'는 것에 초점을 두는 것이 아니라, 모세의 비전에 초점을 둔다. 마찬가지로 잭슨은 이반의 진리와 아름다움에 대한 심오한 통찰 그 자체에 의미를 둔다.(Jackson L., 132쪽)

관된다고 본다. 그리고 주인공이 광활한 평원에서 어둠에 에워싸인
길을 따라 고향 집(현실)으로 다시 '귀환할 것(절망적 세계인식의 순환)'이
라고 해석한다. 한편으로, 미완(未完)의 주인공 인식을 강조하는 예사
울로프의 해석이 흥미로운데, 그는 결말 부분의 고양된 정신 상태에
서 산 위에서 아래를 내려다보는 주인공의 위치와 그의 고향 집(현실)
사이의 공간적인 경계를 주인공의 정신적 통찰의 완성되지 않음과
관련시킨다.51)

4.

문학 연구에서는 한 작품에 대한 다양한 혹은 상반된 해석들이 존
재하는 것이 주지의 사실이다. 이것은 다른 학문들에서도 존재하는
데, 예를 들면 현대 자연과학에서 이 현상은 더욱 확실하게 보충성의
원칙으로 인식된다.52) 이 보충성의 원칙은 예술 작품들의 분석 때에
도 적용 가능하다. 상반된 해석들이 나오는 이유를 이 개념과 결부해
서 생각할 수 있겠는데, 본론에서는 이것을 '상이함의 공존'으로 명명
해 사용했다. 본래의 고유한 법칙에 따라, 첫 번째로 조직된 것과 인
접하여 공존하는 다른 체계의 것이 있다고 한다면, 그것을 '상이함의
공존'이라 부를 수 있는데, 체호프는 그것들 중에서 하나를 알아차리

---

51) Есаулов И. А. Пространственная организация рассказа "Студент" и православная
традиция // Там же. С. 128.

52) 이 원칙은 최초로 닐스 보르에 의해 형성되었고 양자 물리학에 적용되었고 그리고
묘사의 (모델의) 2개의 모순된 장면들이 상대적으로 하나의 객체로 존재할 수 있고,
그것들 중에서 각자는, 다른 것을 제외하면서, 그럼에도 불구하고, 실험에서 확증을 찾
는다고 말한다. (제외하려는 서로 서로가 '미립자의' 그리고 '파동을 일으키는' 아주 작
은 세계의 모델이다) (См. : Чудаков А. П. Мир Чехова. С. 190-191)

기 어렵게 하거나 숨겨 놓으려고 '기획'한다. 특히 인접하여 공존하는
것을 주로 정서적 – 시학적 환경에, '분위기'에 호소하며 끼워 놓는다.
한편으로 '관심의 균등한 배분성'이란 체호프의 예술 원칙을 알고 있
는 체호프 연구가들은 이 끼워 놓고, 감춰 놓은 것들을 제대로 인식하
고 해석하길 원한다. <신학생>에서는 슈제뜨 흐름의 연속성 혹은 일
정한 파블라의 운동을 방해하며 '끼어드는' 풍경묘사나 진술이 있다.
이미 인용문에서 구체적으로 드러난 이것들은 점선의 형태로 여백을
만들면서 그리고 이어지는 다른 풍경묘사나 진술과 서로 대립하면서,
상반된 관점의 해석에 합목적적인 의미들을 창조한다. 바로 이런 것
들을 구성 성분으로 해서 만들어진 해석은 체호프의 섣부른 '최종화
를 거부하는 태도', '열린 체계와 구조적 미완결성을 지향하는 의도'를
짚어낸 것이라고 볼 수 있다. 하지만 일반적으로 연구자들은 <신학
생> 해석 때에 논리적 일관성과 설득력을 배가하기 위해—물리학에
서 말하는 실험의 확증을 위해—하나의 흐름과 모델에 치중했고, 상
반된 해석들 중에서 동의하는 부분만을 취하는 입장을 표명했다고
생각된다. 여기서는 '단순함에 깃 든 복잡성(сложность простоты)'과
상호모순성이 부각되지 않고, 모든 것이 논리적으로 명쾌하고 분명할
수가 있다. 하지만 <신학생>에 녹아 있는 체호프 예술세계의 특질을
충분히 드러냈다고 하기는 어렵다. 따라서 우리는 체호프 예술세계의
특질을 올바르게 인식하고 균형 잡힌 시각으로 <신학생>에 접근할
수 있을 때, 비로소 온전한 하나의 해석을 이끌어 낼 수가 있다.

2장
왕진 중에 있었던 일

"글쎄요… 아마도 모든 걸 내던지고 떠날 겁니다"

1.

작가가 현실에 대응하는 방식은 다양하고, 복잡하다. 체호프(A. П. Чехов)의 경우 현실 세계 자체의 복잡성에 조응하는 다양한 미적 재현을 늘 염두에 둔다.[1] 체호프는 1890년대의 후기작품들에서 주인공 혹은 화자를 현실과 맞대면하게 하면서 정공법으로 비판의 담론을 쏟아내기도 하고, 꿈과 환상 같은 요소들을 도입해 현실의 문제를 더 비판적으로 비추게 하는 기제로 삼기도 한다. 하지만 사회적―역사적 맥락에서 비판의 담론을 직설적으로 토로하는 그의 후기 작품세계에서 조차도, 인간과 시대의 문제에 대한 하나의 즉답(卽答), 정답을 제

---

1) "세계는 그의 지각과 묘사에서 대립하는 힘들의 충돌의 장(場)처럼 나타났고, 바로 이 속에서 무엇보다 먼저 그는 세계의 끝까지 포착하기 어려운 복잡성을 보았다. 이 모순의 극한적인 긴장 속에서, 아마도, 체호프 입장의 예술적이고 철학적인 주요한 특질들 중에서 하나가 나타난다."(추다꼬프, 『체호프와 그의 시대』(『체호프의 세계』개정판), 강명수 옮김, 서울 : 소명출판, 2004, 469쪽)

시하지는 않는다.[2]

체호프의 <왕진 중에 있었던 일Случай из практики>(1898)에서
는 "타자와 진정으로 소통하면서 현실의 지평을 한 뼘 더 늘이는
일"[3]에 대해 생각하고, 또 그것을 갈망하는 주인공의 내면세계가 '자
아성찰의 방식'으로 드러난다. 이 작품은 개인생활이라는 소우주가
전(全) 러시아적 문제라는 대우주와 서로 연결된 처지에 있다는 것을
우리에게 보여준다. 체호프는 세태를 조감하는 예리한 촉수를 가진
전문직업인들을 통하여 시대적 징후들을 포착하는 한편으로(<왕진 중
에 있었던 일>, <용무가 있어서>), 자아성찰을 통해 '새로운 길'을 트고
싶은 내밀한 욕망을 가진 '새로운 세대 - 여주인공'을 형상화한다.(<왕
진 중에 있었던 일>)

본 연구는 절망과 희망의 경계에 서 있는 새로운 주체(세대)가 당대
의 시대적 징후들을 인식하고 현실을 바르게 통찰하는 것을, 체호프
의 기법(приём)[4]과 연계시켜 탐구하는 데 초점을 두고 있다. 그 작업

---

2) 체호프는 표면적 층위에선 동시대의 역사와 더불어 살아가는 인간의 현실과 관념을
세밀하게 보여주고, 자신의 견해와 사상을 직설적으로 토로하기까지 한다. 하지만 심층
적 층위에서 체호프는 인간의 내면으로부터 생겨나는 존재의 전환을 이룩하는 울림과
인간의 인식이 외부세계에서 타자와 대화하고 충돌할 때 발생하는 반향을 의도한다.
그래서 체호프에게는 '문제 해결 자체'가 아니라 '문제 해결 과정'에 서 있는 인간의
인식론적 회의와 불안이 중요하다. 본 고에서는 시대적 징후들을 이야기하면서 분명히
사회적-역사적 맥락을 강조하긴 하지만, 그것이 사회적 수준에서의 즉답(卽答), 정답을
보여주는 '체호프의 시학'으로까지 귀결되지는 않는다. 왜냐하면 꾸바소프의 말처럼
"체호프는 동시대의 삶이 제기하는 문제들의 복잡성과 다의미성을 분명히 인식했고,
그 문제들에 대해 준비된 해답을 제공할 수 없다는 것 또한 분명히 알고 있었기 때문이
다"(강명수, "체호프의 사상적인 중편소설<등불>에 나타난 화자의 견해와 작가의 이데
아", 「노어노문학」제11권 1호 (1999년 여름), 129 쪽에서 재인용). 체호프의 내면적 관념
과 사상의 특성을 '체호프의 과정의 시학'과 연관해서 논의한 강명수의 위의 논문
124-130 쪽을 참조하면, 논지의 더 정확한 이해에 도달할 수가 있다.

3) 김양선, 『Herstory의 문학』, 서울: 새미, 2003, 12쪽.

의 일환으로 우선 첫 번째로, <왕진 중에 있었던 일>을 구성적 측면
에서 살펴보고자 한다. 이 작품의 전체적 얼개를 말하면서, 시대적
징후들을 드러내는 기법들과 이야기와의 엮어짐에 대해서도 간략하
게 언급하려고 한다. 두 번째로, 여주인공의 '불안'과 '불면증'5)에 대
해 고찰하려고 한다. 이를 통해 등장인물의 정신세계에 각인된 사회
- 역사적 파편을 끄집어내면서, 시대적 징후들이 자연스럽게 드러나
도록 할 것이다. 세 번째로, 주인공의 자아성찰의 시간에 혹은 현실을
통찰하는 순간에 동반되는 소리를 통해 드러나는 체호프의 기법 탐
구이다. 마지막으로 이 작품에 나타나는 서술에 관한 문제이다. 이
작품에는 저자와의 거리가 상당히 좁혀진, 저자에 가까운 주인공이
등장한다. 이러한 주인공의 내면세계로 잠입해서 주인공의 관념(идея)
과 이상(идеал)을 서술하는 화자는 주인공의 현실에 대한 통찰을 더
욱 선명하게 부각시키면서, 시대적 징후들을 효과적으로 드러나게끔
하는 역할을 한다. 주인공의 내면에 잠입한 상태에서의 화자 서술은,
종국에는 동시대와 관련된 체호프의 사상 (идеология)까지도 표출한다.

---

4) 시인에게 '기법'이란 그가 시의 주제를 발견하고, 탐험하고, 발전시킨다는 것을 의미
한다(Mark Schorer, "Technique as Discovery", James L. Calderwood & Harold E.
Toliver(ed.), *Perspectives on Fiction*(Oxford University press, 1968, 200쪽 참조할
것). 체호프에게 있어 '기법' 역시 그러한 역할을 수행한다. 체호프의 작품에서 '예술적
기법'을 말한다는 것은 작품의 거의 모든 것을 말한다는 것을 의미한다. 체호프에게
'예술적 기법'이란 체호프 자신의 삶의 경험을 의미하는 것이기도 하다.

5) 체호프는 자신의 후기 작품들에서 시대의 첨예한 문제와 그 징후를 드러내는 한 방법
으로 '병의 증상(발작, 강박관념, 신경쇠약, 과대망상증, 피해망상증)'과 닫힌 공간을 주
로 이용한다(강명수, "가르쉰의 <붉은 꽃>과 체호프의 <6호실>에 드러난 공간과 주인
공의 세계", 『노어노문학』 제12권 1호 (2000년 여름), 132쪽). <왕진 중에 있었던 일>의
여주인공의 불면증도 그 연장선상에서 해석된다. 체호프는 이미 <지루한 이야기Скучная
история>(1889)에서 노교수 니꼴라이 스쩨빠노비치의 불면증을 통하여, 당대 지식인
의 내면세계의 풍경과 시대적 징후들을 드러낸 바 있다.

위에 언급한 모든 것에는 절망과 희망의 경계에 서서 시대의 요구와 현실의 요청을 형상화하려는 체호프의 의도가 녹아 있다. 본론에서 이 모든 것에 대해 구체적으로 언급하기로 하자.

2.

2-1. 지체하게 되는 상황의 설정

이 작품에 나타나는 "사건 장소에 도착 - 지체하게 되는 상황 - 주인공의 자아성찰 - 떠남"[6]의 구성은 개별적이면서도 보편적인 인간의 정신세계에 각인된 시대적 징후들을 표면화하기 위한 중요한 장치가 된다. 달리 말하면, 주인공에게 내면적 성찰의 공간, 자아성찰의 시간을 자연스럽게 부여하면서 현실을 통찰하게끔 유도한다.

<왕진 중에 있었던 일>에서는 가끔 발작을 일으키면서 불안 증상과 불면증으로 고생하는 큰 공장의 상속자인 여주인공을 치료하고 돌아가려는 주인공에게, 그녀의 어머니가 하룻밤 머물러 주기를 간절히 요청한다. 토요일 저녁 무렵 도착해서 환자를 치료하고, 당일 밤에 돌아가려고 계획했던 주인공은 할 수 없이 하룻밤을 '지체하게 되는 상황'을 맞는다. 잠이 오지 않아 밖으로 나온 그는 5월의 봄 날씨 덕분에 공장 건물과 바라크들을 보고, 괴상한 소리를 들으면서, 노동자의 현실과 도저히 바로 잡을 수 없는 현실의 커다란 모순을 창조한 미지의 힘에 대해 생각하게 된다. 그리고 나서 집안으로 들어와 깨어 있는 여주인공과 대화하는 시간을 갖게 된다. 집밖의 외부공간에서

---

6) Сухих И. Н. Повторяющие мотивы в творчестве Чехова // Чеховиана : Чехов в культуре XX века. М., 1993. С. 28.

는 주위의 풍경과 거기서 들려오는 소리가 주인공으로 하여금 생각을 낳게 하고, 시대적 징후들을 드러내게끔 유도한다. 집안의 내부공간에서는 주인공과 여주인공과의 대화가 그 기능을 수행한다. 그 대화는 여주인공에게 자아성찰의 시간을 부여한다. 그녀는 혼자서만 고민하던 생각들을 토로하고, 옳고 그름을 확인 받는 과정을 거치게 된다.

한편으로 주인공들 간의 대화내용은 한 개인의 병의 증상에 대한 진단과 처방을 제시할 뿐만 아니라, 동시대 현실문제에 대한 체호프 나름의 진단과 처방을 제시하는 것으로까지 의미가 확장된다. 그것은 구조 - 의미론적 차원에서 볼 때, 두 주인공간의 대화중에 나타나는 '떠남의 모티브7)가 작품 자체의 '도착 - 떠남의 구조'와 조응하고, 다시 결말 부분에서의 마지막 장면과 의미론적으로 서로 상응하면서 체호프의 사상을 표현하게 되는 것과 상관성이 있다.

2 - 2.불안 증상

이 작품에서는 여주인공의 불안과 그에 따른 불면증이 나타난다. 이와 같은 불안 증상은 인간의 '개인적 - 심리적 현상'일 뿐만 아니라, 급속한 자본주의로의 이행과 그에 따른 사회분화가 진행되고 있는 전환기 러시아의 시대적 징후를 표현하는 '사회적 현상'이기도 하다. 이 작품은 여주인공에게서 "불안이 나타난다는 사실, 바로 그것을 중

---

7) "대략 오십 년 후면 좋은 생활이 닥쳐올 겁니다. 다만 유감스러운 것은 우리들이 그때까지 살 수 없다는 겁니다. 그것을 볼 수 있다면 흥미로울 것인데요."/ "후손들이 어떻게 할까요?" - 리자가 물었다./ "모르겠어요. … 아마도 모든 걸 버리고 떠날 겁니다."/ "어디로 떠난단 말입니까?"/ "어디라고요? … 아무 데나 가고 싶은 곳으로 가는 거지요." - 꼬롤레프가 대답하고는 웃었다.(10, 85)

심 축으로 해서 모든 것이 회전하고 있다"[8]고 보아도 무방하다. 동시대의 현실을 직시하게 된 여주인공 리자는 의사인 주인공 꼬롤레프와의 대화에서 "모르겠어요. 여기에 있는 모든 것이 제 마음을 불안케 해요. (…) 모든 것이 반드시 이렇게 되어야만 하고 달리는 될 수 없다는 것으로 해서 불안하고 무서워요(10, 83)"라고 말한다. 그리고 나서 그녀는 자신을 이해해 주고, 자신이 옳은지 그른 지를 납득시켜 줄 수 있는 친구 같은 사람과 진정한 대화를 하고 싶다고 덧붙인다. 이와 같은 말에 주인공은 현실에 반응하는 여주인공의 심리상태를 파악한 후, '병의 근본적인 원인'을 찾으려고 노력한다.

의사인 그는 우선 러시아 자본주의라는 현실세계에서 여주인공이 처한 입장을 이해하게 된다.[9] 그녀는 사회 – 경제적으로 볼 때 공장 소유주의 입장이고, 한편으로는 막대한 재산의 상속자이다. 하지만 이 사실이 불안을 낳고, 불만족을 낳고, 불면증도 낳게 만든다. 왜냐하면 그녀의 내면세계 은밀한 곳에 짓눌려 있는 '양심의 소리'가 고개를 쳐들 때마다, 그녀가 현실에서 취할 수 있는 조치란 아무 것도 없어서 괴롭기 때문이다. 어떤 행동도 취할 수 없는 그녀의 무기력함이, 달리 어찌할 수도 없게 만드는 그 모든 현실상황이 병(불안과 불면증,

---

8) 쇠렌 키에르케고르, 『불안의 개념』, 임규정 옮김, 서울 : 한길사, 1999, 163쪽.

9) 체호프는 러시아 자본주의에 대해 언급하는 작품들인 <여인들의 왕국>(1894), <3년>(1895), <왕진 중에 있었던 일>을 차례로 발표하였다.(이에 관한 언급은 Зоркая Н. М. "Чехов и серебряный век : некоторые оппозиции" // Чеховиана : Чехов и серебряный век. М, 1996. С. 7-8 ; Катаев В. Б. Проза Чехова : Проблемы интерпретации. М., 1979. С. 275 참조) 이 작품들에서 주인공들은 한결같이 자본주의 체제에서의 상속자들이다. 하지만 안나 아끼모브나, 라쁘쩨프, 리자 럌리꼬바 각자는 유산이라는 무거운 짐, 막중한 권한이라는 짐, 막대한 부(富)라는 짐을 지고 살고 있다. 그들은 그 짐을 내려놓고 싶지만, 그럴 수 없는 처지에 놓여있다.(Катаев В. Б. Проза Чехова. С. 275 참조)

발작)의 근본 원인이 되는 것이다.

> "저는 아침부터 저녁까지 온 종일 하는 일이 없어요. 낮에는 책을 읽지만 밤만 되면 머리가 텅 비어서 생각대신 어떤 망령들만 남아 있지요."(10, 84)

육체와 정신의 결합체인 '나'란 인간은 '또 다른 나'와 활발하고 건전하게 소통해야만 건강한 삶을 영위할 수 있는 '사회적 인간'이다. 그런데 그와 같은 인간이 안팎의 모든 관계에서 단절되고, 소통이 안돼 진정한 대화를 하지 못 하게 되면, 심신의 조화와 균형을 잃고 마침내는 병을 얻게 된다. 우리는 그녀의 병을 "한 개인의 육체적인 병이라고 간주하기보다는 오히려 사회적인 병"[10]이라고 간주할 수 있겠다. 왜냐하면 그녀는 '또 다른 나'와 소통하면서 현실세계와 관계맺기를 원하는데, 그것이 꽉 막혀서 병을 낳기 때문이다. 그것을 전제로 해서 처방을 강구할 때에만 그녀의 병은 완치가 가능하다. 그래서 의사인 주인공은 여주인공에게 이렇게 말한다.

> "아가씨는 공장 주인의 처지, 부유한 상속자의 처지에 불만이시고, 자기의 권리를 못 믿어서 지금 그렇게 잠을 못 이루는군요. 물론 그것은 아가씨가 만족해하거나, 단잠을 자거나, 모든 것이 순조롭게 되고 있다고 생각하는 것 보단 훨씬 낫습니다. 아가씨의 불면증은 퍽 귀중한 것입니다. 어찌되었든 그것은 좋은 징후입니다. 사실 우리의 부모님들은 우리가 지금 하고 있는 그런 이야기를 도저히 생각하지도 못할 겁니다. 그들은 밤마다 이야기하는 일이 없었고 단잠을 잤습니다. 그러나 우리들, 우리 세대들은 잠을 잘 못 자고, 번민하고 말을 많이 하고, 우리가 옳은가 그른가 하는 것을 줄 곧 해결하려고 합니다. 그러나 우리의 후손들에게 있어서는 그들이 옳

---

10) Ермилов В. А. П. Чехов. М., 1951. С. 207.

은가 그른가 하는 이 문제가 벌써 해결될 것입니다."(10, 84-85)

여주인공의 정신에는 아버지 세대의 죄로 고통을 당한 흔적이 깊숙이 자리잡고 있다.[11] 이 상흔을 없애기 위해서는 그녀가 한시라도 빨리 달려 어찌할 수 없는 현실로부터, 무기력한 삶의 방식으로부터 벗어나야 한다. 그 구체적인 방법은 두 가지이다. 하나는 막대한 부의 상속자인 그녀가 자아성찰을 통해 새로운 삶의 방식을 과감하게 선택하는 것, 바로 자기전환을 성취하는 일이다. 다른 하나는 그녀가 관계를 맺는 현실세계가 합리적인 사회체제로 이행될 수 있도록 현실에 개입하는 일이다. 그래야만 그녀의 "불안은 가능성의 가능성으로서의 자유의 현실성"[12]이 될 수가 있다. 그때서야 비로소 그녀는 불안 너머의 새로운 가능성의 세계로 진입할 수가 있다.

종국에 가서 의사는 미래 세대들의 삶의 방식을 이야기하면서, 막대한 부의 상속자인 그녀에게 '현재 누리고 있는 모든 걸 버리고 떠나라'는 말을 하게 된다.

2-3. 소리

체호프의 초기 작품세계에서는 체호프가 '관념의 유출'을 자제하면서 가능하면 현실을 '있는 그대로' 재현하려 했다고 볼 수 있다. 반

---

11) Там же.

12) 쇠렌 키에르케고르, 『불안의 개념』, 160쪽 ; "불안 속에서만 인간 주체는 불안의 너머를 지향할 수 있으며, 불안 너머에 존재하는 순수한 타자가 명명될 때에만 불안은 자유와 욕망을 지향하는 숭고한 정서로 다가온다. 인간은 정신으로 구성되어 있기 때문에 불안하며, 불안하기 때문에 불안의 너머, 자유와 결여를 욕망 한다(…) 불안은 자유의 인식근거이며, 자유는 불안의 존재근거이다"(홍준기, "라깡과 프로이트, 키에르케고르: 불안의 정신분석Ⅰ", 224쪽) ; "불안은 상징계 속에 존재하는 주체라면 어느 누구도 피할 수 없는 근원적 정서이다. (…) 불안은 '자유의 가능성'(키에르케고르)이다"(같은 논문, 206쪽).

면에 후기 작품세계에서는 그가 '관념을 촉발하는 기법' 혹은 '관념을 유출하는 장치'를 통해 현실을 통찰하고, 현실에 대해 발언하려는 의도를 드러내었다고 말할 수 있다.

체호프의 후기 작품세계에 나타난 소리들은 등장인물들의 일상적 삶에서 포획된 것으로, 관념과 함께 작동하면서 마치 하나의 체험과도 같이 생생하게 등장인물들의 뇌리에 남겨지게 된다. <왕진 중에 있었던 일>에 나타나는 소리 역시 주인공의 관념을 촉발하거나 그것을 유출하는 장치로 작동한다. 나아가서는 이 두 작품에 표현된 소리가 주인공의 공상이나 꿈의 원천이 되기도 하고, 주인공의 '관념의 운동'을 추진하는 역동적 에너지가 되기도 한다. 이와 같은 소리는 주로 주인공의 자아성찰의 시간이나 혹은 현실에 대한 통찰의 시간에 함께 존재한다.

<왕진 중에 있었던 일>에서는 날카롭게 울리는 '금속성의 소리'가 주인공 꼬롤레프를 계속 자극하며, '양식화된 불쾌감'을 유발한다. 바로 이 소리가 주인공의 내면을 계속 짓누른다. 한편으로 이 소리는 공장주와 노동자의 관계를 지배하며 여러 사람들의 정신을 현혹하는 '시대를 지배하는 정체 모를 힘 – 악마'가 내는 소리로 형상화된다.

"갑자기 마당으로부터 꼬롤레프가 난생 처음 들어보는 끊어졌다가는 이어지는 금속성의 소리가 날카롭게 들려 왔다. 이 소리는 꼬롤레프의 마음속에 이상하고 불쾌한 감정을 불러 일으켰다."(10, 79)

"갑자기 괴상한 소리, 꼬롤레프가 저녁 전에 들은 바로 그런 소리가 들려 왔다. (…) 그것은 '쩡… 쩡… 쩡…'하는 소리와 유사한 짤막하고 날카롭고 고르지 못한 소리로 되었다. 뒤이어 순간의 정적이 흐르다가 다른 건물에

서도 이전처럼 단속적인 불쾌한, 그러나 훨씬 낮은 '찌릉… 찌릉… 찌릉…'
하는 저음이 울려 왔다. (…) 이렇게 하여 모든 공장 건물 부근에서, 다음은
바라크들에서, 대문 저쪽에서 울렸다. 그것은 마치 괴괴한 밤중에 뻘건 눈
을 부릅뜬 괴물이, 공장주들과 노동자들을 지배하며 이러저러한 사람들을
기만하는 악마가 여기서 이 소리를 내는 것만 같았다."(10, 81)

러시아 자본주의의 현실, 더 구체적으로 말하자면 공장주와 노동
자가 처한 현실에 대해 고민하던 꼬롤레프는, 이 소리를 통해 종국에
는 악마를 연상하게 된다.[13] 그리고 나서 그는 악마의 실체에 대해
더 깊게 생각하게 된다. 처음에 노동자들이 현실에 만족하며 산다는
가정교사 흐리스찌나 드미뜨리예브나의 말을 듣고는, 공장주도 아닌
그녀만이 걱정 없이 만족하며 살아갈 뿐이라고 여러 번 말한다. 그러
다가 어느 순간에 그는 "그러나 그것은 그렇게 생각될 뿐이고 그녀는
이 집에서 허깨비에 지나지 않는다. 여기에서 이루어지는 모든 것을
향유하는 장본인은 – 악마다(10, 81)"라고 말한다.

이렇게 악마로 대변되는 자본주의 세계를 드러내는 독특한 형상이
체호프에 의해 창조된다.[14] 악마는 자본주의 세계의 사회적 삶의 양
식을 관통하는 어떤 힘의 형상 – 상징으로 공장주와 노동자를 지배하
고, 강자와 약자의 관계를 만들어낸다. 종국에는 악마 그 자신이 이끄
는 알 수 없는, 이해할 수 없는, 불가사의한, 신비한 힘이 인간(주인공)
을 에워싸고, 쳐다보는 것으로 묘사되기까지 한다.

체호프는 알 수 없고 이해할 수 없는 악마의 기만에 의한 삶이야말

---

13) 이에 대해서는 Donald Rayfield, *Chekhov : The Evolution of his art,* London, 1975,
195쪽을 참조할 것.

14) См. : Ермилов В. Указ. соч., С. 208.

로 자본주의 시대의 인간관계가 '아주 잘못된 것'이고, '논리적 모순성'을 띤 것이고, '치유될 수 없는 병'이라는 사실을 증명한다고 믿었다[15]. 그런 까닭에 체호프는 주인공 꼬롤레프의 생각을 통해 이 사실을 직설적으로 드러낸다.

한편 꼬롤레프는 리자에게 병의 근본적 치유를 위해 공장(당시 러시아 자본주의의 사회적 인간관계를 드러내는 상징적 공간)을 버리고 악마로부터 벗어나라고 조언한다. 이 작품이 희망의 모티브를 드러내는 것도, 꼬롤레프의 조언을 통해 한 개인과 사회가 겪는 병의 근본원인이 밝혀지고 병에 대한 진단이 나오기 때문이다.[16]

<왕진 중에 있었던 일>에서 체호프는 인간의 노동으로 성취한 모든 것들이 '악마'를 위해 복무하는 것이 아니라, 인간 자신의 행복을 위해, 인간의 아름다운 삶을 위해 봉사하기를 진심으로 바랬다[17]. 그와 같은 체호프의 희망은 작품의 결론부분 마지막 단락에서 "꼬롤레프의 머리에는 벌써 노동자들도, 호상(湖上) 가옥들도, 악마도 없었다 (10, 85)"로 표현되고 있다.

또한 이 작품에서는 야경꾼들의 시간을 알리는 소리도 나오는데, 이 소리는 여주인공의 자아성찰의 시간에 동반되는 소리로 여주인공의 의식의 각성과 관련된다.

"바로 이 때 정원에서 야경꾼들이 두 시를 알리는 '쩡…쩡' 하는 소리가 들리자 처녀는 몸을 떨었다. '저 소리가 아가씨의 마음을 불안케 하지요?' 하고 꼬롤레프가 물었다. '모르겠어요. 여기에 있는 모든 것이 제 마음을

---

15) См. : Катаев В. Б. Указ. соч., С. 270.

16) Там же. С. 271.

17) См. : Ермилов В. Указ. соч., С. 210.

불안케 해요' 처녀는 대답하고 나서 생각에 잠겼다."(10, 83)

이 야경꾼의 시간을 알리는 소리는 <약혼녀Невеста>(1903)에서도 2장의 처음과 끝, 6장에 등장하는 데, 이것 역시 여주인공의 의식의 각성과 관련된다. <약혼녀>에서 나자가 잠을 잘 수 없거나 무슨 생각에 잠겨 있을 때 그녀를 유달리 자극하는 이 소리는, 처음에는 막연한 절망, 의기소침의 분위기를 드러내지만, 나중에는 그녀가 종전의 생각을 변화시킬 때 반드시 수반되는 소리가 된다.[18]

한편 이 작품 결론 부분의 마지막 단락에서는 절망과 희망의 경계에 서 있는 남자주인공이 왕진을 마치고 떠나가는 장면과 그 순간의 주변 풍경이 함께 묘사된다. 여기서 풍경과 결부된 '교회당에서 울려 퍼지는 종소리'는 주인공 내면에서 울려나오는 소리와 겹쳐지게 된다. 그리고 그 소리는 밤의 악마를 몰아내는 역할을 하면서 '미래에 대한 희망의 모티브'[19]를 암시한다.

체호프의 후기작품세계에서는 '교회당에서 울려 퍼지는 종소리'와 대조되는 소리가 있는데, 그것은 <골짜기에서>(1900)에서의 '사모바르가 끓는 소리'이다.[20] 이 소리는 어떤 악의 불길한 예감처럼, 비극

---

18) Thomas Winner, *Chekhov and his Prose*, New York, 1966. 232쪽 참조.

19) 체호프 후기 작품세계의 큰 흐름에서 <왕진 중에 있었던 일>과 <용무가 있어서>를 살펴보면, 이 두 작품은 공통적으로 <약혼녀>의 전조(前兆)로서 그 의미가 있다. 하지만 <용무가 있어서>가 <약혼녀>의 음화(陰畵)라고 한다면, <왕진 중에 있었던 일>은 <약혼녀>의 양화(陽畵)이다(Тихомиров С. В. А. П. Чехов и О. Л. Книпер в рассказе "Невеста" // Чеховиана : Чехов и его окружение. М., 1996. С. 239 참조). 체호프는 미래에 대한 희망의 모티브를 드러내고 암시했을 뿐이지, 화려한 미래의 도래를 약속하진 않는다. 이 글에서 드러나는 희망의 모티브도 그 같은 맥락에서 읽기 바란다. <약혼녀>나 <벚나무 동산>도 <개를 데리고 다니는 부인>의 결말처럼 열린 상태의 미완결성, 희망과 절망이 교차하는 이중적 느낌이 농후한데, 이 글에서 다루는 <왕진 중에 있었던 일> 역시 그렇게 볼 수 있는 여지가 충분히 있다.

의 전조처럼 나타나는데, 이것은 선(善)과 빛이 있는 희망의 세계가
악과 어둠으로 점철된 절망의 세계에 패배하는 것과 결부된다.

2-4. 서술형태

<왕진 중에 있었던 일>에서는 가정교사와 남자주인공 사이에 '현
실인식의 차이'가 존재 한다.[21] 그것은 '공장 노동자들에 대한 대화'
형식으로 극명하게 표출된다. 여기서 화자는 남자주인동의 내면으로
잠입해서 현실에 대한 사유의 핵심을 읽어내고, 공장 노동자와 관련
된 현실에 대해 서술한다.

> "노동자들을 위한 연극이며, 환등(幻燈)이며, 공장 의사들을 통해, 다양한 개
> 선책들이 이루어졌다고는 하나, 그가 오늘 정거장에서 오는 도중에 본 그 노
> 동자들 모두는, 공장 연극이나 개선책들이 없었던 오래 전의 유년시절에 그
> 가 보았던 그 노동자들과 겉으로 보기에는 아무런 차이점도 없었다."(10, 80)

또한 화자는 의사인 주인공이 현실의 문제들을 '만성적 고질'로 간

---

20) 이에 관해서는 Thomas Winner, 앞의 책, 154쪽 참조할 것.
21) <왕진 중에 있었던 일>에서 가정교사와 주인공-꼬롤레프를 통해 드러나는 현실인식
　　의 차이는 현저하다 : "공장 노동자들은 공장주들에게 만족하고 있어요. 매년 겨울 우리
　　공장에서는 연극을 하는데, 노동자들 자신이 출현하지요. 뿐만 아니라 환등(幻燈) 감상
　　회가 있으며 훌륭한 차 마시는 공간이 있어서 제 생각에는 불편한 게 없어요. 그들은
　　공장주들에게 아주 충직한 사람들이에요. 리자의 병이 악화되었다고 하자 그들은 기도
　　를 드리기로 했대요. 무식한 사람들이지만 역시 그렇게 느끼고 있잖아요."(10, 79) ; "이
　　천 오백 명에 가까운 노동자들이 질이 나쁜 날염한 피륙을 만들면서 건강에 해로운
　　조건에서 쉴 새 없이 일하고 있다. 그들은 먹는 둥 마는 둥 절반 굶주리면서 살아가며
　　가끔 술집에서 이런 악몽으로부터 깨어나곤 할뿐이다. 백 명 가까운 사람들이 일을 감
　　독하고 있는데, 이 사람들은 벌금을 매기거나 욕설을 퍼붓거나 불공평한 일을 하는데
　　전 생애를 바치고 있으며, 소위 공장의 주인이라는 두 세 사람만이 일은 전혀 하지 않으
　　면서도 날염한 피륙에 대해 나무라고, 자기 이익을 챙기는 것이다.'(10, 80-81)

주한다는 것을 알려준다. 이 서술은 동시대와 관련된 체호프의 관념
을 직설적으로 드러내는 것 같은 인상을 준다.

> "그는 근본 원인이 명확하지 않은 불치의 만성적 고질(痼疾)을 정확히 판
> 단하는 의사로서, 역시 원인이 명확하지 않고 제거할 수 없는 이해 못 할
> 물건을 보듯이 공장을 보았으며, 공장생활에서의 모든 개선을 불필요한
> 것으로는 생각지 않았지만, 그러나 그것들은 불치의 병에 대한 치료와 동
> 등한 것으로 간주했다."(10, 80)

체호프는 <다락이 있는 집Дом с мезонином>(1896)에서도 농촌
의 현실문제와 관련해서 저자에 상당히 가까운 주인공이자 1인칭 화
자인 예술가를 통해 위와 비슷한 견해를 이미 피력한 바 있다.

또한 <왕진 중에 있었던 일>에서는 구세대(어머니)와 신세대(딸)의
정신세계가 대조를 이루는데, 그것 역시 '화자의 서술'로 드러난다.
딸은 나름대로 현실에 대한 통찰을 통해 자신의 나아갈 바를 어렴풋
이 알고는 있지만, 누군가 그것을 더욱 확신시켜주길 소망한다. 반면
에 어머니는 현실에 대한 이해와 통찰이 부재 하는 까닭에, 당대 현실
과 관련해서 일어나고 있는 딸의 심경을 이해하지 못하는 상태에 있
다. 단지 모성적 본능에서 나온 불안과 절망 그리고 뭔지 모를 아쉬움
만이 어머니를 휘감고 있다.

> "꼬롤레프는 처녀에게 무슨 말을 해야 하는지 알고 있었다. 처녀는 다섯
> 동의 공장 건물과 백만금도, 밤마다 들여다보는 그 악마도, 그것이 만일
> 그녀에게 있다면 버리고 하루 속히 떠나야 한다는 것이 명백했다. 또한
> 처녀 자신이 그렇게 생각하고 있으며, 처녀가 믿고 있는 그것을 누가 납득
> 시켜 줄 것을 기다리고 있을 뿐이라는 것도 명백했다."(10, 84)

"어머니는 모든 것을 아끼지 않고 딸을 양육하였으며 딸에게 프랑스어며, 무용이며, 음악을 가르치기에 일생을 바쳤고, 딸을 위해서 수십 명의 선생들과 가장 우수한 의사들을 초청하였으며, 가정교사를 두었다. 그런데 지금 어머니는 이 눈물이 어디서 오며, 왜 그처럼 많은 고통을 받고 있는지 이해하지 못했다. 이해하지 못하고 당황했다. 그리하여 어머니의 얼굴에는 죄스럽고, 불안하고, 절망적인 표정이 떠돌았다. 그것은 마치 무엇인가 무척 중요한 것을 소홀하게 다루었고, 아직 다하지 못한 그 무엇이 있으며, 누구인지는 모르되 그 누구를 아직 초청하지 않은 것만 같은 그런 표정이었다."(10, 77-78)

이처럼 이 작품에 나타나는 주인공과 주변인물간의 대조를 통한 화자의 서술은 남녀 주인공의 정신세계를 잘 드러내 보여준다. 더구나 주인공의 내면세계로 잠입한 상태에서의 화자의 서술은 전환시대의 징후들을 예리하게 감지해내는데 일조(一助)한다. 또한 화자의 서술과 맞물리는 주인공의 현실 문제에 대한 인식과 통찰은, 절망과 희망의 경계에서 새로운 길(미래)로 나아가는 도정에 선 인간의 내면세계를 자연스럽게 보여주는 효과를 낳는다.

3.

체호프의 후기작품세계는 중편소설 <초원Степь>(1888)으로부터 시작된다. 이 작품은 "이 삶은 장차 어떠한 삶이 될 것인가?(7, 104)"라고 묻는 것으로 '끝'을 맺는다. 유년의 예고루쉬까의 삶을 통해 던지는 체호프의 이 물음은 체호프 후기작품들의 다양한 주인공들(성년이거나 장년 혹은 노년의 인간)에게 다시 동일한 화두로 엄습한다. <왕진

중에 있었던 일>의 주인공들 각자도 '이 삶은 장차 어떠한 삶이 될 것인가?'를 화두로 삼아, 절망과 희망의 경계에서 미래의 삶을 전망한다. 이 화두는 다시 <약혼녀>, <벗나무 동산>(1903)에서 재현되고, 변주된다. 이처럼 체호프의 후기작품들에서 저자가 의도하고 드러내고자 하는 많은 것들이 <초원>의 마지막 구절, 그 물음에 근원을 두고 있다. 이 사실은 체호프 후기작품세계의 관념, 이데알, 사상이 한 개인의 삶의 '구체적 보편'으로부터 출발한다는 것을 증명하는 것이기도 하다. 우리는 <왕진 중에 있었던 일>에서 절망과 희망의 경계에서 서성이는 인간의 내면세계를 드러내는 기법 탐구를 통하여 다시 한 번 이 사실을 확인한 것일 뿐이다.

3장
약혼녀

"그리운 사샤, 이젠 안녕!"

1.

1903년에 발표된 체호프의 마지막 단편소설 <약혼녀>는 <주교>(1902)에서 드러난 삶에 대한 희망적 시선을 담은 체호프의 관념과 철학이 보존되고 있다.[1] 여주인공 나쟈의 삶에 지대한 영향을 미친 사싸는 나쟈에게 새로운 삶을 살라고 권하면서 시대정신을 전하는 인물로 형상화된다. 사싸라는 인물의 희망찬 미래에 대한 관념은 나쟈에 의해서 계승되고 보전될 뿐만 아니라, 나쟈의 의식의 각성을 통해 발전한다. <주교>에서 뾰뜨르의 죽음이 새로운 탄생과 관계되고, 삶의 영속성과 인류의 영원성에 녹아드는 것처럼, <약혼녀>에서 사싸의 죽음도 그와 같은 의미를 지닌다. 또한 사샤의 죽음은 나쟈의 미래에 펼쳐질 삶과 겹쳐지면서, 새로운 삶의 도래와 인류의 발전

---

1) Бердников Г. П. *Чехов* М., 1978, С. 488.

과 관련된 여러 가능성들을 상징적으로 나타낸다.

<약혼녀>의 여주인공은 지방도시 공간의 현실을 탈피, 다른 곳으로 가고자 한다. 이 작품에서 지방도시 공간은 주로 '떠남(탈주)의 모티브'와 연관된다. <약혼녀>를 비롯한 주요한 단편소설들에서는 떠남(탈주)의 모티브의 변이형들이 존재한다. '탈주하자' ― '탈주는 안돼' ― '난 탈주를 감행하고 있어'라는 개개의 변이형들이 자신의 가치와 진실을 안은 채, 살아있는 유기체처럼 움직이고 있어.[2]

실제로 나쟈는 새로운 삶을 살고자 모스끄바를 거쳐 수도 뻬쩨르부르그로 떠난다. 이 떠남의 행위는 자유의 상징성과 결합된다.[3] <나의 삶>의 경우 '자유의 상징성'은 주인공의 삶의 도정과 직결되는데, 이것은 본래의 자신에게로 돌아가는 것이자 자기 긍정으로 향하는 도정이기도 하다. 궁극적으로 이것은 자신의 개성을 실현하는 것과 포개진다.[4] 귀족 출신의 미사일이 자신의 자유 의지에 따라 '페인트 칠로 밥벌이를 하는 행위'는 그 당시 귀족의 '양심의 문제'인 '고통을 통한 속죄와 정화'라기 보다는, '진정한 정주민으로서 지방도시 공간에 정착해가는 과정'이라고 해석하는 편이 더 설득력이 있다[5]. <약혼녀>의 경우 '자유의 상징성'은 '떠남(탈주) 모티브'와 결부되고, 희망과 절망의 경계에 선 나쟈의 주도적 관념(새로운 삶을 위해 떠나야 한다)이 실천의 영역으로 전환되는 것과 겹쳐진다.

---

2) Гурвич И. А. *Проблематичность в художественном мышлении* (конец 18-20 вв). Томск, 2002, С. 129-130.

3) Там же. С. 129. 후기 체호프의 세계에서 '삶의 탐구'와 '자유'라는 것이 다양한 차원에서 결합되는 것도 같은 맥락이다.

4) Афанасьев Э.С. *Творчество А. П. Чехова : иронический модус.* Ярославль, 1997, С.177.

5) Там же. С. 178.

이에 관해서는 떠남의 모티브와 연관된 여주인공 자아의 양상(관념의 운동 과정)을 통해서 고찰할 수 있다.

2.

이미 23살인 나쟈는 곧 닥쳐올 결혼(식)에 전혀 기쁨을 느끼지 못한다. 자신의 온 생애가 변화 없이 지속될 것이라는 생각어 고민한다. 2장에서 그녀는 새벽에 깨어나 자신의 장래에 대해 숙고하는 형상으로 묘사된다. 나쟈는 자신의 고민을 해결하고자 어머니와 대화하는데, 이전과는 다르게 어머니를 바라보는 자신을 느낀다. 이것은 장차 구세계(과거의 삶)와 결별하고 신세계(새로운 삶)로 향하는 여주인공의 행보를 암시하는 장치로 해석된다.

> "'그런데 저는 요즈음 통 기쁨이 없어요' 잠시 침묵했다가, 나쟈가 말했다. '어째서 밤이면 밤마다 잠을 못 이룰까요?'
> '모르겠구나. 나는 밤마다 잠을 이룰 수 없을 땐 눈을 꼭 감고 안나 까레니나가 어떻게 걸어 다니고 어떻게 말했는가를 마음속에 그리거나 혹은 고대의 역사적인 무엇인가를 그리곤 하지….'
> **나쟈는 어머니가 자기를 이해하지 못하고 있으며 또 이해할 수도 없다는 걸 느꼈다. 이런 느낌은 생전 처음이었던 터라, 나쟈는 무서워지기까지 해서 숨어 버리고 싶은 맘이 들어 자기 방으로 가버렸다.**"(10, 207) (진한 글씨는 인용자 강조임).

이 작품의 시작에서부터 사싸는 나쟈에게 새로운 삶을 살기를 요구하는데, 3장에 가서야 나쟈는 사싸의 말에 점점 공감하고 동조하는 모습을 보인다. 그것은 지루하고 무기력한 혹은 범속하고 저속한 지방도시 공간이 만들어내는 모든 것으로부터 떠나고 싶은 그녀의 자아의 양상으로 형상화된다.

> "그런데 나쟈는 자기 자신이 연약하고 죄지은 것처럼 여겨져서 그 모든 방들, 침대들, 안락의자들이 보기도 싫었고 유화 속의 나체의 부인으로 말미암아 마음이 괴로웠다. <…> 나쟈는 그 모든 것을 통해 다만 하나의 범속한 것, 어리석고 철없고 더 참을 수 없이 범속한 것을 보았고 자기 허리를 감싸 안은 약혼자의 팔이 마치 단단한 쇠고리처럼 **빳빳하고 차갑게 느껴지는 것이었다. 그래서 나쟈는 지금 당장이라도 곧 도망치고 싶고 울고 싶고 창으로 몸을 던지고 싶었다.**"(10, 210) (진한 글씨는 인용자 강조임).

이와 같은 나쟈의 심정은 <문학선생>의 니끼찐의 심정과 비교될 수 있다. 니끼찐도 자신의 삶을 회복하기 위해서 무엇보다 먼저 지방도시 공간의 '회칠한 집'을 떠나려고 한다.[6]

> "나는 어디 있는 것일까, 하나님 맙소사?! **저속하고 범속한 것들이 날 에워싸고 있다. 지겹고 하찮은 사람들, 스메따나 단지들, 우유 항아리들, 바퀴벌레들, 어리석은 여자들… …저속함보다 더 두렵고, 더 모욕적이며, 더 슬픈 것은 없다. 여기서 도망쳐 버리자, 오늘 당장 도망치는 거다, 아니면 나는 미쳐 버리고 말 것이다!**"(8, 332) (진한 글씨는 인용자 강조임).

4장에서 나쟈는 슈민가(家)로 대표되는 구세계의 지방도시 공간과

---

6) 도날드 레이필드는 니끼찐이 자신의 가정(부르주아의 둥지)을 어느 순간 '지옥-구덩이'로 여긴다고 강조한다(Donald Rayfield, *Chekhov : The Evolution of his art*, London, 1975, 142쪽). 이처럼 <약혼녀>와 <문학선생>에서는 집(자신의 둥지)으로부터 떠남과 관련된 슈제트가 구축되어 있다. 또한 주인공의 '자아(성찰)의 양상'이 '떠남의 모티브'와 연관되어 있다.

그 주변에 머무르는 사람들(약혼자 안드레이, 어머니, 할머니)로부터 벗어나서 수도 뻬쩨르부르그로 가서 새로운 삶, 미래에 대한 희망을 찾고자 한다. 그래서 나쟈는 약혼자로부터, 지방도시 공간에 위치한 자신의 집(존재론적 갈등을 일으키는 둥지)으로부터 탈주를 감행하기 전에 자기의 속내를 드러내는 말을 하고 만다.

> "'더 이상 이렇게는 살 수 없어요 …' 그녀는 말했다.
> '전에는 여기서 어떻게 살 수 있었는지 이해할 수가 없어요, 납득이 안돼요! 저는 약혼자도 경멸하고, 제 자신도 경멸하고, 이 태만하고 공허한 삶 모두를 경멸해요…' <…>
> '이런 생활에 싫증이 나요' 나쟈는 계속 말했다.
> **'여기서는 단 하루도 참을 수 없을 것만 같아요. 내일 저는 여길 떠날 거예요. 절 데려다주세요, 제발!'**" (10, 213-214) (진한 글씨는 인용자 강조임).

이 작품에서 비호(庇護)공간인 집은 내(內) 공간을 형성한다. 그런데 집 안(H-)에서 집 바깥(H+)으로 나가는 행위는 방 ⇒ 집 ⇒ 지방도시 공간(따간로그를 연상시키는 나쟈의 고향) ⇒ 수도(타향이자 삶의 광활한 광야)로 이동하는 공간의 확산성, 외(外) 공간을 향한 궤적을 만들어낸다. 결국 5장에서 나쟈는 새로운 삶, 미래에 대한 희망을 찾고자 모스끄바를 거쳐 수도 뻬쩨르부르그로 떠난다. 여기서 광활한 광야의 모티브와 집의 모티브[7]의 대조가 만들어진다. 이후 나쟈의 삶의 터전은 지방도시에 위치한 집이라는 내(內) 공간이 아니라, 광활한 광야라

---

7) Цилевич Л. М. *Сюжет чеховского рассказа* Рига, 1976, С. 93-96. 체호프의 세계에서 집의 기능: 1) 소시민적 속물성을 드러내는 것과 관련－구로프, 니끼찐, 이오늬치, 베라빈(<3년>)의 집 2)시적으로 고양된 감정과 고상한 아름다움과 관련－<다락이 있는 집>에서 미슈스의 집.

는 외(外) 공간이 된다.[8]

> "그들이 차 칸에 올라타고 기차가 움직였을 때 그렇게 크고 중대했던 과거의 모든 것이 하나의 조그만 덩어리로 뭉쳐졌고, 지금까지 그렇게 어렴풋이 느껴지던 거대하고 광활한 미래가 시야에 펼쳐지는 것이었다. <…> 나쟈는 갑자기 기쁨에 벅차 숨이 멎을 지경이었다. **그녀는 지금 자신이 자유의 몸이 되어 배움 터로 간다는 것, 그리고 이것은 그 언젠가 아주 먼 옛날 자유로운 까자끄처럼 되려고 떠나는 것과 마찬가지라고 생각했다.**"(10, 215) (진한 글씨는 인용자 강조임).

이처럼 5장의 끝에서 언급된 '자유로운 까자끄처럼 되려고 떠나가는 (уходить в казачество) 모티브'가 6장에서의 '자아의 진정한 해방과 자유'와 결합되면서, 작품의 마지막 장 전체를 지배한다.[9]

> "'그리운 사싸, 이젠 안녕!'하고 나쟈는 생각했다. **그러자 나쟈의 눈앞에는 광활하게 확 트인 새로운 삶이 그림처럼 펼쳐졌다. 그 삶은 아직은 희미하고 신비로 가득하지만, 나쟈의 마음을 이끌며 오라고 손짓하는 것이었다. 나쟈는 짐을 꾸리려고 이층 자기 방으로 올라갔다. 그리고 다음 날 아침에 자기 집 식구들과 작별을 고하고, 생기가 넘치는 쾌활한 기분으로 이 도시를 떠났다. 영원히, 떠난다고 생각하면서**"(10, 220) (진한 글씨는 인용자 강조임).

나쟈는 어느새 '자유로운 까자끄'(вольный казак)처럼 느끼고 행동한다. 그녀는 자신이 몸담았던 방, 집 그리고 지방도시 공간과 결별하

---

8) Там же. С. 91-97. 광활함－협소함, 광야－집 простор-теснота, степь-дом의 대비가 만들어진다.

9) Там же. С. 91.

고 '삶의 광야'로 나아간다.

한편 2장의 처음과 끝, 6장에서 드러나는 야경꾼의 딱따기 소리는 '지방도시 공간과 단절하고 다른 곳으로 떠나가려는 여주인공 자아의 양상'과 관련되어 있다. 대개 외부의 종소리, 봄비소리 등은 경계의 벽을 소거하고 방 안이라는 내(內) 공간을 외(外) 공간으로 확장시켜서 동태적 텍스트를 형성하게 하는데[10], 이 작품에서 딱따기 소리도 이와 같은 역할을 담당한다. 아울러 이 딱따기 소리는 나쟈를 '지방도시 공간'으로부터 떠나가게 한다. 달리 말하면 나쟈로 하여금 '여로(旅路)형 회귀구조의 출발 공간 — 나쟈의 방 안'을 떠나가게끔 유도한다.

마침내 결말에서 나쟈는 새로운 삶의 공간을 찾기 위해, 영원히 구세계의 공간과 단절하고 길을 나선다. 나쟈의 내면 정서의 '추락과 비상' 그리고 관념 운동의 '전락과 상승'은 "수평적 공간의 매개항인 길"[11]을 통해 '새로운 삶의 공간으로 나아감'이라는 외면적 행동으로 전이된다.

결말의 애매성과 불명료성에도 불구하고, 체호프는 '떠남의 모티브'와 여주인공 자아의 양상(관념의 운동 과정)을 씨줄과 날줄로 엮으면서, 이 작품의 얼개를 짜고 있다.

결말에서 한껏 정신적으로 고양된 나쟈는 이 세상어서 자신의 참

---

10) 이어령, 『공간의 기호학』, 305쪽.

11) 이어령, 『공간의 기호학』, 324쪽. 이어령은 청마 유치환의 시를 공간 기호학적으로 분석한다. 청마의 시는 상(하늘), 중(수직의 매개항인 산, 나무, 깃발, 標ㅅ대), 하(땅)라는 수직 공간의 삼분구조(三分構造)로 시적 세계가 구축되어 있는 한편으로, 수평 공간 역시 펼쳐지고 있다. 즉, 바깥과 안 그리고 경계의 삼분구조로 분절되어 나타난다. 안과 바깥을 매개하는 경계공간인 수평적 공간의 매개 항은 광야, 사막, 섬과 바다, 배 그리고 길이 된다.(이어령, 앞의 책, 5-8, 15-28, 322-372쪽 참조할 것)

된 존재를 담보할 공간(집)을 마련하기 위해, '아직은 안개에 싸인 신비에 가득 찬 삶'이 펼쳐진 공간으로 진입하려고 한다. 만일 나쟈가 고향의 집을 떠난다면, 텅 빈 광야로 나가거나 싸구려 여인숙으로 가는 게 아니라, 새로운 미래의 '희망의 집'을 창조하기 위해 떠나가는 것이다. "새롭게 건설되는 그 집에서는 육체적으로 편안하고 쾌적할 뿐만 아니라, 도덕적ㅡ정신적으로도 안온하다."[12]

<약혼녀>에서 주인공 나쟈는 절망과 희망의 경계에 서 있으며, 막 미지의 새로운 세계(거짓과 위선대신 참된 생활이 있는 세계, 새로운 인식이 있는 세계)로 떠나가는 초입에 있다. 나쟈는 이제 막 문턱을 넘고자 한다(새로운 세계로 떠나가고자 한다). 그녀는 당대 사회와 단절되지 않고 동시대인들과 함께 호흡하면서 자신의 삶을 바꾸고 인간관계의 그물망을 변화시키고자 하는 과정에 서 있다[13]. <약혼녀>에 나타난 '애매성의 원칙', '규정하지 않는 원칙', '애매성을 띤 분위기', '규정하지 않는 분위기'는 이 작품의 아이러니적 양식(иронический модус)과 결합되면서 다양한 해석의 여지를 남긴다.[14] 그리고 지금까지도 상반된

---

12) Цилевич Л. М. *Сюжет чеховского рассказа*, С. 96.

13) Цилевич Л. М. *Сюжет чеховского рассказа*, С. 106-107.

14) 6장의 결말 부분에서 나쟈와의 대화 중에 나온 어머니의 말은 상반된 작품 해석을 낳는 근거가 된다. 특히 젊은 시절을 통과하는 '*나쟈의 로만티즘*'에 대한 *아이러니적 해석*의 중요한 근거로 작동한다(Афанасьев Э.С. *Творчество А.П. Чехова : иронический модус*, С. 148): "'무엇보다 우선 모든 생활은 프리즘을 통하듯이 그렇게 흘러가야만 한다고 생각해'하고 어머니는 말했다. '달리 말하면, 우리 의식 속에서 생활을 마치 일곱 가지 원색처럼 가장 기본적인 요소들로 나누어야 된단 말이지. 그래서 매 요소를 따로 분리해서 연구해야 하는 거지'"(10, 218). 어머니는 개별적 인간은 각자 자기 개인이 원하는 삶을 영위할 권리가 있다고 보고, 이러한 입장에서 개인의 어떠한 권리도 허용되고 존중할 필요가 있다는 걸 딸에게 말한다. 이것은 체호프 예술 세계에서의 '개별화'의 문제와도 상관성을 가진다. 하지만 나쟈는 행복의 조건을 담보하기 위해서는 모든 이의 삶을 함께 변화시켜야 한다(구세계에서 신세계로 이행해야 한

작품 해석을 낳는 근거로 작동하며, <신학생>(1894)과 더불어 그 논쟁의 중심에 서 있다. 나아가서 체호프의 페시미즘과 옵티미즘과 관련된 다양한 해석과도 관련되어 있다.15)

이러한 다양한 해석과 평가에도 불구하고, <약혼녀>는 체호프의 사상적-역사적, 철학적 근간을 형성하는데 중요한 역할을 했다고 볼 수 있다16). 그래서 고리끼는 <약혼녀>에서 나온 나쟈의 말("중요한 것은 - 삶을 변화시키는 거죠. 나머지는 아무 것도 아니죠"(10, 214))을 제도적-국가적 차원의 문제로 확장시키는 해석을 내놓기도 했다.17)

3.

<약혼녀>의 여주인공은 지금 - 여기의 현실에서 다른 곳을 동경하면서 자신의 삶을 변화시키고자 한다. 여주인공 나쟈는 자기가 거주하는 지방도시 공간을 떠나 참된 자유와 새로운 삶, 미래에 대한 희망을 찾고자 한다. 한 마디로 <약혼녀>는 '떠남의 모티브'를 통해 새로운 삶과 미래에 대한 희망을 갈구하는 여주인공의 자아의 양상(관념의 운동 과정)을 드러낸 작품이라고 볼 수 있다.

이처럼 체호프의 주인공은 '세계와 자아의 갈등'을 극복하고자 노

다)는 입장을 강하게 피력한다.

15) Степанов, А. Д. *Проблемы коммуникации у Чехова*, С. 357-359.

16) 실제로 체호프는 <벚나무 동산>에서 <약혼녀>의 나쟈의 말을 변주하고 있는 아냐와 뜨로피모프를 통해 당대 러시아인의 삶과 미래의 문제를 보다 명확하게 드러내고자 했다(Бердников Г. П. *Чехов*, С. 489).

17) Паперный З. С. "Чехов и романтизм", *К истории русского романтизма* М., 1973, С. 504.

력한다. 체호프는 이러한 주인공의 '삶의 희망을 찾으려는 노력'을 주인공 자아의 양상과 겹쳐서 드러낸다. 체호프는 <약혼녀>에서도 '일상적 삶의 세계와 주인공의 자아가 어떤 관계로 존재하는가?'를 화두(話頭)로 삼으면서, '절망과 희망의 경계에서 서성이는 주인공 자아의 양상 보여주기'를 작품의 중심에 놓았다고 정리할 수 있다.

당대 사회 현실과 소통하면서 보다 나은 미래를 위해 삶의 변화를 모색하고 있는 <약혼녀>의 주인공은, 거짓과 위선의 세계로부터 참된 생활이 있는 세계(새로운 인식이 있는 세계)로 나아가는 과정에 서 있다. 체호프는 절망과 희망의 경계에서, 실재와 이상 사이에서 서성거리는 주인공을 통해 현실에 대한 자신의 균형감각을 드러내고자 노력했다. 그래서 그가 창조해낸 주인공은 '세계와 자아의 갈등과 화해' 사이에서 어느 한 편에 일방적으로 귀속되지는 못하는 존재로 그려진다.

이렇게 '떠남의 모티브와 결부된 주인공 자아의 양상'을 통해, 체호프는 '삶의 물음'에 대해 하나의 의미로만 귀결되지 않는 '대답의 과정', '과정의 시학'을 보여주고자 했다. 그 속에는 저자의 필연성(끝없는 '자아성찰의 과정')이 녹아 있다. 나아가서 체호프는 관념과 이상으로부터 현실과 실재의 거리를 단축시키고자 하는 의도를 자신의 주인공 자아의 양상을 통해 일관되게 형상화한다. 이러한 모든 것이 종국에는 새로운 패러다임을 모색하는 체호프 예술세계의 미학적 특질들을 예술적 차원에서 보여주는 장치가 된다.

제3부
삶과 죽음의 언저리에서 배회하는 인간

"이러한 체험의 순간 앞에서는 지금까지 살아온 모든 생이 가 무(無)로
사라지게 되고, 또 모든 갈등과 고통 그리고 이로 인해 생겨난 낯황은
사소하고 또 비본질적임이 드러나게 되는 것이다. 이때에 의미는 그 모습
을 드러내고,
또 생생한 삶으로 나아가는 길도 영혼 앞에 훤히 열리게된다."
 ─ 게오르그 루카치, 『소설의 이론』에서

"'신은 존재한다'는 것과 '신은 존재하지 않는다'는 것 사이에는
매우 커다란 공간이 있다. 참된 현자는 커다란 고통 끝에 그곳을 통과한다.
러시아인은 이 두 극점의 어느 한 쪽을 알고 있지만 그 중간에는 흥미를
갖지 않는다.
보통 러시아인은 아무 것도 모르거나, 혹은 아주 조금 밖에 알지 못하기
때문이다."
 ─ 체호프의 『수첩』에서

1장
지루한 이야기

"나로선 뭐라고 말할 수 없는데…."

1.

체호프는 예술에 관한 똘스또이의 인식에 대해 거부감을 갖는다. 체호프는 위대한 예술을 번갯불에 비교한다 : "번갯불은 아무 것도 설명하지 않는다."[1] 체호프는 예술이 우리의 삶을 가치 있게 만드는 것이고, 번갯불과 같은 새로운 인식과 지각을 하게 만드는 것이라고 한다면, 예술이 어떻게 살아야 하는 문제와 더불어 사후(死後)의 문제를 반드시 해결해야만 한다는 것, 대답을 제시해야 한다는 것에서 자유로워져야 된다는 입장이다. 체호프는 이 순간의 현재를 충실히 살 것을 강조하면서, 불멸이나 영원성 그리고 절대적 가치나 궁극적 목적을 위해 '지금 여기의 현재'보다 '문제적 미래'에 더 비중을 두는 것을 거부하는 입장이다.[2]

---

1) Donald Rayfield, *Chekhov : The Evolution of his art*, London, 1975, 238쪽.

똘스또이의 <이반 일리치의 죽음>과 체호프의 <지루한 이야기>는 무엇보다 저자의 예술과 세계에 대한 인식이 무엇을 지향하는가에서 비교 가능하다.

똘스또이는 문제(죽음)에 대한 나름의 해답(죽음은 없다)을 이미 마련한 상태에서, 그것을 단순하고, 명쾌하게 보편적인 인간의 관념으로 일반화하려고 했다. 체호프는 '각각의 개인적인 경우들의 개별화'를 강조하면서, 똘스또이의 '일반화' 방식에 문제를 제기한다. 이것은 체호프가 진리 인식의 복잡성을 늘 염두에 둔 것과 긴밀히 연관된다. 그리고 인간의 불변 항(삶과 죽음)에 대해 일반적이고 보편적인 결론을 제시하는 것에 대한 거부감과도 연결된다. 체호프는 처한 상황이 다른 개별적인 인간의 문제를 일반적인 인간의 문제로 확장하고 확산시켜, 종국에는 일반화된 결론으로 나아가는 것에 대해 천성적으로 거북해 했던 것 같다. 그래서 그는 똘스또이의 <이반 일리치의 죽음>에 나타난 종교적 - 추상적인 해결, 완결된 결말대신에 구체적 - 사실적 맥락에서의 해결 지향성, 슈제뜨의 개방성을 강조한다.

이러한 사실들을 토대로 연구자는 삶과 죽음에 대한 일반화와 개별화의 문제를 1) 인물 특성의 측면 — '주인공이 개인적이고 개별화된 인물인가 아니면 보편적이고 일반화된 인물인가'[3] 2) 저자 관념의 측면 — '저자가 드러내고자 하는 궁극적인 의도(구체적이고 개인적인 것

---

2) Ibid., 238-239쪽 참조.

3) 문학 작품 속의 인물을 이야기할 때, 주로 인물의 전형성과 비전형성을 이야기한다. 하지만 보리스 에이헨바움의 경우에는 똘스또이 작품 속의 인물을 두고서 다르게 표현한다. 예술적 기법으로서 동기화 되는 '일반화'와 관련시켜 주인공을 '일반화의 보유자'라는 표현을 쓰기를 희망한다(Эихенбаум Б. Молодой толстой // О литературе. Работы разных лет. С. 69-70).

에서 보편적이고 일반적인 것으로 다리를 놓으려는 지향이 직접적이고 강한가 그렇지 않은가)가 어떤 것인가' 이 두 가지를 통해 풀어나갈 것이다.[4] 이 두 측면과 아울러 주인공의 내면세계에 각인된 삶과 죽음의 문제를 드러내는 예술적 기법을 염두에 두고서 두 작품을 분석할 것이다. 나아가서 이 모든 것을 바탕으로 두 작품이 드러내는 근본적인 '차이'를 규명할 것이다. 그래서 은밀하게 진행되는 두 작가 사이의 논쟁의 핵심을 밝히고자 한다. 더불어서 <지루한 이야기>가 <이반 일리치의 죽음>의 모방 혹은 아류라는 기존의 주된 평가[5]에 대한 나름의 답변을 제시하고자 한다.[6]

---

4) См.: Катаев В. Б. Проза Чехова : Проблемы интерпретации. М., 1979. C. 97-112; Катаев В. Б. Литературные связи Чехова. C. 87-98; Чудаков А. П. Мир Чехова. Возникновение и утверждение. М., 1986. C. 243-289, 290-314, 315-365.

5) 아리스따르호프는 "체호프는 분명히 그 작품을 레프 똘스또이의 <이반 일리치의 죽음>의 압도적 영향아래 썼고, 이 중편의 형식과 내용에서조차도 결코 벗어날 수 없었다"고 언급했다. Ю. 니꼴라에프도 "모방이, 물론, 명확하다"고 했다. 하리꼬프 신문의 어느 평론가는 "비록 교묘하지 않다 하더라도 이것은 선명한 모방인데, 체호프는 일반적인 색조도, 기교적이지 않은 단순함도, <이반 일리치의 죽음>의 그 자체의 관념도 자기화 하려고 노력했다"고 언급했다. M. 유즈닉이도 <지루한 이야기>를 <이반 일리치의 죽음>의 선명한 모방이라고 확신했다.(이 모든 것에 관해서는 Чудаков А. П. Мир Чехова. Возникновение и утверждение, C. 274에서 재인용하고 참조했다)

6) 이미 D. 스뜨루닌은 잡지 『러시아 재물』(No.4, 1890)에 발표한 논문 <두드러진 문학적 타입>에서<지루한 이야기>는 똘스또이의 테마에 대해 새로운 가탁을 가진다고 말했다. 그리고 최후의 결론으로 체호프는 모방과는 거리가 먼 작가라고 강조한다(이에 관해서는 Чудаков А. П. Мир Чехова, C. 274 참조). 연구자는 이 견해에 동조하는 한편으로, 추다꼬프의 견해에도 동의한다 : "중편소설 <지루한 이야기>에서 똘스또이적인 것은 '자유로운 고백' 장르에 대한 호소였고, 자기관찰과 자기분석에 대한 취향이었다. 그렇지만 자기분석, 그것은 다른 의미의 자기분석이고 충분히 체호프적인 것이다"(Там же. C. 275). 연구자는 그것이 어떻게 '충분히 체호프적인 것'인지를 저자의 의도와 관념의 특성, 그리고 체호프 인식의 지향과 결부해서 밝힐 것이다. 그것을 위해 <이반 일리치의 죽음>과 <지루한 이야기>에 나타난 자기관찰과 자기분석의 내용(본론에서 '내면적 독백형식'에 드러난 주인공 혹은 저자의 관념)에 집중할 것이다.

2.

2-1. <이반 일리치의 죽음>에 나타난 삶과 죽음의 문제

똘스또이의 죽음의 묘사 때에 주요한 것은 "이것은 무엇이고, 저기에 무엇이 있을지"(<전쟁과 평화>(1865-1869)), "그 속에서 무엇이 행해지는지"(<안나 까레니나>(1875-1877)), "어떤 죽음이 그곳에 있는지"(<이반 일리치의 죽음>(1886))에 대한 주인공과 주변사람들의 생각이다.[7] 이와 같이 드러나는 죽음의 모티브는 똘스또이의 전기와 관련되면서[8], 그의 종교적 사유, 일반적 - 도덕적 가치 지향성의 문제와도 긴밀히 연결된다. 나아가서 똘스또이 자신이 "도덕적 심리적 기획 속에서 파악한"[9] '본원적 인간'을 형상화하는 것과도 상관성을 가진다.

똘스또이는 한 개인의 영혼을 '내면적 독백형식'[10]으로, '심리적 엿

---

7) См.: Чудаков А. П. Мир Чехова, С. 169.

8) 똘스또이는 니스 근처 이에레(Hyerer)에서 페뜨에게 보낸 1860년 10월 7일 자 편지에서 그의 형 니꼴라이의 죽음과 관련하여 이렇게 쓰고 있다 : "9월 20일에 형은 문자 그대로 내 팔에 안겨서 타계했습니다. 내 인생에서 그처럼 영향을 준 것은 없습니다. 죽음보다 더 나쁜 것은 없고, 만일 죽음이 살아 있는 모든 것의 불가피한 목적이라면 인생보다 더 가련한 것은 없다는 것을 고백할 수밖에 없다고 나에게 말했을 때 그의 말은 옳았습니다. (…) 그는 자기가 허무 속으로 들어가고 있다는 것을 알았습니다. 그리고 만일 그가 무엇에 매달려야 할 지 모른다면 내가 무엇을 마련해줘야 한단 말입니까?"(메레쥐꼬쁘스끼, 이보영 역, 『똘스또이와 도스또예쁘스끼 : 인간과 예술』, 서울 : 금문(金文), 1996, 48-49쪽). 똘스또이는 자신의 형이 죽어 가는 과정을 목도하면서 '죽음의 본질'에 대해 사색했다고 볼 수 있다. 이것은 <안나 까레니나>에서 레빈이 목도하는 형의 죽음과 비견될 수 있다. 그리고 똘스또이는 <이반 일리치의 죽음>을 통하여 새로운 실존의 가능성을 모색한다.

9) Билинкис Я. О творчестве Толстого. Л., 1959. С. 233.

10) 똘스또이의 독백을 두고서는 의견이 나누어진다. 비노그라도프는 똘스또이의 독백을 "'있는 그대로의' 형태로 내면적인 말을 옮기는 것 같은, 비논리적인, 비형식적인, 통사적으로 무질서한 내면적 독백"(Чудаков А. П. Мир Чехова, С. 268에서 재인용)으로 파악한다. 반면에 긴즈부르그는 "본질적으로 똘스또이에게서는 내면적 독백의 논리적인 형태가 우세를 점한다. (…) 극도로 강한 분석가 똘스또이에겐 필수적으로 '신중히

듣기(psychological eavesdropping)'11)로, '심리학적 모자이크화'12)로 그려 낸다. 그리고 심원한 인식에까지 다다른 개인의 문제(죽음)를 인간 보 편의 문제로까지 확산시킨다. 메레쥐꼬프스끼(Д. Мережковский)는 서 슴지 않고 개인적이고 개별적인 인간을 보편적이고 일반적인 것 속에 삼켜 버리는 것이 널리 유포된 똘스또이적인 방법의 의무라고 강조하 기도 했다.13) 바로 이러한 것들에서 똘스또이 심리묘사의 특성도 나 타나고, 주인공의 인물특성의 문제도 제기되고, 보편적이고 일반적인 인물의 말과 관념이 창출하는 효과에 대한 물음도 제기된다.14)

생각하는 것'이 분석의 믿을만한 도구이다"(Гинзбург Л. О психологической прозе. Л., 1977. C. 339)라고 언급한다.

11) 꼰스딴찐 레온찌예프가 말한 '심리적 엿듣기(psychological eavesdropping)'의 방법은 초기 똘스또이의 국부적이고 사회적인 호소력에 반대되는 것으로서의 인간적이고 보 편적인 호소력을 높여준다. 똘스또이 작품에서의 문제와 갈등은 결코 사회적이 아닌 도덕적이고 심리적이다. 이것은 외국 독자들의 절대적인 이해를 얻는데 장점으로 작용 한다. 이러한 그의 보편성 때문에 똘스또이는 당시 러시아 작가들 가운데 약간 이상하 게 자리매김 된다.(D. S. 미르스끼, 이항재 역, 『러시아 문학사 I』, 서울 : 홍성사, 1985, 289쪽 참조)

12) 조지 스타이너는 똘스또이가 묘사한 이반 일리치의 심리적 형상을 '심리학적 모자이크 화'라고 정의하고 있다.(이상룡, "자유와 에피파니의 심미적 서술구조-똘스또이 <이반 일리치의 죽음>", 문예연구 98년 가을호, 문예연구사 1998, 69쪽 참조)

13) 메레쥐꼬프스끼, 이보영 역, 『똘스또이와 도스또예프스끼 : 인간과 예술』, 252쪽.

14) "똘스또이는 누구도 모방할 수 없는 기교로써 외면과 내면의 그 전환이 가능한 상호관 련성을 활용한다. 정지된 팽팽한 현(絃)을 이웃의 현에 호응하여 떨리게 만드는 기계적 공명의 법칙에 의하여, 다른 사람이 울거나 웃는 것을 보면 우리도 울거나 웃고 싶어진 다. (…) 그래서 우리는 똘스또이의 인물들의 내면세계로 바로 들어가 그들과 함께 그리 고 그들 속에서 살기 시작한다"(같은 책, 209). 똘스또이의 <이반 일리치의 죽음>이 위의 경우에 해당된다. 하지만 <지루한 이야기>에서 체호프의 인물(주인공인 1인칭 화자)은 내면적 독백형식으로 자신의 모든 것을 드러내지만, 독자가 그 인물의 내면세 계로 바로 들어가기가 쉽지 않고, 공명하는데 시간을 필요로 한다. 그리고 체호프 자신 은 자신의 인물과 함께 그 속에 파묻혀서 살지는 않는다. 언제나 주인공과 일정한 거리 혹은 간격이 존재한다. 그리고 애초부터 체호프는 주인공인 늙은 교수를 그의 주변의 평범한 인물들보다 훨씬 더 고상하게 만들어 놓았다. 체호프의 주인공은 개별적이고

이러한 맥락에서 우리는 우선적으로 주인공 이반 일리치에 대해 살펴볼 필요가 있다. 주인공인 이반 일리치 골로빈은 중년의 나이로, 법조계의 관료신분이다. 똘스또이는 주인공을 '집 꾸미기' 취미와 연관시켜서드러낸다.

> "그것은 본질적으로 전혀 부자도 아니면서 부자인 척 하고 싶어하는 사람들이 행하는, 서로가 비슷해질 수밖에 없는 그런 사람들 집에서 흔히 일어나는 모습에 지나지 않았다 : 비단 커튼이 그렇고, 검은 탁자, 화초, 융단, 브론즈, 어둡고 분명치 않은 것과 번쩍번쩍 빛나기만 하는 것이 그렇다, **결국 이 모든 것이 일정한 신분의 가정에서 볼 수 있는 것들로 그 소유자를 일정한 신분의 사람들과 비슷하게 만드는데 지나지 않는 그러한 것이었다.**"15) (진한글씨는 인용자 강조임).

위의 인용문은 삶과 죽음의 문제와 관련해서 똘스또이가 천착하는 "인간과 사물 그리고 인간의 사물에 대한 지배"16)에 대해 언급 할 때에 관련시킬 수 있는 대목이기도 하다. 우리의 주인공에겐 '집 꾸미

개성화된 인물이고, 체호프는 그 인물에게 보편적인 것, 일반적인 것을 부여하려는 노력을 애써 하지 않는다.

15) Толстой Л. Н. Соб. соч. В 12 тт., М. 1958, т. 10, С. 152. 원문을 번역 인용하였고, 이어지는 인용문은 인용문 끝의 괄호 속에 권수와 쪽 수 만을 표기했다.

16) 김성일, "유리 올레샤의 철학적 단편 <리옴빠> 연구", 인문과학논집 제24집 별쇄본, 청주대학교 인문과학연구소, 2002, 16쪽. 김성일은 이 논문에서 로자노바(Розанова Е. И.)의 글을 참조하여 이렇게 쓰고 있다 : "똘스또이와 올레샤 두 작가 모두 죽음의 문제와 관련하여 인간과 사물 그리고 인간의 사물에 대한 지배 등에 관한 문제에 천착해 들어갔다. 그러나 똘스또이가 이러한 관계의 윤리적 측면에만 관심을 가졌다고 한다면 올레샤는 이 문제의 본질 그 자체에 관심을 가졌다". <이반 일리치의 죽음>에서 보편적 인간인 이반의 사물에 대한 소유욕과 집착은 나중에 '죽음에 대한 공포'로 전이된다. 그리고 그러한 집착에서의 해방은 '영혼의 자유'와 연결될 수 있다. 이런 맥락에서 위의 인용문은 작품에서 중요하다.

기'가 삶의 큰 부분이자 즐거움이다. 그는 집에 모든 것이 갖추어졌을 때는 심심하고 삶이 약간 허전하기까지 하다. 그런 주인공이 '집의 객실 꾸미기'를 하다가 타박상을 입어 죽음에 이르는 병을 얻는다. 그러자 주인공은 자신의 삶에서 관계했던 사물 하나 하나에 집착과 그리움을 표현한다. 이 모든 것은 보편적 인간이 가질 수 있는 속성이라고 할 수 있다.

주인공은 또한 그 당시의 보편적 가치와 의식을 소유한 표본적인 인물, 대표적인 인물이라고 할 수 있다. 그래서 긴즈부르그(Л. Гинзбург)는 "이반 일리치는 개인적 특성을 가지지 않는다"[17]라고 말했다.

> "지방에 근무하며 사는 동안, 이 똑똑한 법률가를 따르는 몇 사람의 부인들 중의 한 사람과 관계를 가졌다. 또 그는 여자 재단사와 관계를 가졌다. 그리고 방문한 시종무관들과 주연(酒宴)을 베푸는가 하면, 저녁식사가 끝난 다음엔 다른 먼 도시로 무리를 이루어 원정을 가는 수도 있었다 (…) 이런 행동은 깨끗한 손을 가지고 청결한 셔츠를 입고 프랑스어를 지껄이는 고상함 정도로 치부되었다. (…) **이반 일리치는 이렇게 오 년을 근무했다** (…)"(10, 143)(진한글씨는 인용자 강조임).

이 작품에서는 무엇보다 주인공의 '영혼의 변모과정', '심리의 전이과정', '영혼의 변증법'[18]이 중요한 것이 사실이다. 그 자체로서도 중요하고, 서술구조 차원에서나 작품의 구성차원에서도 중요하다. 하지만 우선은 <지루한 이야기>와의 비교분석 차원에서 주인공과 그의

---

17) Гинзбург Л. О психологической прозе. Л., 1977. C. 303.

18) 톨스토이의 작품은 행위를 규정하는 특성들을 보유한 주인공에 의해서 구축되는 것이 아니라, 주인공의 정신 상태의 예리한 묘사에서, '영혼의 변증법'에서 구축된다(Эйхенбаум Б. Молодой толстой // О литературе. Работы разных лет. C. 84).

삶 자체에 관해서도 관심을 가질 필요가 있다. 그런 맥락에서 볼 때, 위에 간략히 언급된 이반 일리치의 전사(前史)와 그 역할은 의미가 있다(<지루한 이야기>에서는 62살의 늙은 주인공의 전사(前史)는 부재 한다). 이반 일리치의 43년 동안의 삶은 "이렇게 그는 다시 칠 년이란 세월을 보냈다"(10, 148), "이반 일리치는 결혼과 함께 십칠 년 간의 삶을 이렇게 흘려보냈다"(10, 148) 하는 방식으로 요약된다. 이 서술방법은 서술적 차원에서 보면 서술템포의 변화를 낳는 것이지만[19], 주제적 차원에서 보면 일반화된 주인공과 그의 자동화된 삶을 결합시켜 삶의 근원적인 문제에 대해 생각하게 하는 효과를 창출하는 것이다. 달리 말하면, 저자가 의도하는 목적론에 모든 것을 집중시키는 것과 관련된다.

외부세계와 주위사람들에게 반응하는 주인공의 내면심리를 묘사하는 똘스또이의 기법은 체호프에게도 영향을 미쳤다. 특히 '똘스또이적 에피소드'가 드러나는 작품들[20]에 나타나는 심리묘사와 세부묘사가 그러한데, 이러한 제반 사실들이 체호프의 <지루한 이야기>가 똘스또이의 <이반 일리치의 죽음>의 모방 혹은 아류라는 비평을 만들어내고 고착시키는데 일조하지 않았나 생각된다.

위의 언급들을 염두에 두면서 우선 주변 사람들에 반응하면서, 변모되어 가는 이반 일리치의 내면세계를 고찰해보자. 이 고찰은 죽음에 대한 해답을 제시하는 똘스또이의 기법을 읽어낼 수 있다는 측면에서 의의가 있다.

---

19) 이상룡, "자유와 에피파니의 심미적 서술구조-똘스또이 <이반 일리치의 죽음>", 79쪽 참조.
20) <명명일>(1888), <공작부인>(1889), <아내>(1891), <결투>(1891) 등의 작품들을 말한다.

이반 일리치는 죽음에 임박한 자신의 절망적인 상황과는 상관없이, 건강한 육체를 가지고 자신의 욕망에 충실한 아내와 딸, 사위 될 사람을 보면서 고통을 느낀다. 그리고 철저하게 소외와 단절을 경험한다. 메레쥐꼬프스끼는 "병자에 대한 건강한 사람들의 무관심, 혹은 죽어 가는 사람에 대한 산사람의 무관심을 이반 일리치가 깨닫는 것은 사람들이 쓰는 말을 통해서가 아니라, (그의 딸의 약혼자인) 뾰뜨르 뻬뜨로비치의 흰 칼라로 바짝 조인 근육이 튼튼하고 정맥으로 가득 찬 목과, 꼭 맞는 검정 색 바지를 입은 그의 강력한 두 다리를 통해서이다"[21]라고 말한다. 이반 일리치의 내면세계의 변화를 세밀히 읽어내는 3인칭 시점의 화자는 이 사실을 다음과 같이 뒷받침한다.

> "젊은 육체를 드러내 보이면서 아름답게 차려입은 딸이 들어왔다. 이 젊은 육체는 병든 그를 괴롭혔다. 하지만 그녀는 그것을 자랑스럽게 뽐냈다. 딸이 힘에 넘치고, 건강하며, 사랑에 빠져 있다는 것을 분명히 알 수 있었고, 자신의 행복을 방해하는 병이라든가, 고통이라든가, 죽음과 같은 것에 분노하고 있음을 알 수 있었다."(10, 176)

그리고 화자는 가족 안에서 행해지는 모든 것이 허위, 기만, 거짓이라는 것을 진술한다.

> "방안의 사람들은, 갑자기 의례의 탈을 쓴 거짓이 깨어지고, 있는 그대로의 속내가 만 천하에 드러나게 되지는 않을까 하고 공포에 떨고 있었다. (…) '하지만, 연극에 가려고 한다면 지금 가야 해요. 벌써 갈 시간이거든요'. 그녀는 아버지로부터 받은 선물인 자신의 시계를 보면서 말했다. (…) **그들이 나가버리자, 이반 일리치는 몸이 편해지고 가벼워진 것 같았다. 거짓이**

---

21) 메레쥐꼬프스끼, 이보영 역, 『똘스또이와 도스또예프스끼 : 인간과 예술』, 211쪽.

없어졌다. 거짓이 그들과 함께 가버린 것이었다. 그러나 아픔만은 뒤에 남았다."(10, 177)(진한 글씨는 인용자 강조임).

순회중인 연극 관람을 앞두고 보여주는 딸의 행태는 주인공에게 분노를 불러일으킨다. 그 후 그는 무서운 고독감과 함께 인간의 잔인함을, 신의 잔혹함을, 신의 부재를 한탄하며 속으로 울부짖는다(신이여, 당신은 어째서 이런 일을 내게 하신 단 말입니까? 왜 나를 여기까지 끌고 오셨습니까? 대체 왜 나를 이렇게 괴롭히십니까?(10, 178)). 이반 일리치의 이같은 반응은 키제테르의 논리학에서 배운 삼단논법('가우스는 인간이다. 인간은 죽어야 하는 존재다. 그러므로 가우스도 죽어야 한다')에 나오는 가우스처럼 자신이 죽어야 한다는 상황을 도저히 인정할 수 없는 것에서 기인한다. 그는 자신의 생활이 법에도 부합하는, 잘못되지 않은 것이라고 생각하면서 자신이 죽어야 한다는 그 사실을 받아들이지 않는다(절대로 이런 것을 인정할 수는 없다(10, 182)). 그는 성찬식을 행한 후 잠시 평온을 맛보지만, 아내를 보자 다시 증오의 감정이 타오르고, 건강을 회복할 가능성이 없음을 깨닫고 절망한다. 그리고 마침내 신을 향해 사흘 동안 쉴 새 없이 절규한다.

> "우! 우! 우! 그는 여러 가지 음조로 소릴 질렀다. '나는 죽기 싫어'라고 외치고 싶었지만 다만 '우-우'하는 것으로만 표현될 뿐이었다. 시간의 흐름을 인식하지 못하였던 사흘 내내, 그는 눈에 보이지도 않고 도저히 거부할 수도 없는 힘이 그를 밀어 넣었던 그 검은 자루 속에서 격렬하게 몸부림쳤다."(10, 185)

죽음의 공포 앞에서 허우적거리는 주인공의 존재론적 상황이 '검은 자루' 속에서 격렬하게 몸부림치는 것으로 묘사되고 있다. 그러나 주인공은 '죽음을 향한 존재'로서의 자신의 종말을 서서히 객관적으로 인식하기 시작하면서, '죽음의 본질'에 대해 고민하게 된다. 게라심과의 만남 그리고 대화는 주변사람들에게서 느끼는 소외감과 단절감, 기만과 허위로부터 벗어나는 계기를 마련한다. 달리 말하면, 그의 내면세계에 자리 잡은 이기심을 극복하는 계기가 된다. 똘스또이는 "젊고, 건강하고, 신선하고, 활발하고, 힘차고, 선량하며, 단순한 농부 게라심과 불결하고 불쾌한 냄새가 나는, 모든 인간적 존엄성을 잃을 만큼 타락하고 질병으로 인하여 수치스러워진 이반"[22]을 무자비하리만큼 집요하고 상세하게 묘사한다. 여기서 게라심 또한 똘스또이의 의도에 따라 봉사하고 희생하는 인물(일반화의 보유자)로 그려진다. 똘스또이는 말없이 타인을 위해 희생하는 게라심을 통해 죽음에 다다른 주인공의 변화를 이끌어낸다. 주인공은 아내와 딸을 통해서만 보았던 허위와 기만을 자신의 삶에서도 읽게 되고, 자신이 집착하던 삶에서 자유로워지려고 한다. 그리고 아내와 딸을 증오와 분노 대신에 연민의 감정을 가지고 보게 된다.

> "바로 이때에, 이반 일리치는 구멍 속으로 빠져 들어갔고, **거기에서 빛을 발견했다.** 그리고 자신의 삶은 잘못 되었지만, 아직은 이것을 고칠 수 있다는 희망이 열렸다. (…) 그는 눈을 뜨고 아들을 쳐다보았다. 아들이 불쌍해 보였다. (…) 그는 아내가 불쌍해 보였다."(10, 185) (진한 글씨는 인용자 강조임).

주인공이 죽음에 다다르는 과정을 살펴보면, 처음에는 <세 죽

---

22) 같은 책, 263쪽.

음>(1859)에서의 귀부인과 같은 심리상태에 있다가 나중에는 죽음에 순종하는 늙은 마부의 상태로 되어 가는 것을 읽어낼 수 있다. 하지만 궁극적으로 이것은 <세 죽음>에서의 늙은 마부와는 다른 차원이다. 이반 일리치는 마부처럼 자신이 존재했었다는 흔적을 남기길 소망하는 차원이 아니라, '죽음의 공포'를 넘어 자신을 구원하는 무엇인가를 향한 동경을 품는다. 그는 죽음(어둠)의 끝자락에서 생명(빛)을 본다[23]. 그리고 주변사람들에게 연민과 사랑을 나타내고, 그 사랑을 실천하고자 하는 도덕적 관념을 드러낸다. 나아가서 주인공이 남긴 마지막 말(이제 죽음은 끝이 났다. 더 이상 죽음은 없다(10, 186))에서 수동적으로 죽음에 순응하는 것이 아니라, 죽음을 역설적으로 '존재의 가능성'으로 보고 인간 스스로가 능동적으로 죽음을 받아들이려고 하는 것을 읽어낼 수 있다.[24] 또한 이 말은 "신체로부터 정신을 해방시키는 '자유에의 길'"[25]과 상관성을 가지면서, 종교적 - 철학적 차원에서 '죽음의 문제'를 숙고하도록 만든다. 이에 관해 좀 더 자세하게 분석해보자.

위의 인용문에서 보듯이 똘스또이가 지향하는 도덕적 관념이 드러나는 12장의 결말부분은, 주인공이 죽어가면서 공포와 고통의 외침

---

23) 똘스또이 후기 작품세계에 나타난 빛과 어둠의 모티브에 대해서는 Стоянова С. И. Христианские мотивы в позднем творчестве Л. Толстого // Русская литература XIX века и христианство. М., 1997, С. 191-196 참조.

24) 하이데거는 현존재로서의 인간을 '죽음을 향한 존재'라고 규정한다. 그에 따르면 인간은 항상 죽음의 주변을 배회하면서 자기의 종말을 목격하고 있으면서도 죽음의 본질에 대해서는 아무 것도 모르고 있다고 한다. 하지만 하이데거는 죽음을 역설적으로 존재의 가능성으로 보고, 현존재로서의 인간은 스스로 이 죽음의 가능성을 받아들이게 된다고 말한다(세계 철학 대사전, 교육출판공사, 1989, 1024쪽).

25) 같은 책, 1024쪽. 플라톤은 죽음을 신체로부터 불사(不死)의 세계로 영혼을 옮기는 일이라고 생각하였다. 이 사상은 기독교에서 더욱 철저하게 된다. 그래서 죽음은 하등 두려워하거나 슬퍼해야 할 성질의 것이 아니라는 것이다(같은 곳).

을 내지르다가 서서히 자신의 삶을 반추하게 되고, 마침내는 죽음과 화해하고 죽음을 담담하게 수용하는 과정이 세밀하게 나타나 있다. 결국 이것은 파블라의 노선으로 볼 때 실질적으로 이 작품의 '끝'에 해당하는 1장의 끝 부분에서, 이반 일리치의 죽음에 대해 "슬프지?" 하고 묻는 뾰뜨르 이바노비치에게 게라심이 대답하는 말(하나님의 뜻이지요. 모두가 언젠가는 저승으로 가야 하니까요(10, 140))의 의미와 상응한다. 게라심은 이반 일리치가 죽어서 우리가 애도하고 있지만, 지금 살아있는 당신이나 나도 결국은 죽음에 동참하게 되니 슬퍼하거나 애석해 할 필요가 없다고 말하고 있다. 이것은 또한 구성 차원에서 똘스또이가 의도하는 목적론적 체계에 부합하는 하나의 특징으로 파악될 수 있다. 똘스또이는 게라심을 통해 '모든 인간은 결국은 죽는다'라는 일반적인 사실과 함께, 12장의 끝 부분과 1장의 끝 부분이 의미론적 차원에서 조응하면서 맞물리는 구성을 통해 '삶과 죽음의 순환'이라는 보편적 법칙을 설파한다. 이것은 12장에서 이미 주인공의 내면적 독백형식의 말에서 상징적으로 드러나 있다.

> "죽음이 있던 자리에 빛이 있었다. '바로 이거야!' 그는 갑자기 소리쳐 말했다. '참으로 기쁘군!'"(10, 186)

똘스또이는 죽음(어둠)과 삶(빛)이 순환하다가 조우하는 그 한 지점을 응시하는 주인공 이반의 영혼을 우리에게 보여준다. 그리고 나서 저승(저 세계)에서 이승(이 세계)으로 회귀하는 주인공의 영혼을 통해, 주인공이 도덕적 차원에서 죽음으로부터 부활에 이를 것이라고 넌지시 말하고 있다.

우리는 주변 사람들의 행태에 반응하면서, 변모되어 가는 이반 일리치의 내면세계를 똘스또이가 상정하고 있는 목적론적 체계에 따라 살펴보았다. 먼저 이반 일리치와 주변 사람들을 통해 상호 소외를 보았고, 다음으로 주인공을 통해 죽음에 이르는 절망의 심연을 보았다. 그 다음으로 주인공이 이기심을 극복하고 영혼의 자유에 이르는 길을 살펴보았다. 여기서 우리는 이기(利己)대신에 이타(利他)를 주장하는 똘스또이의 도덕적 관념의 지향점을 읽을 수 있다.[26] 또한 이러한 전(全)과정을 통해서 똘스또이가 주인공의 감각이나 경험에서 추출해 낸 개별적이고 구체적인 사실들에 '보편성'을 부여하려는 것을 읽어 낼 수 있다. 이처럼 똘스또이는 '일반화'하려는 의도를 숨기지 않는다. 다시 말해 구체적이고 개인적인 것에서 보편적이고 일반적인 것으로 이행하면서 자신의 사상(관념체계)을 확장하고, 확산시키려는 목적을 분명하게 표출한다. 달리 표현하면, 똘스또이는 죽음에 임박한 주인공을 통해 일개인의 개별적이고 개성적인 것을 드러내기도 하지만, 그것을 보편적이고 일반적인 가치들에 종속시키면서 자신이 의도하는 목적론과 자신이 인식한 진리의 세계로 이끌고 간다. 긴즈부르그도 이와 비슷한 견해를 피력한다 : "똘스또이는 누구보다 더 심원하게, 개별적인 인간을 이해했지만 그에게 창조적 인식의 마지막 말은 (…) 인간적인 경험의 충만, 일반적인 삶, 현실이다. (…) 성숙한 시기의 똘스또이에게 묘사의 대상 ─ 이것은 일반적인 인간의 끝없는 인식들이다."[27] 부연하면, 똘스또이의 일반화 속에는 개별적 인간의 내면

---

26) 똘스또이는 이기를 극복한 이타의 정신을 이 작품의 근본 주제로 설정해 놓았다(이상룡, "자유와 에피파니의 심미적 서술구조-똘스또이 <이반 일리치의 죽음>", 70-71쪽 참조).

논리가 숨어있다고도 볼 수 있다. 문제는 그런 내면화되고, 숨어 있는 것들이 종국에는 저자가 의도하는 목적론(구체적이고 개인적인 것에서 일반적인 것으로의 이행)에 종속되어 버린다는 것이다.[28] 그래서 똘스또이의 우화적인 특성의 시원(始原)이 1880년대 말의 똘스또이가 의도하는 목적론, 그 내면적 논리를 조직화한다고 말하기도 한다.[29]

이에 반해 체호프의 경우에는 구체적이고 개인적인 것에서 보편적이고 일반적인 것으로 다리를 놓으려는 지향이 직접적이지 않고, 똘스또이보다 훨씬 미미하다고 볼 수 있다. 그의 주인공에 대한 묘사는 생래적으로 개인주의적이고, 구체화를 담보한 것이다.

2-2. <지루한 이야기>에 나타난 삶과 죽음의 문제

<지루한 이야기>에서는 주인공이면서 동시에 1인칭 화자인 늙은 교수 니꼴라이 스쩨파노비치가 임박한 자신의 죽음에 대한 관념을 '내면적 독백 형식'[30]으로 드러낸다.

이 '내면적 독백 형식'으로 표출된 늙은 교수의 죽음에 대한 생각, 페시미즘, 학문과 연극, 러시아문학과 프랑스 문학, 개인의 자유, 대학 교육, '일반적 관념'에 대한 단상(斷想)들이 풍경, 물적 환경, 대상세계의 묘사와 얽혀있다. 이것은 체호프 예술세계에서 강조되는 정신적 -물적 지각을 반영하는 한편으로, 이 작품이 한 개별적인 인간의 개

---

27) Чудаков А. П. Мир Чехова, С. 297에서 재인용.

28) См. : Катаев В. Б. Литературные связи Чехова, С. 79-80.

29) Там же. С. 83.

30) 주인공의 내면세계를 드러내는 기법으로, 똘스또이의 <이반 일리이치의 죽음>에서 노출되는 독백의 형식과 유사하다. 추다꼬프는 체호프가 '똘스또이적인 에피소드'와 가까운 시기의 작품들에서는 '논리적 형태의 내면적 독백', '묘사를 논리화하는 특성'에 친근감을 느꼈다고 조심스럽게 정리한다(Чудаков А. П. Мир Чехова, С. 267-268 참조).

성적인 '인상기(очерк)'이면서 동시에 '단편(斷片)'이라는 주장을 낳는
데 일조한다.31) 죽음에 대한 '인상기'라는 <지루한 이야기>는 "서정
적인 작품이고, 매우 개인적이고, 전도서와 같은 작품이다."32) 체호프
의 <지루한 이야기>는 삶의 재료를 도입하는데 있어서 인상기 장르
의 방식이 나타나는 것이 사실이다. 하지만 체호프의 서술기법과 관
념세계의 제반 특성을 고려해 볼 때, 1860 - 1880년대의 인상기 장르
의 특성33)과는 '차이'가 있다. 체호프의 <지루한 이야기>는 62살 된
늙은 교수의 이성적인 분석에 근거한 개인의 고백이 주된 취향으로
드러난다. 그리고 삶의 흐름에서 잘라낸 부분적이고 단편(斷片)적인
에피소드들로 '삶의 불협화음'과 '삶의 모순된 총체적 흐름'까지 보여
주는 작품이다. 또한 체호프의 치밀한 의도에 의한 똘스또이와의 은
닉된 논쟁이 담겨있다. 이 모든 사실을 염두에 두고 삶과 죽음의 언저
리에서 배회하는 주인공과 그의 내면세계를 살펴보자.

주인공 니꼴라이 스쩨빠노비치를 통해 각인 된 '죽음'의 문제는 작
가의 전기적 사실(니꼴라이 체호프의 죽음)과도 관련된다.34) 체호프도

---

31) Чудаков А. П. Мир Чехова, С. 237.
32) Donald Rayfield, *Chekhov : The Evolution of his art,* 88쪽.
33) А. 스까비체프스끼는 А. I. 레비또프의 작품들을 설명하면서 이렇게 말한다 : "인상기
라는 말에는 전반적이고, 가장 커다란 특성 속의 이러저러한 삶의 현상들을 묘사하거나
묘사되는 현상들의 본질 속으로 깊이 들어가기 전에, 우선적으로 외적인 측면을 건드리
는 객관적이고, 서사적인 작품이라는 뜻이 내포되어 있다. (…) 저자는 대개 아주 애매
한 말로써 자신이 한 서술의 주요한 대상에까지 도달한다. (…) 이 모든 애매한 말 또한
아무런 사전 목적도 없이 각 사람의 머릿속에서 한 표상(表象)이 다른 표상들과 교체되
는 무의식적인 모습으로 행해진다"(Чудаков А. П. Мир Чехова, С. 95에서 재인용).
34) 에르밀로프는 "형제의 죽음"이라는 짧은 글에서 안똔 체호프가 니꼴라이 체호프의
임박한 죽음을 바라보면서, 슬퍼하며, 알렉산드르 체호프에게 보낸 편지의 내용을 공개
하고 있다. 안똔 체호프는 피할 수 없는 한 인간의 죽음의 그림자를 느끼고, 목도하면서
삶과 인간에 대해 깊이 생각하게 된다. 에르밀로프는 이러한 전기적 사실을 안똔 체호

똘스또이처럼 죽음과 관련하여 '불멸 (бессмертие)', '영원성(вечность)'
에 대해 많이 생각했지만, 자신의 명쾌한 답을 갖지는 못했다. <6호
실>(1892)에서 체호프의 '두 번째 자아'라고 할 수 있는 주인공 라긴의
'불멸'에 대한 관념이 이를 잘 대변하고 있다.

> "안드레이 에피미치는 드디어 마지막 때가 온 것을 깨닫고 이반 드미뜨리
> 치와 미하일 아베랴느이치와 그 밖의 몇 백만 명이나 되는 사람들이 영혼
> 의 불멸을 믿고 있다는 것을 상기했다. 지금 갑자기 그 영혼의 불멸이 찾아
> 온 것일까? 그러나 그는 불멸을 원치 않았다. 그는 잠깐 그것을 생각한데
> 불과했다."35)

1897년 4월 16일에 M. O. 멘쉬꼬프에게 보내는 편지에 드러나는
불멸에 관한 진술들 중의 하나는 이 사실을 잘 보여준다. 그리고 이
편지에서 체호프는 자신의 불멸에 관한 진술을 똘스또이의 불멸에
대한 견해의 논쟁처럼 만들고 있다.

> "병원에 나의 레프 니꼴라예비치가 있었다. (…) 불멸에 대해 사람들이 이
> 야기했다. (…) 그는 칸트 철학의 취향에서 불멸을 인식한다. 우리 모두(사
> 람과 동물들)는 본원(이성, 사랑)에서 살아갈 것이고, 우리를 위해 비밀을
> 조성하는 본질과 목적이 있다고 생각한다. 나에게 이 본원 혹은 힘은 형체
> 가 없는 아교질의 다수 형태로 나타나고, 나의 자아 ─ 나의 개인성, 나의
> 인식은 이 다수와 하나로 합쳐진다. 그러나 그 같은 불멸은 내게는 불필요

프의 세계관의 문제인 '일반적 관념'과 연결시키고, 다음의 글에서 <지루한 이야기>에
나타난 '일반적 관념'에 대해 언급한다(이에 관해서는 Ермилов В. А. П. Чехов. М.,
1951, С. 150-158 참조).

35) Чехов А. П. Полн. собр. соч. и писем: В 30 т. Соч. Т. 8, М. 1985, С. 126. 원문을
번역 인용하였고, 이어지는 인용문은 인용문 끝의 괄호 속에 권수와 쪽 수만을 표기할
것임.

하고, 나는 그것을 이해하지 못한다."[36]

체호프가 파악한 '본원적 인간'이란 '인식론적 기획' 속에서 파악된 인간이다.[37] 체호프의 인간은 인식론적 위기를 경험하며, 회의하고, 방황하는 인간의 형상이다. 그리고 대부분 어떤 근원적인 문제에 대해 명확한 답을 찾지 못한 채 해결의 과정에 서 있는 인간, 진리 인식의 도정에 선 인간이다. 또한 일상성, 범속성, 속물성에 침윤되기도 하지만, 삶과 죽음, 희망과 절망, 빛과 어둠, 행복과 불행의 경계에서 유동하면서 '삶의 의미'를 찾으려고 하는 인간이기도 하다.

체호프는 이와 같은 인간을 <지루한 이야기>에서도 예외 없이 형상화한다. 체호프는 늙은 교수이자 당대의 석학으로 명성이 독일에까지 알려진 주인공을 개별성과 개성에 기초해서 그의 내면세계를 표출하는 기법을 취한다. 하지만 체호프는 그것을 똘스또이처럼 일반화로 진행시키지는 않는다. 그래서인지 미하일롭스끼(H. K. Михайловский)는 체호프의 주인공이 지나치게 개인주의적이라고 언급했다.[38]

체호프는 분위기와 상황에 따른 개인의 독자적인 인상의 단편(斷片)들이 자유스럽게 노출되는 기법으로 주인공을 드러낸다. 이 기법

---

36) Чудаков А. П. Мир Чехова, С. 301에서 재인용.

37) 체호프의 예술세계에서 인간(주인공)은 주로 이성 혹은 경험을 근거로 해서 세계를 인식하는 경향이 있다(예를 들면 <등불>의 주인공 아나니예프가 그러하고, <결투>의 주인공 라예프스끼가 그러하다. <지루한 이야기>의 주인공 니꼴라이 스쩨빠노비치 또한 예외가 아니다). 그런 맥락에서 '인식론'이라는 용어를 사용했다. '인식론적 기획'이라는 용어 또한 세계와 인간을 지각하고 인식하는(앎을 만들어 가는) 체호프의 주된 '예술적 방법이자 경향'과 결부된다. 인간의 인식이나 지식의 기원, 구조, 방법, 범위를 연구하는 철학이라는 정의를 넘어서 현대에 와서 참으로 광범위하게 다양한 분야에서 사용되는 '인식론'이라는 것을 어떤 특정 철학자의 철학으로 바로 연결해서 이 논문의 내용을 분석하고 이해할 필요는 없다고 본다.

38) Чудаков А. П. Мир Чехова, С. 275에서 재인용.

은 많은 부분에서 똘스또이의 <이반 일리치의 죽음>에 빚지고 있다. 이와 연관해서 '죽음'의 모티브가 녹아있는 외부세계(풍경과 물적 환경, 대상세계)와 주인공 내면의 관념세계가 결합되는 양상을 살펴보자.

> "하늘이 구름으로 덮여 있건 달과 별이 반짝이건 간에, 나는 매번 집으로 돌아오면서 늘 그 하늘을 쳐다보며, 죽음이 곧 나를 잡으러 온다고 생각한다."(7, 291)

위의 풍경은 다음에 나오는 주인공의 내면적 독백(즉 모든 것이 혐오스러운 것이고, 살아가야 하는 이유는 하나도 없고, 이미 살아온 62년은 멸망한 것으로 간주해야 하는 것이다(7, 291))과도 자연스럽게 결합한다. 주인공이자 1인칭 화자는 마차로 묘지 옆을 지나고 숲을 지나 또 들판에 나서지만, 자신에게 흥미를 끄는 것은 아무 것도 없다고 고백한다. 모든 것이 시시하고 귀찮은 것이다. 오직 '죽음'에 대한 생각만이 그의 내면세계를 채색하고 있다.

> "자연은 예전처럼 나에게 참으로 아름답게 여겨졌다—나의 귀에 대고 끊임없이 악마가 이렇게 속삭였다. 소나무, 전나무, 참새, 하늘을 나는 흰 구름 등 이 모든 것은 3, 4개월 지나 내가 죽고 말면, 나의 부재에 대해서는 전혀 알아채지 못할 것이다."(7, 298)

괴테의 <파우스트>에는 주인공을 향한 악마의 속삭임이 있다. 이 작품에서는 주인공을 향한 저승사자의 속삭임이 있다. 주인공은 죽음이 천천히 압박해오는 것 같은 느낌을 토로하고 있는데, 그의 내면적 독백이 이와 상관성을 가진다(오직 죽음의 방문만을 기다리고 있는 나의 최근 몇 달 동안의 생활은 나에겐 전 생애보다도 훨씬 더 긴 것 같이 여겨졌다.

그리고 지금처럼 더디게 흘러가는 시간과는 아무리 노력해도 타협 할 수가 없었 다.(7, 305))

이제는 작품의 '시작'과 '끝' 부분으로 관심을 돌려보자. 작품의 시 작 부분에 나오는 '페시미즘'과 결부된 물적 환경인 대학 건물도 죽음 을 앞둔 늙은 교수의 내면세계를 암시적으로 드러낸다. 나아가서 늙 은 교수의 삶의 의미 찾기와 학문의 의미, 진리인식 문제와도 간접적 으로 관련된다.

> "… 그 다음엔 한 번도 고친 일이 없는 대학의 문이 나타난다. (…) 대저 대학의 건물이 낡아 빠졌다는 것과 그 복도가 우울하기 짝이 없는 것, 떨어 진 벽, 광선이 부족한 것, 계단과 모자걸이와 걸상 등의 음울한 모습 등이 러시아 페시미즘의 역사에서 일련의 원인이 되는 경향 중에 제1의 위치를 점하는 것이다…"(7, 257-258)

작품의 끝 부분에 표현된 '회색'과 연관된 물적 환경(너무 지나치게 회색이 짙어. 어쩐지 회색으로 충만한 도시야.(7, 309))도 작품의 주된 분위기 와 죽음을 앞 둔 주인공의 내면세계와 관련된다. 이처럼 죽음의 모티 브와 결부된 모든 것은 주인공이자 1인칭 화자의 내면적 독백형식에 서 드러나는 관념세계와 긴밀하게 연결되면서, 주변세계를 종전과 다르게 인식하는 매개가 된다. 그리고 이 작품에선 '죽음의 모티브'가 시종일관 모든 것의 주요한 가락이 되고, 주된 분위기를 채색한다.

<지루한 이야기>에서 '죽음의 문제'를 주된 가락으로 삼아, 외부 세계와 결부해서 주인공의 내면세계를 드러내는 이 기법은, <이반 일리치의 죽음>에서 주변사람들 그리고 사물에 반응하면서 죽음을

앞둔 주인공의 심리가 표출되는 기법과 유사하다. 하지간 그 기법에 의해 궁극적으로 드러나는 저자의 의도와 관념세계의 특성은 다르다.

한편 이 작품에서도 <이반 일리치의 죽음>처럼 주인공의 소외가 나타난다. 하지만 이 작품에서는 주인공이 그의 가족(아내와 딸 그리고 사위)을 소외시키기도 하고, 주인공의 가족(아내와 딸)이 주인공과 까쨔를 소외시키기도 한다. 즉 등장인물들이 복잡한 양상으로 서로가 서로를 소외시키고 있다. 하지만 <지루한 이야기>에서 더욱 중요한 것은 주인공의 이름(명성)이 오히려 주인공 자신을 기만하고, 삶으로부터 주인공을 소외시킨다는 점이다.[39]

> "생각하건대 명성이라는 것은 그것을 띄우고 있는 인간과는 별개로 독립해서 오직 존재하기 위해서 만들어진 것과 같다. 지금, 나의 이름은 거리낌 없이 하리꼬프 시내를 돌아다니고 있다. 3개월이 지나면 그것은 황금의 문자로 비석에 새겨져 태양의 그것처럼 빛날 것이다. 그리고 그 때에는 이미 나는 이끼로 덮이고 있을 것이다." (7, 308)

결국 위의 모든 인식들이 6장(결론부분)에서 저자가 말하는 '일반적 관념(общая идея)' 지향의 근본적인 동인(動因)이 된다. 치호프는 '일반적 관념'의 역할에 의의를 부여한다. "그것은 고독, 슬픔, 소외, 죽음의 공포, 질투와 경멸 같은 노예근성의 감정, 무관심으로부터 인간을 구원하는 것"[40]이다. '일반적 관념'은 인간의 개성에 통일성을 부여하고, 주변사람들과 이 개성이 하나로 연결되게 하고, '살아있는 인간의 신이라 명명할 만한 것'이기도 하다[41]. 주인공은 '일반적 관념'에 대

---

39) Линков В. Я. Скептицизм и вера Чехова. М., 1995. С. 59.

40) Там же.

해 이렇게 말한다.

> "(…) 자기 자신을 알려고 하는 열망에도, 일체의 생각, 감정내지는 내가
> 모든 것에 대해 형성한 이해에도, 이러한 모든 것을 하나의 총체(總體)로
> 만드는 무언가 일반적인 것이 없는 것이다. 모든 감정, 모든 생각은 내 속
> 에서 개별적으로 살아 있고, 과학, 연극, 문학, 학생에 대한 나의 판단 속에
> 서 그리고 나의 상상이 그려내는 모든 장면 가운데서는 가장 숙련된 분석
> 가라도 일반적 관념이라든가 살아있는 인간의 신이라고 명명할 만한 것을
> 찾아낼 수는 없을 것이다."(7, 307)

늙은 교수는 까쨔가 더 이상 이렇게 살아갈 수 없다고 하면서, 어
떻게 하면 좋겠냐는 물음에 "나로선 뭐라고 말할 수 없는데…"라고
대답한다. 그리고는 철학자들이 '일반적 관념'이라고 부르는 것이 자
기에게는 없다는 것을 생애의 황혼과 죽음이 임박해서 겨우 깨달았
다고 독백형식으로 말한다. 그리고 까쨔는 지금도, 장래에도 아마 이
것을 모르고 생애를 끝마칠 것이라고 말한다. 그런 의미에서 까쨔는
죽음을 앞 둔 늙은 교수 보다 더 불행한 삶을 산다고 볼 수 있다.

하지만 결말에서의 이러한 언급에도 불구하고, '일반적 관념'이라
는 것과 관련된 저자 체호프의 사상이 명료하게 나타나지는 않는다.
또한 '일반적 관념'이라는 것이 주인공들의 당면한 문제에 대해 해결
의 실마리를 명백하게 마련해 주지도 않는다. 다만 '일반적 관념'이
결여된 삶은 무의미하고 가치가 없다고 하는 사실을 말할 뿐이다. 하
지만 체호프는 '일반적 관념'을 '매개'로 해서 이 중편소설을 읽는 독
자로 하여금 작품의 처음으로 되돌아가게 만든다. 그래서 늙은 학자

---

41) Там же.

의 내면세계에서 일어나는 삶과 죽음에 대한 통찰을 면밀하게 추적하게끔 한다. 나아가서 공감하기 쉽지 않았던 주인공의 사고의 편린들을 독자가 능동적으로 조합해서 이해하도록 유도한다. 이 점이 똘스또이와는 현저히 다른 체호프의 예술적 기법이다.

'작품의 결말을 어떻게 이해하는가'는 <지루한 이야기>를 해석하는 방법뿐만 아니라, 체호프의 사상(관념체계)의 독법(讀法)과도 연관된다. 이것은 결국 체호프가 지향하는 관념의 특성에서 실마리를 찾을 수밖에 없음을 시사하는 것이기도 하다. 체호프는 이 작품의 4장, 5장에서 개개의 인간은 각자가 삶에서 처한 상황이 다르고, 그가 주변사람들 혹은 사물과 맺고 있는 '관계의 양상'이 다를 수 있음을 시사한다. 그리고 6장(결론 부분)에서 체호프는 '일반적 관념'의 필요성을 말하는 한편으로, 삶의 제반 상황을 고려하고, 개개의 인간이 '상관적으로 맺고 있는 모든 것'을 염두에 둘 필요가 있다고 말한다.

> "날이 밝아오기 시작하자, 나는 침대 위에 앉아 양손으로 무릎을 안은 채, 있는 그대로의 나 자신을 알려고 노력했다. '자신을 알라'—이것은 훌륭하고 유용한 충고이긴 하지만, 유감인 것은, 옛 성인은 이 충고를 어떻게 이용할 것인가 하는 그 방법을 제시하지는 못한 것이다. 나는 이전에는 누군가 사람을 이해하려고 하든가, 자신을 알려고 할 경우에는 제반의 조건적 상황의 행위에 주의를 기울이지 않고, 우선 인간의 욕망만을 이해의 대상으로 했다. 네가 바라고 욕망 하는 것을 말하라, 그러면 네가 누구인지 나는 말하겠다, 하는 식이었다." (7, 306-307)

이와 관련하여, 4장에 슬며시 들어가 있는 주인공 니꼴라이 스쩨빠노비치의 독백을 들어보면, 체호프 사상의 핵을 읽어낼 수 있다.

"'일하라', '자신의 소유물을 가난한 이들에게 나눠 주라' 혹은 '자기 자신을 알라' 하는 말을 내뱉기는 쉽다. 말을 하기 쉽기 때문에 나는 대답할 말을 모르는 것이다. 나의 동료인 내과 의사들은 치료법을 가르칠 때, '각각의 개인적인 경우는 개별화해서 취급한다'고 하는 치료방법을 권장한다. 우리들은 이 충고에 따라 일반적으로 최선의 것, 최적의 것으로 교과서에 소개되고 있는 틀에 박힌 치료법이, 개별적인 경우에는, 완전히 부적합하다는 것을 인정하지 않으면 안 된다."(7, 298)

이것이 바로 개별성에 기초하는 체호프의 사상이다. 문학에서 체호프의 '각각의 개인적인 경우들의 개별화'는 의학에서 자하린 학파의 의술, 치료법을 연상시킨다.[42] <지루한 이야기>에서는 직접적으로 이와 관련된 언급이 주인공의 내면적 독백형식으로 표현되고 있다. 의학에서 인간 개개인의 체질, 몸의 상태를 고려해 처방을 하듯이, 체호프는 어떤 문제에 대해 인간 개성을 고려하고, 다른 상황에서 다른 방식으로 제기되는 개별적 인간의 물음을 계산에 넣기를 강조하면서, 일반화된 대답을 내놓기를 꺼려한다. 이것이 똘스또이의 <이반 일리치의 죽음>의 일반화된 종교적-추상적 결론에 대한 '체호프 식의 보완'이자 그가 제기하는 논쟁의 요체라고 할 수 있다. 여기에 바로 체호프 사상과 <지루한 이야기>의 독자성이 존재한다. 우리는 체호프의 작품이 '똘스또이의 모방 혹은 아류'라는 굴레를 벗어 던지는 창조적 근거를 바로 여기서 찾을 수 있는 것이다.

이 작품을 쓰는 당시 체호프는 똘스또이의 <이반 일리이치의 죽음>이라는 작품과 거기에 반영된 똘스또이 사상의 궤도에서 맴돌았

---

42) См. : Катаев В. Б. Проза Чехова: Проблемы интерпретации, С. 87-97; Чудаков А. П. Мир Чехова, С. 357.

음에 틀림없다. 하지만 체호프는 결말의 어디에서도 똘스또이처럼 명백한 저자의 목소리로 '일반화된 관념' 혹은 '문제의 해답'을 직접적으로 표출하지는 않는다. 체호프는 개별성에 기초하는 일반적 관념을 지향하고, 갈망한다. 그러나 체호프는 '개별성에 기초한 일반화' 지향의 절정에서 배태(胚胎)되려고 하는 그 일반화를 다시 개별화시키려고 한다. 그러한 운동의 과정이 체호프 예술세계의 역동성을 드러내고, 운동의 시학과 과정의 시학을 만들어내는 것이다. 이처럼 체호프의 '개별성에 기초한 일반화' 지향에는 '단순함에 깃 든 복잡성(сложность простоты)'이 내밀하게 녹아 있다.[43]

보다 분명한 사실은 까쨔의 물음에 대한 니꼴라이 스쩨파노비치의 대답을 통하여, 체호프는 '어떻게 살아야 되는가?'라는 질문에 '이기심을 버리고, 사랑하며 살아라'라는 식의 일반화된 대답을 거부한다는 것이다. 결국 체호프 식의 이러한 지향이 다시 '관념의 운동'을 촉발시키면서, 후기 작품세계에서 변주되고, 변용 된다. 나아가서 이것이 '무언가 생각하게 하는 물음'과 화학작용을 일으키면서 결말에서 '문제가 해결되지 않는 양상'으로 비춰지고, 더 나아가서 열린 체계를 낳는 시원(始原)이 된다.

체호프 예술세계의 중요한 명제인 '문제의 올바른 방향설정' 또한 진리 인식에 있어서 '각각의 개인적인 경우들의 개별화'를 염두에 둔다. 체호프는 '일반적인 것'과 '보편적인 것'의 중요성과 당위성을 부정하지 않으면서도, 개별적이고 단일한 개성의 프리즘을 통해서 '일반적인 문제들'을 심화시켜 바라보려고 노력했다.[44] 따라서 체호프

---

43) Катаев В. Б. Литературные связи Чехова, С. 84.
44) Там же. С. 82.

는 일반화를 거부하지는 않지만, 일반화를 통해 나타나기 쉬운 단순
하게 반복되는 도식적 결론보다는 개별적 사안과 경우에 맞는 구체
적 대안을 늘 고려했다. 그래서인지 단순하고 명쾌한 결론을 제시하
지는 못했다. 따라서 그의 작품의 결론 부분에서는 늘 무언가 생각하
게 하는 여운, 여백이 뒤따른다. 이것은 독자 스스로가 이 '여운'과
'여백'을 적극적으로 음미하고, 더 나아가서는 그것을 채워서 작품을
온전히 완성해 주길 기대하는 체호프의 의도 때문이다.[45] 그리고 이
모든 것은 늘 구조 - 미학적 차원에서 텍스트의 열린 체계, 미완결성
의 구조, 서술 구조의 개방성과 관련된다. 이와 관련하여 혹자는 체호
프가 시대의 문제와 인간의 보편적인 문제에 대해 똘스또이와 같은
명쾌한 해답이 없기 때문에, '무언가 숨겨져 있는 것 같은 느낌'을 독
자로 하여금 갖게 만들면서, '애매성'만 양산한다고 비판하기도 한다.
하지만 우리는 체호프의 일관된 진정한 의도를 그의 후기 작품세계
의 모든 과정을 통해 확인할 수가 있다.[46]

　　<지루한 이야기>는 '지루한' 이야기일 수도 있지만, 체호프의 사
상을 해독하는 기술을 가지고 있으면 결코 지루하지만은 않다. "러시
아의 파우스트"[47]라고 명명할 수 있는 석학 니꼴라이 스쩨빠노비치

---

45) 체호프의 '여백'은 우리를 '개성적이고 개별화된 인식론적 사유'로 이끈다. 그 여백은
　　단순한 여백이 아니라, 우리를 열린 인식의 지평으로, 모든 인간과 자연과의 교감으로
　　인도한다. 그래서 체호프의 서술은 '여백이 없는 가득 채움'을 견디지 못한다. 그래서
　　시작도 끝도 없는 단편(斷片)의 삶을 가능하면 '있는 그대로' 보여주는 그에게 똘스또이
　　의 의도와 인식의 지향점은 생경한 것이 된다.
46) 1888년 이후의 작품들인 <등불>, <결투>, <검은 수사>, <다락이 있는 집>, <나의
　　삶>, <개를 데리고 다니는 부인>, <약혼녀> 등을 통해 이를 읽어낼 수 있다.
47) 까따예프는 "<지루한 이야기> : 러시아의 파우스트"란 제목으로 <지루한 이야기>를
　　분석하고 있다. 여기서 우선 그는 괴테의 파우스트와 체호프의 주인공을 비교 분석한다.
　　그리고 거기서 나온 '파우스트적 상황'을 통해 '진리 탐색의 도정'에 서 있는 인간의 운명

는 이성의 논리와 방식으로 죽음 자체와 맞대면한다. 그리고 그는 '내 면적 독백형식'으로 삶과 죽음의 경계 혹은 그 언저리를 서성거리고, 배회하며, '체호프 식의 인상기'를 산출해 내었다. 그의 내면적 독백은 자동화되고 석화(石化)된 일상적인 삶의 주름과 단층을 잡아내려는 체호프의 의도를 충실히 반영하고 있다. 니꼴라이 스쩨빠노비치도 '무엇을 찾는 동안 인간은 방황하기 마련이다'라는 측면에서 보면, 일 반적인 삶을 사는 보편적인 인간의 형상을 구현하고 있다. 체호프는 이러한 주인공을 통해 우리에게 '무엇인가를 찾아서 방황하는 파우 스트적 삶'을 분명하게 보여준다. 나아가서 체호프는 소크라테스식의 아포리즘을 변형("나로선 뭐라고 말할 수 없는데…")하면서 삶 자체와 직 접 맞닥뜨려, '몸소 경험하고 음미하는 삶'을 살아가라고 항변하고 있 다. 이 과정이 종국에는 '관념 – 물음'이라는 체호프 식의 화두를 작품 에서 구현하는 것이 된다.

<지루한 이야기>는 '일상의 지형'에 스며있는 죽음의 그림자를 통 과하는 관념들이 때로는 '모순된 담론'을 양산하기도 하지만[48], 근본 적으로는 그것들이 서로 이웃하고, '공존'한다. 이것은 삶의 형태와 방식이 또한 그러하다는 체호프의 관념을 반영하는 것이기도 하다. '삶과 죽음에 대한 체호프 식의 인상기'라고 부를만한 이 작품은 그런 차원에서 음미할 가치가 있고, 곱씹을 가치가 있는 작품이다.

을 말한다. 그리고 체호프 예술세계(<등불>, <결투>, <검은 수사>, <나의 삶>, <갈매 기>)에 각인된 '인간 정신의 탐색과 의미'를 언급한다 (Катаев В. Б. Литературные связи Чехова, C. 87-98 참조).

48) 주인공은 4장, 5장, 6장의 곳곳에서 어떤 문제에 대해 개별적인 인간 개성의 복잡성을 고려하고, 다른 상황에서 다른 방식으로 제기되는 개별적 인간의 물음을 계산에 넣기를 강조하는 말과 관념을 드러내다가, 6장의 후반부에서는 '일반적 관념'의 부재로 고통받 는 상황을 드러내는 '모순'을 보여준다.

3.

체호프의 <지루한 이야기>에서 나타나는 개별적이고 개성적인 주인공의 형상과 그의 관념이 창출하는 효과는 똘스또이의 <이반 일리치의 죽음>에서의 그것들과는 다른 특성을 지닌다. 이것은 <지루한 이야기>가 독자로 하여금 다양한 사고와 의미를 산출하게끔 만든다는 것과 연결된다. 본론에서 고찰했듯이 <이반 일리치의 죽음>에서는 똘스또이가 의도하는 목적론적이고 단선적인 체계가 드러나면서, 의미론적 차원에서나 구조 - 미학적 차원에서도 텍스트의 완결성이 나타난다.

똘스또이는 '개별화'에 기초해서 인간의 보편적인 특성을 탐구한 후, 그것을 '일반화'하고자 하는 목적론적 지향이 우세하다. 반면에 체호프는 구체적인 상황에서 '본원적 인간'을 이해하려는 지향이 강하다. 그래서 <지루한 이야기>에 나타나는 주인공의 문제는 '보편적 인간의 문제'로 확산시키기에는(일반화로 나아가기에는) 너무 '개인적인 것'으로 간주된다.49)

체호프는 '똘스또이적인 에피소드'와 관련된 작품들을 양산하며 '똘스또이의 궤도'에 머무는 한편으로, 그 궤도에서 늘 일탈을 꿈꾸다가 마침내 일탈을 감행하고 만다. 그런 의미에서 <지루한 이야기>와 <이반 일리치의 죽음>에 드러나는 저자 관념의 특성과 주요한 등장인물의 특성을 비교하는 일은 중요하다. 이것은 우리에게 체호프가 어떠한 방식으로 똘스또이의 궤도에서 일탈을 감행하는가, 그리고

---

49) 가장 명료한 예로 체호프의 <지루한 이야기>의 주인공이 죽음에 임박해서 드러내는 삶의 지루함은 바이런이 고(苦)를 세계고(世界苦)로 확장하고, 확산하고 있는 것과는 다른 양상이다.(이에 관해서는 Ермилов В. А. П. Чехов, С. 156 참조)

어떤 예술적 방법을 통해 그것을 표출하는가를 잘 보여준다. 이 같은 사실을 통해 <지루한 이야기>가 <이반 일리치의 죽음>의 단순한 모방 혹은 아류라는 기존의 주된 평가에 대해, 미진하지만 나름의 대답을 했다고 여겨진다.

우리는 <이반 일리치의 죽음>과 <지루한 이야기>에 나타난 삶과 죽음의 문제를 '일반화'와 '개별화'라는 예술적 방법을 통해 비교, 분석해 보았다. 아울러 이 연구의 근본적인 목적은 아니었지만, 희미하게나마 일반화와 개별화의 상보적 관계에까지 생각이 미칠 수 있었다. 이 생각이야말로 19세기 러시아 문학에서 똘스또이와 체호프의 관계까지도 가늠하는 지표라고 여겨진다.

2장
롯실드의 바이올린

"삶은 값없이, 그저 헛되이 사라져 버렸다"

1.

체호프 후기 작품세계의 특성이 잘 드러난 이 작품에서는 주인공이 자신의 삶의 소시민성, 범속성을 직시하게 되는 과정과 죽음을 매개로 해서 자기성찰을 행하게 되는 과정이 나타나 있다. 그리고 일상적 삶의 세계에서의 불화(부조화) 상태로부터 죽음을 통해 삶과의 화해(조화)의 단계로 나아가는 주인공의 '자아의 양상'이 그려져 있다. 이를 근거로 해서 결론에서는 삶과 죽음, 빛과 어둠, 희망과 절망, 무거움과 가벼움, 성(聖)과 속(俗), 보이는 것과 보이지 않는 것 사이에서 끝없이 뒤척이고 서성거리는 주인공의 '자아의 양상'의 진정한 의미를 정리하고자 한다.

2.

<롯실드의 바이올린>에서 주인공 야꼬프는 주위에서 일어나는 모든 일들에 대해 그리고 자신이 목도하는 사물들과 대상들에 대해 늘 '이익과 손실'을 따지는 인물이다. 그는 죽은 이를 위해 관을 짜는 일을 한다[1]. 따라서 타인의 죽음을 항상 목도하면서 한 번쯤이라도 인간의 '삶과 죽음'에 대해 생각해보고, 자기성찰의 계기를 마련할 수도 있는 상황에 있다.[2] 하지만 그의 머릿속은 늘 삶에서 생겨나는 '물질적 이익과 손실'에 대한 생각뿐이다. 심지어 평생을 함께 살며 자신을 위해 헌신하던 아내가 죽었을 때조차도, 장부에다 "마리야 이바노브나 관 값 —2루블 40꼬뻬이까"(8, 301)라고 기입하고는 장례식에 돈을 거의 쓰지 않았다는 사실에만 만족하면서 집으로 돌아오는 인물이다.

하지만 바로 아내가 죽은 그 날 슬픔이 밀려든다. 자신의 삶을 되돌아보고는 삶 전체가 상실되었다는 생각에 빠져든다.

> "앞길에는 이미 아무 것도 남아있지 않았고, 뒤를 돌아다보아도 거기엔 손실과 몸서리치게 하는 그 어떤 무서운 것 외에는 아무 것도 없었다. 그런데 왜 사람은 이 같은 상실과 손실 없이는 살아갈 수가 없단 말인가? 물어보자. 왜 사람들은 이런 자작나무와 소나무 숲을 죄다 베어 버렸는가? 왜 목장은 황폐하게 버려졌는가? 왜 사람들은 항상 필요치 않은 바로 그런

---

1) 한 연구가는 관을 짜는 야꼬프의 세계와 바이올린을 켜는 야꼬프의 세계를 교차시키면서, 이 작품을 독특하게 해석한다.(Вольф Шмид, Проза как поэзия. Л., 1998, С. 228-234)

2) 이에 관해서는 Радислав Лапушин, Не постигаемое бытие… : Опыт прочтения А. П. Чехова, Минск. 1998, С. 64-71 참조할 것.

일을 하고 있는가? 왜 야꼬프는 일생동안 싸우고, 으르렁대고, 주먹을 쥐고
달려들고, 자기 아내를 모욕했던가? 물어 보자. 어째서, 어떤 이유로 좀
전에 유태인을 놀라게 하고 모욕했는가? 왜 사람들은 서로가 서로의 생활
을 방해하는가? 이것 때문에 생기는 손실은 어떠한가! 참으로 무서운 손실
이다! 만일 적의와 악의만 없었던들, 사람들은 서로에게 큰 이익을 주었을
것이다."(8, 303-304)

자신이 서 있는 '지금 그리고 여기'의 시점에서 과거를 돌아 봐도,
미래를 쳐다봐도 아무 것도 남아 있지 않다고 느낄 때 '자아상실의
감정'은 '물질적 이익과 손실'과는 비교가 되지 않는 것이다. 체호프는
야꼬프의 자아를 통해 우리 모두에게 '왜 너는 항상 필요치 않은 바로
그런 일 따위를 하고 있는가?' 라고 되묻고 있다. 그 다음엔 '삶의 의
미'를 찾지 못하고, 어디로 가야 하는지 '삶의 방향성'을 잃어버린 채,
무조건 '물질적 이익과 손실'만을 생각하며 달려온 야꼬프의 자아의
문제를 나와 너의 자아의 문제로 환치시키고 있다.

작품의 결말 부분에서 체호프는 끊임없는 자기성찰과 자아각성을
통해 '음미하는 삶'을 살기를 요구하는 자신의 메시지를 우리에게 넌
지시 던져준다.

"죽는다는 것은 슬픈 일이 아니었다. 그러나 집에서 바이올린을 보자마자
그의 심장은 조여들고, 마음은 슬퍼졌다. 바이올린을 무덤 속까지 가지고
갈 수는 없는 일이다. 결국 이제 바이올린은 홀로 남겨져, 어린 자작나무와
소나무 숲이 당한 것과 같은 그런 처지에 빠지게 될 것이다. 이 세상에서
모든 것은 덧없이 사라졌고, 또 사라질 것이다! 야꼬프는 바이올린을 가슴
에 품고 농가에서 나와 문턱에 걸터앉았다. 그는 이미 사라진, 손실로 가득
찬 삶을 회상하면서, 자신도 무엇을 켜는지 모르게 바이올린을 연주하기

시작했다. 점점 애처롭고 감동적인 선율이 흘러나왔다. 두 뺨을 따라 눈물
이 흘려 내렸다. 그가 곰곰이 생각에 잠기면 잠길수록, 바이올린은 점점
더 구슬프게 울리는 것이었다." (8, 304)

야꼬프는 손실로 가득 찬 삶을 회상하면서 무아지경에서 바이올린
을 연주하며 눈물을 흘리는 습관이 생겨났다. 그것이 그의 불행한 영
혼을 정화시키면서 참회를 하게끔 한다. 그리고 신부에게 유태인 롯
실드에게 자신의 바이올린을 선물로 주라고 한다. 이 과정이야말로
자기성찰을 통해 그의 자아가 '순수한 원래의 자아'로 새롭게 태어나
는 과정이라고 말할 수 있다.

한편 야꼬프의 바이올린을 선물로 받은 롯실드는 자신의 플루트를
버리고 이제는 바이올린만 켠다. 야꼬프의 순수한 자아가 실린 바로
그 바이올린을 켤 때면 "상인과 관리들은 서로 앞 다투어 롯실드를
자기네 집으로 초청하여 열 번도 더 연주하게 하였다."(8, 305)

소유와 욕망의 무한시대를 사는 강퍅하고 황폐해진 자아를 위무
(威武)해 주려는 체호프의 의도와 관련된 위 장면들은 우리에게 '적극
적인 여백'과 '자극적인 공백'을 남긴다.

3.

체호프는 자신의 후기작품세계를 통해 '참된 삶'을 갈망하는 주인
공들(<문학 선생>의 니끼찐, <롯실드의 바이올린>의 야꼬프 브론자, <이오늬
치>의 초기의 이오늬치(스파르쩨프), <결투>의 라예프스끼)의 '자아의 양상'
을 형상화했다. 이와 더불어 각각 다른 입장을 가진 주인공들 사이에

서 표출되는 '자아의 징후들'을 조금씩 다른 양상으로 표출하기도 했
다. 이렇게 주인공의 (내면)세계에서 다양하게 변주되는 '자아의 양상'
을 통해, 체호프의 관념은 '세계와 인간에 대한 수수께끼와 같은 물음'
에 대해 하나의 의미로만 귀결되지 않는 '대답의 과정'을 보여주고자
했다. 그 속에는 작가의 필연성(끝없는 '자기성찰의 과정')이 녹아 있다.

　한편 체호프는 독자들에게 어떤 관념이나 이상, 사상도 일상적 삶
의 세계의 실제적인 작업에 토대를 세우지 않고서는, 구체적인 삶의
올바른 방향성을 제시하지 못함을 역설한다3). 주인공의 (내면)세계에
나타난 '일상적 삶의 세계와 자아의 갈등'이라는 문제도 이 연장선상
에서 해석된다. 그리고 환상이나 허위, 미몽에서 깨어나 삶의 현실을
직시하는 인간(주인공)의 자아를 계속 변주해서 보여주는 것도 이와
관련된다. 그래서 체호프는 관념과 이상으로부터 현실과 실재의 거
리를 단축시키고자 하는 의도를 자신의 주인공의 자아를 통해 일관
되게 형상화하고 있다. 즉 일상적 삶의 세계(혹은 생활세계)와 관계 맺
고 있는 주인공과 그 주인공 자아의 능동적 파악작용으로 표현하고
있는 것이다.

　주인공의 (내면)세계에 나타난 '자아의 양상'을 통해 묘사된 인간(주
인공) - 삶(현실) - 관념의 상호관계는 체호프의 개성과 예술적 기질을
잘 드러내 보여준다. 예술가인 "체호프는 조화에 기울어지고, 끝까지
조화를 믿기를 극도로 강하게 원해서 '단순한 사과처럼 세계를 손아
귀에 쥐기를' 원했다. 그러나 그의 사색가·자연과학자로서 '흔들리

---

3) 체호프의 예술 세계에서 "어떠한 움직임이 없는, 수정을 허용하지 않는 관념은 진리로
　될 수 없다"(추다꼬프, 『체호프와 그의 시대』(『체호프의 세계』개정판), 415쪽). 그리고
　이러한 "관념의 내용이 인간을 구원할 수는 없다"(같은 책, 416쪽).

지 않는' 정직과 진정성은 현실의 부조화에 눈을 감을 수가 없었다."[4] 따라서 체호프의 개성이 녹아있는 주인공의 (내면)세계는 '포착하기 어려운 복잡성', '모순의 극한적 긴장' 그리고 '대립하는 힘들의 운동과 충돌'을 자장(磁場)으로 가진 세계이다. 체호프의 주인공은 그 자장 속에서 미세한 떨림을 계속하는 바늘과 같다. 앞으로 고찰될 <결투>, <문학선생>, <큰 발로쟈와 작은 발로쟈> 등을 통해 우리는 그 자장 속 바늘의 미세한 떨림(자아의 각성과 운동)을 감지하면서 자기 자신의 '내면적 울림'에 귀 기울이고, 그것을 '외부적 반향'으로까지 확산시킬 수 있다.

---

4) 추다꼬프, 『체호프와 그의 시대』(『체호프의 세계』개정판), 469쪽.

3장
주교

"다음 날은 부활절이었다"

1.

　체호프의 후기 작품세계(<지루한 이야기>(1889), <결투>(1891), <롯실드의 바이올린>(1894), <신학생>(1894), <주교>(1902)) 에서는 삶과 죽음의 경계에 선 주인공들의 '기억'과 '깨달음', '자기성찰'과 '각성'이 주제적 차원에서 그리고 구조 - 의미론적 차원에서 중요한 역할을 한다.[1] '기억하느냐 - 기억하지 않느냐'의 문제는 체호프의 주인공들에게 있어 기억 찾기 혹은 망각, 그 이상의 차원이다. 이것은 '영혼의 깨우침으로 사느냐 - 영혼의 미몽으로 사느냐'와 동일한 차원의 문제이다. 한 걸음 더 나아간다면, 이 문제는 셰익스피어 희곡의 주인공이 읊조리는 '사느냐(존재하느냐) - 죽느냐(존재하지 않느냐)'라는 절박한 문제로 귀착된다.[2]

---

[1] Daria Kirjanov, *The Poetics of Memory in the Stories of Anton Chekhov,* Yale Univ., 1996, 1-250쪽.

위 작품들의 연대순 배열은 공교롭게도 주인공들이 '기억을 통한 깨달음', '자기성찰을 통한 각성'으로 자기 자신과 타인에 대한 불만족을 점진적으로 극복해 나가는 것과 상관성이 있다.[3] 또한 개별성을 지닌 주인공의 자아가 '일반적 관념'에 천천히 스며들게 되는 과정, 죽음[4]에서 부활[5]로 나아가는 도정, 영원성을 자각하는 여정과 연관된다.

위에서 언급한 작품들에서는 주인공이 자신에게 '삶이란, 삶의 의미란 무엇인가?', '내가 있어야 할 삶의 자리는 어디인가?'를 묻고 있다. 특히 <지루한 이야기>와 <주교>에서는 이 물음들과 함께 '죽음을 어떻게 받아들여야 하는가?'라는 문제를 절박하게 제기하고 있다. 체호프는 <지루한 이야기>를 구상하고 집필할 즈음에 제기했던 그 문제들을 15년가량이나 품고 지내다가, 자신 역시 죽음의 그림자를 순간순간 눈앞에서 느낄 즈음에 <주교>를 통해 다시 끄집어내고 있다[6]. <지루한 이야기>와 <주교>에서 주인공은 죽음에 임박해서

---

2) З. Паперный, *Записные книжки Чехова* М. 1976, С. 184.

3) 체호프의 후기 작품세계에서는 '*인간 영혼의 이야기— 정신의 드라마*'가 확장되고, 확산되는 것을 드러내는 다수의 작품들이 있다. 이러한 작품들은 후기 체호프의 주요한 관념들("Не больше так жить… 더 이상 이렇게 살수는 없어요…", "Главное—переврнуть жизнь, а все остальное не нужно. 중요한 건 삶을 바꾸는 거지요, 그 나머지는 아무것도 필요하지 않아요.")과 맞물리면서 울림과 반향을 낳는다.

4) 우리는 동서고금의 작품들을 통해 그리고 작가나 비평가의 언급을 통해 '죽음을 통한 삶의 주제화'와 '생과 사의 등가성(삶과 죽음은 한 가지에서 핀 꽃)'의 문제를 읽어낼 수 있다. 하지만 거기서 일반화된 추상성을 걷어내는 의미 있는 작업은 개개의 작품이 갖는 개별적인 특성과 독자의 개인적인 경험과 상황에 따라 달라질 수 있다.

5) '부활'이란 무엇인가? 부활한다는 것은 깨어나다, 죽은 자들 가운데서 다시 일어나다, 생명을 되찾다, 살아 있다는 뜻이다(다니엘 푸이유 외(外), 『성서문화사전』, 김애련 역, 서울 : 솔, 2001, 221쪽 참조).

6) 1901년 3월 16일자 편지에서 체호프는 올가 끄니뻬르에게 다음과 같이 말했다 : "<주교>라는 제목으로 지금 단편을 쓰고 있소. 슈제뜨는 이미 15년가량이나 내 머릿속에

자주 과거를 회상한다. 그리고 현재에 처한 상황으로 인해 혼자말로 불만을 토로하기도 하고, 주위 사람들로부터 고립되어 있다는 느낌 때문에 소외감에 사로잡혀 있다. 또한 이 두 작품에서 주인공은 건강을 잃고, 진정한 영혼의 자유를 상실한 채, 직업(직분)이 주는 의무감에 눌려서 불면증에 시달리면서 살고 있다. 특히 <주교>에서 주인공의 형상은 죽음과 고투하던 말년의 체호프의 육체와 정신 상태를 반영하고 있다고 볼 수 있다.

　체호프는 죽음 앞에 선 인간의 어쩔 수 없음, 무기력과 침체를 대화적 독백으로 드러내기도 하고(<지루한 이야기>), 나중에 가서는 깨달음을 통해 정신적으로 새롭게 태어나는 주인공의 내면세계를 보여주기도 한다(<결투>, <롯실드의 바이올린>, <신학생>, <주교>). 특히 <결투>에서는 19장에서부터 21장에 걸쳐 죽음의 문턱까지 다다랐던 주인공이 삶의 어두움을 지나 빛을 발견하는 상황을 집중적으로 묘사하고 있다.[7] 그 빛은 소멸과 죽음의 영역에서 생명과 부활의 영역으

　맴돌던 것이라오."(А. П. Чехов Полн. собр. соч. и писем: В 30 т. Соч. Т. 10, М. 1986, С. 454. 원문을 번역 인용하였고, 이어지는 인용문은 인용문 끝의 괄호 속에 권수와 쪽 수만을 표기할 것임). 체호프 연구가들은 <주교>의 슈제트가 발생한 시기를 대략 1887-1889년경으로 간주한다. 체호프의 세계를 '대화의 문제'로 접근하는 А. 스쩨빠노프는 접촉/소외의 차원에서 <주교>와 유사한 <티푸스>가 1887년에 집필되었다고 밝히면서, 그 해에 이미 체호프가 <주교>를 구상했다고 쓰고 있다(А. Д. Степанов, *Проблемы коммуникации у Чехова* М. 2005, С. 347). 한편으로 1887-1889년, 이 시기는 체호프가 <지루한 이야기>를 구상하고 집필하던 시기와 일정 부분 겹쳐진다고 볼 수 있다. 그래서 대략 15년 정도의 간격을 두고 주제적 차원에서 동일한 문제를 풀어 낸 두 작품의 유사점과 차이점에 더욱 더 주목하게 된다.

7) <결투>의 19장 첫 부분에서는 라예프스끼의 운명과 앞으로 그의 삶의 변화를 예시하는 풍경이 등장한다. 주인공의 자아가 일상적 삶의 세계와 화해(조화)로 나아가면서, 갱생과 부활의 삶을 영위하게 됨을 암시하는 풍경이 묘사되고 있다 : "동쪽 산마루로부터 두 줄기 녹색 빛이 뻗쳐 나왔는데, 이것은 실제로 정말 아름다웠다. 해가 떠오르고 있다"(7, 443). 인용문에 묘사된 "두 줄기 녹색 빛"은 '이상의 세계로 이어지는 실재의

로 이동하는 주인공의 영혼과 포개진다. 이것은 때로는 고독과 자기 중심주의에 인간미를 부여하는 것으로 발화되기도 한다. 한편 새롭게 태어나려는 주인공은 사회적 신분의 무거움으로부터 소박한 삶의 경쾌함으로 이동하고자 노력한다. <결투>와 <주교>에서 주인공들은 그들을 짓누르는 사회적 신분과 종교적 책무로부터 벗어나 새처럼 자유롭기를 갈망한다. '소박한 인간'으로 돌아가 자유로운 인간관계를 회복하고자 한다.

<신학생>과 <주교>에서 체호프는 독자로 하여금 그리스도에 대해, 인간의 역사(인간의 과거, 현재, 미래)에 대해, 삶의 의미에 대해 생각하게끔 한다. 부활절과 관련된 소설(пасхальный рассказ)로 분류되는 이 작품들에서는 그리스도의 죽음과 부활을 배경으로 해서 러시아 민중의 믿음과 러시아 정교에 대한 보편적 정서와 희망을 表現하고 있다.[8] 그리스도의 부활, 그것은 지상의 삶으로 돌아온 것이 아니라 영원히 죽지 않는 삶으로 건너간 것이다.[9] "부활절 역시 하나의 건너

빛'이자 '현실과 관념이 서로 되비추며 화해(조화)의 세계로 나아가는 동선(動線)'처럼 여겨진다. 이러한 묘사가 자아의 갱생과 부활을 희구하면서, 삶의 진정한 의미를 찾는 체호프의 주인공의 내면세계를 상징적으로 묘사하고 있다. 나아가서 최종의 한 줄기 효과적인 가는 선으로 체호프의 관념(идея), 이상(идеал), 사상 (идеология)을 표명하고 있다.

8) В. Н. Захаров, "пасхальный рассказ как жанр русскойлитературы", *Евангельский текст в русской литературе.* Петрозаволск, 1994, С.260.

9) 그리스도의 부활에 대한 신앙은 그리스도교의 기둥이다. 예수의 제자들은 매년 유대인의 과월절(히브리인들이 모세의 인도로 종살이에서 해방되어 이집트에서 탈출한 것을 기념)이 들어있는 주일의 첫 날(일요일)에 예수가 정해준대로 빵을 나눔으로써 그의 부활을 기념했다. 부활절의 전례 예식은 예수 생애의 마지막 순간에 대한 추억을 포함하고 있다. 성목요일의 예식은 예수가 제자들과 함께 나누었던 최후의 만찬과 성찬례의 제정을 기념한다. 성금요일은 예수의 십자가상의 죽음과 무덤에 묻힘을 기념한다. 그리고 성 토요일 밤과 부활절인 일요일에는 예수의 부활을 기념한다(다니엘 푸이유 외(外), 『성서문화사전』, 223~225쪽 참조). 그리스도의 부활에 대해서는 다음의 자료를 참조할

감(파스카)이다. 예수는 죽음에서 삶으로 건너감으로써 하나님과 더불
어 죽음에서 삶으로 건너가는 그리스도인의 건너감의 예시가 되고
있다."10) 이 건너감은 <신학생>의 결말에서 주인공이 나룻배를 타고
강을 건너가는 행위와 결부해서 해석될 수 있다11).

복음서의 슈제뜨(евангельский сюжет)는 <신학생>과 <주교>에
공통적으로 나타난다. 사도 베드로의 슈제뜨(сюжет апостола Петра)가
작품의 주제와 구성에 깊이 관여 한다는 뜻이다.12) <신학생>에서
는 베드로가 예수를 3번 부인한 성서 이야기가 '이야기 속의 이야기'
형식으로 삽입되어 있다. 신학생 이반이 '이야기 속의 이야기'의 주인
공인 베드로에게 인간적으로 공감하는 단계와 거기서 생겨난 그 공
감의 정서가 현재와 미래로 확장되는 과정이 중요하게 묘사되고 있
다.13) <주교>에서는 사도 베드로의 슈제뜨(сюжет апостола Петра)가

것 : Ю. Ю. Булычев, *Православие : Словарь неофита* СПб., 2004, С. 74-76. <신학
생>과 <주교>에서는 그리스도의 부활과 관련된 시간의 흐름이 주제적 차원과 구성
적 차원에서 나타나고 있다.

10) 다니엘 푸이유 외(外), 『성서문화사전』, 225쪽.

11) "나룻배로 강을 건너고, 그 다음에 언덕을 오르면서, 그의 고향 마을과 그리고 차가운
보랏빛 일몰이 폭 좁은 빛줄기를 놓아둔 서쪽을 바라보았을 때, 그는 동산과 대제사장
의 뜰에서 인간의 삶을 인도했던 진리와 아름다움은 오늘까지 끊임없이 계속되어 왔고,
지상에서의 인간 생활에서 가장 주요한 것이었다고 생각했다…" (8, 309). 신학생이 나
룻배로 강을 건너는 행위는 과거의 어두운 세계에서 미래의 밝고 새로운 세계로 이행하
는 과정을 상징적으로 드러낸 것으로 해석 할 수 있다 <신학생>의 구성상 첫 번째
부분에서 드러난 주인공의 절망적 세계인식을 규정했던 자연, 일상생활의 상태, 역사가
주인공의 내면(정신적)세계와 외부(물적, 육체적)세계를 단절시키고, 불화(不和), 부조
화(不調和)를 낳게 했다면, 여기에서는 주인공 내면세계가 외부세계(자연, 역사)와 부조
화에서 조화로, 불화에서 화해로 나아간다. 이 변화 역시 종국에는 자아의 갱생과 부활
을 희구하면서, 진리와 아름다움을 찾는 주인공의 내면세계와 결부된다.

12) Т.А.Шеховцова, "Сюжет апостола Петра в прозе А. П. Чехова и И. А. Бунина
" *Чеховские чтения в Ялте : Чехов и XX век*(Выпуск 9). М., 1997,С. 17-21.

13) Там же.С. 17-19.

작품에 직접적으로 드러나 있지는 않고 배경으로 작용하고 있다(주교의 교회에서의 이름이 뾰뜨르(베드로)이고, 세상에서의 이름이 빠벨이다.)[14] 그런데 체호프의 <신학생>과 <주교>에 나타난 종교적 - 성서적 모티브를 체호프의 종교성에 대한 증거로 해석하는 것도 가능하지만[15], 깨달음을 얻은 주인공(자아)의 변화를 보여주기 위한 극적 장치 혹은 '*인간 영혼의 이야기 - 정신의 드라마*'를 드러내기 위한 문학적 기법으로 해석하는 것도 가능하다.[16]

체호프에 의해 고안된 주인공은 보편적이면서 동시에 개별적인 인간의 정신적 - 심리적 현상의 반영이다. 체호프는 평범하고 범용한 주인공을 즐겨 묘사한다.[17] 지식인이라도, 높은 종교적 지위를 가졌다 하더라도 체호프에겐 '삶과 죽음의 경계에 서 있는 범용한 인간'일 뿐이다. 그런데 체호프는 평범하고 범용한 주인공 개개인이 처한 상

---

14) Там же.С. 19.

15) В. Н. Захаров, ″пасхальный рассказ как жанр русскойлитературы″, С. 249-261 ; Т. А. Шеховцова, ″Сюжет апостола Петра в прозе А. П. Чехова и И. А. Бунина″, С. 16-26 ; Julie W. De Sherbinin, *Chekhov and Russian religious culture : the poetics of the Marian paradigm*, Evanston, Illinois : Northwestern University Press, 1997, 1-175쪽. 체호프의 종교관과 종교성에 대한 다양한 견해와 해석을 요약해서 잘 정리한 자료로 다음을 참조할 것 : 김성일, "안톤 체호프의 <주교> 연구-깨달음과 그 의미-", 「국제문화연구」제22집, 2004, 133-138.

16) Э.С.Афанасьев, ″История души человеческой в творческой интерпретации Чехова″, *Творчество А. П. Чехова : иронический модус.* Ярославль, 1997, С. 141-178 : Daria Kirjanov, ″The Recollective journey in <Arkhierei> : The Search for self″, *The Poetics of Memory in the Stories of Anton Chekhov*, 62-98쪽; Вольф Шмид, *Проза как поэзия* Л., 1998, С. 228-234, 263-294. 그런데 Э.С.Афанасьев, Daria Kirjanov와 Вольф Шмид의 <신학생>, <롯실드의 바이올린>, <주교> 해석에는 미묘한 차이가 나타난다. Вольф Шмид는 이 작품들에서 주인공의 성찰(통찰)이 일시적으로 드러나긴 하지만 근본적이고 철저하게 열림의 세계를 지향하는 것이 부족하다고 보는 입장이다.

17) 추다꼬프, 『체호프와 그의 시대』(『체호프의 세계』개정판), 강명수 옮김, 서울 : 소명출판, 2004, 387-388쪽 참조.

황을 강조하고, 그것을 개별자의 개성과 결부시켜 변주한다. 체호프는 자신의 주인공을 무엇보다 해당 예술체계의 장(場) 안에서 살아서 움직이고, 변화하는 유기체로 파악하려고 노력한다. 이 작가의 후기 작품세계에 드러난 주인공의 (내면)세계는 이 명제를 은전하게 반영하고 있다. 체호프의 후기 작품세계에서 '*인간 영혼의 이야기 - 정신의 드라마*'를 형상화하는 주인공은 외부세계에서의 행위와 사건의 차원보다는 내면세계에서의 관념의 운동 차원에서 더 역동적으로 조망된다. 그래서 체호프가 파악한 인간은 존재론적 - 인식론적 위기를 경험하며, 회의하고 방황하는 인간의 형상이다. 어떤 근원적인 문제에 대해 명확한 해답을 찾지 못한 채 해결의 과정에 서 있는 인간, 진리 인식의 도정에 선 인간으로 자주 묘사된다. 또한 일상성, 범속성, 속물성에 침윤되기도 하지만, 항상 삶과 죽음, 희망과 절망, 빛과 어둠, 행복과 불행의 경계에서 유동하면서 '삶의 의미'를 찾으려고 하는 인간으로 형상화된다.

체호프의 후기 중단편소설에서는 '일상적 삶'과 결부된 저자의 관념을 남자주인공뿐만 아니라, 여주인공을 통해서도 표출한다.[18] 그런데 체호프의 경우에는 '남자주인공이냐 혹은 여주인공이냐'가 중요한 것이 아니라, '모순된 현실의 삶을 살아내는 인간'이 더 중요하다. 그 인간은 관념과 추상의 세계로 도주하지 않고 현실의 세계로 육박(肉薄)하는 인간이다. 체호프는 자신의 후기 작품세계에서 미리 예상

---

18) <등불>의 끼소치까, <지루한 이야기>의 까쨔, <다락이 있는 집>의 미슈스와 리다, <문학 선생>의 마뉴샤와 바랴, <큰 발로쟈와 작은 발로쟈>의 소피야, <들 뜬 여자>의 올가 이바노브나, <아리아드네>의 아리아드네, <목에 걸린 안나 훈장>의 안나, <검은 수사>의 따냐, <나의 삶>의 마샤 달지꼬바, <왕진 중에 있었던 일>의 리자, <개를 데리고 다니는 부인>의 안나 세르게예브나, <약혼녀>의 나쟈가 그러한 여주인공들이다.

할 수도 없고 미리 인식할 수도 없는 삶과 죽음의 언저리에서 배회하는 '모순된 상황의 총체로서의 인간'[19] 을 표명하고자 노력한다.

체호프의 예술세계에서는 주인공에게 주어진 외부 환경과 그의 개성적 자아 사이에서 생겨나는 갈등·충돌을 자주 묘사한다.[20] 주인공의 사회적 신분과 희구하는 삶이 갈등·충돌하는 상황을 주로 형상화한다.[21] 이러한 갈등·충돌은 서사의 핵을 형성한다. 체호프의 후기 작품세계에서의 구성은 바로 여기에 집중 된다. <지루한 이야기>와 <주교>에서도 그러한 상황의 에피소드를 전면에 배치하면서, 사회적 지위의 높고 낮음을 떠나 죽음 앞에서 나약해질 수밖에 없는 '평범하고 범용한 인간의 이야기'를 잘 형상화하고 있다. 나아가서 <주교>에서는 주인공이 인간적 연약함을 극복해 나가는 과정도 잘 드러나 있는데, 작품의 결말에서 주교가 보여주는 신에 대한 무기력과 침체의 극복은 '*인간 영혼의 이야기 - 정신의 드라마*'의 정서적 원천이 된다. <주교>에서 주인공의 깨달음은 자연의 흐름과 맞물리는데, 그 자연의 흐름은 순환과 연계의 모티브, 갱생과 부활의 모티브를 창출해 낸다. 이 모티브들은 작품의 주제와 구성에 기여하면서 자연과 세상의 이치를 드러내고 '삶의 긍정성'에 기여한다. 나아가서 이

---

19) 추다꼬프, 『체호프와 그의 시대』(『체호프의 세계』개정판), 407쪽 참조. 체호프의 후기 작품세계에서 '모순된 상황의 총체로서의 인간'이 나아가는 길은 루카치가 말하는 '문제적 개인'이 나아가는 길에 비교될 수 있다 : "그 자체가 소설의 내적 형식으로 파악되어 온 소설의 진행은 문제적 개인이 자신을 찾아가는 여행이다. 다시 말해 소설의 진행은 그 자체 속에서 이질적이고 개인에게는 아무런 의미가 없는 단순히 존재하고만 있는 현실 속에서 침울하게 갇혀져 있는 상태로부터 명백한 자기인식에로 문제적 개인이 나아가는 길이다"(게오르그 루카치, 『소설의 이론』, 반성완 역, 심설당, 1985, 103쪽을 참조).

20) В.И.Тюпа, *Художественность чеховского рассказа* М., 1989, С. 86.

21) Э. С. Афанасьев, "История души человеческой в творческой интерпретации Чехова", С. 155.

것들은 자유로운 개인들의 영혼의 부활을 낳고, 공동체(혹은 일반적 관념)를 향한 보이지 않는 유대나 연대를 도모하게 하고, 삶의 '영속성'에 관심을 갖게 하면서 인류의 '영원성'에 참가하게끔 유도한다. <지루한 이야기>에서는 이러한 모티브들을 찾아내기가 어렵다.

이 연구의 본론에서는 체호프의 후기 작품들 중에서도 <주교>를 집중적으로 다루고자 한다. 이 작품의 분석을 통해 '*인간 영혼의 이야기- 정신의 드라마*'를 이야기하면서, 주인공의 자아가 '일반적 관념'에 천천히 스며들게 되는 단계와 죽음에서 갱생과 부활로 나아가는 과정을 탐구하고자 한다. <신학생>의 경우는 이미 다양한 차원에서 연구된 성과가 있기에[22], 그 연구된 성과물을 토대로 해서 <주교>가 지니는 의미를 드러내는 콘텍스트(context)로 삼고자 한다. 또한 이 연구의 논리성을 강화하고 확장하는데 활용하고자 한다.

궁극적으로 이 연구는 체호프의 후기 작품세계에서 주인공의 자아가 점진적으로 죽음에서 갱생과 부활로 나아가는 과정을 추적하면서, 체호프의 죽음에 대한 인식의 변화를 드러내는데 그 목적이 있다.

2.

19세기말에서 20세기는 소유와 욕망이 지배한 시대이자, 인간이 세상의 진리를 구성한다고 믿은 시대였다.[23] 그리고 만물의 존재 방

---

22) 강명수. "체호프의 <신학생>에 나타난 체호프 예술세계의 특질 : 상반된 해석들을 중심으로", 「노어노문학」 제13권 2호, 2001, 255-279쪽.

23) 인류사에 존재했던 종교적-철학적 사유들은 '구성과 해체'로 요약된다. 구성적 사유의 요체는 인간이 세상의 진리를 구성한다고 믿는 것이다. 반면에 해체적 사유의 요체는 인간이 진리를 구성한다는 관념을 해체하고, 이미 자연 그대로 놓여 있는 진리와 한

식(상관적 관계)과 자연의 작동방식(상생과 상극의 동반 작용)이 간과된 시대였다. 이제, 지금 - 여기에서는 인간이 진리를 구성한다는 관념을 해체하고, 이미 자연 그대로 놓여 있는 진리와 한 몸이 되려는 발상의 전환이 필요한 시점이다. 외부세계에서가 아니라 인간 각자의 내면 세계에서 마음의 혁명을 일으켜야 한다는 것이다. 세상의 혁명은 인간 개개인이 마음으로부터 영성과 신성을 찾고 회복하는데 있기 때문이다. 체호프가 19세기말에 발표한 <신학생>과 20세기 초에 발표한 <주교>에는 인간 개개인이 마음으로부터 진리와 아름다움을 찾고, 자아정체성과 영성을 회복하고자 하는 징후가 '*인간 영혼의 이야기 - 정신의 드라마*'로 표출되고 있다.

현대의 체호프 연구가들은 <주교>의 주제와 모티브야말로 체호프가 이전에 산출한 작품들에 나타난 주제와 모티브에 대한 하나의 완성이자 완결판이라고 말한다.[24] '주인공의 내밀한 영혼의 이야기'를 표출하는 차원에서 보더라도 <주교>는 예술가 - 체호프의 발전과 진화의 결정판이자 총결산이라고 할 수 있다.[25] 이 작품에서 주인공 뾰뜨르 주교의 죽음[26]은, 죽음 그 자체의 의미보다도 뾰뜨르의 깨달음, 정신적 변화를 드러내는데 큰 의미가 있다. 그래서 주인공이 자아를 찾아가는 여정을 면밀히 서술하면서[27], 그의 정신적 변화와

몸이 되기만 하면 된다는 생각이다.

24) Nils Ake Nilsson, "<The Steppe> and <The Bishop>", *Studies of Cechov's Narrative Technique : <The Steppe> and <The Bishop>*, Stockholm: Stockholm Slavic Studies, 1968, 63-105쪽.

25) 3. Паперный, Записные книжки Чехова., С. 292.

26) 주교의 죽음은 이 작품의 결론이 아니다(Michael Klimenko, "Problem of Communication in Chekhov's Story <The Bishop> : Question of Theme", *East Meets West*, Ed. Roger L. Hadlich & J. D. Ellsworth , University of Hawaii, 1988, 185쪽).

관련된 시간의 흐름과 자연(풍경)을 함께 묘사하고 있다. 우선 작품의
도입부에 나타나는 종려주일 전야 예배는 주교의 죽음과 그의 부활
을 동시에 예고하고 있다.[28] 종려주일 전야의 저녁 예배 장면에서
주교의 발병(發病)으로 인한 흐릿한 의식은 그의 죽음을 예고하고 있
다. 그런데 죽음을 묘사하는 정조와 가락이 부활절의 장면으로 자연
스럽게 넘어간다[29]. 다시 말하면, 주교의 육체적 죽음 직후에 바로
부활절 장면이 전개되고 있다. 이것은 주교의 죽음이 갖는 의미를 상
징적으로 해석하는데 중요한 맥락을 형성한다.[30]

> "다음 날은 부활절이었다. 이 도시에는 마흔 두 개의 교회와 여섯 개의
> 수도원이 있었으니 **기쁨에 넘치는 듯 울려 퍼지는 종소리**는 아침부터 저
> 녁까지 온 도시에 쉼 없이 **봄의 공기**를 진동시켰다. **새들은 노래 부르고
> 태양 빛은 화창하게 비춘다.** 장이 펼쳐진 광장에서는 그네를 타고 거리악

---

27) Daria Kirjanov, " The Recollective journey in ＜Arkhierei＞ ： The Search for self",
62~98쪽.

28) "종려주일 전야는 예수에 의해 나자로가 부활한 날(Saturday of Lazarus)이다. 나자로
의 부활은 예수의 죽음의 직접적 원인이 된다. 이런 점에서 종려주일 전야에 나자로의
부활을 기념하는 것은 예수의 죽음과 부활에 대한 서곡으로서의 의미를 지닌다"(염성
숙, "안똔 체호프의 ＜주교＞에 나타난 영원성의 테마 연구 ： 시간 구조와의 연관성을
중심으로", 한국 외대 석사학위논문, 1999, 69쪽에서 재인용) ; "나자로의 부활은 죽음에
대한 예수의 승리를 보여주는 하나의 예시였다. 그러나 이 소문은 유대 당국을 불안하
게 만들었다. 그들은 로마가 개입할 여지를 줄 소요를 두려워했다. 요한에 따르면 예수의
죽음은 바로 이때 결정되었다."(다니엘 푸이유 외(外), 『성서문화사전』, 127쪽)

29) 이러한 장면 전환은 주교가 죽어 가면서 경계를 넘는 듯한 인상을 낳는다. 다시 말하면
죽음의 경계를 가로질러서 다른 삶으로 이행하는(부활하는) 효과를 창출하는데 일조한다.

30) В. И. Тюпа는 ＜주교＞라는 작품을 해석하면서 '상징적 부활'이라는 주도적 관념을
일관되게 강조 한다 ： "центральное событие здесь-событие не смерти Петра, а
воскресения Павла 여기서 중심적 사건은－뽀뜨르의 죽음이 아니라, 빠벨의 부활이다
"(В. И. Тюпа, *Нарратология как аналитика повествовательного дискурса :*
＜*Архиерей*＞ *А П Чехова* Тверь, 2001, С. 54).

사의 음악소리로 흥청거렸고, 아코디언 소리와 술 취한 이의 주정으로 소란
스러웠다. 큰길에서는 정오가 지나면서 경마가 시작되고 있었다. **한마디로
모두가 흥에 겨웠고, 태평스러웠다. 바로 지난해에 그러했던 것처럼. 그리
고 아마 앞으로도 쭉 그러할 것이다."**(10, 201) (진한글씨는 인용자 강조임).

부활절과 더불어 '만물의 소생과 시작을 알리는 봄' 역시 주교의
죽음이 갖는 의미를 해석하는데 중요한 단서가 된다. 이 두 가지는
주교의 죽음이 또 다른 형태로 지속되는 삶과 같다는 것을 나타내고
있다.[31] 기쁨이 넘치는 봄날에 행해지는 부활절에 대한 서정적 묘사
는 '영속(永續)하는 삶'의 이미지를 낳고, 그것이 뾰뜨르 개인의 삶에
도 겹쳐지면서 부활의 이미지를 낳게 된다. 부활절에 대한 묘사는 주
교 개인의 삶이 공동체의 삶에 용해되고, 이 축일을 통해 상징화되면
서 집단적 탄생의 재현에까지 다다름을 표현한다. 마침내 이것은
<주교>의 주제가 '일반적 관념'과 관련됨[32]을 표명하는 데까지 나
아가고 있다.

뾰뜨르 주교가 죽고 난 뒤 한 달 후에 새로운 주교가 임명되고,
뾰뜨르 주교는 사람들의 기억 속에서 사라진다. 개인으로서의 주교
는 사람들의 기억 속에서 지워지면서, 삶 - 죽음 - 망각의 주기적 순
환에 동참한다. 하지만 세상과 천국을 이어주는 정신적 표명자로서
의 주교는 주교들의 연속체에 합류하면서 그 주기적 순환을 벗어나
게 된다. 왜냐하면 끊임없이 이어지는 주교들의 연속체에서 하나의
연결고리로 남게 되기 때문이다. 따라서 개개의 주교는 같은 임무를

---

31) Daria Kirjanov, " The Recollective journey in <Arkhierei> : The Search for self",
   96-98쪽.
32) Катаев В. Б. *Проза Чехова : Проблемы интерпретации,* С.293.

수행하는 무한한 존재의 순환적 재현을 상징하고 있다.33) 따라서 뾰뜨르 가계(家系)에서 이어진 성직에서도 뾰뜨르 주교는 하나의 연결고리를 형성한다. 이 가계에서의 성직 계승 역시 끊임없이 이어질 것이다. 이러한 순환과 연계의 모티브는 개인의 삶과 죽음을 초월한 인간의 보편적 삶의 영속성, 영원성이라는 의미로 확장되면서 <신학생>에서의 '시간 사슬의 형상'을 떠올리게 한다.34) 따라서 뾰뜨르 개인은 중단되지 않고 영원히 이어질 인류의 사슬을 잇는 연결고리 역할을 하면서35), 끊임없이 계승될 주교들 중의 한 명으로 남는다. 또한 뾰뜨르 가계를 잇는 한 사람으로 부활해서 우리 곁에서 영적 호흡을 계속하고 있다.

영원성의 이미지를 간직한 자연은 뾰뜨르 주교가 자신의 지난 삶

33) H. Peter Stowell, "Chekhov's <The Bishop> : The Annihilation of Faith and Identity through Time", *Studies in Short Fiction*, vol. XII, No.2 (Spring 1975), 121쪽.

34) "그러자 갑자기 그의 영혼 안에서 기쁨이 물결쳤다. 그래서 그는 숨을 쉬기 위해 잠시 멈춰 서기까지 했다. 과거는 하나에서 다른 하나로 흘러가고 있는 사건들의 끊이지 않는 사슬에 의해 현재와 연결되고 있다고 그는 생각했다. 그리고 그는 방금 그 고리의 양끝을 본 것 같았다. 그가 한 쪽 끝을 만졌을 때 다른 쪽 끝이 떨렸다고 느껴졌다" (8, 309). 삽입된 성서 이야기는 한 세계가 붕괴하고, 또 다른 새로운 세계가 탄생하는 시대에 살았던 평범한 사람(베드로가 이야기 할 때 불을 쬐던 사람)과 소박하고 나약했던 어부(베드로)에 관한 이야기로, 결국 현재의 그들(바실리사, 루케리야, 주인공 이반)을 성찰하게 하는 바로 그 자신들의 이야기이다. 삽입된 성서 이야기는 현재의 신학생과 바실리사와 루케리야 사이에 '정서적인 연대감'을 경험하게 할뿐만 아니라, 과거와 현재 사이의 '정신적인 지속'의 느낌을 갖게 하고, 나아가서 신학생의 갑작스런 깨달음에 이르게 한다. 이 무형의 '정서적인 연대감'과 과거와 현재 사이의 '정신적인 지속'의 느낌이 '시간 사슬의 형상'으로 구상화되고, 그 의미를 획득하는 것이다. 이제 '지금 여기' 신학생 앞에 놓인 인류의 역사는 단순한 과거의 혹은 과거 사건의 순환이 아니라, 정신의 고양된 상태에서 나타나는 상관적인 사건들의 일련의 총체가 되는 '시간 사슬의 형상'인 것이다.

35) Nils Ake Nilsson, "<The Bishop> : Its Theme", Reading Chekhov's Text, Ed. Robert Louis Jackson, Evanston, Illinois : Northwestern University Press, 1993, 95쪽.

을 회상하며 깨달음을 얻는 과정에서 중요한 역할을 한다. 그가 어린 시절 경험한 자연은 주교가 희구하는 미래의 모습에서 되살아난다. 그와 같은 자연(풍경)은 부활절 축일에 표현되는 봄의 정경과 맞닿아 있다.36) 자연이 주는 재생과 영원성의 이미지는 부활절 축일의 시간이 갖는 재생과 부활의 이미지와 겹쳐진다. 부활절 축일에 참여한 사람들은 자연의 질서가 만들어내는 순환적 생명력과 더불어 이 축일이 갖는 영원성의 리듬을 통해 재생과 부활의 주기적 현상을 체득한다. 체호프는 주교의 죽음의 배경을 봄으로 설정하고 있는데, 그 봄은 자연의 순환적 질서만이 아니라, 주교라는 한 인간의 재생과 부활까지도 내포한다. 따라서 <지루한 이야기>의 주인공의 죽음과는 달리, 주교의 죽음은 한 존재의 결산이 아니라 새로운 시작을 의미한다. 결말에서 주교는 어린 시절의 그 때처럼 자연과의 합일을 꿈꾸며, 맨발로 대지를 밟는 순간을 그리워한다. 마침내 주교는 임종 직전에 지팡이로 대지를 두드리는 자신의 모습을 떠올린다. 이처럼 주교는 삶과 생명의 근원인 자연으로 돌아가고자 하는 열망을 통해 재생과 부활의 모티브를 드러낸다. <신학생>에서 재생과 부활의 모티브는 주인공이 시간 사슬의 양 끝이 연결되어 있다고 느끼는 것과 평범하고 범용한 주인공의 영혼에 진리와 아름다움이 발화되는 것으로 표현되지만37), <주교>에서는 자연의 순환적 생명력과 부활절 축일의 영원성의 리듬에 주인공이 합류하는 것으로 표출된다.

---

36) 염성숙, "안똔 체호프의 <주교>에 나타난 영원성의 테마 연구 : 시간 구조와의 연관성을 중심으로", 34쪽 참조.

37) И. Н. Сухих, "Жизнь человека: версия Чехова", *А П Чехов Рассказы из жизни моих друзей*. СПб., 1994, С. 25.

이제 <주교>에서 반복되는 모티브들에 대해 알아보자. 작품 1장에서 집으로 돌아가는 길에 주교가 경험하는 '경쾌하고 아름다운 종소리', '봄의 숨결'은 6장의 부활절 장면 묘사에서 '기쁨에 넘치는 듯 울려 퍼지는 종소리', '봄의 공기'로 반복해서 표현된다.38) 특히 종소리는 작품에서 총 11번 언급되고 있다. 이 반복되는 모티브는 주교의 과거와 현재, 미래를 연결하면서 새로운 분위기를 창출하는(기쁨과 행복을 떠올리게 하는) 역할을 한다.39) 또한 자연과 연계해서 반복되는 '봄의 숨결' 묘사는 인간의 죽음(유한성)에 대비되는 영원성의 이미지를 표현한다. 마침내 '봄의 숨결'은 죽음과 어둠에 대한 부활과 빛의 이미지에 포개진다.40) 이러한 인간과 자연의 대비는 어두운 죽음의 그림자를 떨쳐버리고 자연 속에 담긴 재생과 부활, 영원성을 깨달아 가는 주교의 정신세계의 변화와 연관되면서 그 진정한 의미를 획득한다.

<지루한 이야기>의 주인공과는 달리, 주교는 죽음을 목전에 두고 삶에서 잃어버린 소중한 것들을 회복하고 되찾는다. 그것들 중에는 인간과 인간 사이의 관계를 회복시켜주는 사랑이 포함된다. 결말에서 주교의 어머니, 마리아 띠모피예브나는 마치 성모마리아처럼 아

---

38) 염성숙, 같은 글, 35쪽 참조.

39) Daria Kirjanov, "The Recollective journey in <Arkhierei> : The Search for self", 96~97쪽. 교회에서 울려 퍼지는 종소리는 그리스도의 변용, 부활과도 연관된다. 이른 아침 맨 처음 울리는 종소리는 밤의 악마를 몰아내는 역할을 한다. 특히 <왕진 중에 있었던 일>에서 종소리는 주제적 차원에서 중요한 모티브가 된다.

40) 이 작품의 배경인 '봄'과 더불어 '빛의 이미지'는 주제를 효과적으로 드러내는 중요한 장치가 된다. 작품의 제 2장의 종려주일은 아름다운 봄에 햇빛이 내리쬐는 한 낮의 정경으로 시작되고 있다. 작품의 제 4장도 햇빛이 가득한 봄의 풍경으로 시작되고 있다. 그런데 4장에서 봄의 풍경과 맞물린 햇빛이 가득한 자연의 분위기는 주교가 드러누운 침실의 어둡고 컴컴한 분위기와 대비된다.

들에게 다가가서는 소중한 아기에게 하듯 입을 맞추며 '사랑의 숨결'
을 불어 넣는다(이 때 그녀의 형상은 부활하기 전의 예수의 몸을 껴안은 마리
아의 형상을 떠올리게 한다[41]). 세상이 만들어낸 신분과 사회적 위상의
차이로 인해 한때 어머니와 '심리적 거리감'을 느꼈던 주교는 어머니
의 변치 않는 사랑으로 인해 소박하고 평범한 인간으로 돌아가 모자
관계를 회복한다. 이처럼 어머니의 사랑은 주교의 고립감과 소외를
치유해 주면서, 그의 영혼의 회복·부활과 결부된다.[42] 또한 어머니
의 사랑은 사람들에게 뾰뜨르 주교를 잊지 않게 하는 기제로 작동하
기 시작한다. 어머니는 아들에 대한 사랑을 품은 채 자신의 아들이
주교였다는 사실을 애써 전하려고 한다.

> "그녀는 아들이 주교였다는 걸 이야길 할 때면, 행여 사람들이 자기를 믿지
> 않으면 어쩌나 하고 두려워했다… 실제로 모두가 그녀의 이야길 믿은 건
> 아니었다."(10, 201)

변치 않는 근원적인 것의 현현(顯現)인 어머니의 사랑은 '아들이 주
교였다는 사실'을 힘써 전파하려는 노력과 함께 삶의 영원성 속으로
진입한다.

---

41) Julie W. De Sherbinin, *Chekhov and Russian religious culture : the poetics of the Marian paradigm*, 143-144쪽.

42) 체호프 작품세계의 테마는 일관되게 '대화의 문제'를 제기한다. 접촉/소외의 차원에서 <티푸스>(1887)와 <주교>(1902)를 동일한 층(평면)에서 고찰할 수 있는데, <티푸스>에서는 주인공의 '육체의 회복'이 일어나고, <주교>에서는 주인공의 '영혼의 회복'이 일어난다(См. : А. Д. Степанов, *Проблемы коммуникации у Чехова*, С. 346-348).

3.

체호프는 남루한 일상적 삶의 세계를 느릿느릿 에둘러 가면서 죽음의 문제를 일상적 삶 위에 포개 놓는다. 그의 에두르는 담론 양식은 우리들의 지각에 일격을 가하면서, 좀 더 강력하고 자극적으로 삶과 죽음의 문제를 성찰하게끔 유도한다. 그의 삶과 죽음에 대한 변주는 후기 작품세계의 말미로 갈수록 더욱 더 밀도(density)가 더해지면서 우리의 감각의 결을 고양시킨다.

후기의 체호프는 죽음 앞에 선 주인공의 어쩔 수 없음, 무기력과 침체를 대화적 독백으로 드러내기도 하고(<지루한 이야기>), 깨달음을 통해 정신적으로 새롭게 태어나는 주인공의 내면세계를 그려내기도 한다(<결투>, <롯실드의 바이올린>, <신학생>, <주교>). 그런데 체호프의 <신학생>, <주교>에 나타난 종교적 - 성서적 모티브를 체호프의 종교성에 대한 증거로 해석할 수도 있지만, 체호프의 세계에 나타난 주인공의 내면세계의 변화를 보여주기 위한 극적 장치 혹은 '*인간 영혼의 이야기- 정신의 드라마*'를 위한 예술적 기법으로도 해석할 수 있다.

위 작품들을 언급한 순서(<지루한 이야기> - <롯실드의 바이올린> - <주교>)는 작품 속 주인공들의 '기억을 통한 깨달음'과 '자기성찰을 통한 각성'이 강화되고 심화되는 순차적 단계와 맞물린다. 또한 '자기 자신과 타인에 대한 불만족을 점차로 극복해 나가는 단계'와 겹쳐진다. 나아가서 개별성을 지닌 주인공의 자아가 '일반적 관념'에 스며들게 되는 점진적 과정과도 포개진다. 마침내 이것은 주인공들의 자아가 서서히 죽음에서 재생, 갱생, 부활로 나아가는 것과 관련되고, 영원성을 자각하는 것과도 연관된다.

체호프가 19세기말에 발표한 <지루한 이야기>, <롯실드의 바이올린>과 20세기 초에 발표한 <주교>에는 주인공이 진리와 아름다움을 찾고자 하는 열망과 더불어 진정한 자아의 영성을 회복하고자 하는 징후가 형상화되어 있다. 그리고 인간의 관계 방식 혹은 자연의 작동방식이 주인공의 '*인간 영혼의 이야기 - 정신의 드라마*'와 겹쳐지면서 표출되고 있다.

본론에서 언급한 작품들은 하나의 결론과 해답을 향해 돌진하고 있다기보다는 다양한 인식의 가능성들을 언급하는 방향으로 천천히 나아가고 있다. 비록 그 인식의 가능성들이 때로는 서로 충돌하면서 모순의 씨앗을 잉태한 것일지라도 그러하다. 그런데 체호프의 후기 작품세계라는 큰 흐름에서 보면, 바로 그 모순을 담보한 것에서 어떤 맥락과 의미를 짚어낼 수 있다[43]. 체호프의 문체와 사유의 힘은 바로 그 '모순의 긴장'과 더불어 증폭되기 때문이다.

<지루한 이야기>에 나타난 체호프의 관념은 늘 물음을 지향하면서, 독자에게 질문을 던지고 있다 : '*이 현실세계에서 나는 누구인가?*', '*나의 삶은 어디로 흘러가는가?*', '*죽음을 어떻게 받아들여야 하는가?*', '*내 삶의 궁극적 의미는 무엇인가?*'. 이와 같은 질문들을 되새

---

43) <3년>(1895)에서 주인공 라쁘쩨프와 그의 동료 야르쩨프는 죽음, 영혼의 불멸에 대해 진지하게 대화한다. 대화중에 야르쩨프가 다음과 같이 말한다 : "난 죽고 싶지 않아. 어떤 철학도 날 죽음과 화해시킬 순 없어. 죽음은 내겐 파멸을 뜻해. 난 살고 싶어"(9, 75). 화학자인 야르쩨프는 이 말을 한 후, 좀 있다가 또 이렇게 말한다 : "여보게, 인생은 짧은 거야. 좀 더 잘 살아야만 해"(9, 76). 야르쩨프의 이 말을 통해 후기 체호프의 삶과 죽음에 대한 관념의 흐름을 추적 가능하다. 체호프는 자신의 후기 작품세계라는 캔버스에다 마치 나선형을 계속 이어서 그리듯이 죽음에 대한 자신의 관념을 전개시키고 있다. <3년>에 나타난 죽음에 대한 관념은 <롯실드의 바이올린>과 <신학생>에 나타난 그것과 충돌하는 양상으로 비춰지고 있다. 하지만 그것도 체호프의 후기 작품세계라는 큰 흐름에서 보자면 그 자체로서 의미를 가진다. 앞에서 이미 밝혔듯이 체호프가 마치 나선형을 계속 이어서 그리듯이 죽음에 대한 자신의 관념을 전개시키고 있기 때문이다.

김질하면서 우리는 <롯실드의 바이올린>과 <주교>에도 빠져들게 된다. 이처럼 자아정체성을 탐지함과 동시에 삶과 죽음에 대해 끊임없이 생각의 고리를 잇는 체호프의 관념과 사상은 주로 자연 (풍경) 묘사 속에 녹아 있다. 특히 <주교>에 묘사된 주인공의 깨달음은 자연의 흐름과 맞물리면서 순환과 연계의 모티브, 갱생과 쿠활의 모티브를 만들어낸다. 이 모티브들은 작품의 주제와 구성에 기여하면서 자연과 세상의 이치를 드러내고 '삶의 긍정성'에 기여한다. 또한 이것들은 자유로워진 개인의 영혼의 부활을 낳음과 동시에, 공동체의 정신적 유대와 연대를 도모한다('일반적 관념' 지향을 드러낸다). 나아가서 이것은 삶의 '영속성'과 인류의 '영원성'에 참가하도록 유도한다.

체호프는 <지루한 이야기>를 구상하고 집필할 즈음에 제기했던 그 물음들을 15년가량이나 간직하고 지내다가, 죽음의 그림자를 순간순간 눈앞에서 느낄 즈음에 <주교>를 통해 다시 끄집어낸다. 체호프는 말년에 쓴 <주교>를 통해 15년가량이나 품고 있던 '해결되지 않은 삶과 죽음의 문제'에 대해 깨달음의 한 측면을 얻었다.

<지루한 이야기>에서 죽음을 앞에 놓고 고민하던 주인공의 대화적 독백과 그가 지향하던 '일반적 관념'에 대한 생각은 <결투>, <롯실드의 바이올린>, <신학생>을 거쳐 <주교>에 이르면서 은폐되거나 슬며시 물러나는 쪽으로 나아가기보다는 재생, 갱생, 부활이라는 이름으로 아니면 영속성, 영원성이라는 개념으로 살아서 움직이고 있다. 체호프는 후기 작품세계에서 열린 결말을 통해 독자들에게 삶과 죽음의 문제에 대한 적극적 여백과 여운을 남긴다. 하지만 한편으로는 죽음의 수용문제에 대한 해답을 제공하는 쪽으로, 나선(螺旋)을 그리듯이 나아가고 있다.

제4부
삶(현실)의 의미 찾기와 진리를 향한 도정

"나는 어디 있는 것일까, 하느님 맙소사?!
저속하고 범속한 것들이 날 에워싸고 있다. 지겹고 하찮은 사람들,
스메따나 단지들, 우유 항아리들, 바퀴벌레들, 어리석은 여자들…
저속함 보다 더 두렵고, 더 모욕적이며, 더 슬픈 것은 없다.
여기서 도망쳐버리자, 오늘 당장 도망치는 거다.
아니면 나는 미쳐 버리고 말 것이다!"
 - 체호프의 <문학선생>에서

"개인의 내용은 사회에서 나오거나 혹은 오로지 객체와의 관계에서만 싹
튼다."
 - T. W. 아도르노, 〈한 줌의 도덕〉에서

1장.
결투

"어느 누구도 참된 실제의 진리를 알 수 없다"

1.

체호프의 '사상적인 중편소설'의 한 정점이자 절정이라고도 할 수 있는 <결투>는 주제와 형상의 발전이라는 측면에서 '체호프의 <까쁘까즈의 포로>'라고 명명할 수 있다. 까쁘까즈라는 공간은 오네긴과 뻬초린 같은 러시아 문학의 주인공을 떠올리게 하면서, 텍스트에서 그 문학적 기능을 수행한다. 까쁘까즈는 주인공 라예프스끼의 삶에서 벗어나고 싶은 '깊은 우물의 바닥'과 같은 '여기'이고, 그 자신은 '여기'의 포로로서, '여기'가 아닌 '저기'로 '달아나려고' 한다. 이러한 '달아남'은 나데즈다 표도로브나에 대한 '의무'에서 벗어나려고 하는 몸부림이자 궁극적으로는 삶의 거짓으로부터 해방되어 참된 '자유'를 누리려는 것과 같은 의미다. 그런 그에게 삶에서 넘어가야 하는 산은 까쁘까즈의 산이 아니라, 삶의 '거짓과 위선의 산'이다.

이처럼 체호프는 일상적 삶에서 생겨난 허위 관념, 거짓된 믿음, 허명(虛名), 환상을 벗음과 동시에 세계와 자아의 갈등을 극복하고자 하는 인간의 갈망을 묘사한다. 그리고 세계와 자아의 갈등 너머에 존재하는 참된 실제의 진리와 삶의 진정한 의미를 찾는 주인공(주인공-화자)의 (내면)세계를 드러내기도 한다(<등불>(1888), <지루한 이야기>(1889), <결투>(1891), <신학생>(1894), <나의 삶>(1896), <왕진 중에 있었던 일>(1898), <용무가 있어서>(1899), <개를 데리고 다니는 부인> (1899), <약혼녀>(1903)). 체호프는 자신의 후기작품세계에서 '일상적 삶의 세계와 주인공의 자아가 어떤 관계로 존재 하는가?'를 화두(話頭)로 삼았다. 그리고 일상적 삶의 세계(혹은 생활세계)와 관계 맺고 있는 자아의 다양한 양상 보여주기(Showing)를 자신의 후기 예술세계의 중심에 놓았다.

본론에서는 일상적 삶의 세계와 자아의 충돌을 드러내며 참된 실제의 진리와 삶의 진정한 의미를 찾아 떠나가는 체호프의 주인공의 세계를 고찰할 것이다.

2.

체호프의 <결투>는 '자신의 비밀을 간직한 개개의 인간이 복잡하고 모순된 삶의 세계에서 어떻게 살아가야 하는가?'를 체호프 식으로 다시 제기하면서, 그 해결을 모색하는 중요한 작품이다. 어떤 측면에서 보면 <등불>에 드러난 체호프의 사상(관념체계)을 반복하고, 강화하는 작품이다. 다른 측면에서 보면 주인공의 (내면)세계 고찰을 통해 체호프의 후기 작품세계의 핵심적 문제로 바로 접근할 수 있는 작품이기도 하다.

이 작품의 주인공 라예프스끼는 19세기 러시아 문학의 주인공들 (뿌쉬낀의 오네긴, 레르몬또프의 뻬초린, 뚜르게네프의 루진, 바자로프)의 형상 과도 연관된다. 연구가들이 <결투>에서 라예프스끼의 형상을 '오네 긴 유형'[1]이라는 이름으로 분석하고, 그와 관련하여 '주인공들의 위 계'를 설명하기도 했다[2].

한편 주제와 형상의 발전이라는 측면에서 보면, 이 작품을 '체호프 의 <까프까즈의 포로>'라고 명명할 수도 있겠는데, 이 까프까즈라는 공간이 텍스트에서 중요한 기능을 수행한다. 따라서 거짓과 위선의 삶을 사는 주인공의 (내면)세계를 까프까즈라는 공간과 결부해서 살 펴보도록 하자.

> "황량한 바닷가, 견디기 힘든 폭염, 그리고 영원히 한결같고 묵묵하고 적적
> 한 듯한, 연기 색의, 연보라 빛이 도는 산들의 단조로운 형상, 이러한 모든
> 것들이 그를 우울하게 만들었고, 또한 그를 잠들게 하여 그의 소중한 것을
> 강탈해 가려는 것 같이 여겨졌다."(7, 364)

이처럼 주인공은 현재의 공간에서 떠나가려고(달아나려고) 하는데, 이 작품에서 떠남(달아남)의 의미는 '거짓과 위선의 삶으로부터의 해 방'에 다름 아니다. 하지만 '지금, 여기'의 물리적 공간으로부터 단순 한 떠남(달아남)이 '거짓과 위선의 삶으로부터의 해방', 참된 자유를 담보해주는 것은 아니다. 이미 주인공은 참된 자유를 찾아 대도시에 서 이곳으로 떠나왔기 때문이다. 하지만 라예프스끼는 다시 뻬쩨르 부르그로 돌아가기를 소망한다. 이러한 현상의 근인(近因)은 주인공

---

1) См. : Линков В. Я. Скептицизм и вера Чехова. М., 1995. С. 25.

2) См. : Эткинд Е. Г. Внутренний человек и внешняя речь. М., 1998. С. 378-386.

이 처음에 마음먹은 관념(노동에 의한 삶)대로 까프까즈에 뿌리내리지 못한 문제에 있고, 원인(遠因)은 라예프스끼의 관념의 결투자이자 실제로 현실에서 결투자가 되는 폰 꼬렌과의 불화에 있다. 스펜서를 신봉하고, 다윈의 추종자이기도 한 동물학자 폰 꼬렌은 라예프스끼를 '지구상에서 멸종시켜야 할 종'으로 간주한다. 폰 꼬렌은 라예프스끼의 일상적 삶을 분석하면서, 그것의 폐해와 주변인에게 미치는 나쁜 영향을 언급하기도 한다. 폰 꼬렌은 일상적 삶의 세계와 갈등하며, 불화하는 주인공을 드러내기 위한 체호프의 의도된 산물로 볼 수 있다. 그러한 폰 꼬렌 앞에서 주인공은 발작을 일으킨 후 결투를 신청한다. 그 결투는 지성의 전횡을 드러내는 폰 꼬렌과 섬세하고 예민한 주인공의 감정싸움에 그치지 않고, 주인공 내면세계의 거짓과 위선을 벗겨내려는 저자의 의도된 장치로 해석할 수 있다. 이렇게 볼 때 17장은 중요하다. 왜냐하면, 여기서 주인공이 자신을 성찰하고, 타인과 삶(세상)을 바라보는 방식의 변화가 생겨나기 때문이다.

　17장은 폰 꼬렌과의 결투를 앞 둔 주인공의 각성과 관련된 것으로, 뿌쉬낀의 시 <회상>(1828)에서 따온 시 구절을 제사(題詞)로 시작된다3).

> …슬픔으로 짓눌린 내 영혼 속에
> 괴로운 상념이 끓어 넘치누나;
> 추억은 말없이 내 앞에
> 기나긴 두루마리를 펼쳐 놓는다.
> 혐오로 지난날의 나의 삶을 되새기면서,
> 나 떨며 저주하노라,
> 괴로움에 한탄하며, 쓰디쓴 눈물을 흘려도,

---

3) СМ. : Эткинд Е. Г. Указ. соч., С. 386-393.

애달픈 구절들을 지우지 못한다.(7, 435)

이 제사는 17장의 주된 내용(주인공이 깨달음을 통해 인생의 새로운 전기를 마련)을 예시하는 '뽀드쩩스트(подтекст)'이다. 주인공은 고통스런 각성의 시간과 함께 먼저 하나의 깨달음(철새처럼 장소를 바꿈으로써 구원을 찾으려고 하는 자는 결코 무엇 하나 찾아내지 못한다. 인간에게 지상은 어디나 동일하기 때문이다(7, 438))을 얻게 된다. 천둥번개가 치는 가운데 소나기가 내리는 외부세계의 풍경은 주인공의 (내면)세계를 드러내는 위의 모든 것과 관련되고, '순수한 원래의 자아', '본질적 자아'의 회복과도 연결된다.

"방에 있는 세 개의 창문에 선명하게 번갯불이 번쩍였고, 귀를 찢는 듯한 으르렁거리는 천둥소리가 그 뒤를 따랐다. 처음에는 분명치 않은 둔탁한 울림이었으나, 곧 부서지는 듯한 굉음으로 변하면서, 창문들의 유리가 덜컹거릴 정도로 힘차게 되었다 (…) 창 밖에서는 번갯불 섞인 소나기가 힘차고 아름답게 내리고 있었다."(7, 436)

"소나기가 지나갔을 때, 그는 열린 창가에 앉아 자기에게 일어나려 하는 일에 대해 조용히 생각했다."(7, 438)

소나기와 관련된 풍경은 주인공이 '순수했던 어린 시절'을 회상하며, 거짓과 위선으로 가득했던 지금까지의 삶을 청산하고 '갱생'을 희구하는 것과 연결 된다[4]. 그리고 자연력에 친밀감을 표시하는(아아, 기분 좋은 소나기다!(7, 436)) 주인공의 자아는 이미 자연을 사랑하며 신을 믿고, 진리의 세계를 갈망하고 있다. 이것은 현실에서 나제즈다를

---

4) Там же. С. 389-390.

껴안고 포옹하는 동력이 된다. 달리 표현하면 주인공이 세계와의 충돌과 갈등에서 벗어나 화해를 희구하는 것과도 연관된다. 위의 두 번째 풍경 또한 주인공의 깨달음을 통한 구원(구원은 결국 자기 자신 속에서 찾는 길밖에 없다(7, 438))과 관련지을 수 있다.

주인공의 구원과 삶의 의미를 드러내는 것과 관련 있는 또 하나의 풍경이 있다.

> "그는 어슴푸레한 자기의 별을 하늘에서 밀어 낸 것이다. 별이 지면서 그 흔적은 밤의 어둠 속으로 파묻혀 버렸다. 별은 이제 하늘로 돌아갈 수 없을 것인데, 왜냐면 인생은 단 한번 주어지는 것이고 되풀이되는 것이 아니기 때문이다."(7, 438)

위의 인용문은 별과 하늘 그리고 어둠의 관계를 통해 주인공의 삶과 관련된 많은 것을 암시한다. 이것은 까프까즈에서의 삶의 현실(거짓, 나태, 권태)로부터 순수했던 어린 시절로 돌아가서 거짓 대신 진실을, 나태 대신 노동을, 권태 대신 기쁨을 갈망하는 주인공의 (내면)세계와 연결된다5). 별의 알레고리는 결국 라예프스끼가 하늘에서 자신의 소중한 별('순수한 원래의 자아', '본질적 자아')을 밀어내지 말아야 하겠다는 속내를 드러내는 것으로 귀결된다.

이제는 주인공의 독백을 통해 '분산되고 숨어있는 저자의 관념'이 삶의 진실 혹은 진리에 대한 인식을 상기시키는 풍경을 보도록 하자. 17장 이후의 장에서 폰 꼬렌과의 '결투'를 계기로 나타나는 이러한 풍경은 주인공의 일상적 삶에 대한 태도뿐만 아니라, 세계인식에까

---

5) Там же. C. 392.

지도 영향을 미쳤음을 암시한다.

> "라예프스끼는 비통한 눈길로 거칠고 어두운 바다를 보면서 생각했다 ― '그래, 참된 실제의 진리를 아는 사람은 아무도 없다…' 보트는 뒤로 되밀린다. 보트는 두 발짝 앞으로 나가서는 한 발짝 뒤로 물러나고 (…) 보트는 점점 앞으로 나아가다, 이젠 이미 보이지 않는다. 반시간 후에는 사공들의 눈에 선명하게 배의 등불이 보이게 될 것이고, 한 시간 후에는 배의 트랩에 닿을 것이다. 삶도 이와 마찬가지다…… 진리를 탐색하는 사람들은 두 발짝 앞으로 나아가서는 한 발짝 뒤로 물러난다. 고통과 실수와 삶의 권태가 그들을 뒤로 물러나게 하지만 진리에의 열망과 굽히지 않는 의지가 앞으로, 앞으로 나아가게 한다. 그 누가 알겠는가? 그들이 참다운 실제의 진리에 도달할 수 있을지…"(7, 455)

　바다를 보면서 떠오르는 생각들로 이루어진 주인공의 독백은 삶에 대한 체호프의 인식과 관련된다. 나아가서 삶의 진실을 향한 체호프의 탐색과 '참된 실제의 진리 추구'를 위한 중단 없는 체호프의 자기 인식 과정과 '관계의 그물코'를 형성한다. <등불>에서 체호프 예술세계의 미학적 토대가 되는 저자의 태도("이 세상에서는 아무 것도 이해할 수 없다!")는 '나는 아무 것도 알지 못한다는 그 사실을 알고 있다'는 소크라테스의 유명한 아포리즘의 전통 속에 녹아있다. <지루한 이야기>의 "나로선 뭐라고 말할 수 없는데…"와 <결투>의 "참된 실제의 진리를 아는 사람은 아무도 없다"는 소크라테스의 아포리즘을 다시 한 번 깊이 생각하게 하는 체호프 식의 해석으로 볼 수 있겠다.

　한편 19장의 첫 부분에서는 라예프스끼의 운명과 앞으로 그의 삶의 변화를 예시하는 풍경이 있다. 달리 표현하면 주인공의 자아가 일상적 삶의 세계와 화해(조화)로 나아가게 됨을 암시하는 풍경이 등장한다.

"동쪽 산마루로부터 두 줄기 녹색 빛이 뻗쳐 나왔는데, 이것은 실제로
정말 아름다웠다. 해가 떠오르고 있다."(7, 443)

"해가 떠오르고 있다"는 결론부분인 21장에서 '바다를 보면서 떠
오르는 생각들로 이루어진 주인공의 독백'과 결부되면서, 일상적 삶
의 세계와 자아의 화해를 암시하고 있다. 동일한 맥락에서 인용문에
묘사된 "두 줄기 녹색 빛"은 '이상의 세계로 이어지는 실재의 빛'이자
'현실과 관념이 서로 되비추며 화해(조화)의 세계로 나아가는 동선(動
線)'처럼 여겨진다. 이러한 것들이 참된 실제의 진리와 삶의 진정한
의미를 찾는 체호프의 주인공의 (내면)세계를 상징적으로 묘사하고
있다. 또한 <결투>의 열린 체계, 구조 - 의미론적 미완결성과도 연관
된다. 나아가서 최종의 한 줄기 효과적인 가는 선으로 체호프의 입장
을 알려주는 주요한 장치가 된다6). 이처럼 <결투>에서는 체호프의
관념(идея), 이상(идеал), 사상(идеология)을 표명하는 태도와 그와 연
계된 체호프의 예술적 기법이 잘 드러나 있다.

3.

체호프의 후기작품세계에서는 확신과 독단의 후광으로 에워싸인
허위관념을 벗기는 방법이 나타나 있다. <결투>의 경우 이 방법은
폰 꼬렌이라는 사회 - 다원주의자의 말에 대항해서 신념이 다른 사람
들(가장 '차이'나는 입장을 가진 사람들)인 라예프스끼, 사모일렌꼬, 보좌

---

6) 이에 관해서는 강명수, "체호프의 사상적인 중편소설 <등불>에 나타난 화자의 견해와
작가의 이데아", 『노어노문학』제11권 1호 (1999년 여름), 126쪽을 참조할 것.

신부 사이에 할당 된다[7]. <검은 수사>에서는 이 기법이 변형된 모습으로 표출된다. 꼬브린은 환각, 환상 속에서 자신의 '허위관념'을 확신에 이르도록 부추기는 검은 수사와 대화하는 한편으로, 일상적 삶의 세계에서 가장 가까운 사람들인 뻬소츠끼, 따냐와 갈등하고 충돌한다. <결투>에서의 폰 꼬렌, <검은 수사>에서의 뻬소츠끼는 일상적 삶의 세계와 갈등하며 불화하는 주인공의 자아를 다면적으로 드러내기 위한 체호프의 의도된 산물로 볼 수 있다.

체호프의 개성이 녹아있는 주인공의 (내면)세계는 '포착하기 어려운 복잡성', '모순의 극한적 긴장' 그리고 '대립하는 힘들의 충돌'을 자장(磁場)으로 가진 세계이다. 그리고 체호프의 주인공은 그 자장 속에서 미세한 떨림을 계속하는 바늘과 같다. <결투>를 통해 독자는 그 자장 속 바늘의 미세한 떨림을 감지하면서 자기 존재의 '내면적 울림'에 귀 기울이고, 그것을 '외부적 반향'으로까지 확산시킨다.

체호프는 삶(현실)의 양가적 가치에 대한 균형감각을 자신의 예술 세계에 부여하려고 끊임없이 노력한 예술가이다. 그래서 그가 창조해낸 주인공은 '세계와 자아의 갈등(부조화)과 화해(조화)' 사이에서 어느 한 편에 일방적으로 귀속되지 못하고, 그 사이에서 늘 서성거리거나 어느 도정에 서있는 존재로 그려진다. 종국에는 그와 같은 주인공과 주인공의 자아가 보여주는 '머뭇거림', '어쩌지 못하고 우두커니 서 있음'이 충분히 '성찰적'이고 '문제적'인 것이 된다. 체호프의 주인공의 (내면)세계에 나타난 '자아의 양상' 분석은 체호프 예술세계의 구조 - 의미론적 특성들을 고스란히 보여주고 있을 뿐만 아니라, 예

---

7) 추다꼬프, 『체호프와 그의 시대』(『체호프의 세계』개정판), 강명수 옮김, 서울 : 소명출판, 2004, 411쪽.

술적 차원에서 새로운 패러다임을 모색하는 체호프 예술세계의 미학적 특질들을 온전하게 반영하고 있다.

2장.
큰 발로쟈와 작은 발로쟈

"모든 것이 지나간다고 그리고 신이 용서할 거라고…"

1.

체호프의 후기 작품세계에서는 주인공이 세계와 소통하면서 갈등을 해소하고자 하지만, 현실에서 탈출구를 트지 못해 고통당하는 모습을 자주 묘사한다(<6호실>(1892), <큰 발로쟈와 작은 발로쟈>(1893), <문학선생>(1894, 2장)).

<큰 발로쟈와 작은 발로쟈>에는 '참된 실제의 진리'와 '삶의 진정한 의미'를 찾으려는 주인공의 '자아의 양상'이 나타나 있다. 그리고 이와 관련된 체호프의 의도된 장치들과 예술적 기법들도 드러나 있다. 이러한 것들의 탐구를 통해 주인공이 자신의 삶에 드러난 소시민성, 범속성을 직시하게 되는 과정과 자기성찰을 행하게 되는 과정도 보여줄 것이다.

2.

<큰 발로쟈와 작은 발로쟈>는 <세 자매>와 <입맞춤>처럼 군부대가 배경이 된다. 이것은 여주인공의 고립과 어찌할 수 없음을 드러내는 장치가 된다. 그녀 주위의 두 남성은 여주인공을 단지 여자로만 생각하지, 사고하고 고민하는 인간으로 간주하지는 않는다.

<큰 발로쟈와 작은 발로쟈>에서 소피야 리보브나는 작품에 등장하는 아주머니처럼 '있어야 할 자리에 있지 못하는 인간'이다. 한편 그녀는 '삶의 의미'를 탐색하고, '올바른 삶의 방향'을 찾고자 애쓰는 인간으로 그려지고 있다. 소피야의 이러한 특성들은 '수도원 방문'으로 표면화된다. 그녀 또한 체호프의 후기 작품세계의 많은 남자주인공들처럼 '참된 실제의 진리'를 찾는 도정에 서 있는 인물로 형상화된다. 하지만 체호프 여주인공들의 삶은 더 복잡하고, 더 어려운 상황인 경우가 많다. <등불>(1888)에 나타난 액자소설 속의 여주인공인 끼소치까의 삶이 그러하고, <지루한 이야기>의 여주인공인 까쨔의 삶이 또한 그러하다.

이 작품에서도 체호프의 다른 후기 작품들처럼 상황의 에피소드와 그와 관련된 세부묘사가 중요하다. 특히 중요한 에피소드와 세부묘사는 소피야 리보브나가 수녀원을 방문해 올랴를 불러내는 장면들과 연관된 것이다. 자기성찰 혹은 참된 진리를 열망하는 것과 관련된 이 장면에서 '수녀원의 종이 울리는 것'은 <결투>에서 '바다의 포효'와 같은 효과를 자아낸다[1].

<세 자매>에서 체부뜨이낀처럼, 작은 발로쟈도 소피야의 요청(어

---

1) Donald Rayfield, Chekhov : The Evolution of his art, 143쪽.

떻게 살아야 하는가?)에 대한 대답으로 "따라… 라붐비야… 따라… 라붐

비야!(8, 224)"라고 대답한다.

삶의 복잡성과 모순성에 대한 체호프의 입장과 문제해결 방식이
위와 같은 진술로 나타난다. 소피야 리보브나는 '수도원 방문'을 통해
일시적으로 밝은 지점을 향해 갔더라도, 일상적 삶의 범속성에 다시
침윤되고 만다. 이러한 소피야 리보브나의 '자아의 양상'은 '수도원
방문'과 '트로이카를 타고 도시를 배회하는 것'의 순환과 반복으로 상
징화된다.

> **"그리고 밤에 또다시 트로이카를 타고 다녔고, 교외의 레스토랑에서 집시
> 음악을 들었다. 그리고 또다시 수도원 곁을 지나가게 되었을 때, 소피야
> 리보브나는 올랴를 떠올렸다.** 그녀는, 자기가 속한 사회의 처녀들과 부인
> 들로서는 멈추지 않고 트로이카를 타고 다니든지, 거짓말을 하든지 아니
> 면 수도원에 가서 육욕을 죽이는 길 외에는 삶의 다른 출구가 없다는 데
> **생각이 미치자 몸서리를 쳤다.** 그리고 이튿날 발로쟈와 만났고, 또다시 소
> 피야 리보브나는 혼자서 마차를 타고 거리를 쏘다녔으며, 아주머니를 떠올
> 렸다 (…) **소피야 리보브나는 언제까지나 거리로 마차를 타고 다녔고, 남편
> 더러 자기를 트로이카에 태워달라고 졸라댔다** (…) **그녀는 거의 매일 수도
> 원에 들러, 올랴를 싫증나게 했고, 자기의 견디기 힘든 마음의 고통을 올랴
> 에게 털어놓고는 울었다"(8, 225)** (진한 글씨체는 인용자 강조임).

소피야의 일상적 삶의 현실에서 큰 발로쟈와 작은 발로쟈는 관념
과 현실의 괴리, 이상과 실재의 갈등을 드러내는 하나의 장치로 사용
된다. 소피야는 자신의 관념의 범주에서는 큰 발로쟈를 용인하고 받
아들이지만, 삶의 현실에서는 여전히 작은 발로쟈를 향해 나아가고
있다. 그야말로 '홧김에' 큰 발로쟈와 결혼한 것을 독자들로부터 확인

받고 있는 셈이다. 그렇다고 작은 발로쟈와 진정한 사랑을 하는 것도 아니다. 작은 발로쟈는 그녀를 탐욕스런 개로 간주하며, 그녀의 고민에 대해 무의미한 말로 대답하며 심각하게 받아들이지도 않는다. 더 큰 문제는 그녀가 올랴처럼 현실과 담을 쌓고 수도원으로 향할 굳건한 결심도 없다는 것이다. 그녀는 올랴가 선택한 수도원의 삶을 "어둡고, 춥고, 적막하게, 아니 묘지보다도 더 적적하게(8, 218)" 생각하고 있다. 또한 올랴를 보면서 "열정이 없고, 창백하고, 정맥에는 물이 흐른다(8, 220)"고 느낀다. 소피야 리보브나는 현실에서 이러지도 저러지도 못하는 삶의 복잡성과 모순성만을 노출하고 있다. 체호프는 소피야 리보브나의 '자아의 양상' 묘사를 이 단계에서 멈추어 버린다. 더 이상 나아가지 않는다. 그 다음의 모든 것은 독자의 상상에 맡긴다. 시간이 흐른 뒤 체호프는 희곡 <갈매기>(1896)의 여주인공 니나의 (내면)세계에 묘사된 '자아의 양상'을 통해 이 문제에 대한 생각의 일단을 드러낸다.

3.

체호프는 자신의 후기작품세계를 통해 '진정한 삶의 의미'와 '참된 실제의 진리'를 갈망하는 남자주인공들(니꼴라이 스쩨빠노비치, 야꼬프 브론자, 라예프스끼)과 여주인공들(까쨔, 소피야 리보브나, 니나)의 '자아의 양상'을 형상화했다. 더불어서 각각 다른 입장을 가진 주인공들 사이에서 표출되는 '자아의 징후들'을 조금씩 다른 양상으로 표출하기도 했다. 하지만 체호프가 일관되게 진실과 거짓, 참된 실제와 허위를 분별하고자 하는 주인공들(니끼쩐, 야꼬프 쩨레호프, 미사일 뽈레즈네프, 예술가 N, 초기의 이오늬치(스따르쩨프), 구로프)을 형상화하려고 끊임없이 노력했다는 점에서 그 차이와 다름은 체호프 예술세계의 전일성과 단일성 속에서 조심스럽게 해석되어야만 할 것이다.

3장.
문학선생

"나는 어디 있는 것일까?"

1.

　체호프는 자신의 후기작품세계에서 '일상적 삶의 세계와 주인공의 자아가 어떤 관계로 존재 하는가'를 화두(話頭)로 삼았다. 그리고 일상적 삶의 세계(혹은 생활세계)와 관계 맺고 있는 '자아의 다양한 양상 보여주기(Showing)'를 자신의 후기 작품세계의 중심에 놓았다. <문학선생>(1889-1894) 역시 '참된 실제의 진리'와 '삶의 진정한 의미'를 찾으려는 주인공의 '자아의 양상'이 묘사되어 있는 중요한 작품이다. 이 작품을 통해 우리는 주인공 니끼찐이 자신의 삶에 드러난 속악함과 범속성을 직시하게 되는 과정을 볼 수 있다. 나아가서 일상적 삶의 세계와 갈등과 불화(부조화)를 드러내는 니끼찐의 '자아의 양상'을 체호프의 후기 작품세계의 다른 주인공들(<결투>의 라예프스끼, <이오늬치>의 이오늬치)의 '자아의 양상'과 비교하면서 더 깊은 이해의 차원으로 나아갈 수 있다.

체호프의 <문학선생>은 '자신의 비밀을 간직한 개개의 인간이 복잡하고 모순된 삶의 세계에서 어떻게 살아가야 하는가?'를 체호프 식으로 다시 제기하면서, 그 해결책을 모색하는 중요한 작품이다. 한편에서 보면, 1888년 이후에 양산된 그의 후기 작품들에 드러난 체호프의 사상(관념체계)을 반복하고, 강화하는 작품이다[1]. 다른 한편에서 보면, 주인공의 (내면)세계 에 나타난 '자아의 양상'을 통해 체호프의 후기 작품세계의 핵심적 문제로 바로 접근할 수 있는 작품이기도 하다.

사할린 여행 후 체호프는 무엇보다 거짓과 부정(不正)으로부터 인간의 해방을 호소하고, 이에 대해 쓰고자 노력한다(<구세프>, <결투>, <6호실>, <사할린 섬>, <문학 선생>, <나의 삶>). 또한 체호프는 '삶의 의미나 진리가 부재하는 일상적 삶의 문제', '일정한 세계관이 존재하지 않는 삶의 문제'를 <지루한 이야기>에서 다루고 있다. 체호프는 이러한 문제들을 <결투>, <들 뜬 여자>, <큰 발로쟈와 작은 발로쟈>, <검은 수사>, <문학선생>, <롯실드의 바이올린>, <이오늬치>를 통해 변주하면서, 또 다른 양상으로 확장, 확산시키고 있다.

---

1) <등불>에서 체호프 예술세계의 미학적 토대가 되는 저자의 태도("이 세상일은 무엇하나 알 수 없는 것이지!")는 '나는 아무 것도 알지 못한다는 그 사실을 알고 있다'는 소크라테스의 유명한 아포리즘의 전통 속에 녹아있다. <지루한 이야기>의 "나는 무어라 말할 수 없는데…"와 <결투>의 "참된 실제의 진리를 아는 사람은 아무도 없다"는 유명한 소크라테스의 아포리즘을 다시 한 번 깊이 생각하게 하는 구절들이다. 나아가서 이 구절들은 인간(주인공)-삶(현실)-관념의 상호관계를 통해 표현된 체호프 식의 해석이자 체호프 사상의 일단으로도 볼 수 있겠다. 체호프는 주인공과 화자 혹은 주인공-화자들이 읊조리는 이러한 구절들을 통해 독자들이 자신과 자신의 삶을 음미하고, '자기성찰'과 '자아각성'의 시간을 가지길 원한다.

2.

체호프의 <문학 선생>은 주인공의 자아가 환상과 미몽으로부터 깨어나는 양상에 초점이 맞추어져 있다. 더 구체적으로 달하자면 '가정의 행복'이라는 하나의 환상과 '자신의 믿음'이라는 또 다른 환상으로부터 깨어나는 '자아의 양상'을 보여주는데 모든 것이 집중된다. 체호프는 이를 통해서 거짓된 삶과 참되고 진실한 삶을 대비하려고 했다[2].

<문학선생>의 1장은 1889년 <정주자(定住者)Обыватель>[3]란 제목으로 <노보예 브레먀>에 게재되었다. 이 작품의 구성은 게재의 역사로부터 분명해진다[4]. 최초에 사랑에 빠진 주인공의 자아를 묘사하는 것이 1장으로 완성되었고, 몇 년 후인 1894년에 자신의 삶에 대해 불만에 빠진 주인공의 자아를 묘사하는 것이 독립적인 두 번째 부분(2장)으로 완성되었다. 1장에서부터 주인공 니끼찐은 말 탄 사람의 높이와 움직임으로 일상적 삶을 부유(浮游)하고 있다[5]. 그의 정서와 견해는 일상적 삶의 가치에 안착하지 못한 채, 들 뜬 채로 있다. 주인공의 '자아의 양상'과 연관되어 있는 이러한 세부묘사는 사랑에 빠진 주인공을 설명하는데 중요한 단서가 된다. 이와 연관된 에피소드들의 쇠사슬(연결고리)을 통해 구성상의 '연결 노선'들을 곤찰해 보면, 사

---

2) Катаев В. Б. Проза Чехова: Проблемы интерпретации, С. 184.

3) 표제로 쓰인 이 단어는 속물, 범속, 저속이라는 뜻도 가지고 있다. 이와 관련해서 다음과 같은 진술은 이 작품에 대해 많은 걸 시사한다 : "하나의 제목이 제시되었다는 것은 그 자체가 하나의 질문이자 의문이다. 그 의문은 작품에서 사건이 진전됨에 따라 풀려진다. 제목이 작품 자체에서 무엇을 의미하며 언젠가는 그 의미가 밝혀질 것이라는 기대 하에 독서를 진행한다. 이 의문이 독서를 진행시킨다고 해도 과언이 아니다"(최현무, "소설의 구조분석", 『한국문학과 기호학』, 서울 : 문학과 비평사, 1988, 245쪽).

4) 추다꼬프, 『체호프와 그의 시대』(『체호프의 세계』개정판), 394쪽 참조할 것.

5) Цилевич. Л. М. Сюжет чеховского рассказа. Рига, 1976, С. 73.

랑에 빠진 주인공에 대한 설명(발단의 상황) - 사랑의 둥지 만들기(되풀이되는 상황) - 주인공 니끼찐의 통찰(결론의 상황)로 정리할 수 있다[6].

<문학선생>의 2장은 1894년에 완성되었는데, 그 자체가 자기 독립적인 작품으로 간주할 수 있다[7]. 그리고 이 단편소설의 각각의 장은 문제와 갈등이 해결되는 완성된 결말을 갖지 않기에, 각 장의 시작과 끝의 논리적 연관 방식 자체가 느슨하고, 자유로운 접합을 허용한다. 그것은 서술 방식과 구조에서도 나타난다.

2장은 서술 형태가 바뀌면서 시작된다. 1장에서는 화자가 주인공의 말을 옮긴다. 그런데 2장이 시작되면서, 주인공이 자기성찰과 자아각성을 통해 자신의 일기에다 직접적으로 광범위한 서술을 한다. 달리 말하면, 2장에서 서술의 변화를 통해 주인공의 '순수한 자아', '원래의 자아'를 회복시키려는 체호프의 의도를 반영하고 있다. 이것은 2장에서 니끼찐의 소시민적 행복이 또 다른 세계에 대한 열망, 또 다른 삶에의 충동으로 전이되는 것과 밀접한 관련이 있다. 주인공 니끼찐은 자기 삶에 대해 깊이 생각하지 않던 존재로부터 자기 삶을 예민하게 의식하는 존재로 변화하는 모습을 보인다. 그의 삶이 '소유의 삶'으로부터 '존재의 삶'으로 이행한다고도 말할 수 있다.

한편 이 작품에서는 '행복'에 대한 관념이 중요한 의미로 자리 잡고 있다. 니끼찐이 카드 게임에서 돈을 잃어버리는 사건이 직접적으로 삶의 의미와 행복에 대해 생각하는 계기가 된다. 그런데 니끼찐은 클럽에서 파트너와의 대화를 통해 자신의 일상 탈출의 근거를 이미 마

---

6) Там же. С. 122.

7) 이에 관해서는 Катаев В. Б. Проза Чехова: Проблемы интерпретации, С. 183 ; 추다꼬프, 『체호프와 그의 시대』(『체호프의 세계』개정판), 310-312, 394쪽을 참조할 것.

련하고 있다[8]).

> "그가 12루블의 돈이 아깝지 않은 것은 불로소득의 돈이 주어졌기 때문이
> 라고 생각했다. 만일 그가 노동자였더라면, 1 꼬뻬이까의 가치를 알았을
> 것이고 돈을 따고 잃는 것에 무관심하지 않았을 것이었다. 모든 행복도
> 거저 얻어진 것이라고 그는 생각했다. 본질적으로 그것은 건강한 사람에게
> 있어서 약과 마찬가지로, 그에 있어서는 사치품에 불과한 것이었다. 만일
> 그가 대다수의 많은 사람들처럼, 빵 한 조각에 대한 걱정으로 짓눌리고,
> 생존을 위해 싸운다면, 만일 그의 등이나 가슴이 노동으로 인해 아팠더라
> 면, 저녁 식사와 따뜻하고 아늑한 집 그리고 가정의 행복은 그의 삶의 요구
> 가 되고, 포상이 되고 장식이 되었을 것이다. 이제는 이 모든 것들이 그
> 어떤 기이하고, 막연한 의의를 가지게 되었다. '쳇, 정말 더럽군!' 이러한
> 생각들 자체가 벌써 나쁜 징조라는 것을 똑똑히 이해하면서, 그는 되풀이
> 했다." (8, 329)

위의 인용문을 시작으로 주인공의 자아는 일상의 행복에 대한 '환
상'을 걷어내기 시작한다. 체호프는 니끼찐이 관념과 실재의 괴리를
좁히고, 그 간격을 메우는 삶을 현실에서 찾아나가도록 유도한다. 종
국에는 '순수한 원래의 자아'를 회복하면서, 삶의 의미와 진리를 찾아
가는 도정을 보여주고자 한다.

한편 이 작품에서 계절은 니끼찐과 마샤의 '사랑의 맹세'가 생겨나
는 봄(5월)에서부터 시작해서 사랑의 흐릿한 꿈에서 니끼찐이 깨어나
는 겨울(러시아에서 3월 전후는 겨울이자 봄맞이 시기에 해당)로 마무리된
다. <검은 수사>에서 다시 봄을 맞이하는 꼬브린의 상황처럼, 니끼찐
이 맞이하려는 새로운 봄도 예전의 그가 느끼던 봄이 아니고 그도

---

8) Цилевич. Л. М. Сюжет чеховского рассказа, с. 169.

예전의 그가 아니다9). 이 계절의 흐름이 바로 주인공의 '자기성찰의 과정', '자아각성의 도정'과 겹쳐진다. 주인공은 쉘레스또프 가(家)로 대변되는 세계와 참된 진리가 있는 세계의 문턱에서 서성거리는 존재다. 주인공이 쉘레스또프 가로 대변되는 세계의 일원이 되면서부터 '존재론적 갈등'이 시작된다. 그래서 주인공은 결론 부분에서 필사적으로 '자신의 부루조아 둥지'에서 달아나려고 한다. 니끼찐이 이루어낸 가정('부루조아의 둥지')은 어느 순간 '지옥 - 구덩이'로 변한다10). 마침내 니끼찐은 자신의 '새로운 생활'이 범속성에 다름 아니라는 걸 깨닫게 된다.

우리는 이 작품의 중요한 에피소드에서 나타나는 단어 '이미'에 주목해야 하는데("그에게는 이미 분명해졌다… 회칠하지 않은 이층집에서 행복은 이미 불가능하다는 것을"(8, 331)), 이 단어가 드러나 있는 에피소드는 '구성의 절정' 부분으로, 니끼찐의 '환상의 파괴'와 곧바로 연결된다.

> "환상은 사라져 버렸고, 평안과 개인의 행복과는 조화될 수 없는 새롭고, 신경질적인, 자기각성의 생활이 이미 시작되었다고 그는 짐작했다." (8, 331-332)

그래서 주인공은 자신의 삶을 회복하기 위해서 무엇보다 먼저 회칠한 집을 떠나려고 한다. 이와 관련해서 작품의 마지막 장면을 보도록 하자.

---

9) 강명수, "체호프의 사상적인 중편소설 장르에 나타난 풍경의 인식론적 기능", 『슬라브학보』 제17권 2호 2002년, 160쪽 참조할 것.

10) Donald Rayfield, *Chekhov : The Evolution of his art,* London, 1975, 142쪽.

"나는 어디 있는 것일까, 하느님 맙소사?! 저속하고 범속한 것들이 날 에워 싸고 있다. 지겹고 하찮은 사람들, 스메따나 단지들, 우유 항아리들, 바퀴벌 레들, 어리석은 여자들… …저속함보다 더 두렵고, 더 모욕조이며, 더 슬픈 것은 없다. 여기서 도망쳐 버리자, 오늘 당장 도망치는 거다, 아니면 나는 미쳐 버리고 말 것이다!"(8, 332)

결론에서는 떠남과 관련된 슈제뜨가 구축되어 있고, 주인공의 '자 아(성찰)의 양상'이 '떠남(달아남)의 모티브'와 연관되어 있다. 떠남의 모티브와 관련된 이와 같은 '자아의 양상'이 '체호프 식의 물음이자 답변'이 되어 작품의 예술적 구성의 중심에 자리 잡고 있다. 그래서 이 작품은 주인공의 자아가 '삶(현실)의 의미와 참된 진리를 찾아가는 이야기'로 분류할 수 있다.

이제는 체호프의 의도된 장치와 예술적 기법 차원에서 <문학선 생>의 1장과 2장을 보도록 하자.

1장에 묘사된 공간은 체호프의 고향 따간로그와 유사하게 묘사되 고 있고, 1장은 고골적인 전원시(Gogolian idyll)처럼 그려지고 있다[11]. 체호프가 태어나 유년시절과 소년시절을 보낸 따간로그는 그의 수많 은 작품들에서 어떤 '원형의 공간'으로 자리 잡고 있다[12]. 따간로그는 이름 없는 지방 소도시의 불길한 느낌을 주는 병원, 감옥 등의 닫힌 공간의 이미지로 등장하기도 하고, 이와는 반대로 독자에게 러시아 남부지역의 자연을 떠올리게 하는 밝은 이미지로 다가오기도 한다. 이 작품의 1장에 나타난 시원한 산책로로 이어져 교외로 나가게 되어 있는 공원, 버드나무와 아카시아의 그늘, 아카시아와 라일락 향기, 푸

---

11) Ibid.
12) 이에 관해서는 Чудаков А. П. А. П. Чехов. М., 1987, C. 3-54 참조할 것.

른 들판과 그 냄새, 단풍나무, 보리수, 버찌나무, 은색 올리브 나무 등의 묘사는 바로 따간로그의 자연을 배경으로 한 것들이다. 이 자연의 밝은 이미지가 사랑을 시작하는 주인공의 자아를 밝은 톤으로 표현한다. 반면에 2장에서 이 공간은 이름 없는 지방 소도시의 불길한 느낌을 주는 병원, 감옥 등의 닫힌 공간의 이미지와 겹쳐진다. 축축하게 내리는 눈, 을씨년스러운 날씨, 아침에 풍겨오는 개와 고양이들의 고약한 냄새(동물우리의 냄새), 비가 오는 어두운 길과 땅이 질어서 곤죽이 된 곳의 묘사는 사랑의 감정이 식어버리고 삶의 의미조차도 상실해버린 주인공의 황폐해진 자아를 반영하고 있다. 모스끄바의 네글린 거리에 있는 하숙방에 살면서 생산적인 노동을 꿈꾸는 주인공에게는 이 공간이 떠나가고(탈출하고) 싶지만 어쩔 수 없이 정주(定住)해야만 하는 공간인 것이다. 마침내 이 공간은 주인공에게 탐욕과 본능의 충족만이 있는 동물들의 저속한 세계로까지 인식된다. 따라서 이 작품에 나타난 공간과 그와 관련된 세부묘사는 주인공의 자아각성의 전(全) 과정과 직·간접적으로 연관되어 있다.

한편 이 공간에서 니끼찐과 함께 사는 동료 교사 이뽈리뜨 이뽈리뜨이치는 고골적인 캐리캐처로 등장한다. 그는 항상 세상 사람들이 이미 오래 전에 다 알고 있는 것들만을 이야기하는 그로테스크한 인물이다. 그에 대한 묘사는 늘 에피소드들과 세밀한 상황 묘사들과 관련되고, 유머러스한 '과장'이 평범함과 진부함처럼 '가장'되어 있다. 그는 죽기 전 이틀 동안 혼수상태에서도 헛소리로 '세상의 모든 사람들이 이미 오래 전에 다 알고 있는 것'만을 말한다.

"볼가강은 카스피해로 흘러들어 간다… 말은 귀리와 건초를 먹는다…"(8, 328)

　이러한 이뽈리뜨 이뽈리뜨이치는 <쁘리쉬비예프 하사>13)의 주인
공인 쁘리쉬비예프의 변이형으로도 볼 수 있다. 체호프는 쁘리쉬비
예프를 통해 기형적인 사회 시스템을 풍자하고 있을 뿐만 아니라, 그
해악을 '과장'해서 드러내고 있다. 체호프는 삶(현실)의 규정과 규율에
관념의 일체를 끼워 맞춘 채, 자아의 갈등도 없이 대주교처럼 살아가
는 이뽈리프 이뽈리뜨이치를 묘사한다. 바랴는 이뽈리프 이뽈리뜨이
치를 두고 니끼쩐에게 "당신의 그 신비한 미뜨로뽈리프 미뜨로뽈리
뜨이치는 왜 나타나지 않나요?(8, 322)"하고 '말장난'을 한다. 러시아어
로 미뜨로뽈리프(митрополит)는 대주교라는 뜻인데, 거기에다 '신비
한'이란 수식어를 붙여 그를 조롱하고 있다. 체호프는 이뽈리프 이뽈
리뜨이치를 통해 '진부함으로 다져진 일상의 견고한 세계'와 그것을
작동시키는 힘이 한 인간에게 던지는 무서움(보이지 않는 포악성)을 '과
장'해서 보여주고 있다. <문학선생>에서 "이건 야비한 짓이오! 야비
한 짓 외에 아무 것도 아니오!(8, 313)"만 연발하는 쉘레스또프 노인
역시 이뽈리프 이뽈리뜨이치와 유사한 기능을 담당하는 인물로 그려
지고 있다. 이러한 인물들은 하나의 후경(後景)이 되어 주인공의 자기
성찰과 자아각성의 과정과 궤를 같이한다.

　다른 한편 쉐발진이란 등장인물이 있다. 이 인물은 진지하고 젠체
하는 얼굴 표정에 몽롱하고 움직임이 없는 눈을 한 채르, 예술에 대한
사랑을 과장해서 표현한다. 그가 주인공 니끼쩐에게 말하는 레싱(독
일의 극작가)과 관련된 어구(語句)는 작품에서 무려 4번이나 언급되고

---

13) <쁘리쉬비예프 하사>에서는 조직의 시스템이 부과하는 왜곡된 정의와 질서가 인간의
　　개인적 세계와 서로 충돌할 때 일어나는 문제를 주인공을 통해 그리고 있다. 쁘리쉬비
　　예프의 편집증적인 포악함은 당국의 통치에 대한 '과장'처럼 보인다.

있다. 1장에서 3번, 2장에서 1번 언급된다. 이 어구는 니끼찐의 '자아 각성의 과정'과 직접적으로 연관되면서, 이전의 사고와 감정의 조직을 파괴하는 뇌관의 역할을 담당한다. 또한 이것은 슈제뜨의 '물밑 흐름' 노선들 중의 하나로 전체 구성에 기여하면서 가장 복잡한 기능을 수행하고 있다.14) 이 어구는 한 마디로 주인공에게 '정신적 배부름으로부터 벗어나라'는 걸 암시하고 있다. A. 벨낀은 이 어구의 반복을 두고 주인공(자아)의 '범속함과 거짓'을 계속 들추고, 환기시키는 것으로 해석한다.15)

일상의 범속성의 폭로와 관련해서 이 어구의 역할과 기능을 구체적으로 분석해보자. 1장에 나타난 첫 번째 어구는 주인공이 이 어구의 의미를 아직은 잘 인식하지 못함을 독자에게 드러낸다. '명색이 문학 선생인데 레싱을 나중에라도 읽어봐야 하겠는데'라는 것은 지극히 고상한 요구 사항으로만 대두되고 있다. 형식적으로는 코믹하게 드러나지만, 그 내용상에 있어서는 심각한 의미를 내포하고 있다.

> "나는 차를 마시며 논쟁이 벌어졌을 때 그 자리에 있었소. 당신의 의견에 전적으로 동의합니다. 당신과 나는 같은 생각을 가지고 있습니다. 당신과 이야길 좀 나눌 수 있다면 매우 기쁘겠습니다. **당신은 레싱(독일의 극작가)의 <함부르크의 극예술>을 읽은 적이 있는지요?**
> '아뇨, 읽지 않았습니다.'
> 쉐발진은 기겁을 하듯 놀랐고, 마치 손가락이라도 덴 듯이 팔을 휘저었다. 그러고는 아무 말도 하지 않고 니끼찐에게서 떠나갔다. 쉐발진의 모양새와, 그의 질문과 기겁하는 꼬락서니가 니끼찐에게는 우습게 보였지만, 그

---

14) 이에 관해서는 Цилевич. Л. М. Сюжет чеховского рассказа, с. 117-119, 121, 169 참조할 것.

15) Цилевич. Л. М. Сюжет чеховского рассказа, с. 117에서 재인용.

는 한편으로 고민하지 않을 수 없었다.
'**사실 불편한 일이로군. 나는 명색이 문학 선생인데 지금껏 레싱을 읽지
않았다니. 읽어야겠는걸.**'"(8, 316) (진한 글씨는 인용자 강조임).

1장에 나타난 두 번째 어구는 이 어구의 의미를 잘 알진 못하지만
뭔가에 짓눌려서 놀라는 의식과 무의식의 혼미한 상태를 보여준다.

"거기서 그는 참나무들을 보았고 차양이 없는 털모자처럼 생긴 까마귀 둥
지를 보았다. 둥지 하나가 흔들렸고, 그 안에서 쉐발진이 밖을 내다보고는
큰 소리로 외쳤다. '**당신은 레싱의 작품을 읽지 않았소!**'
니끼찐은 전신을 부르르 떨고는 눈을 떴다."(8, 319) (진한 글씨는 인용자
강조임).

1장 맨 마지막에 나타난 세 번째 어구에서는 마뉴사에 대한 사랑과
자신의 미래에 대한 소시민적 행복으로 인해 이 어구 자체를 거부하
고, 거절하는 반응을 보인다.

"그는 자기의 행복에 대해, 마뉴샤에 대해, 장래에 대해 한시바삐 생각해
보기 위해서 성급하게 옷을 벗고, 재빨리 자리에 누웠다. **그는 미소를 짓고
는 문득 자기가 아직도 레싱의 작품을 읽지 않은 것을 떠올렸다.**
'**읽을 필요가 뭐 있나⋯⋯.**' 그는 생각했다. '**그런데 내가 무엇 때문에 그걸
읽어야 하나? 젠장, 악마한테나 가버려라!**'"(8, 323) (진한 글씨는 인용자
강조임).

2장 후반부, 작품의 대단원에 나타난 네 번째 어구를 통해서는 주
인공이 자신의 삶의 범속성을 깨닫는 걸 읽어낼 수 있다. 그리고 그
다음에 주위 상황과 자신이 사랑했던 인물에 대해 분거하고 격분하

는 상태가 바로 뒤이어 묘사된다.

> "(······) 그는 자기 자신을 망각하고, 그렇게 단조롭기 짝이 없는 개인적 행복에 냉담하게 될 정도로 자신을 사로잡아버릴 그 무엇인가를 바랐다. 그러자 그의 상상 속에서 면도를 한 쉐발진이 갑자기 생생하게 떠올랐다. 그 쉐발진이 경악하며 말했다. '**당신은 레싱조차도 읽지 않았소! 당신은 정말로 뒤떨어졌소! 아, 당신은 참으로 안일하게 살고 있소!**'"(8, 330) (진한 글씨는 인용자 강조임).

> "마치 차가운 망치처럼 무거운 악의가 그의 마음속에서 몰아쳤다. 그리하여 그는 마냐에게 무엇인가 거친 말을 해대고 싶어졌고, 심지어 벌떡 일어나 그녀를 때리고 싶기까지 했다. 심장이 두근대기 시작했다."(8, 331)

슈제뜨의 예술적 논리에 따르면 니끼찐의 기억에서 레싱은 일정하게 규칙적으로 떠오른다[16]. 니끼찐에게 있어 '행복'과 '미래'는 미학적으로 보면 동의어이다. 레싱이 떠오를 때마다 현재의 만족과 미래의 행복에 대해 다시 고민하게 되고, 주인공의 (내면)세계에서 자아성찰을 요구하게 된다. '아직도 레싱을 읽지 않았다'에서 '아직도'가 강조되고 있는데, '레싱을 읽는다'는 것이 첫 번째와 두 번째의 경우는 최대한의 요구 사항이 된다. 하지만 '자아각성' 정도에 따라서 '아직도 레싱을 읽지 않았다'는 것이 세 번째의 경우는 여분의 요구 사항이 되고, 네 번째의 경우는 최소한의 요구 사항이 되어버린다.[17]
한편 2장 초반부에서 '장미꽃'이란 용어는 장군에 의해 유머러스하게 제시되는데, '사랑스러운 마뉴사'를 떠올리게 한다. 하지만 2장 후

---

16) Там же. с. 119.
17) Там же. С. 120-121.

반부에서는 이 용어가 주인공의 '자아성찰'과 관련되면서 풍자, 비꼼의 성격을 띠게 된다. 그리고 바로 니끼찐의 마뉴샤에 대한 사랑의 강약, 고저와 연결된다.

> "나이 칠십에 가까운 노인인 한 준장은 마뉴샤 한 사람만을 축복하고는 노인다운 삐거덕거리는 목소리로 온 교회당에 쩌렁 울릴 정도로 크게 말했다. '어여쁜 이여, 부디 결혼 후에도 여전히 장미꽃으로 남아 주길 바라오.'"(8, 324-325)

> "그는 그녀의 목, 살찐 어깨와 가슴을 쳐다보다가 언젠가 교회에서 준장이 그녀를 장미꽃이라고 한 말을 떠올렸다. **'장미꽃이라' 그는 중얼거리고는 웃었다.** 이에 대한 답으로 침대 밑에서 잠자던 무스까가 으르렁거렸다. '르르르……응응응……' 마치 차가운 망치처럼 무거운 악의가 그의 마음속에서 몰아쳤다. 그리하여 그는 마냐에게 무엇인가 거친 말을 해대고 싶어졌고, 심지어 벌떡 일어나 그녀를 때리고 싶기까지 했다. 심장이 두근대기 시작했다."(8, 331) (진한 글씨는 인용자 강조임).

그리고 이 작품에는 '흰 - 동물의 · 저급한 - 쇠퇴한'이라는 단어 의미의 집합체가 등장하고,[18] 하얀 짐승들과 여주인공의 형상이 겹쳐진다. <개를 데리고 다니는 부인>의 서두에서는 하얀 스피츠가 미끼나 유혹의 역할을 하는데, 이 작품에서는 백마 벨리깐이 '일상이 아닌 축제의 상황', '시적(詩的)인 상황'에 대한 소도구, 세부(細部) 역할을 한다. 그리고 재차 벨리깐이 등장하는 것은 주인공의 꿈과 욕망이 현실에서 실현됨을 의미하고 있다[19]. <문학 선생> 1장의 시작과 끝에서

---

18) Там же. C. 129.
19) Там же. C. 169.

드러나는 묘사의 의미를 이와 연관시킬 수 있다.

> "통나무로 된 마룻바닥에 말발굽이 부딪치는 소리가 들려왔다. 먼저 검정
> 말 그라프 눌린을 마구간에서 끌어냈고 다음에는 백마 벨리깐을, 그 다음
> 에는 벨리깐의 누이인 마이까를 끌어냈다."(8, 310)

> "꿈에 그는 통나무 마룻바닥에 말발굽이 부딪치는 소리를 들었다. 마구간
> 에서 먼저 검정 말 그라프 눌린을, 다음에는 백마 벨리깐을, 그 다음으로
> 벨리깐의 누이 마이까를 끌어 내 오는 꿈을 꾸었다……."(8, 324)

이제는 푸른 천과 관련된 에피소드를 보자.

> "검은 원피스를 입은 마뉴샤가 손에 푸른 천 조각을 들고 뛰어 들어와서는,
> 니끼찐이 있는 것도 미처 깨닫지 못하고, 층층대로 달려갔다. (…) 그는
> 숨이 가빴고, 무슨 말을 해야 할지 몰랐다. **한 손으로는 그녀의 손을 잡았
> 고, 다른 한 손으로는 푸른 천 조각을 움켜쥐었다.** 그녀는 겁을 먹지도 않
> 고, 놀라지도 않고서 그저 큰 눈으로 그를 쳐다보고 있었다. '당신에게 뭔가
> 말씀드릴 것이 있는데……다만……여기서는 불편합니다. 나는 어찌할 수
> 가 없습니다, 제 정신이 아니란 말입니다……이해하시겠습니까, 고드프루
> 아, 난 견딜 수 없을 지경이요……이게 전부에요…….' **푸른 천 조각이 방바
> 닥에 떨어졌다.**"(8, 321) (진한 글씨는 인용자 강조임).

이 에피소드는 독자에게 무의식적으로 각인되는 것이다. 이 에피
소드의 기능은 '니끼찐의 마뉴사에 대한 사랑'의 시작과 종말을 예시
한다. 그런데 '니끼찐의 마뉴사에 대한 사랑'의 모든 과정은 니끼찐의
'자아성찰'의 전(全) 과정과 관련되어 있다.

뽀드쩩스트는 체호프 산문의 혁신을 나타내는 중요한 예술적 기법

들 중의 하나이다. <문학선생>에서 뽀드쩩스뜨(подтекст)로 사용된 뿌쉬낀의 <눌린 백작>은 텍스트(текст)와 간접적인 관계로 존재하기 때문에, 그 상관관계를 설명하기란 쉽지 않다. 처음에는 단지 등장하는 말(馬) '그라프 눌린'과 귀족 '눌린 백작'의 발음상의 우사점만 떠올리게 된다. 하지만 주인공 니끼찐과 주변 등장인물들과의 관계를 통해 니끼찐의 자아를 탐구하면서 그 기능을 밝혀 낼 수 있다.

　뿌쉬낀의 <눌린 백작> 역시 셰익스피어의 <루크레치아의 능욕>을 뽀드쩩스뜨로 해서 만들어진 작품이다.[20] <눌린 백작>의 나딸리야 빠블로브나는 <루크레치아의 능욕>의 루크레치아의 패러디이고, 눌린 백작은 <루크레치아의 능욕>의 타키니를 패러디 했다. 타키니가 능욕한 루크레치아는 자살해 버린다. 하지만 나딸리야 빠블로브나는 눌린 백작을 유혹해 자신을 가벼운 여자로 보이게 하다가, 눌린 백작의 유혹을 거절함으로서 되레 남자를 능욕하는 저속한 여인이다. 나딸리야 빠블로브나의 저속함은 <눌린 백작>의 말미에서 드러난다. 스물 세 살의 '리진'이라는 인물이 간밤에 눌린 백작에게 일어난 일로 웃고 있기 때문이다. 나딸리야 빠블로브나와는 '내연의 관계'였기에 가능한 일이다. 그래서 이 두 사람을 범속하고 저속한 인물로 간주할 수 있다. 뿌쉬낀은 자신의 의도대로 셰익스피어의 비극을 코미디로 바꾸어 놓는다.

　한편 저속한 여인에게 능욕 당한 눌린 백작은, 도리어 그 여인의 남편으로부터 위협을 당한다. 그 여인의 남편이 개들을 풀어 눌린 백작을 물어뜯어 버리게 하겠다고 으름장을 놓는 상황이 발생한다. 이

---

20) Де Щербинин Джулия, "Пушкинский подтекст в чеховском рассказе <Учитель словесности>" Чеховиана: Чехов и Пушкин. М. 1998. С. 195.

역설적인 에피소드에서 등장하는 '개들의 위협'은 <문학선생>에서 변용 된다.21) <문학선생>에서 마뉴사의 개들이 일상적 삶에서 늘 니끼찐을 귀찮게 하고, 괴롭히고, 고문에 가까운 동물우리의 냄새를 피운다. '무쓰까'는 늘 으르렁 거리고, '솜'은 니끼찐의 무릎에 낯짝을 올려놓고 침으로 바지를 더럽힌다. 니끼찐은 어느 순간부터 이 집이 바로 '동물우리'이고, 자신은 범속함과 저속함에 둘러싸여 있다고 느끼게 된다. 니끼찐은 마뉴사가 데려온 개들과 고양이를 보면서 그리고 그들이 싸우는 걸 보면서 '갑자기' 자신이 속해 있는 그 공간이 동물우리(인간의 자기성찰과 자아각성이 존재하지 않는 동물의 세계)로 느껴진다. 반면에 <눌린 백작>에서 나딸리야 빠블로브나와 그 남편은 개들과 염소가 싸우는 걸 보면서도 그 동물우리(동물의 세계)에서 유쾌하게 산다.22)

따라서 니끼찐은 동물들의 싸움을 보면서 부부생활의 행복에 대한 환상을 깨트리게 되고, 결국 소설의 맨 끝에서 이런 동물우리에서 사는 것과 다름없는 일상적 삶의 범속함과 저속함에서 벗어나고 싶다고 토로한다.

뿌쉬낀이 자신의 의도대로 셰익스피어의 비극을 코미디로 바꾸어 놓았듯이, 체호프는 자신의 의도대로 <눌린 백작>을 뽀드쩩스트로 사용해 '러시아의 일상적 삶의 공간'과 '주인공의 자아의 양상'을 형상화한다. <문학선생>이후 체호프의 문학에서는 '체호프적 모델 - 닫힌 공간으로서의 러시아'가 더욱 발달하고, 삶(현실)의 의미와 진리를 찾으려는 주인공 자아의 양상이 더욱 더 선명하게 나타난다.

---

21) Там же. С. 195-196.
22) Там же. С. 196.

3.

<문학선생>과 <이오늬치>의 비교를 통해 체호프의 후기 작품에 나타난 삶(현실)의 참된 의미를 찾으려는 주인공의 '자아의 양상'을 살펴보자.

'주인공의 전기'에 의한 단편소설로 분류되는 <이오늬치>는 두 가지 묘사의 노선이 있다. 지방 도시에서 예술 애호가를 자처하는 집안 사람들에 대한 묘사의 노선과 이오늬치에 대한 묘사의 노선으로 양분된다. 이것은 <문학선생>에서의 쉘레스또프 가(家)와 니끼찐에 대한 묘사의 노선들과 유사한 점이 있다.

<이오늬치>에 나타난 지방 도시에서 예술 애호가를 자처하는 집안 사람들은 마치 <문학선생>의 쉘레스또프 가(家)처럼 '지겨운 회색의 도시'에서 나름대로 재능 있는 가족들로 묘사된다. 하지만 종국에는 이들을 배경으로 일상의 범속성과 저속성을 드러낸다는 차원에서 이 두 작품에 나타난 묘사의 노선의 기능은 동일하다고 말할 수 있다.

"살아있는 올바른 사람들의 형상이 생각들을 창조하지만, 생각이 형상들을 창조하지는 않는다"[23]는 원칙에 의거해 체호프는 이오늬치의 외관묘사를 통해 점점 '나락과 침체로 빠져드는 자아의 양상'을 면밀하게 그려낸다. 초기의 이오늬치(스따르쩨프)의 자아와 점점 변해가는 이오늬치의 자아가 극명하게 대조된다.[24] 바로 <이오늬치>에

---

23) Паперный З. С. Записные книжки Чехова. М., 1976, С. 55에서 재인용.

24) 이에 관해서 까따예프는 자신의 저서 한 장을 할애해 "스따르쩨프와 이오늬치"란 제목으로 상세하게 분석하고 있다. 초기의 이오늬치의 내면세계에서는 자기성찰과 자아각성이 행해지고 있다. 까따예프는 이 때의 이오늬치를 스따르쩨프라고 부르면서, 점차로 일상의 범속성에 빠져들면서 살이 쪄서 몸을 가누기도 어려워지는 장년의 이오늬치와 구별한다(Катаев В. Б. Сложность простоты : рассказы и пьесы Чехова, С. 13-22).

나타난 이러한 특성이, 상황의 에피소드와 세부묘사가 강조되어 '자아의 양상'을 드러내는 <문학선생>의 특성과는 대비된다.

한편 이오늬치와 여주인공과의 관계는 사랑의 단일한 감정이 점차로 소비되는(없어지는) 관계로[25], <문학선생>의 니끼찐과 마샤와의 관계와 유사하다(<개를 데리고 다니는 부인>의 구로프와 여주인공과의 관계와는 정반대의 경우가 된다). 이 작품도 <문학선생>처럼 주인공 이오늬치가 '사랑의 프리즘'을 통해 자신의 자아를 확인하는 과정을 보여주고 있다. 현재의 유일한 참된 사랑을 발전시키려고 노력하는 구로프와는 달리, 이오늬치와 니끼찐의 경우에는 '사랑의 불꽃'이 꺼져 버린다. 그래서 두 작품 모두 경쾌하고 따뜻한 톤에서 무겁고 차가운 톤으로 변한다. 하지만 <문학 선생>에서 주인공 니끼찐은 '자기성찰'을 통해 '갑작스럽게' 삶의 변화를 추구하는 모습을 드러낸다. 그에 반해, 이오늬치는 '점점' 변해 가는 외관과 겹쳐지면서 나락으로 떨어지는 자아의 모습을 보여준다.

이제는 <문학선생>과 <결투>를 체호프의 예술적 기법 차원에서 고찰하면서, 주인공의 (내면)세계에 나타난 삶(현실)의 의미와 참된 실제의 진리를 찾아가는 주인공 자아의 양상을 비교해보도록 하자.

<문학선생>은 미학적 측면에서 고지(高地)에서 저지(低地)로 이행하고, <결투>와 <개를 데리고 다니는 부인>은 저열(低劣)에서 고양(高揚)으로 이행한다. 이러한 사실은 니끼찐의 사랑의 감정이 식어버리는 것으로 명백해진다. 반면에 라예프스끼와 구로프는 여주인공과의 관계에서 사랑의 감정을 되살린다.

---

25) Паперный З. С. Записные книжки Чехова, С. 81.

<문학선생>의 주인공과는 달리, <결투>에서의 주인공은 처음부터 현재의 공간에서 떠나가려고(달아나려고) 한다. 여기서 떠남(달아남)의 모티브는 '거짓과 위선의 삶으로부터의 해방'에 다름 아니다. 하지만 '지금, 여기'의 물리적 공간으로부터 단순한 떠남(달아남)이 '거짓과 위선의 삶으로부터의 해방', 참된 자유를 담보해주는 것이 아니라는 걸 나중에 가서야 깨닫는다. 그래서 니끼찐과는 달리, 라예프스끼는 일상의 '바로 그 자리'에서 자신의 노동을 통해 '갱생의 삶'을 시작하고, '순수한 원래의 자아'를 회복하려고 노력한다.

<결투>에서 결투자로서 폰 꼬렌은 중요한 역할을 한다. 그는 현실과 관념의 괴리로 갈등하는 주인공 라예프스끼를 더 선명하게 부각시켜준다. 또한 그는 라예프스끼가 자아의 갈등을 해소해 나가는 데 결정적으로 기여한다. <문학선생>에서도 슈제프의 믈밑 흐름에서 그와 유사한 역할을 담당하는 쉐발진이란 인물이 있다. <결투>의 폰 꼬렌과 <문학선생>의 쉐발진은 주인공의 거짓과 위선 그리고 허위를 벗겨내려는 체호프의 의도에서 나온 장치로서 의미를 갖는다.

<결투>에서는 주인공이 결투에 나가기 전의 상황이 묘사된 17장이 중요하다. 또한 17장의 제사(題詞)로 사용된 뿌쉬낀의 시 <회상>은 <결투>의 뽀드쩩스트가 된다. <문학선생>의 뽀드쩩스트인 <눌린 백작>과는 달리, 뿌쉬낀의 시 <회상>은 텍스트의 주제와 아주 직접적으로 연관 된다[26]. <결투>의 주인공이 자신을 성찰하고 삶(세상)을 바라보는 방식의 변화가 생겨나게 되는 그 상황이 시 <회상>의 서정적 자아의 상황과 겹쳐지기 때문이다.

---

26) Эткинд Е. Г. Внутренний человек и внешняя речь. М., 1998. С. 386-393 ; 강명수, "체호프의 사상적인 중편소설 장르에 나타난 풍경의 인식론적 기능", 156쪽 참조할 것.

결투에 나가기 전의 심리 상황이 묘사된 17장과 같은 기능을 담당
하는 중요한 부분이 <문학선생>에도 존재한다. 바로 2장의 후반부가
시작되는 부분이다. 이 부분에서는 주인공이 카드게임에서 돈을 잃
어버리는 사건과 관련된 진술이 드러나 있다. 이 사건으로 말미암아
주인공의 자기성찰이 촉발되고, 자신의 환상을 벗어던지는 계기가
마련된다.

또한 <결투>에서는 주인공의 '자아각성'과 결부된, 삶의 의미를
드러내는 진술들이 있다. <문학선생>에서도 이와 비슷한 역할을 하
는 진술들이 작품의 2장 후반부에 나타나 있다. 이 또한 '순수한 원래
의 자아', '본질적 자아'의 회복과 연결된다.

> "그는 어슴푸레한 자기의 별을 하늘에서 밀어 낸 것이다. 별이 지면서 그
> 흔적은 밤의 어둠 속으로 파묻혀 버렸다. 별은 이제 하늘로 돌아갈 수 없을
> 것인데, 왜냐면 인생은 단 한번 주어지는 것이고 되풀이되는 것이 아니기
> 때문이다."(7, 438)

> "그는 고요한 가정의 행복에 미소를 보내고 있는 부드러운 램프의 불빛
> 외에도, 자신과 여기 있는 이 고양이가 이리도 평온하고 달콤하게 살아가
> 고 있는 이 작은 세계 외에도, 또 다른 세계가 엄연히 존재하고 있다는
> 것에 대해 생각했다… **그러자 그는 갑자기 슬픔을 느꼈고, 또 다른 세계로
> 가고 싶다는 생각에 맹렬히 사로잡혔다. 어디 공장이나 커다란 작업실에
> 서 몸 바쳐 일하고, 강단에서 강의하고, 책을 저술하고, 출판하고, 떠들고,
> 지치고, 애를 써보기 위해서……그는 자기 자신을 망각하고, 그렇게 단조
> 롭기 짝이 없는 개인적 행복에 냉담하게 될 정도로 자신을 사로잡아버릴
> 그 무엇인가를 바랐다.**"(8, 330) (진한 글씨는 인용자 강조임).

위의 첫 번째 인용문은 별과 하늘 그리고 어둠의 관계를 통해 라예프스끼의 삶과 관련하여 많은 것을 암시한다. 이것은 까프까즈에서의 삶의 현실(거짓, 나태, 권태)로부터 순수했던 시절로 돌아가서 거짓 대신 진실을, 나태 대신 노동을, 권태 대신 기쁨을 갈망하는 주인공의 자아와 연결된다. 별의 알레고리는 결국 라예프스끼가 하늘에서 자신의 소중한 별('순수한 원래의 자아', '본질적 자아')을 밀어내지 말아야 하겠다는 속내를 드러내는 것으로 귀결된다고 하겠다. 두 번째 인용문에서 '또 다른 세계' 역시 거짓대신 진실을, 나태대신 노동을, 권태 대신 기쁨을 갈망하는 니끼찐의 '자아의 양상'과 연관되고, 삶(현실)의 의미와 참된 실제의 진리를 찾으려는 주인공의 열망과 결부된다.

한편 <문학선생>의 결말 부분과는 달리, <결투>의 결말 부분에 해당하는 19장에서는 주인공의 운명과 앞으로 그의 삶의 변화를 예시하는 풍경이 나타나 있다. 주인공의 자아가 일상적 삶의 세계와 화해(조화)로 나아가게 됨을 암시하는 풍경이 등장하고 있는 것이다.

> "동쪽 산마루로부터 두 줄기 녹색 빛이 뻗쳐 나왔는데, 이것은 실제로 정말 아름다웠다. 해가 떠오르고 있다."(7, 443)

19장의 "해가 떠오르고 있다"는 21장의 '바다를 보면서 떠오르는 생각들로 이루어진 주인공의 독백'과 결부되면서, 일상적 삶의 세계와 주인공의 자아의 화해를 암시하고 있다. 동일한 맥락에서 인용문에 묘사된 "두 줄기 녹색 빛"은 '이상의 세계로 이어지는 실재의 빛'이자 '현실과 관념이 서로 되비추며 화해(조화)의 세계로 나아가는 동선(動線)'처럼 여겨진다. 이러한 것들이 참된 실제의 진리와 삶의 진정한 의미를 찾는 체호프의 주인공의 자아를 상징적으로 묘사하고 있다. 나아가서 최종의 한 줄기 효과적인 가는 선으로 체호프의 입장을 알려주는 주요한 장치가 된다.

　<문학선생>, <이오늬치>, <결투>에 나타난 삶(현실)의 의미와 참된 실제의 진리를 찾으려는 주인공의 '자아의 양상' 비교 연구는 체호프 예술세계의 구조 - 의미론적 특성들을 고스란히 반영할 뿐만 아니라, 새로운 패러다임을 모색하는 체호프 예술세계의 미학적 특질들을 예술적 기법차원에서 보여주고 있다.

4장
나의 삶

"아무 것도 의미 없이 사라지지 않나니…"

1.

후기 체호프는 '일상적 삶'을 매개로 해서 지루함, 무기력, 나태, 범속성, 허위관념에 빠져 허우적거리는 인간 자아의 양상을 가장 오롯하게 형상화시켰다. 그래서 그의 후기작품세계에서는 갈등의 불씨를 간직한 채로 무의미하고 공허한 삶을 사는 주인공 자아의 양상도 나타난다(<문학선생>(1889, 1장), <나무딸기>(1898), <사랑에 대하여>(1898), <상자 속에 든 사나이>, <이오늬치>). 또한 허위관념으로 인해 일상적 삶의 세계에 뿌리내리지 못한 채, 세계와 충돌하는 주인공 자아의 양상도 표출된다(<들 뜬 여자>, <목에 걸린 안나 훈장>). 한편으로 세계와의 소통을 통해 갈등을 해소하고자 하지만, 현실에서 탈출구를 트지 못해 고통당하는 주인공 자아의 양상도 드러난다(<6호실>, <문학선생>(1894, 2장)). 다른 한편으로 체호프는 일상적 삶에서 생겨난 허위관념, 거짓된 믿음, 허명(虛名), 환상을 벗고, 세계와 자아의 갈등 너머에 존재하는 참된 실제의 진리와 삶의 진실을 찾아가는 주인공(주인공-화자) 자아의 양상을 표현하기도 한다(<등불>, <지루한 이야기>, <나의 삶>, <왕진 중에 있었던 일>(1898), <용무가 있어서>(1899), <개를 데리고 다니는 부인>(1899), <약혼녀>, <주교>). 이처럼 체호프는 자신의 후기작품 세계에서 일상적 삶과 관계 맺고 있는 주인공 자아의 다양한 양상 보여주기(Showing)를 자신의 후기작품세계의 중심에 놓았다.

본 연구는 <나의 삶>을 중심으로 해서 '지방도시의 일상적 삶과 결부된 주인공 자아의 양상'을 탐구하고자 한다. 이 작품에 나타난 주인공은 당대 사회 현실과 소통하면서 보다 나은 미래를 위해 삶의 변화를 모색하고 있다. 또한 거짓과 위선의 세계로부터 참된 생활이 있는 세계(새로운 인식이 있는 세계), 삶의 진실이 있는 세계로 나아가는 어귀에 서 있다. '지방도시의 일상적 삶과 결부된 주인공 자아의 양상'의 프리즘으로 이러한 제반 사실들을 고찰하고자 한다.

2.

<나의 삶>은 '지방도시민의 이야기'라는 부제가 붙은 체호프의 대표적인 후기 중편소설이다. 이 작품의 주인공인 미사일은 '육체적 노동의 필요성'을 강조하는 똘스또이즘[1])의 신봉자로서, 소박하고 단순

---

1) 강명수, "가르쉰의 소설세계에 반영된 똘스또이즘 : 그 수용과 변용에 대한 일고(一考)", 『세계문학비교연구』 제17집(2006.12.30), 281-304쪽 참조. 똘스또이즘, 똘스또이주의는 대체로 다음과 같이 요약, 정리할 수 있다: 1) 육체적 노동을 통해 단순하고 소박한 생활을 영위하는 것 2) 인생의 의미를 선(善)의 희구(希求)에 두면서, 이타(利他)와 더불어 '신(神)의 활동이라고 말하는 사랑'을 실천하는 것 3) 도덕적 자기완성에

한 삶을 살고자 하는 인물로 형상화된다. 그는 마샤 달지꼬바와의 결혼 생활을 통해 자신의 관념을 실천하고자 한다. 하지만 마샤는 새로운 시대적 - 사상적 조류에 단지 호기심으로 접근하던서 미사일을 통해 색다른 삶의 충족감만 만끽하려고 한다.

마샤와의 만남과 이별에 대한 미사일의 생각은 다음과 같이 표출된다.

> "우리의 만남과 결혼생활은 이 생기발랄하고 재기 넘치는 여성의 삶에 앞으로도 여러 번 있을 수 있는 하나의 에피소드에 지나지 않았다 (…) **여러 사상과 최신의 지성 사조까지 그 모든 것들은 그녀의 삶을 다양하고 풍요롭게 해주는 쾌락일 뿐이었다. 나는 그녀를 하나의 열락에서 또 다른 열락으로 인도하는 마부에 불과했다.** 이제 난 더 이상 그녀에게 필요치 않은 존재가 되어버렸다. 그녀가 날개를 퍼덕이며 둥지를 날아가 버리면, 나는 혼자 남겨지게 될 것이다."[2] (진한 글씨는 인용자 강조임).

마샤는 수도 뻬쩨르부르그에 머물며 미사일과 별거를 시작하고, 좀 있다가 미국으로 떠나면서 영원한 이별을 통보하는 편지를 쓴다. 마샤는 그 편지에서 다윗 왕에게 '모든 것은 사라지나니…'라고 새긴 반지가 있었다고 소개하면서 다음과 같이 결말을 맺는다.

> "모든 것이 다 지나가고 인생조차 다 흘러 지나가는 것이라면 무엇이 필요할까요. 혹시, 필요하다면 오직 한 가지, 자유 의식이겠지요. 왜냐하면 인간

의 이상을 실행하는 것 4) 물질 문명 사회의 불의, 부정, 근원적 악에 대한 비판 5) 악에 대한 무저항의 저항.

2) Чехов А. П. *Полн. собр. соч. и писем. В 30 т.* Соч. Т. 9, М., 1985, С. 262. 편의상 원문을 번역 인용하였고, 이어지는 인용문은 인용문 끝의 괄호 속에 책의 권수와 쪽수를 쓸 것이다.

은 자유로울 때에만, 아무 것도 진정 아무 것도 필요치 않으니까요. 당신과 나를 잇는 실을 끊어 주세요. 당신과 당신 누이를 힘껏 끌어안을게요. 당신의 M을 용서해주시고, 잊어주세요."(9, 272)

이 편지를 읽은 주인공은 자기 자신과 누이, 마샤와 블라고보를 놓고 생각에 잠긴다.

"마샤에겐 미국과 '모든 것은 사라지나니…'라고 새겨진 반지가 있고, 블라고보에겐 박사논문과 학자로서의 미래가 기다리고 있다. 나와 누이만 과거와 같은 처지로 남아있는 것이었다."(9, 275)

결말에서 주인공은 '모든 것은 사라지나니…'라고 새긴 반지에 대해 다음과 같은 관념을 피력한다.

"만일 내가 반지를 구입하고 싶은 맘이 생기면, 나는 '아무 것도 의미 없이 사라지지 않나니……'라는 문구가 있는 것을 고를 것이다. **나는 어떤 것도 아무 흔적도 없이 사라지지는 않으며, 아주 작은 발걸음조차도 현재와 미래의 삶에 대한 의미를 지닌다고 믿는다.**"(9, 279) (진한 글씨는 인용자 강조임).

이제는 '지방도시민의 이야기'라는 부제가 붙은 이 작품을 '일상적 삶과 결부된 주인공 자아의 양상' 차원에서 다시 접근해보도록 하자. 아울러 주인공이 지방도시 공간에서 이방인이 아니라 정주민으로 정착해가는 과정도 파악해보도록 하자.

<나의 삶>의 초반부에서는 마샤가 지방도시의 아마추어 예술가 모임에 관여하면서 미사일과 마샤 사이의 관계가 지방도시/수도라는 공간의 대립으로 나타난다. 하지만 미사일과 마샤의 결혼생활이 시

골 영지에서 시작되면서부터 지방도시/시골이라는 공간의 대립이 우세를 점하게 된다. 결말에 가서는 주인공의 삶에 지방도시/수도, 지방도시/시골의 층위가 서로 포개지면서 '일상적 삶과 결투된 주인공 자아의 양상'이 오롯하게 표출된다.

똘스또이즘에 입각한 미사일의 삶은 마샤의 삶과 갈등을 낳는다[3]. 한편 미사일과 의사 블라고보는 대화나 논쟁에서 평행선을 달리면서도, 그것을 통해 인간적으로 가까워진다.[4] 하지만 19세기 말 러시아에서 행해진 지식인사이의 논쟁('진정한 진보란 무엇인가?')이라는 측면에서 보면 서로 갈등·충돌하는 양상이다.

> "나는 진보, 문명, 문화의 계단을 따라 갑니다. 정해진 어느 방향으로 가는지는 모르지만 계속해서 가겠지요. 이 문명의 놀라운 계단 하나만으로도 살아갈 가치가 있는 거지요. 그런데 당신은 무엇을 위해서 살죠? <…> 우리가 생각해야만 될 것은 모든 인류가 기대하는 위대한 엑스, 미지의 세계란 말이오."(9, 221)

블라고보에겐 무엇보다 문화의 진보와 앎의 축적이 중요하다. 블라고보는 인류의 미래를 위해서 학문과 과학에 종사하는 것에 최고

---

3) 1880년대 말에서 1890년대 초 '지방도시 공간 ─ 러시아'에서는 육체에 의한 '노동 선전'이 광범위한 호응을 얻었다. 동시에 이러한 노동 선전은 '자신의 노동에 의한 삶'의 호소로 연결되었다. 체호프의 후기 단편소설인 <왕진 중에 있었던 일>(1898), <약혼녀>(1903)와 사상적인 중편소설 <나의 삶>(1896) 그리고 희곡 <세 자매>(1901)에서도 지속적으로 '자신의 노동에 의한' 삶의 갈구와 호소가 반향을 낳는다. 특히 <나의 삶>에서 허위 의식에 싸인 마샤와는 달리 미사일은 모든 희생을 감수하면서 '자신의 노동에 의한 삶'을 살아간다. 그는 이 생활을 통해 똘스또이의 이론('작은 일'과 '간소화')을 실천하고 있다(См.:Бердников Г. П. *А П Чехов* Идейные и творческие искания. М., 1984, С. 335-345).

4) Степанов А. Д. *Проблемы коммуникации у Чехова* М., 2005, С. 149.

의 가치를 두고, 그러한 가치를 실현하면서 살아가고자 노력한다. 그에게 '진보'란 상당히 '기술적 - 과학적 개념'으로 인식되는 까닭에, 인류의 행복한 미래를 학문과 과학의 만개(滿開)에서 찾는다.

'진보'에 대한 논쟁을 펼치며 자신의 관념을 드러내는 의사 블라고보는, 미사일의 여동생과 사귀다가 그녀를 임신시킨다. 그 후 어떤 언약도 없이 뻬쩨르부르그로 떠난다.[5] 반면에 미사일은 지방도시에 사는 이웃사람들로부터 이해받지 못하고 소외당하면서도 '육체적 노동'을 계속하면서 묵묵히 살아간다.[6] 미사일에게 '진보란 결국 사랑이며 도덕적 규율을 순결하게 수행하는 것'에 다름 아니다. 그에게 '진보'란 상당히 '도덕적 - 윤리적 개념'으로 인식된다.[7] 그래서 미사일에겐 지방도시 공간이 도덕적 범주와 결부되고[8], '진보'의 실험장으로 인식된다.

> "아마도 진보라는 건 사랑으로 행하는 것이며, 도덕적 규율을 수행하는 것입니다. 만일 당신이 아무도 억압하지 않아, 어느 누구도 고통 받지 않는다면, 당신에게 더 이상의 어떤 진보가 필요하겠습니까?"(9, 220)

---

5) 그래서 까따예프는 체호프의 주인공―지식인의 관념에 대해 다음과 같이 말한다 : "정신의 고양된 상태에서 그가 어떠한 말을 진술할 것인가가 아니라, 말의 진술 이후에 주위의 삶과 어떠한 관계로 존재하는가가 훨씬 더 중요하고 흥미로운 것이다"(Катаев В. Б. "Герой и идея в произведениях Чехова 90-х годов", *Вестник московского университета* No. 6, M., 1968, C. 37). 까따예프의 이러한 언급은 체호프의 후기 작품세계에 나타난 지식인 자아의 한 특성을 잘 반영하는 측면이 있다.

6) '인간 사이의 이해의 부재'라는 문제는 '세계와 충돌하는 주인공 자아의 양상'을 표출하는 것과 관련된다. 미사일은 주변 사람들의 몰이해와 오해로 고통 받지만 그는 자신이 소망하는 대로 살고자 노력한다.

7) Степанов А. Д. *Проблемы коммуникации у Чехова*, C. 149-150.

8) См. : Шах-Азизова Т.К. *"Чеховская провинция"*, *Чеховские чтения в Ялте : Чехов и XX век*(Выпуск 9). M., 1997, C. 65-71.

지방도시의 일상적 삶에서 미사일이 제1의 과제로 제시하는 사항은 인간이 인간에 의한 심리적 억압으로부터 벗어나고, 경제적 착취로부터 해방되어, 정신적 자유와 삶의 충만을 누리는 것이다.[9] 그는 이와 같은 '이상을 추구하는 과정'에서 무엇보다 우선해서 육체적 노동을 강조한다. 그런데 흥미로운 건 관념적 결투자인 의사 블라고보와 미사일의 관계[10]가 일관되게 수도/지방도시라는 공간의 대립 관계로 상징화된다는 점이다. 블라고보는 1895년부터 수도 뻬쩨르부르그에서 유행하기 시작한 자전거를 타고, 최신 양복을 입고 대화나 모임에 등장한다.

> "의사 블라고보가 자전거를 타고 우리에게 왔다."(9, 252)

> "의사 블라고보가 왔다 <…> 그는 이미 군의관을 관두었던 터라 양털 직물의 저고리와 폭이 넓은 바지를 입고 근사한 넥타이를 매고 다녔다. 누이는 그의 나비넥타이와 단추, 멋 내기위해 양복 앞 주머니에 꽂고 다니는 붉은 비단 손수건에 감격했다. 어느 날 나와 누이는 할 일도 없고 해서 장난삼아 그의 옷 가지 수를 세어 보았다. 그의 양복은 최소한 열 벌은 되었다."(9, 273-274)

---

9) 체호프의 세계에서 나타나는 정신적 자유, 삶의 충만 그리고 자기 내부로 향하는 인식과 자아성찰에 대해서는 다음의 자료를 참조할 것 : Лакшин В. *Толстой и Чехов* М., 1975, C. 163-66, 306-310.

10) 지방도시 공간에서 두 관념적 결투자의 논쟁은 19세기말 그 당시에 충돌하고 대립하며 상호 모순을 양산하던 러시아 지식인들의 내면세계를 온전하게 나타내고자 하는 체호프의 입장을 반영하고 있다. 체호프는 저자의 입장에서 블라고보의 삶과 그의 진보에 대한 견해를 서술하면서 직접적으로 가치 평가나 판단을 내리지는 않는다. 하지만 도덕적-윤리적 차원에서 블라고보를 부정적 시각으로 그리면서 미사일의 말의 내용에 더 경도되는 듯하다.

'진보'에 대한 논쟁을 펼치는 의사 블라고보는 수도로 가서 세속적 성공을 위해 노력한다. 반면에 주인공인 미사일은 자신의 관념과 이상을 실천하기 위해 '육체적 노동'을 통해 '도덕적 삶'을 살고자 노력한다. 자신이 추구하는 내면의 소중한 것들을 자신이 몸담고 있는 그 공간의 일상적 삶에서부터 실현하고자 한다.

그는 이전부터 건축가인 아버지의 몰개성과 완고함, 독단을 반영한 이 지방도시 공간의 건물 구조에 반감을 품었고, 이 지방도시민의 속물적 삶을 혐오했다. 그러면서도 그는 이 지방도시 공간을 사랑하는 '양가적 감정'을 지니고 있다. 그런데 이 작품에서 미사일과 아버지의 관계는 체호프와 그의 아버지의 관계를 떠올리게 한다. 그리고 미사일이 자신의 고향인 지방도시에 품는 양가적 감정은 체호프가 '원형의 공간 – 따간로그'에 가지는 양가적 이미지(유폐된 지방도시 이미지와 밝게 트인 자연 이미지)에 비견될 수 있다.

> "난 아버지에게로 갔다. 아버지는 책상에 앉아 설계도를 그리고 있었다. **설계도의 건물은 소방서 망루와도 같은 두터운 탑이 서 있는 고딕식 창문이 달린 고집스럽고 졸렬한 것이었다.**"(9, 276)(진한글씨는 인용자 강조임).

> "그러나 우리에게 강요하는 아버지의 그 인생은 왜 그리 지루하고 졸렬한 지요. 아버지가 30년 동안 지은 집들에 사는 이 사람들 중에 어떻게 죄를 짓지 않고 살아야 하는지 제가 보고 배울 만한 사람이 어째서 단 한 명도 없을까요? 이 도시엔 정직한 사람이 단 한 명도 없어요!"(9, 278)

> "**이 초록 나무들과 조용하고 태양이 빛나는 아침, 우리 도시의 종소리를 사랑했지만, 이 도시에 나와 함께 사는 사람들은 낯설고 지루하고 혐오스럽기조차 했다.** 난 그들을 좋아하지 않았고 이해할 수도 없었다."(9, 205)

(진한글씨는 인용자 강조임).

주변 사람들의 몰이해와 오해에도 불구하고 미사일은 자신의 내부에 자리 잡고 있는 주도적 관념이 이끄는 대로 노동하는 삶, 단순하고 소박한 삶을 살고자 노력한다. 이러한 삶의 과정은 미사일 자신의 참된 자아에게로 돌아가는 길이 되고, 자기 긍정으로 향하는 도정이 된다. 나아가서는 이 지방도시 공간에서 '이방인이 아니라 정주민으로 정착해가는 과정'[11])이 되고 참된 실제의 진리와 삶의 진실을 찾아가는 도정이 된다. 그래서 미사일은 작품의 후반부에서 '자신의 지내온 삶'에 대해 이렇게 피력한다.

> **"내가 겪었던 일은 헛되이 사라지지 않았다.** 내가 감당해야 했던 불행과 인내는 사람들의 가슴을 때렸고, 이제는 나를 '잔돈푼이'라고 부르지 않고 조롱하지도 않는다. 상점을 지날 때 물 뿌리는 일도 없다. **사람들은 귀족 출신인 내가 물감 통을 들고 다니며 유리 끼우는 것을 더 이상 이상한 눈으로 바라보지 않는다.** 반대로 그들은 흔쾌히 내게 일을 맡겼고, 나는 레지카 다음으로 꽤 실력 있는 십장으로 인정받게 되었다."(9, 279) (진한글씨는 인용자 강조임).

이 작품의 결말은 '이방인이 아니라 정주민으로 정착해가는 미사일의 세계'를 다시 한 번 보여준다. 그리고 그의 "내밀의 공간과 세계의 공간, 이 두 공간이 어울리게 되는 것"[12])을 암시하면서 끝을 맺는다.

> **"평일에는 이른 아침부터 저녁때까지 바쁘다. 날씨가 좋은 축제일마다 내**

11) См. : Густафсон Ричард Ф. *Обитатель и чужак* Л., 2003, С. 17–65.
12) 가스통 바슐라르, 『공간의 시학』(개정판), 곽광수 옮김, 서울 : 동문선, 2003, 343쪽.

어린 조카딸의 손을 잡고 천천히 걸어서 묘지로 간다(누이는 사내아이를
원했으나 딸을 낳았다). 그리고 거기 앉거나 선 채로 소중한 사람이 묻혀
있는 무덤을 오랫동안 바라보며, 조카딸에게 여기 너의 엄마가 누워 계신
다고 말한다."(9, 280) (진한글씨는 인용자 강조임).

결말에서 미사일의 영혼은 '절충적 공간(срединное пространство)[13]
— 묘지'를 매개로 해서 자신이 정주하는 공간과의 화해로 나아간다.
<나의 삶>에서 절충적 공간인 '누이가 누워 있는 묘지'는 영혼의
상승 공간(수직구조)이자 육신의 휴식 공간(수평구조)이다. 나아가서 삶
과 죽음의 절충적 공간이자 비일상적 시공간이기도 하다[14]. 미사일
의 내면 정서의 비상 그리고 관념 운동의 상승 과정은 '누이가 누워
있는 묘지'라는 '절충적 공간'에서 무게중심을 잡는다. 또한 축제일마
다 걸어서 이 묘지를 찾는 것은 비일상적 시공간으로 진입하는 행위
인데, 자아와 현실세계가 화해하는 모습으로 비춰진다.

이처럼 미사일은 지방도시 공간에서 '이방인이 아니라 정주민으로
정착해가는 과정'을 밟는데, 체호프는 이 과정을 통해 미사일이 어떻
게 '축제가 아닌 일상을 살아내는가'를 찬찬히 보여주면서, 삶의 진실
을 찾아가는 도정을 면밀하게 묘사하고 있다.

---

13) 절충적 공간(срединное пространство)은 <개를 데리고 다니는 부인>에서는 '도시
S' 로 표현된다. 이 작품에서 '도시 S'는 모스끄바의 일상적 공간(북쪽의 높은 곳에 위치)과
얄타의 휴식 공간(남쪽의 낮은 곳에 위치) 사이에 존재하는 지방도시 공간이다. 이 공간에
서 남자 주인공은 자신의 노년의 백발을 바라보며 삶의 진실을 생각한다(Щербинин Ж.
Де. "Чехов и срединное пространство : <Дама с собачкой>", Чеховские чтения
в Оттаве. Тверь-Оттава, 2006, С. 118-123). <나의 삶>에서는 이 절충적 공간이 '누
이가 누워 있는 묘지(무덤)'로 표현된다.
14) 묘지(무덤)에 관한 공간기호학적 해석은 이어령, 『공간의 기호학』, 서울 : 민음사, 2000,
501쪽을 참조할 것.

3.

 <나의 삶>의 주인공은 지방도시의 일상적 삶에서 낯선 이방인이 아니라 진정한 정주민으로 살아가고자 노력한다. 또한 자신이 속한 바로 그 공간에서 새로운 삶의 기반을 마련한다. 이러한 주인공의 삶의 자세는 참된 자아에게로 돌아가는 과정이자, 자기 긍정으로 향하는 도정이 된다. 이 작품에서 지방도시의 일상적 삶은 도덕적 범주와 결부되고, '진보' 개념의 실험장으로 인식된다. 하지만 체호프는 어느 등장인물의 관념과 사상에 대해서도 도덕적 − 윤리적 가치평가를 내리진 않는다.

 지방도시 공간에 거주하면서 당대 사회 현실과 소통하고 보다 나은 미래를 위해 삶의 변화를 모색하고 있는 <나의 삶>의 주인공은, 거짓과 위선의 세계로부터 참된 삶이 있는 세계(새로운 인식이 있는 세계)로 나아가는 과정에 서 있다. 체호프는 이 두 작품에서 실재와 이상 사이에서 서성거리는 주인공을 통해 현실에 대한 자신의 균형감각을 드러내고자 노력했다.

 이렇게 '지방도시의 일상적 삶과 결부된 주인공 자아의 양상'을 통해, 체호프는 '삶의 물음'에 대해 하나의 의미로만 귀결되지 않는 '대답의 과정', '과정의 시학'을 보여주고자 했다. 그 속에는 저자의 필연성(끝없는 '자아성찰의 과정')이 녹아 있다. 나아가서 체호프는 관념과 이상으로부터 현실과 실재의 거리를 단축시키고자 하는 의도를 일관되게 형상화한다. 이러한 모든 것이 종국에는 새로운 패러다임을 모색하는 체호프 예술세계의 미학적 특질들을 예술적 차원에서 보여주는 장치가 된다.

5장
용무가 있어서

"우리는 간다네, 우리는 간다네…"

1.

세기말의 러시아 사회는 알렉산드르 3세(1881‒94)와 그의 아들 니꼴라이 2세(1894‒1917)의 반동정책으로 사회전체를 질식할 듯한 분위기로 만들어 갔다[1]. 또 다른 한편으로 농노해방 후 발달한 자본주의 생산양식은 러시아 사회의 분화와 해체에 일익을 담당했다[2]. 이 와중에서 도시의 노동자들과 농촌의 농민들의 일상적 삶의 조건은 피폐해졌다. 이러한 상황은 노동자와 농민들을 불안 속에서 하루하루

---

[1] 이에 대해서는 니콜라스 V. 랴자노프스끼, 김현택 옮김,『러시아의 역사 II 1801-1976』, 서울 : 까치, 1997, 119-128쪽 참조할 것. 시대착오적인 알렉산드르 3세의 반동정책은 농노해방 이후 러시아의 사회발전 경향을 전적으로 무시한 처사였다(박태성,『역사 속의 러시아문화』, 부산 외국어대학교 출판부, 1998, 273쪽 참조).

[2] 19세기 후반의 러시아 경제는 산업혁명이라고 부를 수 있을 만큼 급속한 공업발달이 이루어졌다. 또한 신용대출과 경제활성화를 위한 은행제도가 자리를 잡았다. 그러나 문제는 산업발달 이면에 있는 생산주체들의 생활이었다(박태성,『역사 속의 러시아문화』, 274쪽 참조).

를 살아가게끔 했다. 따라서 그들의 정신적 외상은 깊어질 수밖에 없
었는데, 그것은 지배층에 대한 반감과 변화에 대한 열망으로 동시에
표출되었다. 이러한 시대적 징후들[3]은 깨어있는 일부의 지배층(지주
와 귀족들)에게도 감지되었다. 그들도 역시 불안[4]하기는 마찬가지였
다. 그런데 전문 직업인(의사, 법률가)들 중 다수는 "심리적, 개인적 현
상이지만, 동시에 사회적 현상이기도 한 불안"[5]을 누구보다 먼저 감
지했다. 그리고 그들은 시대의 이면에서 소용돌이치는 개별적이면서
도 보편적인 인간 내면의 인식들과 '현실을 압도해 나가는 외부적 힘
의 메커니즘'을 구체적으로 읽어 내었다.

　체호프는 동심원적 파문을 일으키는 시대적 징후들을 이같은 전문
직업인들의 말과 관념을 통해 드러낸다(<왕진 중에 있었던 일>, <용무가
있어서>). 그리고 체호프는 시대적 징후들을 예민하게 감지하는 전문

---

3) "소설은 징후들의 세계이다. 소설은 삶과 사물의 세계의 의미를 설명하지 않고 그 징후
　들을 보여준다. 징후들은 한 시대를 표상하고 지배하는 욕망과 정서, 억압과 금기들,
　그리고 변화를 감싸안고 아우르며, 돌이킬 수 없이 드러내 보인다. 징후들을 통해 한
　세대의 삶의 이면에서 소용돌이치는 인식의 지형도를 드러낸다. 징후들은 풍경으로 구
　체화되고 가시화 된다"(장석주, "소설과 삶", 『문학, 인공정원』, 서울 : 프리미엄북스,
　1997, 203쪽).

4) "불안이란 먼저 외부의 위험을 감지한 데 대한 반응으로서 도주반사(逃走反射)와 결부
　되어 있으며, 또 자기보존본능의 발현으로 간주해도 좋을 것이다. 어떤 상황에서 어떤
　대상에게 불안이 나타나는 가는 물론 거의가 당사자의 지식의 상태와 외부에 대한 그의
　민감성의 정도에 달려 있다"(프로이트, 『정신분석입문』, 오태환 옮김, 서울: 선영사,
　1992, 388쪽) ; 프로이트의 "후기의 새로운 견해에 따르면, 불안은 위험상태의 등장을
　예고함으로써 이 위험상황을 효과적으로 피하거나 방어할 수 있도록 자아가 보내는
　신호이다"(홍준기, "라깡과 프로이트, 키에르케고르: 불안의 정신분석I", 『라깡의 재탄
　생』(김상환, 홍준기 엮음), 서울: 창작과비평사, 2002, 193쪽) ; "프로이트는 자아를 '불안
　의 소재지'로 보았다. 바로 이 자아가 인간주체를 위협하는 위험상황에서 이를 피해
　도망가거나 이에 대처해 준비할 수 있도록 불안이라는 '위험신호'를 보내는 것이다"(같
　은 곳).

5) 홍준기, 같은 논문, 224쪽.

직업인으로 하여금 '존재론적 자기전환'을 이룩하게 함과 동시에, 당대의 현실을 통찰하게 한다(<용무가 있어서>). 이러한 기법은 한 존재의 자아성찰에서 나오는 내면적 '울림'을 보여줄 뿐만 아니라, 개인과 개인 그리고 개인과 사회가 어떻게 서로 외부적으로 '반향'하는지도 우리에게 보여준다. 나아가서 당시의 러시아인이 몸소 처험한 굴곡진 삶의 세계를 수를 놓듯 재현시켜 준다. 나아가서 체호프는 전문직업인인 젊은 예심판사가 보여주는 '내성적(內省的)인 시각'으로 주변 현실과의 긴장관계를 창출한 후, 다시 그 시각을 보편적 인간의 문제로, 동시대의 인간관계의 문제로까지 확장시킨다(<용무가 있어서>).

본 연구는 새로운 주체(세대)가 당대의 시대적 징후들을 인식하고 현실을 바르게 통찰하는 것을, 체호프의 기법(приём)[6]과 연계시켜 탐구하는 데 초점을 두고 있다. 그 작업의 일환으로서 우선 첫 번째로, <용무가 있어서>를 구성적 측면에서 살펴보고자 한다. 이 작품의 전체적 얼개를 말하면서, 시대적 징후들을 드러내는 기법들과 이야기의 엮어짐에 대해서도 간략하게 언급하려고 한다. 두 번째로, 주인공과 주민들의 불안에 대해 고찰하려고 한다. 이를 통해 등장인물들의 정신세계에 각인된 사회 - 역사적 파편을 끄집어내면서, 시대적 징후들이 자연스럽게 드러나도록 할 것이다. 세 번째로, 주인공의 꿈[7]을

---

6) 시인에게 '기법'이란 그가 시의 주제를 발견하고, 탐험하고, 발전시킨다는 것을 의미한다(Mark Schorer, "Technique as Discovery", James L. Calderwood & Harold E. Toliver(ed.), *Perspectives on Fiction*(Oxford University press, 1968), 200쪽 참조할 것). 체호프에게 있어 '기법' 역시 그러한 역할을 수행한다. 체호프의 작품에서 '예술적 기법'을 말한다는 것은 작품의 거의 모든 것을 말한다는 것을 의미한다. 체호프에게 '예술적 기법'이란 체호프 자신의 삶의 경험을 의미하는 것이기도 하다.

7) "꿈(현재내용)이란 무의식적인 것(잠재내용)이 해석된 것이다"(이시형·여인중, 『이시형과 함께 읽는 프로이트』, 서울: 중앙 M&B, 2002, 143쪽) ; "꿈은 복잡한 텍스트"(같은

통해 '인간의 무의식'에 박혀 있는 시대적 징후들에 대한 탐색을 하려고 한다. 네 번째로, 주인공의 자아성찰의 시간에 혹은 현실을 통찰하는 순간에 동반되는 소리를 통해 드러나는 체호프의 기법 탐구이다. 마지막으로 이 작품에 나타나는 서술에 관한 문제이다. 이 작품에는 저자와의 거리가 상당히 좁혀진, 저자에 가까운 주인공이 등장한다. 이러한 주인공의 내면세계로 잠입해서 주인공의 관념(идея)과 이상(идеал)을 서술하는 화자는 주인공의 현실에 대한 통찰을 더욱 선명하게 부각시키면서, 시대적 징후들을 효과적으로 드러나게끔 하는 역할을 한다. 주인공의 내면에 잠입한 상태에서의 화자의 서술은, 종국에는 동시대와 관련된 체호프의 사상(идеология)까지도 표출한다.

2.

2-1. 지체하게 되는 상황의 설정

<왕진 중에 있었던 일>과 마찬가지로 "사건 장소에 도착 - 지체하게 되는 상황 - 주인공의 자아성찰 - 떠남"[8]의 구성은 개별적이면서도 보편적인 인간의 정신세계에 각인 된 시대적 징후들을 표면화하기 위한 중요한 장치가 된다. 달리 말하면, 주인공에게 내면적 성찰의 공간, 자아성찰의 시간을 자연스럽게 부여하면서 현실을 통찰하게끔 유도한다.

책, 153쪽)이고, "꿈은 인격의 가장 깊은 곳, 은밀한 것에 관한 것"(같은 책, 154쪽)이다 ; "꿈은 무의식의 흥분을 배출시키고 무의식의 밸브 역할"(프로이트, 『꿈의 해석(하)』, 김인순 옮김, 서울: 열린 책들, 1997, 713쪽)을 한다.

8) Сухих И. Н. Повторяющие мотивы в творчестве Чехова // Чеховиана : Чехов в культуре XX века. М., 1993. С. 28.

이 작품의 경우, 겨울의 세찬 눈보라로 인한 '지체하게 되는 상황'
의 유발은 공간의 극명한 대조를 만들어낸다 : 농가(촌 사무소)와 귀족
의 저택(따우니쯔 家)9). 이 두 공간은 시간의 흐름 - 운동과 결합하면
서, 예술적 시공간의 조직화에 관여한다. 한편 이 작품에 나타나는
시간의 흐름 - 운동은 3단계로 나누어지는데10), 주인공 르이진의 정
서적 - 심리적 상태와 관념의 운동, 현실에 대한 통찰을 단계적으로
반영하고 있다 : 농가(촌 사무소)에서 보낸 시간(눈보라로 인해 늦게 도착
한 당일 오후 5시부터 10시 15분까지) - 눈보라로 2번이나 길을 잃었다가
겨우 도착한 귀족의 저택(따우니쯔 家)에서 보낸 밤 시간 - 세찬 눈보라
로 지체하게 되어 귀족의 저택(따우니쯔 家)에서 지낸 1주야(晝夜).

르이진이 귀족의 저택에서 그 곳 가족들과 그리고 동료의사인 쓰
따르첸꼬와 함께 지체하며 보낸 1주야(晝夜)는 그가 보기에는 '공허
한', '여분의' 시간들이다11).

> "그들은 한 낮인 12시가 되서야 아침 식사를 끝내고 (…) 저녁 6시에야 점
> 심 식사를 하고 나서, 카드놀이를 하고, 노래도 부르고, 춤도 추다가, 마침
> 내 저녁식사를 했다. 이렇게 하루를 지내고, 잠자리에 들었다."12)

르이진은 같은 공간에 있는 사람들과 즐겁고 유쾌하게 교제하지도
않고, 여흥에는 마지못해 참가한다. 외부세계에서 그의 행위, 움직임

---

9) См. : Цилевич Л. М. Сюжет чеховского рассказа. Рига, 1976. С. 69.

10) Там же.

11) Там же.

12) Чехов А. П. Полн. собр. соч. и писем: В 30 т. Соч. Т. 10, М., 1986. С. 101. 편의상
    원문을 번역하여 인용하였고, 이어지는 인용문은 인용문 끝의 괄호 속에 책의 권수와
    쪽수를 쓸 것이다.

은 미미하다. 그 반면에 그의 내면세계에서는 다양한 생각이나 견해들이 복잡하게 얽히면서, 중단 없는 '관념의 운동'을 하고 있다. 체호프는 이렇게 '지체하게 되는 상황'을 설정하는 기법으로 전환기의 러시아에서 살아가는 '깨어 있는 인간이자 사고(思考)하는 인간'의 정신적 삶의 궤적(자아성찰과 현실에 대한 통찰)을 효과적으로 보여준다. 그와 동시에 구(舊)세계에 안주하는 사람과의 대조를 통해 주인공의 현실에 대한 통찰을 더욱 선명하게 부각시켜 놓고 있다.

한편으로 주인공 르이진의 삶의 의미 찾기와 진리를 향한 도정은 동시대 현실문제에 대한 체호프 나름의 진단과 처방을 제시하는 것으로까지 의미가 확장된다. 그것은 다시 작품 자체의 '도착 - 떠남의 구조'와 조응하고, 결말 부분에서의 마지막 장면과 의미론적으로 상응한다.

2-2. 불안

이 작품에서는 주인공의 불안과 주민들의 불안이 나타난다. 이와 같은 불안 증상은 인간의 '개인적 - 심리적 현상'일 뿐만 아니라, 급속한 자본주의로의 이행과 그에 따른 사회분화가 진행되고 있는 전환기 러시아의 시대적 징후를 표현하는 '사회적 현상'이기도 하다.

<용무가 있어서>의 '시작'과 '끝'에는 시골 마을의 촌 사무소에서 파산한 레쓰니쯔끼의 자살로 인해 주민들이 불안해한다는 진술이 나온다.

> "나리, 백성들은 대단히 불안에 싸여 벌써 긴긴 밤을 사흘째나 잠을 못자고 있죠. 애들은 울고 있는 뎁쇼. 나리, 백성들은 불안에 싸여 있는 뎁쇼 (…)."(10, 87)

"백성들은 아주 불안에 싸이고 아이들은 울고 있는 뎁쇼. 그들은 나리, 당
신들이 도시로 떠나신 줄로만 생각했죠."(10, 101)

죽기 바로 직전까지 '보험 계원의 삶'을 살다가 자살로 생을 마감한
레쓰니쯔끼 사건은 작품에서 진술된 것으로만 보면, 한 신경증 환자
가 신상에 일어난 부침(浮沈)을 감당하지 못해 일어난 것으로 파악된
다. 하지만 레쓰니쯔끼의 직업과 그의 사회적 삶의 양식이 증명하듯
이, 그의 자살 이면에는 러시아 사회의 급속한 자본주의로의 이행에
따른 사회분화가 낳은 부작용이라는 측면도 있다고 하겠다. 달리 표
현하면 사회적 요인에 따른 사회현상의 측면도 있다는 것이다.

이 작품에 나타난 레쓰니쯔끼의 자살은, '보험 계원'이었던 그가
일상적인 삶의 현실과 좀처럼 타협하거나 적응하지 못하는 상황에서
발생한 '이기적 자살'13)에 해당한다. 다른 한편으로 그의 자살은 서로
다른 가치 규범이 마구 뒤섞여 있는 사회, 급격한 사회변동과 사회분
화의 와중에 있는 사회에서 발생하는 '아노미적 자살'14)로도 간주할
수 있는 측면이 있다. 레쓰니쯔끼의 '아노미적 자살'과 그에 따른 주변
사람들의 정신적 불안은 사회의 '아노미적 현상'을 보여주는 것이다.

한편 이 자살 사건을 조사하려고 하는 이들 중의 한 명은, 2년 전에
대학을 졸업한 젊은 예심판사이다. 그는 레쓰니쯔끼가 자살한 장소
에 머물다가, 그전에 촌 사무소의 서기로 한 동안 근두했던 바로 그
레쓰니쯔끼와 마주쳤던 장면을 회상하고는 마음이 편치 않고, 왠지
불안하다. 그 시점에서부터 촉발된 그의 불안한 심리상태가 이야기

---

13) http://www.kungree.com/classic/durkheim.htm을 참조.
14) 같은 곳.

의 진행에 따라, 공간의 이동과 시간의 흐름에 따라 더욱 격화된다. 마침내 그는 수면 중에서도 레쓰니쯔끼와 연관된 꿈을 계속 반복해서 꾸게 된다[15]. 이것은 그의 자아성찰의 동인이 되고, 현실에 대한 통찰을 이끌어내는 힘이 된다. 따라서 이 작품은 레쓰니쯔끼의 자살과 그에 따른 주인공의 불안이 작품의 모든 것을 보이지 않게 이끌어 간다고 말할 수 있다.

체호프는 사회구성원 한 사람의 자살과 그 자살 사건을 지켜보는 다른 사회구성원들의 불안 증상을 매개로 해서 주인공의 양심을 일깨우고, 자아성찰과 현실에 대한 통찰을 유도한다. 또한 그것을 통하여 우리로 하여금 '현실의 틈새'를 집요하게 파고 들어가게 하고, '현실의 문제'를 직시하게끔 만든다. 이것은 궁극적으로는 다가올 새로운 미래와 관련해서 '현실의 지평'을 확장해보려는 체호프의 의도된 기획과 맞물리게 된다.

2-3. 꿈

우리가 자는 동안에도 여러 가지 자극이 마음으로 온다. 거기에 마음이 반응을 하고, 활동을 시작한다. 그게 꿈이다. 꿈을 조사하면 어떤 자극이 왔나를 해명할 수가 있다.[16] <용무가 있어서>에서 르이진의 꿈도 그가 일상생활에서 반복해서 받은 자극(레쓰니쯔끼의 자살)과 관련된다. 자는 동안에도 그러한 자극이 그의 마음의 활동을 촉발시켜 꿈으로 나타나고 있다고 말할 수 있다.

"꿈은 정신현상이며 꿈꾼 사람의 자기 표현"[17]인데, "꿈의 의미를

---

15) 현실의 불안과 관련된 '반복된 꿈'의 구체적 분석은 따로 다루기로 한다.
16) 이시형·여인중, 『이시형과 함께 읽는 프로이트』, 80쪽 참조할 것.

알려면 꿈을 꾼 본인의 연상을 통해 풀어야 한다."[18] 이 작품에 나타
난 꿈을 풀어내는 일이란 일정 정도 한계가 있지만, 전후맥락을 통해
파악할 수가 있다.[19] 특히 꿈에서 깨어난 후, 그의 관념이 진술되는
부분은 꿈의 의미를 읽어내는데 중요한 역할을 한다. 이와 관련해서
우선 먼저, 작품에 나오는 르이진의 꿈부터 살펴보도록 하자.

> "그는 또다시 꿈속에서, 검은 머리에 낯색이 창백하고, 먼지 낀 길다란 펠
> 트 장화를 신은 촌 사무소 서기가 부기원의 테이블에 다가오는 장면과 '저
> 이가 우리 촌 사무소의 서기입니다…' 하던 말을 회상했다. 이윽고 그의
> 눈앞에는 레쓰니쯔끼와 농촌의 말단 관리 로샤진 영감이 서로 부축하면서
> 나란히 서서 들판의 눈길을 가고 있는 장면이 나타났다. 눈보라가 그들의
> 머리 우에서 회오리치고 바람은 잔 등을 때리는데 그들은 걸어가면서 함
> 께 노래를 부르는 것이었다. '우리는 간다네, 간다네, 간다네'. 영감은 오페
> 라에 나오는 요술쟁이와 비슷하였다. 정말 두 사람은 극장에서처럼 노래를
> 부르는 것이었다. '우리는 간다네, 간다네, 간다네. 그대는 따스하고 환한
> 방에서 포근히 잠들었으나 우리는 혹한과 눈보라를 뚫고 함정의 눈길을
> 헤집고 간다네… 우리는 안정도 기쁨도 몰라라… 우리는 이 고된 생활의
> 중하를 참아 간다네, 우리 자신의 것도, 그대의 것도! 휴-휴-휴! 우리는
> 간다네, 간다네, 간다네' …."(10, 98-99)

---

17) 같은 책, 89쪽.

18) 같은 책, 90쪽.

19) 고일은 "똘스또이의 <전쟁과 평화>와 <안나 까레니나>에 나타난 꿈의 문제"란 자신
의 논문머리말에서 "주인공의 내면 세계를 이해하는데 중요한 단서가 되는 꿈이건만
(…) 꿈 자체의 해석에만 치중한 나머지 꿈의 전후 인과 관계를 소홀히 해온 점이 없지
않았다"(고일, "똘스또이의 <전쟁과 평화>와 <안나 까레니나>에 나타난 꿈의 문제",
『19세기 러시아 소설의 이해』, 서울 : 열린 책들, 1995, 286 쪽)라고 쓰고 있다. 이 논문에
서 다루는 꿈 역시 위와 같은 견지에서 출발한다. 그리고 '꿈과 주인공의 내면세계와의
인과관계'라는 측면에서 꿈의 역할과 기능을 집중적으로 언급하게 된다.

"그는 다시 잠이 들면서 꿈을 꾸게 되는데, 레쓰니쯔끼와 농촌의 말단 관리
인 영감이 또다시 함께 걸어가면서 노래를 부르는 꿈이다 : '우리는 간다네,
간다네, 간다네… 우리는 가장 고되고 쓰라린 것을 생활에서 취하고 그대
들에게는 가볍고 기쁜 일만을 남겨 두나니, 그대는 저녁 식탁에 앉아 냉정
하게, 건전하게 판단할 수 있으리, 왜 우리는 생활의 고통을 견디다 죽어
가는 가를, 왜 우리는 그대들처럼 그렇게 건강하지 못하며 만족을 모르는
가를.'"(10, 99)

위의 인용문은 "꿈속에서 일상생활이나 또는 그것과 관계있는 사
실이 되풀이 된다"[20]는 것을 잘 보여준다. 르이진의 꿈에서는 레쓰니
쯔끼와 로샤진 영감이 반복해서 나올 뿐만 아니라, 그들이 눈보라치
는 들판을 서로 부축하면서 함께 걸어가는 '시각적 형상'[21]으로 나타
난다. 그리고 그들은 함께 "우리는 간다네, 간다네, 간다네"라는 노래
까지 반복해서 부른다. 르이진의 꿈에 레쓰니쯔끼가 나타난다는 것
자체가 레쓰니쯔끼의 자살사건으로 인한 그의 현실불안이 불안 - 꿈
으로 표출된 것으로 볼 수 있다. 나아가서 일생을 고된 생활의 무게를
안고 살았던 레쓰니쯔끼와 로샤진 영감이 이제는 르이진 자신과도
무관할 수 없다고 하는 '고통스런 양심의 소리'가 근저에 깔려 있다.
무의식에서 흘러나오는 이러한 노래 내용이 르이진의 꿈의 주된 정
조(情調)를 형성한다.

위에 인용된 반복된 꿈에 나오는 레쓰니쯔끼와 로샤진 영감이 부

---

20) 프로이트, 『정신분석 입문』, 97쪽.
21) "각성 상태의 특징은 사고 활동이 '형상'이 아니라 '개념'으로 이루어진다는 것이다.
   그런데 꿈은 주로 형상으로 사고한다.(…) 꿈은 시각적 형상으로 사고하지만 전적으로
   그런 것만은 아니다. 꿈은 청각 형상과 더불어 미미하나마 다른 감각 인상들도 다룬다.
   또한 꿈에서는 평상시 깨어 있을 때와 마찬가지로 단순히 생각하거나 상상하는 경우도
   많다"(프로이트, 『꿈의 해석(상)』, 85~86쪽).

르는 노래의 내용 중에는 "우리는 이 고된 생활의 무게를 참아 간다
네, 우리 자신의 것도, 그대의 것도!"(10, 99)라는 것이 있다. 그리고
"우리는 가장 고되고 쓰라린 것을 생활에서 취하고 그대들에게는 가
볍고 기쁜 일만을 남겨 두나니, 그대는 저녁 식탁에 앉아 냉정하고,
건전하게 판단할 수 있으리, 왜 우리는 생활의 고통을 견디다 죽어
가는 가를, 왜 우리는 그대들처럼 그렇게 건강하지 못하며 만족을 모
르는 가를"(10, 99)이라는 것도 있다. 이 노래의 내용은 르이진이 깨어
있을 때 그의 가슴 속에 은밀하게 간직된 관념이 꿈에서 '무의식의
밸브'를 통해 유출된 것으로 볼 수 있다.

꿈에서 깨어난 르이진은 이번에는 역으로 자신의 의식 속에서 '꿈
과 연관되어 있는 관념'을 화자를 통해 표현하게 된다.

> "르이진은 막연하고 불길한 꿈을 꿨다. 그리고 나서 생각한다. 서기와 농촌
> 의 말단 관리, 그들은 생활에서 어떤 공통의 일반적인 것이 있고, 서로 부
> 축하며 나란히 걷고 있다. 그 두 사람뿐만 아니라, 그들과 따우니쯔와의
> 사이에도, 그리고 누구나 할 것 없이 모든 사람들 사이에 중요하고 없어서
> 는 안 될 그 어떤 연계가 존재한다는 생각이다."(10, 99)

그리고 나서 르이진은 <지루한 이야기Скучная история>(1889)에
서 노교수가 말하는 '일반적 관념(общая идея)'[22]과 유사한 관념을 말

---

22) 체호프는 <지루한 이야기>에서 '일반적 관념'에 대해 "자기 자신을 알려고 하는 열망
에도, 일체의 생각에도, 감정 내지는 내가 모든 것에 대해 형성한 이해에도, 이러한 모든
것을 하나의 총체(總體)로 만드는 무언가 일반적인 것(7, 307)"이라고 밀했다. 이 일반적
관념은 "고독, 슬픔, 소외, 죽음의 공포, 질투와 경멸 같은 노예근성의 감정, 무관심으로
부터 인간을 구원하는 것"(Линков В. Я. Скептицизм и вера Чехова. М., 1995. С.
59)이다. 또한 '일반적 관념'은 인간의 개성에 통일성을 부여하는 것이다 (Там же.).
<용무가 있어서>의 결말 부분에서 주인공의 꿈과 교차하며 드러나는 주인공의 관념

한다. 그는 현실 생활에선 우연적인 것이란 하나도 없으며 모든 것이 하나의 공통된 일반적인 생각에 충만해 있고, 모든 것이 하나의 심정, 하나의 목적을 가지고 있다고 생각한다. 그런데 이것을 이해하기 위해서는 생각하거나 판단하는 것만으로는 부족하며 생활에 침투하는 재능, 아마도 누구에게나 다 부여되지는 않은 그 재능을 가져야만 된다고 언급한다. 이러한 주인공의 관념은 체호프의 관념과 사상의 일부를 드러낸 것으로도 파악될 수 있다.

또한 르이진은 꿈에서 레쓰니쯔끼와 로샤진 영감이 반복해서 함께 불렀던 노래와 그 노래의 내용에 대해서도 현재 자신의 삶과 연계시켜 자신의 생각과 입장을 밝힌다.

> "그들이 노래부른 그것은 전에도 르이진의 머리에 떠오르긴 했으나 왜 그런지 그 생각은 그의 다른 생각들 뒤에 있었는데, 그것은 마치 안개가 자욱한 날씨에 멀리서 비치는 불빛처럼 희미하게 반짝였던 것이다. 지금 그는, 이 자살과 농군들의 고통이 자기의 양심을 괴롭힘을 느꼈다. 자기의 운명에 순종하는 이 사람들이 생활에서의 가장 고되고 암담한 것을 자신들의 두 어깨에 걸머지는 이 사태와 타협한다는 것은 그 얼마나 무서운 일인가!"(10, 100)

위와 같은 르이진의 생각은 체호프의 다른 작품에서 이미 화자 혹은 체호프의 관념으로 표출되었다. 체호프의 작은 삼부작(трилогия) 중 하나인 <나무딸기Крыжовник>(1898)에서는 '상자성(футлярность)'으로 인해 인간들끼리의 소통과 사회적 연대의식이 없는 주인공을 그리고 있는데[23], 화자는 이 주인공의 삶을 서술하면서 이렇게 자신

역시 <지루한 이야기>에서의 '일반적 관념'과 유사한 역할을 담당한다.

의 관념을 드러낸다.

> "이것은 일반적으로 모두가 최면상태에 빠진 겁니다. 누군가 망치를 들고
> 다니며 만족하고 행복한 사람이 사는 집 대문을 두드릴 필요가 있습니다.
> 그렇게 함으로서 이 세상에는 불행한 사람들도 있다는 것을,(⋯) 그리고
> 지금 그가 다른 사람들을 거들떠보지 않고 타인의 소리를 듣지 않으려는
> 것처럼, 언젠가는 모든 사람으로부터 그렇게 당하리란 것을 상기시켜줘야
> 합니다."[24]

<용무가 있어서>에서는 주인공의 불안 – 꿈을 통하여 개인의 무
의식에 박힌 시대적 징후들과 더불어 '시대정신'까지도 상징적으로 드
러낸다. 더 구체적으로 말하면, 청각 형상과 함께 '시각적 형상'으로
나타나는 꿈의 의미가 동시대의 요구와 현실의 요청을 암시하고 있다.

한편 체호프는 주인공의 불안 – 꿈을 연결 고리로 해서, 개별적이
면서도 보편적인 인간이 시대정신에 호응해 '새로운 삶(현실)의 의미
찾기' 혹은 '새로운 진리'를 모색하는 한 측면도 보여주려고 한다. 그
리고 종국에 가서는 당대 독자로 하여금 '현재와 다른 미래'에 대한
전망을 갖도록 유도한다.

2 – 4. 소리

체호프의 후기 작품세계에 나타난 소리는 등장인물들의 일상적 삶
에서 포획된 것으로, 관념과 함께 작동하면서 마치 하나의 체험과도
같이 생생하게 등장인물들의 뇌리에 남겨지게 된다. <용무가 있어

---

23) 강명수, "안톤 체호프의 후기단편소설에 나타난 희망과 절망의 모티브 연구", 고려대학
　　교 석사학위논문, 1990, 26-28쪽 참조할 것.
24) 위의 논문, 26-27쪽.

서>에 나타나는 소리 역시 주인공의 관념을 촉발하거나 그것을 유출
하는 장치로 작동한다. 나아가서는 이 두 작품에 표현된 소리가 주인
공의 공상이나 꿈의 원천이 되기도 하고, 주인공의 '관념의 운동'을
추진하는 역동적 에너지가 되기도 한다. 이와 같은 소리는 주로 주인
공의 자아성찰의 시간이나 혹은 현실에 대한 통찰의 시간에 함께 존
재한다.

<용무가 있어서>에서는 '눈보라로 인해 만들어지는 소리'가 중요
하다. 작품의 '시작'과 '끝'에서 등장하는 눈보라로 인해 만들어진 소
리는 주인공의 마음을 불편하게 하고, 불안하게 한다. 그리고 잠을
이루지 못하는 주인공으로 하여금 무언가를 골똘히 생각하게 하도록
유도한다. 이 소리는 작품에서 '양식화된 불안'을 표현하고 있다.

한편 작품의 '끝' 부분에서 주인공은 다른 공간에서 들었던 대조되
는 소리들을 한꺼번에 떠올린다. 촌 사무소에서 들었던 바퀴벌레들
의 버스럭거리는 소리, 입회인들의 목소리, 눈보라로 인해 만들어지
는 소리, 따우니쯔 가(家)에서 들었던 피아노 소리와 행복한 웃음소리
가 그것이다. 이 소리들을 매개로 해서 주인공은 동시대인의 삶과 현
실에 대해 진지하게 고민한다. 이와 연계된 주인공의 관념은 화자를
통해 유출된다.

> "이 모든 변화가 불과 3베르스따의 거리에서, 한 시간 동안에 이루어질
> 수 있었다는 것이 믿어지지 않았다. 이러한 서글픈 생각은 그의 쾌활한
> 기분을 앗아가 버렸다. 그래서 그는 이것은 전혀 생활이 아니라 생활의
> 토막, 하나의 단편에 지나지 않으며 여기에 있는 모든 것은 우연적인 것이
> 라서 아무런 결론도 내릴 수 없다고 줄 곧 생각하였다."(10, 97)

　　<용무가 있어서>에서는 '주인공의 꿈'에 반복해서 나오는 노래 소리 또한 중요한 역할을 한다. 이에 대해서는 '주인공의 꿈' 부분에서 미리 언급했으므로, 여기서는 주인공 내면의 양심을 불러내는 것과 관련된 노래 소리를 다시 소개하는 것으로 마무리하고자 한다.

> "그런데 또다시 노래 소리가 들려 왔다… '우리는 간다네, 간다네, 간다네…' 흡사 누가 쇠망치로 관자놀이를 때리는 것 같았다."(10, 100)

2-5. 서술형태

　　화자는 예심판사 르이진의 내면세계와 외부세계를 넘나들면서 주인공의 모든 것을 서술한다. 그러면서 화자는 직설적인 화법으로 주인공의 관념(때로는 저자의 사상)을 드러낸다. 특히 화자는 다른 등장인물들과 주인공 사이에 나타나는 시대적 징후(자살 사건)에 대한 인식의 차이를 노정하면서, 예심판사 르이진의 현실에 대한 통찰을 더욱 선명하게 부각시킨다.

　　<용무가 있어서>에서는 '시작'과 '끝'에 나오는 자살한 레쓰니쯔끼에 대한 의사 쓰따르첸꼬의 진술이 예심판사와 의사와의 현실 인식의 차이를 나타내고 있다. 이 작품에 등장하는 의사 쓰따르첸꼬는 레쓰니쯔끼의 자살을 신경과민의 세기에 나타나는 한 신경증 환자의 개인적 문제로 파악한다. 반면에 예심판사 르이진은 표면적으로는 레쓰니쯔끼의 자살을 한 신경증 환자의 개인적 문제로 인정하면서도, 거기서 뭔가 다른 의미를 찾으려는 눈치다. 그래서인지 예심판사는 작품의 '끝'에서 우회적으로 인간과 인간, 인간과 사회와의 '관계적 합리성의 문제', '소통의 문제'를 제기한다. 그리고 종국에는 꿈을 통

해 사회의 주변부로 밀려난 소외되고 약한 계층들과의 '소통과 연대 의식'이 필요함을 상징적으로 언급하는 데까지 나아간다. 그것은 두 등장인물 형상의 대조를 만들어 내는데 결정적인 역할을 한다. 게다 가 그들이 몸담게 되는 구세대를 상징하는 귀족의 집 - 공간에 대해 느끼는 예심판사의 이질감과 의사 쓰따르첸꼬의 편안함(구세대를 상징 하는 귀족과 그 딸들과의 유희와 게임에서 오는 즐거움)이 두 인물의 대조를 심화시키는 작용을 한다.

이처럼 현실에 대한 통찰로 고통스러운 예심판사와 현실에 대한 통찰 없이 사는 부류(의사 쓰따르첸꼬와 따우니쯔 一家)와의 극명한 대조 는, 주인공의 내면으로 잠입한 화자의 서술로 극대화된다. 그 서술이 야말로 작품에서 주인공의 현실에 대한 인식과 통찰을 가장 직설적 으로 표출하는 것이다.

> "지금 그는, 이 자살과 농군들의 고통이 자기의 양심을 괴롭힘을 느꼈다. 자기의 운명에 순종하는 이 사람들이 생활에서의 가장 고되고 암담한 것 을 자신들의 두 어깨에 걸머지는 이 사태와 타협한다는 것은 그 얼마나 무서운 일인가!"(10, 100)

이처럼 이 작품에 나타나는 주인공과 주변인물간의 대조를 통한 화 자의 서술은 주인공의 내면세계를 잘 드러내 보여준다. 더구나 주인공 의 내면세계로 잠입한 상태에서의 화자의 서술은 전환시대의 징후들 을 예리하게 감지해내는데 일조(一助)한다. 또한 화자의 서술과 맞물리 는 주인공의 현실 문제에 대한 인식과 통찰은, 새로운 삶(현실)의 도정 에 선 체호프의 정신세계를 자연스럽게 보여주는 효과를 낳는다.

3.

체호프는 이 작품에서 세태를 조감하는 전문직업인들(의사, 예심판사)을 주인공으로 등장시켰다.25) 체호프는 이러한 주인공의 현실에 대한 통찰을 '시대적 징후들을 드러내는 다양한 기법들'을 통해 효과적으로 부각시키면서, 새로운 삶과 진리를 향해 나아가는 인간의 내면세계를 자연스럽게 펼쳐 보여주었다. 그래서 체호프의 이러한 양식화된 기법들이 구성적 측면에서 볼 때 남발되는 인상도 주지 않을 뿐더러, 주제적 측면에서도 일정한 개연성을 확보한다.

체호프는 인간이 자아성찰을 통해 자기전환을 이룩할 때에 진정한 의미에서의 삶(현실)의 변화가 생겨날 수 있다고 생각했다. 그래서 체호프는 전환시대에 인간 개개인이 자아성찰과 자기혁명을 통해 새로운 삶(현실)을 선택하는 자기전환을 이룩하길 원했을 뿐만 아니라, 그것을 바탕으로 사회 시스템이 제대로 작동해 인간과 인간의 소통과 연대의식이 살아 숨을 쉬는 건강한 삶(현실)까지도 원했다고 할 수 있다.

---

25) <왕진 중에 있었던 일>의 의사 꼬롤레프의 경우, 명확한 원인을 알 수 없는 여주인공의 병의 증상을 놓고, 물리적 치료 없이 주로 여주인공과 자연스럽게 '대화'한다. 그 방법을 통해 환자의 정신세계를 분석해 낸다. 즉, 개인의 의식과 무의식에 각인 된 시대적 징후들을 읽어낸다. 나아가서 환자의 '정신적 불안'을 해소하기 위한 진단과 처방을 하는데, 그 자체가 시대와 역사의 요구에 답하는 지식인의 책임, 의무로 의미가 확장된다. <용무가 있어서>의 예심판사 르이진의 경우, 일상의 현실에서 발생한 구체적 사건(자살사건)을 매개로 해서 시대적 징후들을 읽어낸다. 이 작품에 등장하는 또 다른 의사 쓰따르첸꼬는 자살을 신경과민의 세기에 나타나는 한 신경증 환자의 개인적 문제로 파악한다. 반면에 예심판사 르이진은 자살을 한 신경증 환자의 개인적 문제, 그 이상의 문제로 파악하는 듯하다. 그 결과 예심판사는 우회적으로 인간과 인간, 인간과 사회와의 '관계적 합리성의 문제', '소통의 문제'를 '제기'한다. 그리고 사회의 주변으로 밀려난 소외되고 약한 계층들과의 '소통과 연대의식'이 필요함을 '암시'한다.

체호프는 이 작품을 통해 삶의 양식에서 '인간과 인간 사이의 관계적 합리성'을 회복하는 일을 강조했다. 그리고 동시대 인간들끼리 진정한 이해를 바탕으로 '소통과 연대의식'을 복원하는 일이야말로, 복잡한 현실에서 '삶의 의미와 진실을 찾아가는 방법'이 될 수도 있음을 시사했다. 이것이야말로 체호프 후기작품세계의 중핵(中核)을 관통하는 체호프 사상의 한 측면이자, 21세기 후기자본주의 세계의 사회적 삶을 사는 우리가 곱씹어야 할 대목이다.

맺음말

1.

체호프의 사상적인(관념체계가 드러난) 중편소설 장르에 나타난 저자의 관념은 러시아 문학사상 전통에서 매우 혁신적인 징후를 띤다.

첫 번째, 이것은 '일반적'이고 '집단적'인 특성대신에, 일개인의 개인적이고 인간적인 관념으로 변모된다. 추다꼬프의 표현을 빌면, "체호프에게 무엇보다 개성(личность)이 중요하며, 그것의 내면적 실체(внутренняя субстанция)가 중요하다"[1].

두 번째, 체호프의 관념은 똘스또이의 그것과는 다르게, '연속적인 선형의 논리', '완전성', '목적론적 - 단선적 체계'를 제기하지 않는다. 달리 말하면, 체호프 예술세계의 특질은 주인공들의 인식론적인 위기, 회의, 의심 속에서 나타나는 관념의 '비연속성', '비동질성'에 기초하고 있다.

세 번째, 체호프의 관념은 '탈독단적', '탈권위적' 성격을 띤다[2].

마지막으로 체호프의 관념의 미완결성을 지적할 수 있다. 그것은

---

1) Чудаков А. П. Поэтика Чехова, С. 263.
2) Там же. С. 261-262.

달리 말하면 저자의 관념이 "자신의 내면적 발전 속에서 독단적인 완성으로 귀결되지 않는다"[3]는 뜻인데, 작품의 열린 체계와도 연관된다.

이처럼 체호프는 19세기 러시아 문학의 전통적 작가들과는 달리, 자족적이고 초월적인 모형으로써의 관념이 아니라 구체적 상황에서 실체로 드러나는 매순간의 사실적인 삶의 동력으로써의 관념을 제시한다. 이것은 체호프의 관념이 '국면적(ситуативна)'이라는 뜻이며, 관념이 '상황(ситуация)의 예술적 분석'과 밀접하게 관련됨을 시사한다. 따라서 그 속에서의 등장인물들은 매순간의 현실에서 나락으로 떨어지기도 하고, 자신들 스스로 삶을 추스르기도 하는 것이다. 사상적 근거의 리트머스 시험지가 되는 삶의 다양한 사건들 속에서, 체호프는 주인공들을 '인식론적 계획 속에서' 관찰한다. 이 사실은 똘스또이가 자신의 주인공들을 "도덕적 – 심리적 계획 속에서"[4] 탐구하는 것과는 대조를 이룬다.

결론적으로 말하면, 체호프에게 중요한 것은 '진리추구의 과정'이며, '문제의 올바른 방향설정'이다. 그래서 체호프의 사상적 실험의 참된 혁신은 그 결과가 아니라 '인식의 과정'에 존재한다. 실제로 체호프의 일련의 사상적인 중편소설들은 준비된 처방이나 해답대신에 독자에게 형이상학적이면서도 실제적인 문제들에 대한 다양한 지각 형태, 인식론적인 접근법, 세계인식 방법을 제공해 준다. 바로 이것이 체호프 예술철학의 핵심이 되는 것이며, 이점에서 체호프는 러시아 문학사상 전통에서 대변혁을 성취한 것으로 볼 수 있다. 또 체호프의

---

3) Там же. С. 261.

4) Билинкис Я. О творчестве Толстого. Л, 1959. С. 233.

관념은 존재와 비존재, 실재론과 관념론, 진술된 것과 진술되지 않은
것(암시, '말을 다하지 않기'), 역사와 개인사, 빛과 어둠, 희망과 절망의
경계에서 외부현실의 자극에 늘 유연하고 탄력적으로 대응하며, 현
실을 반영할 뿐만 아니라 그것을 변형시킬 수도 있는 역동성을 가지
고 있다. 따라서 체호프의 시학은 역동적인 '운동의 시학'이자 끊임없
는 '과정의 시학'이며, 지금 － 여기의 현실에서 매번 새롭게 적용되는
것이다. 바로 여기에 체호프 예술세계의 '현대성'과 그 의미가 있다.

2.

체호프는 자신의 작품들을 통하여 '인간의 관념'이라는 것이 '인간
의 삶'을 주재하게 될 때의 위험성을 말한다. 하물며 그것이 '허위관
념'이라고 할 때에는 더 말할 나위가 없는 것이다. 제한되고 고착된
관념 혹은 허위관념이 개별적이면서 보편적인 '인간의 삶 전체'를 관
통하고, 지배하기까지 한다고 하면 참으로 불행하고 끔찍한 일이다.
체호프는 이러한 문제를 '사상적인(관념체계가 드러난) 중편소설' 장르
의 일련의 작품들(<지루한 이야기>(1889), <결투>(1891), <다락이 있는
집>(1896), <나의 삶>(1896))에서 구체적으로 언급했다. 한 발 더 나아가
서 일련의 허위의 사상(관념체계)을 벗겨내는 방법까지도 이 장르에
나타난 '주인공들의 체계'와 '인물들 간의 갈등관계'를 통해 말하고
있다. 이 문제는 진정으로 체호프 예술세계의 중핵(中核)을 관통하는
것으로, 시기와 장르를 떠난 것이다. 체호프는 '예술과 생활에 동시에
녹아드는 살아있는 유기체'와 같은 자신의 작품을 생각했고, 작품 속

의 인간(주인공)과 그의 삶(현실) 또한 그러한 의도와 결부해서 드러내려고 했다. 그래서 체호프의 사상적인 중편소설들과 그의 후기작품들(1888-1904)에 묘사된 세계는 있는 그대로의 현실 그 자체도 아니며 그렇다고 관념의 축적물도 아니다. 그것은 관념과 현실의 양쪽으로부터 침투 당함과 동시에 관념과 현실의 양쪽으로 침투하는 매개체이자, '인간의 일상을 끌어올린 고양된 세계'이다.

체호프의 사상적인 중편소설들과 그의 후기작품들은 탄탄하게만 축조된 건축물과 같은 것이 아니다. 구축된 그 얼개 속에 유동적인 것, 신비스럽고 애매한 것이 충만해 있다. 내면적 울림과 사회적 반향이 그 틀 속에서 확장되고, 확산된다. 사상적인 슈제뜨와 일상생활의 슈제뜨의 역할과 기능은 이러한 측면에서 해석되고, 정리된다. 또한 체호프는 화자의 성격을 복잡하게 만들면서 입체적인 인물로 형상화하고, 텍스트 내에서 사상적인 슈제뜨를 다른 슈제뜨와 되비추게 하거나 겹쳐지게 하면서, 새로운 의미들을 생산하고 있다. 따라서 독자나 비평가는 최대한의 노력을 들여야만 텍스트에서 다양한 의미의 층과 정보를 얻어낼 수 있는 것이다. 체호프 시대의 독자나 비평가의 인상주의적인 비평의 한 원인이 이 지점에서 생겨난다.

체호프의 사상적인 중편소설들과 그의 후기작품들에서는 주로 정서적 - 심리적인 노선의 흐름과 사상적인 노선의 흐름이 병렬하다가 서로 겹쳐지는 가운데, 예술텍스트의 구조 속에서 미세한 시학적 결합이 생겨난다. 한 개인의 잃어버린 낙원(потерянный рай)에 대한 쓸쓸하고 애틋한 서정과 함께, 인간의 보편적인 행복, '더 나은 삶'에 대한 관념들을 동시에 보여주고 있다. 나아가서 체호프는 사상적인 중편소설들과 자신의 후기작품들에서 삶(현실)의 진정한 경계를 설정하는 유일한 것이라고 할 수 있는 시간 속에 깃 든 '철학적 - 사회적 관념의 운동'을 부단히 강조하고 있다. 이 같은 특성은 20세기 러시아 문학의 한 정수(квинтэссенция)라고 할 수 있는 보리스 빠스쩨르나끄 의 예술세계에서도 재현되고 있다.

3.

이제는 체호프의 개별 작품에서 2가지의 상반된 해석이 나올 수밖에 없는 원인과 결부시켜 체호프의 사상적인 중편소설들과 그의 후기작품세계의 특질을 고찰해 보자.

첫 번째, 체호프의 사상적인 중편소설들과 그의 후기작품들에는 육체와 정신, 외부의 물적 세계와 주인공의 내면세계, 고상한 것과 일상적인 것, 현실적인 것과 관념적인 것, 구체성과 추상성이 '공존'한 다. 이 '상이함의 공존'은 때로는 긴밀히 연관되면서, 때로는 '불화'와 '부조화'를 일으킨다. 체호프는 이들 각각에 균등하게 관심을 배분한 다. 일반적으로 체호프 예술세계에서 정신은 삶에서 나타나는 물질성 혹은 외부의 물적 세계로부터 자유롭지 못하다. 따라서 주인공의 관념세계에서 나타나는 진리와 아름다움, 조화 그리고 삶의 의미 충만은 구체적 현실 세계의 정신적 - 물적 영역에서 열려야만 한다. 그 래야만 관념의 허위성, 추상성, 피상적인 성질을 벗어날 수 있다.

두 번째, 체호프의 사상적인 중편소설들과 그의 후기작품들에는 슈제뜨와 파블라 진행의 간헐적인 끊어짐과 함께 저자의 의도가 그 속에 숨어있다. 체호프의 초기 작품들에서부터 나타나는 끼어들기 기법(생각, 대화, 에피소드가 이웃하는 일련의 대상들의 슈제뜨 상황으로 자유롭게 진입하는 것)은 체호프로 하여금 '결합될 수 없을 것 같은 징후들의 결합'을 통해 자신의 새로운 예술세계를 창조하도록 했는데, 체호프의 후기작품들에서는 이것들을 예술적 차원에서 변용하고 있다. 체호프가 일방적인 최종화를 유보시키는 기법으로, 객관성을 담보하려는 장치로 설정해 놓은 것이 '끼어드는' 풍경묘사나 화자의 중립적인 진술인 것이다.

세 번째, 체호프의 사상적인 중편소설들과 그의 후기작품들에서는 삶의 단편(斷片)적ー에피소드적 특성을 드러내고, 순간적ー국면적 상황의 중요성을 표현한다. 체호프는 우리의 의지로 '시작'되지도 않고, '끝'나지도 않는 '우연적 삶'을 지각하고, '상황적ー국면적 삶'의 프리즘을 통하여 개별적이고 분산적인 요소들로부터 자신의 새로운 예술세계의 기원을 구축하려고 했다.

네 번째, 체호프의 사상적인 중편소설들과 그의 후기작품들에서 체호프는 개성화, 개별화를 통해 '일반적 관념', '일반화'를 지향하면서도 섣부른 일반화를 거부한다. <지루한 이야기>, <신학생>에서는 화자의 목소리에서 보편적인 삶의 의미와 인간과 세계에 대한 명상과 사유(관념의 흐름), 개별화를 통한 철학적인 일반화의 추구가 녹아 있다. 하지만 화자는 자연스럽게 상황적-국면적 삶, 우연적 삶의 단편(斷片)들을 묘사하면서, '각각의 개인적인 경우들의 개별화'를 강조한다.

다섯 번째, 체호프의 사상적인 중편소설들과 그의 후기작품들에서는 열린 체계와 구조적 미완결성을 지향하며, 관념의 독단성을 거부하고 섣부른 해결을 지양하는 끊임없는 '운동의 시학'을 드러낸다. 체호프의 사상적인 중편소설들(<등불>, <지루한 이야기>, <검은 수사>)과 후기작품들(<개를 데리고 다니는 부인>, <약혼녀>)에서 결말 부분의 '충분히 다 말하지 않는 것', '미완결성', '비종결성'이 이와 연관된다.

여섯 번째, 체호프의 사상적인 중편소설들과 그의 후기작품들에서는 시공간과 주인공의 내면세계가 긴밀한 관련을 맺는다. 체호프의 예술세계에서는 일반적으로 시공간의 변화와 세계에 대한 주인공 진술의 변화가 관련되고, 슈제뜨 형성의 근간으로써의 삶과 죽음의 문제도 이와 관련된다. 나아가서 주인공의 '삶과 죽음에 대한 의미' 탐색과 관련하여 시공간과 결부된 세부묘사는 하나의 방향지시기가 된다. 주인공의 삶의 여정은 진리와 아름다움을 향한 자아 각성과 맞물리면서, 삶의 '조화로운 큰 리듬'이 광활한 공간, 대평원의 시공간에서 형성될 것이라는 해석(희망찬 미래에의 착념)으로 나아간다. 반면에 주인공 인식의 허위성 혹은 일시성을 강조하는 입장에서는 시공간의 광활함 또한 주인공 내면세계의 황량함, 인간 존재의 근원적 고독감, 페시미즘과 연관된다고 보고, 주인공이 광활한 공간에서 어둠에 에워싸인 현실로 다시 귀환할 것이라고 해석(절망적 세계인식의 순환)한다.

4.

작가가 삶(현실)에 대응하는 방식은 다양하고, 복잡하다. 체호프의 경우 삶(현실)자체의 복잡성에 조응하는 다양한 미적 재현을 늘 염두에 둔다. 체호프는 사상적인 중편소설들과 자신의 후기작품들에서 주인공 혹은 화자를 현실과 맞대면하게 하면서 정공법으로 비판의 담론을 쏟아내기도 하고, 꿈과 환상 같은 요소들을 도입해 현실의 문제를 더 비판적으로 비추게 하는 기제로 삼기도 한다. 하지만 사회적－역사적 맥락에서 비판의 담론을 토로하는 자신의 후기 작품세계에서 조차도, 인간과 시대의 문제에 대한 하나의 즉답(卽答), 정답을 제시하지는 않는다. 삶(현실)에 대한 '미학적 거리두기'를 유지하고자 한다. 체호프는 표면적 층위에선 동시대의 역사와 더불어 살아가는 인간의 삶(현실)과 관념을 세밀하게 보여주고, 자신의 견해와 사상을 토로하기까지 한다. 하지만 심층적 층위에서는 인간의 내면세계로부터 생겨나는 존재의 전환을 이룩하는 울림과 더불어 인간의 외부세계로 확산되는 반향을 의도한다. 그래서 체호프에게는 '문제 해결 자체'가 아니라 '문제 해결 과정'에 서 있는 인간의 인식론적 회의와 불안이 중요한 것이다. 체호프는 시대적 징후들을 이야기하면서 분명히 사회적―역사적 맥락을 강조하긴 하지만, 그것이 사회적 수준에서의 즉답(卽答), 정답을 보여주는 것으로까지 나아가지는 않는다. 체호프는 세태를 조감하는 예리한 촉수를 가진 전문직업인들을 통하여 시대적 징후들을 포착하는 한편으로, 자아성찰을 통해 '새로운 길'을 트고 싶은 내밀한 욕망을 가진 '새로운 세대―주인공'을 형상화한다. 체호프의 그와 같은 주인공은 자신의 테마를 가지고 있다5). 달리 말하면 체호프는 자신의 주인공의 주도적 관념 특성들을 계속 반복해서 강조하고, 독자들은 이를 통해 주인공의 삶에 대한 관념과 태도를 지속적으로 점검하고 있다6).

체호프는 "그 시대의 삶을 전체적으로 그리는 데 필요한 모든 사소

---

5) В. Б. Катаев. Сложность простоты : рассказы и пьесы Чехова. М.,1998. с. 47.
6) Там же. с. 44.

한 것들을 그러모은다"[7]. 그리고 체호프는 자연스럽게 흘러가는 삶
속에서 정신적인 것과 물질적인 것, 근본적인 것과 부차적인 것, 예정
된 것과 생성하는 것으로 이루어지는 생활의 모든 것 속에서 인간을
향한 긴장된 관심을 결코 놓지 않는다[8]. 그래서 체호프는 사상적인
중편소설들과 자신의 후기작품들에서 극적 사건이나 중요한 상황을
자세하게 이야기하거나 설명하는 대신에, 일상적 삶 속에 침윤된 정
서적-서정적 요소, 심리적 요소, 희극적 요소를 적절하게 혼용해서
어떤 '내면적 흐름' 혹은 분위기를 만들어 낸다. 그리고 '도착-출발
장면'을 통해 작품의 구성적 통일을 완성하기도 한다. 또한 체호프는
우리에게 인생은 괴로운 것이지만 일할 수밖에 없는 것이고, 각자가
자기 십자가를 지는 수밖에 없는 것이라는 관념을 피력하기도 하는
데, 이러한 관념을 일상적 삶 가운데에서 독특한 시각을 가지고 적확
하게 표현했다. 이처럼 체호프에게 일상적 삶의 흐름은 삶의 극적 긴
장성의 직접적인 객체이다. 이것은 체호프의 동시대인이 '모든 것이
드라마이고, 도처에 드라마가 있다'고 말한 것과 매우 흡사하다[9].

체호프는 이와 같은 방법으로 우리로 하여금 '일상적 삶의 이중적
의미'를 직시하게 할 뿐만 아니라, 자신의 후기작품세계에서 표현되
는 '일상의 극적 긴장성'을 '우리 일상의 극적 긴장성'으로 전치시킨
다. 나아가서 이를 통해 19세기를 마감하고 20세기를 여는 인간의 새
로운 존재방식을 이해하게 할 뿐만 아니라, 21세기를 살아가는 '우리

7) 추다꼬프, 『체호프의 세계』(한국학술진흥재단 번역총서 246), 강명수 옮김, 서울 : 소명
   출판, 2001, 418쪽에서 재인용.
8) 같은 책, 292쪽 참조.
9) 같은 책, 290쪽 참조.

의 삶(현실)과 운명'에 대해 숙고하게끔 한다.

5.

체호프의 사상적인 중편소설들과 그의 후기작품들을 통해 표출된 인간(주인공)-삶(현실)-관념과 결부된 다양한 양상들은 '삶(현실)과 인간' 그리고 '관념과 실재'에 대한 우리의 이해를 더 풍요롭게 하면서, 우리의 '존재론적-인식론적 지평'을 확장시켜 준다. 그리고 체호프의 예술 세계가 현재를 살고 있는 우리 자신과 '소통의 시공간'을 만들어 주고 있다는 사실을 다시 한 번 깨닫게 해준다.

체호프의 사상적인 중편소설들과 그의 후기작품들의 주인공들은 '나와 너의 삶은 앞으로 어떻게 펼쳐질 것인가?'를 화두로 삼아, 현재의 삶(현실)에 대한 통찰의 프리즘으로 미래의 삶(현실)을 전망한다. 이것은 체호프의 후기작품세계에 나타난 관념, 이상, 사상이 개별적 인간의 삶의 '구체적 보편성'으로부터 출발해서 종국에는 사회적-역사적 전망을 획득한다는 것과 결부된다. 우리는 제1부에서부터 제4부에 걸쳐서 분석한 다양한 작품들을 통해 다시 한 번 이 사실을 확인했던 것이다.

'관념과 현실의 틈새'에서 '절망과 희망의 경계'를 서성이며 21세기를 살아가는(살아내는) 우리 자아는 어떤 모습이고, 우리 사회는 어떤 양상을 띤 채 어디로 흘러가고 있는지를 곰곰 생각해본다. 그와 동시에 '자기성찰'과 '현실에 대한 통찰'을 매개로 해서, 동시대의 현실과 소통하고 동시대인과 연대하면서 만들어나갈 '본원적 인간의 참모습'

을 그려본다. 삶의 의미와 참된 진실을 찾아가는 도정에 선 그 인간의
참모습은, 존재론적 − 인식론적 위기를 극복하고자 하는 체호프와
그 주인공들의 형상을 겹쳐 놓은 것이 아닐까?

참고문헌

체호프와 러시아문학에 관한 러시아어 자료 및 연구목록

I. Тексты

Гаршин В. М. *Сочинения*. М.–Л., 1960.

Горький, А. М. Собр. соч. т. 23, 26. М. 1953.

Пастернак Б. Л. Собр. соч.: В 5 т. Т. 3. М., 1990.

Толстой Л. Н. Соб. соч. В 22 тт., т. 4, 5, 6, 7, 12. (М., 1979–1982).

Чехов А. П. *Полн. собр. соч. и писем:* В 30 т. Соч. Т.7, 8, 9, 10, 13(М., 1985–1986).

II. Исследования

Афанасьев Э. С. *Творчество А. П. Чехова : иронический модус* (Ярославль. 1997).

Бахтин М. М. Вопросы литературы и эстетики. М., 1975.

Бахтин М. М. *проблемы поэтики Достоевского*. М., 1979.

Бердников Г. П. *Чехов* (М., 1978).

Бердников Г. П. А. П. Чехов. Идейные и творческие искания. М., 1984.

Бердяев Н. А. *О назначении человека* (М. 1993).

Бердяев Н. А. "Истоки и смысл русского коммунизма", *Философия свободы. Истоки и смысл русского коммунизма*. М., 1997.

Бердяев Н. А. Русская идея // *Самосознание*(М., 1998).

Билинкис Я. О творчестве Толстого. Л., 1959.

Бубер М. Я и Ты // Два образа веры. М., 1995. С. 15–92.

Булгаков С. Н. Чехов как мыслитель // Избранные статьи. Т. 2, М., 1993.

Булычев, Ю. Ю. *Православие : Словарь неофита*. СПб. 2004.

Бялый Г. А. *В. М. Гаршин*. М., 1955.

Бялый Г. А. Русский реализм конца XIX века. Л., 1973.

Бялый Г. А. *Чехов и русский реализм.* Л. 1981.

Гинзбург Л. О психологической прозе. Л., 1977.

Гинзбург Л. Я. О литературном герое. Л., 1979.

Гинзбург Л. Я. Литература в поисках реальности. Л., 1987.

Горнфельд А. "Чеховские финалы",*Красная новь.* 1939. №. 8–9.

Громов Л. Реализм А. П. Чехова второй половины 80–х годов. Ростов -на- Дону, 1958.

Гурвич И. А. Проза Чехова (Человек и действительность). М., 1970.

Гурвич И. А. *Проблематичность в художественном мышлении(конец 18–20 вв.)* (Томск. 2002).

Гусев Н. Н. *Два года с Л. Н. Толстым* (М., 1973).

Густафсон Ричард Ф. *Обитатель и чужак* (Л., 2003).

Джулия, Де Щербинин. "Пушкинский подтекст в чеховском рассказе <Учитель словесности>", *Чеховиана : Чехов и Пушкин.* М., 1998.

Елизарова М. Е. Творчество Чехова и вопросы реализма конца XIX века. М., 1958.

Ермилов, В. *А. П. Чехов.* М., 1951.

Есаулов И. А. Категория соборности в русской литературе. Петрозаводск, 1995.

Есаулов И. А. Пространственная организация рассказа "Студент" и православная традиция // Чеховский сборник. М., 1999.

Заверев А.М., Туниманов В. А. *Лев Толстой* (М., 2006).

Захаров, В. Н. "пасхальный рассказ как жанр русской литературы", *Евангельский текст в русской литературе.* Петрозаволск. 1994.

Звозников А. А. О религиозно-нравственном миросозерцании Чехова // Чеховские чтения в Таганроге. Таганрог, 1995. С. 12–14.

Зоркая Н. М. "Чехов и серебряный век : некоторые оппозиции", *Чеховиана : Чехов и серебряный век.* (М., 1996).

Иванов–Разумник. История русской общественной мысли. В 3 т. Т. 2, 3, М., 1997.

Камянов В. Время против безвременья. Чехов и современность. М., 1989.

Кан Мен Су. "Изучение повествования и смерти героя в повести <Палата №.6> А. П. Чехова", 「노어노문학」 제16권 2호, 2004.

Катаев В. Б. Герой и идея в произведениях Чехова 90–х годов // Вестник Московского университета. 1968. № 6. С. 35–47.

Катаев В. Б. Проза Чехова: Проблемы интерпретации. М., 1979.

Катаев, В. Б. *Литературные связи Чехова.* М., 1989.

Катаев В. Б. *Сложность простоты : рассказы и пьесы Чехова.* М., 1998.

Короленко В. Г. "Всеволод Михаилович Гаршин. Литературный портрет", *В. Г. Короленко.* Собр. соч. в 10‑ти т., Т. 8, М., 1955.

Кубасов А. В. Рассказы Чехова. Свердловск, 1990.

Кулешов В. И. Реализм Чехова в соотношении с натурализмом и символизмом в русской литературе конца XIX и начала XX века // Чеховские чтения в Ялте. М., 1973.

Купреянова Е. Н. *Эстетика Л. Н. Толстого* (М. – Л. , 1966).

Курляндская Г. Б. *Нравственный идеал героев Л. Н. Толстого и Ф. М. Достоевского* (М., 1988).

Лакшин В. *Толстой и Чехов* (М., 1975).

Лапушин Р. Е. Не постигаемое бытие... : Опыт прочтения А. П. Чехова. Минск, 1998.

Линков В. Я. Художественный мир прозы А. П. Чехова. М., 1982.

Линков В. Я. Скептицизм и вера Чехова. М., 1995.

Лотман Ю. М. Лекции по структуральной поэтике Вып.1 // Труды по знаковым системам. Т. 1. Тарту, 1964.

Лотман Ю.М., Успенский Б. А. «Изгой» и «изгойничество» как социально‑психологическая позиция в русской культуре преимущественно допетровского периода // Типолог ия культуры взаимное воздействие культур. (Труды по знаковым системам XV) Тарту, 1982.

Лотман Ю. М. Беседы о русской культуре. СПб, 1994.

Мильдон В. И. Чехов сегодня и вчера («Другой человек»). М., 1996.

Михайловский Н. К. "О Всеволоде Гаршине", *Статьи о русской литературе XIX‑ начала XX века.* М., 1989.

Ольга Величкина. "Музыкальный инструмент и человеческое тело", *Тело в русской культуре* (М., 2005).

Паперный З. С. А. П. Чехов. М., 1960.

Паперный, З. *Записные книжки Чехова.* М., 1976.

Паперный З. С. "Чехов и романтизм", *К истории русского романтизма* (М., 1973).

Рев М. Специфика новеллистического искусства А. П. Чехова (<Черный монах>) // Проблемы поэтики русского реализма XIX века, Л., 1984.

Родионова В. М. Нравственные и художественные искания А. П. Чехова 90-х и начала 900-х годов. М., 1994.

Руднев В. "Здесь" – "там" – "нигде" (Пространство и сюжет в драматургии) // Московский наблюдатель, 1994. № 3/4.

Руднев В. П. Словарь культуры XX века. М., 1997.

Седегов В. Д. А. П. Чехов в восьмидесятые годы. Ростов-на-Дону, 1991.

Семанова М. Л. "Рассказ о человеке гаршинской закваски", *Чехов и его время.* М., 1977.

Степанов, А. Д. *Проблемы коммуникации у Чехова.* М., 2005.

Степанов, Ю. С. *Константы. Словарь русской культуры.* М., 1997.

Стоянова С. И. "Христианские мотивы в позднем творчестве Л. Толстого", *Русская литература XIX века и христианство* (М., 1997).

Сухих И. Н. Загадочный "Черный Монах" // Вопр. литературы. 1983. №6.

Сухих И. Н. Проблемы поэтики А. П. Чехова. Л., 1987.

Сухих И. Н. Художественный мир Чехова. Рукопись. Л., 1989.

Сухих И. Н. "Повторяющие мотивы в творчестве Чехова", *Чеховиана : Чехов в культуре XX века.* М., 1993.

Сухих И. Н. Жизнь человека: версия Чехова // Чехов А. Рассказы жизни моих друзей Л., 1994.

Сухих И. Н. Чехов в Пушкине (К парадигмологии русской литературы) // Чеховиана : Чехов и Пушкин. М., 1998.

Тихомиров С. В. "А. П. Чехов и О. Л. Книпер в рассказе <Невеста>", *Чеховиана : Чехов и его окружение.* Москва. 1996.

Толстой Л. Н. *Об истине, жизни и поведении* (М, 1998).

Тюпа, В. И. *Художественность чеховского рассказа.* М., 1989.

Тюпа, В. И. *Нарратология как аналитика повествовательного дискурса : <Архиерей> А. П. Чехова.* Тверь. 2001.

Усманов Л. Д. Художественные искания в русской прозе конца XIX века. Ташкент, 1975.

Успенский Б. А. История и семиотика.(Восприятие времени как семиотическая проблема) // Текст – культура – семиотика нарратива. Труды по знаковым системам. XXIII. Ученые записки Тартуского государственного университета. Выпуск. 855. Тарту, 1989.

Успенский Гл. И. "Смарть Гаршина", *Гл. И. Успенский.* Полн. собр. соч. т. 11, изд.

Академии Наук СССР, 1952.

Хализев В. Е. ″Художественное миросозерцание Чехова и традиция Толстого″, *Чехов и Лев Толстой* (М., 1980).

Цилевич Л. М. *Сюжет чеховского рассказа* (Рига. 1976).

Цилевич Л. М. Художественная система чеховского рассказа (автореф. докт. дис.). М., 1982.

Цилевич Л. М. Стиль чеховского рассказа. Даугавпилс, 1994.

Червинскене Е. Единство художественного мира // Единство художественного мира А. П. Чехова. Вильнюс, 1976.

Чудаков А. П. *Поэтика Чехова*. М., 1971.

Чудаков А. П. Художественная система Чехова: генетический и типологический аспекты (автореф. докт. дисс.). М., 1982.

Чудаков А. П. Мир Чехова. Возникновение и утверждение. М., 1986.

Чудаков А. П. *А. П. Чехов* (М., 1987).

Чудаков А. П. Пушкин-Чехов : завершение круга // Чеховиана : Чехов и Пушкин. М., 1998.

Шах-Азизова, Т. К. ″Чеховская провинция″, *Чеховские чтения в Ялте : Чехов и XX век* Выпуск 9 (М., 1997).

Шеховцова, Т. А. ″Сюжет апостола Петра в прозе А. П. Чехова и И. А. Бунина″, *Чеховские чтения в Ялте : Чехов и XX век* (Выпуск 9). М., 1997.

Шмид, Вольф. *Проза как поэзия*. Л., 1998.

Щербинин Ж. Де. ″Чехов и срединное пространство:<Дама с собачкой>″, *Чеховские чтения в Оттаве* (Тверь-Оттава. 2006).

Эткинд Е. Г. *Внутренний человек и внешняя речь* (М., 1998).

Эйхенбаум Б. Молодой толстой // О литературе. Работы разных лет. М., 1987.

Якобсон Р. Лингвистика и поэтика // Структурализм: за и против. М., 1975.

Ⅲ. 체호프 연구와 관련된 우리말 자료

게오르기 프리들렌제르, 『리얼리즘의 시학』, 이항재 역, 서울: 열린책들, 1986.

강명수, 「주인공과 이데아(관념)의 관점에서 살펴본 체호프와 뿌쉬낀의 예술세계」, 『슬라브학보』 제14권 2호, 1999.

강명수, 「체호프의 사상적인 중편소설 <등불>에 나타난 화자의 견해와 작가의 이데아」, 『노어노문학』 제11권 1호, 1999.

강명수, 「서평-체호비아나 : 체호프와 뿌쉬낀」, 『슬라브학보』 제14권 2호, 1999.

강명수, 「가르쉰의 <붉은 꽃>과 체호프의 <6호실>에 드러난 공간과 주인공의 세계」, 『노어노문학』 제12권 1호, 2000.

강명수, 「관념과 서정의 틈새에 틔운 반향과 울림의 시학」, 『슬라브학보』 제15권 2호, 2000.

강명수, 「체호프의 <신학생>에 나타난 체호프 예술세계의 특질 : 상반된 해석들을 중심으로」, 『노어노문학』 제13권 2호, 2001.

강명수, 「체호프의 사상적인 중편소설 장르에 나타난 풍경의 인식론적 기능」, 『슬라브학보』 제17권 2호, 2002.

강명수, 「시대적 징후들을 드러내는 체호프의 기법」, 『노어노문학』 제16권 1호, 2004.

강명수 외, 체호프 서거 100주년 기념 국제학술대회 발표문집 <체호프 문학과 예술의 총체적 조명>, 한국노어노문학회, 2004.

강명수, 「체호프의 후기 작품세계에 나타난 주인공의 내면세계」, 『문예연구』 제43호, 2004 겨울.

강명수, 「남북의 체호프 문학 수용 양상」, 『문학사상』 3월호, 문학사상사, 2005.

강명수, 「체호프의 주인공의 (내면)세계에 나타난 '자아의 양상' : 후기 작품세계를 중심으로」, 『노어노문학』 제17권 2호, 2005.

강명수, 「일상적 삶의 세계와 충돌하는 자아의 출구 찾기」, 『체호프 선집4- 철없는 아내』, 강명수 옮김, 범우사, 2005.

강명수, 「체호프와 이태준의 소설 비교 연구(I)」, 한국노어노문학회 연례학술대회 발표집, 2005.

강명수, 「체호프와 이태준의 소설 비교 연구(II)」, 한국노어노문학회 춘계 정기논문 발표집, 2006.

강명수, 「체호프의 '작은 3부작'과 <이오늬치> 연구」, 『語文論叢』 제20집(2006.12).

강명수, 「체호프와 이태준의 소설 비교 연구」, 『노어노문학』 제18권 2호, 2006.

강명수, 「체호프와 이태준의 소설에 나타난 지식인들의 (내면)세계 : 작가의 자기 고백적 소설을 중심으로」, 『슬라브학보』 제21권 3호, 2006.

강명수, 「가르쉰의 소설세계에 반영된 똘스또이즘 : 그 수용과 변용에 대한 일고 (一考)」, 『세계문학비교연구』 제17집 (2006.12.30).

강명수, 「체호프의 예술세계에 나타난 도시공간의 특성연구 : 후기 작품세계를 중심으로」, 2007년도 한국노어노문학회 창립 20주년 기념 국제학술대회 발표문.

강명수, 「주인공과 관념의 차원에서 살펴본 똘스또이와 체호프의 예술세계」, 『슬라브학보』 제22권 2호, 2007.

강명수, 「체호프의 예술세계에 나타난 주인공의 죽음과 부활에 대한 연구 : <지루한 이야기>에서 <주교>로」, 『노어노문학』 제19권 3호, 2007.

강명수, 「체호프의 후기 작품세계에 나타난 의복의 기호학 : 남자 주인공의 형상을 중심으로」, 한국슬라브학회 국제학술회의 발표문집, 2008.

강혜원, 『의상사회심리학』(서울: 교문사, 1984).

고 일, 「똘스또이의 <전쟁과 평화>와 <안나 까레니나>에 나타난 꿈의 문제」, 『19세기 러시아 소설의 이해』, 서울 : 열린 책들, 1995.

김병욱, 「언어 서사물에 있어서 공간의 의미」, 『내러티브』 2호 (2000).

김성일, 「유리 올레샤의 철학적 단편 <리옴빠> 연구」, 인문과학논집 제24집 별쇄본, 청주대학교 인문과학연구소, 2002.

김성일, 「안톤 체호프의 <주교> 연구-깨달음과 그 의미-」, 『국제문화연구』 제22집, 2004.

김양선, 『Herstory의 문학』, 서울 : 새미, 2003.

나카무라 요시오, 『풍경의 쾌락』, 강영조 옮김 (파주 : 효형출판, 2007).

니콜라스 V. 랴자노프스끼, 『러시아의 역사 II 1801-1976』 김현택 옮김, 서울 : 까치, 1997.

다니엘 푸이유 외(外), 『성서문화사전』, 김애련 옮김, 서울 : 솔, 2001.

다이애너 크레인, 『패션의 문화사와 사회사』, 서미석 옮김 (서울: 한길사, 2004).

도정일, 「문화, 이데올로기, 일상의 삶」, 『시인은 숲으로 가지 못한다』, 서울 : 민음사, 1994.

딜런 에반스, 『라깡 정신분석사전』, 인간사랑, 1998.

똘스또이, 『인생론, 참회록, 예술론』, 박형규 옮김, 서울 : 동서문화사, 1978.

똘스또이, 『전쟁과 평화 1』(2판 4쇄), 박형규 옮김, 서울 : 범우사, 2003.

똘스또이, 『전쟁과 평화 2』(2판 4쇄), 박형규 옮김, 서울 : 범우사, 2005.

똘스또이, 『전쟁과 평화 3』(2판 3쇄), 박형규 옮김, 서울 : 범우사, 2002.

똘스또이, 『전쟁과 평화 4』(2판 1쇄), 박형규 옮김, 서울 : 범우사, 1997.

라쁘체프, 『중세 러시아문화』, 정막래 역, 계명대출판부, 2000.

롤랑바르트, 이화여자대학교 기호학 연구소 옮김, 『롤랑바르트 전집7 - 모드의 체계』 (서울: 동문선, 1998).

랠프 프리드먼,『서정소설론』, 신동욱 옮김, 서울 : 현대문학, 1989.

마릴린 혼 & 루이스 구렐, 이화연 외 옮김,『의복 : 제2의 피부』(서울: 까치, 1988).

문석우,『체홉의 소설과 문학세계』, 서울 : 한국학술정보(주), 2003.

메레지코프스키,『톨스토이와 도스토예프스키』, 이보영 옮김 (서울 : 금문, 1996).

박태성,『역사 속의 러시아문화』, 부산 외국어대학교 출판부, 1998.

베르쟈예프,『러시아 사상사』, 이철 역 (서울 : 범조사, 1985).

서정철,『기호에서 텍스트로 ─ 언어학과 문학 기호학의 만남』(서울: 민음사, 1998).

소두영,『문화기호학』(서울: 사회문화연구소 출판부, 1995).

손영목 펴냄,『톨스토이』, 서울 : 인디북, 2004.

손중락,「프세볼로드 가르쉰 작품의 알레고리 장르 연구」,『노어노문학』11권 1
　　호, 1999.

송명희,『현대소설의 이론과 분석』(서울 : 푸른사상, 2006).

송효섭,『문화기호학』(서울 : 아르케, 2000).

신영선,『문화인류학에서 찾아본 복식의 정신문화』(서울: 교문사, 1998).

세계 철학 대사전, 교육출판공사, 1989.

세스또프,『도스또예프스끼, 똘스또이, 니체 : 비극의 철학』, 이경식 옮김, 서울
　　: 현대사상사, 1987.

슈테판 츠바이크,『톨스토이와 도스토예프스키』, 장영은·원당희 옮김 (서울 : 자
　　연사랑, 2001).

쇠렌 키에르케고르,『불안의 개념』, 임규정 옮김, 서울 : 한길사, 1999.

아도르노, T. W.『미학이론』, 홍승용 역, 서울 : 문학과지성사, 1984.

안드레이 발리쯔끼,『계몽사조에서 마르크스주의까지』, 장실 옮김, 서울 : 슬라브
　　연구사, 1988.

Alison Lurie, 유태순 옮김,『의복의 언어』(서울: 정춘사, 1986).

엘리자베스 B. Hurlock, 임숙자 외 옮김,『의복의 심리학』(서울: 교문사, 1990).

앤소니 기든스·울리히 벡·스콧 래쉬,『성찰적 근대화』, 임현진 · 정일준 역,
　　서울 : 한울, 1998.

얀코 라브린,『톨스토이』, 이영 옮김 (서울: 한길사, 1997).

여홍상,『바흐친과 문학이론』(서울 : 문학과지성사, 1997).

염성숙,「안똔 체호프의 <주교>에 나타난 영원성의 테마 연구 : 시간 구조와의
　　연관성을 중심으로」, 한국 외대 석사학위논문, 1999.

오원교,「체호프의 객관성의 시학 – 서술방법을 중심으로」, 한국슬라브학회 2001
　　　년 제2차 정기논문발표회 발표문.

유인순,「소설의 시간과 공간」,『현대소설의 이해』, 이재인 외 편 (서울 : 문학사
　　　상사, 2003).

이경완,「체호프의 멜랑콜리형 지식인들의 상자성 – '소삼부작'을 중심으로」, 한
　　　국슬라브학회 2006년 제3차 정기논문발표회 발표문집.

이경완,「체호프의 소삼부작에 나타나는 상자성의 중첩 구조」,『슬라브학보』제22
　　　권2호, 2007.

이대영,『유폐된 자아의 소설연구』, 서울 : 국학자료원, 1998.

이상룡,「자유와 에피파니의 심미적 서술구조-똘스또이 <이반 일리치의 죽음>」,
　　　『문예연구』 98 가을호, 문예연구사, 1998.

이시형 · 여인중,『이시형과 함께 읽는 프로이트』, 서울: 중앙 M&B, 2002.

이어령,『공간의 기호학』 (서울 : 민음사, 2000).

이어령,「문학작품의 공간 기호론적 독해」,『한국문학과 구조주의』, 이승훈 엮음
　　　(서울 : 문학과 비평사, 1988).

이우환,『여백의 예술』, 김춘미 옮김, 서울 : 현대문학, 2002.

이종성(편저), 베스트 성경, 성서교재간행사, 1995.

이진경,『근대적 주거공간의 탄생』 (서울 : 소명출판, 2001).

이　철, 이종진, 장실,『러시아 문학사』, 서울 : 벽호, 1994.

장석주,『소설과 삶』,『문학, 인공정원』, 서울 : 프리미엄북스, 1997.

장　한,「체호프의 산문에 나타난 자연과 자연관 연구」, 한국외국어대학교 박사학
　　　위논문(2000).

전상국,『소설창작교실』, 서울 : 문학사상사, 1991.

제니퍼 크레이크, 정인희 외 옮김,『패션의 얼굴』 (서울 : 푸른 솔, 2001).

조남현,『소설신론』 (서울 : 서울대출판부, 2004).

조애리,「여성의 육체와 통제-<빌레뜨>」,『성 · 역사 · 소설』 (서울 : 동인, 2000).

질 리포베츠키, 이득재 옮김,『패션의 제국』 (서울 : 문예출판사, 1999).

철학대사전, 한국철학사상연구회 편, 서울 : 동녘, 1989.

『체호프 선집』, 총 4권 중 제 2권, 평양 : 조쏘출판사, 1955.

체호프,『체호프 선집4 – 철없는 아내』, 강명수 옮김 (서울 : 범우사, 2005).

추다꼬프,『체호프와 그의 시대』(『체호프의 세계』개정판), 강명수 옮김 (서울
　　　: 소명출판, 2004).

최수웅, 「원심력의 공간에서 구심력의 공간으로 : 윤후명론」, 『문학의 공간, 공간의 스토리텔링』(서울 : 한국학술정보, 2006).

최현무, 「소설의 구조분석」, 『한국문학과 기호학』(서울 : 문학과 비평사, 1988).

프로이트, 『정신분석입문』, 오태환 옮김, 서울 : 선영사, 1992.

프로이트, 『꿈의 해석(상), (하)』, 김인순 옮김, 서울 : 열린 책들, 1997.

한상규, 「「문장강화」를 통해 본 이태준의 문학관」, 『이태준 문학연구』, 상허문학회 지음, 서울 : 깊은 샘, 1993.

홍준기, 「라깡과 프로이트, 키에르케고르: 불안의 정신분석L, 『라깡의 재탄생』(김상환, 홍준기 엮음), 서울: 창작과비평사, 2002.

Ⅳ. 한국근대문학에 이입-소개된 체호프에 관련된 자료

모-리스 베어링, 이하윤 역, 「책홉의 희곡」, 중외일보, 1930.3.7.-27. (4회)

백   석, 「임종 체홉의 6월-그 누이 매리에게 한 병중서간」, 조선일보, 1934.6. 20.-21. (2회)

이운곡, 「체-홉흐의 문학관-그의 서간에 나타난 문학적 견해」, 『조광』4 : 1, 1938.1.1.

이태준, 「안톤 체홉의 애수와 향기」(내게 감화를 준 인물과 그 작품1), 동아일보, 1932.2.18.

필자미상, 「체홉 死後 30년 기념으로 <櫻花園>을 상연」, 조선일보, 1934.10.19.

한   성, 「안톤 체홉篇-고금 세계문인소개2」, 『문학』1 : 2, 1932.5.26.

함대훈, 「환멸기의 露文豪 안톤 체홉 연구-작가 생애 50주년을 기념하야」, 동아일보, 1930.3.4.-19. (12회)

함대훈, 「체-홉의 생애와 예술-그의 작품 <櫻花園> 상연에 當하야」, 조선일보, 1934.12.2.-6. (4회)

함대훈, 「안톤 체홉흐의 극작가로서의 생애-그의 사후 30년을 기념하여」, 『극예술』 제2호, 1934.12.7.

V. 한국근대문학에 이입-소개된 러시아 문학 전반에 대한 흐름과 사상·문예이론에 관련된 자료

박영호抄譯, 「로서아시사개관-18세기로부터 20세기까지」, 조선일보, 1930. 1.22 -2.1. (7회)

이수석, 「암흑시대의 로서아문학」, 『衆聲』2 : 1, 1930. 2.1.

박춘 역, 「근대노문학의 주조(主潮)」, 『대중공론』 2 : 2, 1930.3.1.

유백로, 「로서아문단의 근황(1-2)」, 조선일보, 1930.7.15-16 (2회)

金剛山人, 「로서아의 단편사-쳭홉 전후의 발전상태」, 중외일보, 1930.8.27-28. (2회)

한 산, 「톨스토이의 사회개조론」, 『청년』10 : 7, 1930.10.1.

함대훈, 「로서아극단의 전망」(신극수립 이후의 세계극단의 동태의 하나-露西亞
　　　　篇), 조선일보, 1931.10.25-11.7 (9회)

필자미상, 「톨스토이의 平和主唱」(戰爭是非論 중의 하나), 『신동아』2 : 2, 1932. 2.1.

유해송, 「로서아문학의 現勢」, 『삼천리』 4 : 4, 1932.4.1.

함대훈, 「맑쓰주의비평가가 본 露國 허무주의문학」, 조선일보, 1932.4.6.-22. (9회)

이기영, 「고-리키의 문단생활 40년 기념제」, 『신계단』1 : 2, 1932.11.5.

함대훈, 「싸베-트연극의 이론과 실제(1)-혁명이후 14년간의 동태-」, 『비판』 2 :
　　　　10, 1932.11.6.

함대훈, 「싸베-트연극의 이론과 실제(2)」, 『비판』 2 : 11, 1932.12.1.

함대훈, 「최근의 사베트연극」(世界劇界巡訪 基二 露國), 동아일보, 1933.12. 17.-20.
　　　　(4회)

함대훈, 「로서아문학과 조선문학」, 『조선문학』2 : 1, 1934.1.1.

박영호, 「제정시대 로서아의 연극 발달과 그 특질」, 조선중앙일보, 1934.3.2.-5.
　　　　(4회)

함대훈, 「모스크바藝術座의 거러온 길-신극운동의 진원지 타진(基一)」, 『극예술』
　　　　1 : 1, 1934.4.18.

필자미상, 「獨蘇문학의 신경향-러시아편」(해외문단단신), 조선일보, 1934.3.1.- 2.
　　　　(2회)

필자미상, 「로서아문학과 여성」(삼인자매와 에레나), 『삼천리』 6 : 11, 1934. 11.1.

함대훈, 「싸베트문학의 主潮」, 조선일보, 1935.1.1.-14. (6회)

필자미상, 「소련문단의 현상」(해외문단소식), 동아일보, 1935.2.15.

함대훈, 「싸베-트문학 一年의 업적과 금후의 동향」(특집해외문학의 동향), 『사해
　　　　공론』2 : 2, 1936.2.1.

한 식, 「최근 露文壇의 제문제」, 동아일보, 1936.4.2.-9. (5회)

Ⅵ. 문학 일반-국외논저

가라타니 고진, 『일본 근대문학의 기원』, 박유하 옮김, 민음사, 1996.

가라타니 고진,『은유로서의 건축 : 언어, 수, 화폐』, 김재희 옮김(서울 : 한나래, 1998).

가스똥 바슐라르,『공간의 시학』(개정판), 곽광수 옮김(서울 : 동문선, 2003).

게오르그 루카치,『소설의 이론』, 반성완 옮김, 서울 : 심설당, 1985.

고모리 요이치, 송태욱 역,『포스트콜로니얼』, 삼인, 2002.

골드만, 조경숙 역,『소설사회학을 위하여』, 청하, 1982.

루카치, 반성완 역,『소설의 이론』, 심설당, 1985.

_____, 문학예술연구회 역,『우리 시대의 리얼리즘』, 인간사, 1986.

_____, 박정호·조만영 역,『역사와 계급의식』, 거름, 1986.

_____, 김혜원 편역,『루카치 문학이론』, 세계, 1990.

부르디외, P. 정일준 역,『상징폭력과 문화재생산』, 서울 : 새물결, 1995.

아놀드 하우저, 백낙청·염무웅 공역,『문학과 예술의 사회사-근세편 下』, 창작
　　과비평사, 1981.

아도르노, T. W. 김주연역,『아도르노의 문학이론』, 서울 : 민음사, 1985.

Eysteinsson, A. 임옥희 역,『모더니즘 문학론』, 서울 : 현대미학사, 1998.

아우얼바하, 김우창·유종호 공역,『미메시스-근대편』, 민음사, 1979.

제랄드 프랭스,『서사학이란 무엇인가』, 최상규 역, 예림기획, 1999.

Jameson, F. 여홍상·김영희 역,『변증법적 미학이론의 전개』, 서울 : 창작과비평
　　사, 1984.

타타르키비츠,『미학의 기본개념사』, 손효주 역, 서울 : 미진사, 1990.

테리 이글턴,「자본주의, 모더니즘, 포스트모더니즘」,『비평의 기능』, 서울 : 제3
　　문학사, 1991.

테리 이글턴, 방대원 역,『미학사상』, 서울 : 한신문화사, 1995.

피에르 마슈레, 배영달 역,『문학 생산이론을 위하여』, 백의, 1994.

헤겔,『헤겔 미학 I』, 두행숙옮김, 서울 : 나남출판, 1996.

Ⅷ. 영어 자료

Andrew R. Durkin, "Chekhov's Narrative Technique", *A Chekhov companion,*
　　Toby W. Clyman (ed.), Greenwood Press : Westport, 1985.

Aris Sarafianos, "The Many Colours of Black Bible : The Melancholies of
　　Knowing and Feeling", *Papers of Surrealism Issue* 4 Winter, 2005.

Bourdieu, P. *The Rules of Art,* by Susan Emanual, Stanford University Press,

1992.

De Sherbinin, Julie W. *Chekhov and Russian religious culture : the poetics of the Marian paradigm,* Evanston, Illinois : Northwestern University Press, 1997.

Donald Rayfield, "Chekhov and the literary tradition", *A Chekhov companion,* Toby W. Clyman (ed.), Greenwood Press : Westport, 1985.

Harvey Pitcher, "Chekhov's Humor", *A Chekhov companion,* Toby W. Clyman (ed.), Greenwood Press : Westport, 1985.

Horn, M. J. & Gurel, L. M. *The Second Skin: An Interdisciplinary Study of Clothing.* (Boston: Houghton Mifflin. 1981).

http://www.kungree.com/classic/durkheim.htm

Jackson L. Reading Chekhov's Text, Illinois, 1993.

Jackson, Robert Louis. "If I Forget Thee, O Jerusalem : An Essay on Chekhov's <Rotshil'd's Fiddle>", *Anton Chekhov Rediscovered,* Ed. Savely Senderovich and Munir Sendich, Ann Arber, 1987.

KARL KRAMER, Stories of Ambiguity, In : Ralph E. Matlaw (ed.), *Anton Chekhov's short stories,* New York, 1979.

Kenneth A. Lantz, "Chekhov's Cast of Characters", *A Chekhov companion,* Toby W. Clyman (ed.), Greenwood Press : Westport, 1985.

Kirjanov, Daria. *The Poetics of Memory in the Stories of Anton Chekhov,* Yale Univ. 1996.

Klimenko, Michael. "Problem of Communication in Chekhov's Story <The Bishop> : Question of Theme", *East Meets West,* Ed. Roger L. Hadlich & J. D. Ellsworth, University of Hawaii, 1988.

Mark Schorer, "Technique as Discovery", James L. Calderwood & Harold E. Toliver(ed.), *Perspectives on Fiction,* Oxford University press, 1968.

May, Charles E. "Chekhov and the modern short story", *A Chekhov companion,* London : Greenwood Press. 1985.

Nilsson, Nils Ake. "<The Steppe> and <The Bishop>", *Studies of Cechov's Narrative Technique : <The Steppe> and <The Bishop>,* Stockholm: Stockholm Slavic Studies, 1968.

Nilsson, Nils Ake. "<The Bishop> : Its Theme", *Reading Chekhov's Text,* Ed.

Robert Louis Jackson, Evanston, Illinois : Northwestern University Press, 1993.

Paul Debreczeny, "<The Black Monk> : Chekhov's Version of Symbolism", *Reading Chekhov's Text* (Illinois, 1993).

Ralph Lindheim, "Chekhov's Major Themes", *A Chekhov companion,* Toby W. Clyman (ed.), Greenwood Press : Westport, 1985.

Rayfield, Donald. *Chekhov : The Evolution of his art,* London, 1975.

Stowell, H. Peter. "Chekhov's <The Bishop> : The Annihilation of Faith and Identity through Time", *Studies in Short Fiction,* vol. XII, No.2 (Spring 1975).

Thomas Winner, *Chekhov and his Prose*, New York, 1966.

Wellek, R. & Warren, A. *Theory of Literature,* Penguin Books, 1949.

작가 연보

1860년 남부러시아의 항구도시 따간로그에서 잡화상 빠벨과 예크게니야 사이에 3남으로 태어남.

1869년 따간로그 중학교(8년제) 입학.

1873년 따간로그 극장에서 오펜바흐의 오페레타 〈아름다운 엘레나〉 감상. 이후 이따금 극장에 가 〈햄릿〉, 〈감찰관〉 등을 관람.

1876년 아버지 빠벨이 신용조합 대출금을 갚지 못해 스스로 파산 선언을 함. 4월에 체호프를 제외한 일가족이 모스끄바로 떠남. 체호프는 중학교를 졸업할 때까지 따간로그에 홀로 남게 됨.

1879년 따간로그 중학교 졸업하고 모스끄바 대학교 의과 대학어 입학.

1880년 첫 작품 〈이웃집 학자에게 쓴 편지〉를 주간지 『잠자리』에 발표.

1881년 안또샤 체혼쩨, 환자 없는 의사, 내 형의 아우, 쓸개 빠진 인간 등의 필명을 사용하며 유머 단편을 발표하기 시작.

1882년 친구 소개로 뻬쩨르부르크의 유머 주간지 『단편들』의 발행자 레이낀과 알게 됨. 〈시골 의사 선생님들〉, 〈망한 일 ― 보드빌 같은 사건〉 등 발표.

1883년 〈관리의 죽음〉, 〈알비온의 딸〉, 〈뚱뚱이와 홀쭉이〉, 〈최면술장에서〉, 〈제목을 고르기 어려운 이야기〉, 〈재판정에서 생긴 일〉 등 발표.

1884년 모스끄바 의과대학 졸업. 12월에 첫 각혈. 〈앨범〉, 〈카멜레온〉 발표.

1885년 뻬쩨르부르크 보수 신문 「새 시대」의 발행인 수보린과 굴단의 원로 그리고로비치 만남. 〈개와 인간의 대화〉, 〈연극이 끝나고 난 뒤〉, 〈게으름뱅이들〉, 〈외교관〉, 〈손님〉, 〈꿈〉, 〈니노치까〉, 〈감옥에 갇힌 경비병〉, 〈예게리〉, 〈쁘리쉬비예프 하사〉, 〈슬픔〉 등 발표.

1886년 단편 〈추도식〉을 처음으로 안똔 체호프라는 본명으로 발표. 그리고로비치의 충고를 받음. 단편집 『잡다한 이야기들』 출판. 단편 〈우수〉, 〈아뉴따〉, 〈아가피야〉, 〈반까〉 등 발표.

1887년 남러시아 초원 여행. 4막극 〈이바노프〉 집필. 작가 꼬롤렌꼬와 처음 만남. 단편 〈적〉, 〈베로치까〉, 〈행복〉, 〈티푸스〉, 〈입맞춤〉 등 발표.

1888년 순수문예지 『북방통보』에 중편소설 〈초원〉 발표. 크림, 까프까즈, 우끄라이나 여행. 단편집 『황혼』으로 러시아 학술원에서 뿌쉬낀 상 수상 (꼬롤렌꼬와 공동 수상). 작가 가르쉰 추도 기념문집에 〈발작〉 기고. 〈등불〉 발표.

1889년 뻬쩨르부르크 알렉산드린스끼 극장에서 〈이바노프〉 초연하여 호평 받음. 둘째형 니꼴라이가 폐결핵으로 죽음. 7, 8월 오데사, 얄따 여행. 중편 〈지루한 이야기〉 발표. 사할린 섬 여행 준비.

1890년 사할린 섬 여행을 위하여 시베리아와 극동에 대한 자료 조사. 4월 사할린으로 출발. 7월 사할린 도착. 3개월 동안 사할린 섬의 실태를 조사. 10월 동지나해, 인도양, 수에즈 운하, 오데사를 경유하여 모스끄바에 도착. 단편 〈도둑들〉, 〈구세프〉 등 발표.

1891년 사할린의 학교, 도서관을 위한 도서 수집. 3월 유럽 여행 떠남. 비엔나, 베니스, 로마, 나폴리, 몬테카를로, 파리를 둘러보고 5월에 모스끄바로 돌아옴. 중편 〈결투〉 완성. 〈사할린 섬〉 집필. 가을에 기근이 들어 구제활동 펼침.

1892년 3월 모스끄바 근교의 멜리호보로 이사. 11월 〈6호실〉을 『러시아 사상』지에 발표.

1893년 〈사할린 섬〉을 『러시아 사상』 10월호부터 다음해 7월호까지 연재. 〈큰 발로쟈와 작은 발로쟈〉 등 발표.

1894년 3월 똘스또이즘과 결별. 요양 차 크림 여행. 7월에 유럽여행. 모스끄바 지방 법원 배심원으로 뽑힘. 『러시아 통보』에 〈롯실드의 바이올린〉, 〈신학생〉, 〈문학선생〉, 〈검은 수사〉 발표.

1895년 8월 처음으로 야스나야 뽈랴나의 톨스토이를 찾아감. 11월 〈갈매기〉 탈고. 〈철없는 아내〉, 〈아리아드네〉, 〈목에 걸린 안나 훈장〉 등 발표.

1896년 3월 모스끄바 하모브니끄의 톨스토이 집을 방문. 『러시아 사상』 4월호
　　　에 〈다락이 있는 집〉 발표. 12월 알렉산드린스끼 극장에서 〈갈매기〉
　　　초연. 〈나의 삶〉 발표.

1897년 멜리호보 인근 마을 노보셸끼예 초등학교를 지음. 2월 국서 조사 활동.
　　　3월 결핵의 악화로 입원. 톨스토이가 문병 옴. 4월 『러시아 사상』에
　　　〈농군들〉 발표. 〈바냐 외삼촌〉 발표.

1898년 『새 시대』지의 반(反)드레퓌스적 태도에 분개하여 수보린에게 반박 편
　　　지를 씀. 〈상자 속에 든 사나이〉, 〈나무딸기〉, 〈사랑에 대하여〉, 〈이오
　　　늬치〉 발표. 멜리호보를 떠나 얄타로 이사. 올가 끄니뻬르와 알게 됨.
　　　10월 아버지 빠벨 사망. 고리끼와 서신 교환. 2월, 모스끄바 예술 극장
　　　〈갈매기〉 상연하여 대성공.

1899년 3월 고리끼의 방문을 받음. 4월, 톨스토이의 방문을 받음. 5월 모스끄
　　　바 예술극장 〈갈매기〉 상연. 〈용무가 있어서〉, 〈개를 데리고 다니는 부
　　　인〉 발표.

1900년 1월 러시아 학술원 명예회원으로 뽑힘. 〈골짜기에서〉 발표. 〈세자매〉
　　　탈고.

1901년 이탈리아로 여행(피사, 플로렌스, 로마). 5월 올가 끄니뻬르와 결혼.

1902년 2월 따간로그 도서관에 도서 기증. 4월 〈주교〉 발표. 〈벚나무동산〉 집필.

1903년 1월 늑막염 발병. 4월, 〈약혼녀〉 탈고.

1904년 1월 모스끄바 예술극장의 〈벚나무 동산〉 초연. 6월 올가 끄니뻬르와 요
　　　양을 위해 독일의 바덴바일러로 떠남. 7월 2일 숨을 거둠. 7월 9일 모
　　　스끄바 노보제비치 수도원 묘지에 묻힘.

▌ 강명수

　　강명수는 1965년 경북 포항에서 출생했다. 1985년 고려대학교 노어노문학과 입학한 뒤 대학 생활의 절반을 〈고대신문〉에서 기획 면과 학술 면을 담당하며 보냈다. 동 대학원에서 체호프 후기 단편소설 연구로 석사학위를 취득했다. 육군사관학교 교수부 아주어과(러시아어담당)에서 강사, 전임강사로 있으면서 군 복무를 대체했다. 그 후 러시아로 유학해 상트-페테르부르크 국립대학에서 〈안톤 체호프의 사상적인 중편 소설 연구: '등불'에서 '6호실'로〉라는 논문으로 박사학위를 받았다. 고려대학교에서 〈가르쉰의 '붉은 꽃'과 체호프의 '6호실'에 드러난 공간과 주인공의 세계〉라는 연구로 박사 후 과정(Post-doc)을 마쳤다. 2005년까지 고려대학교(학부)와 중앙대학교(학부와 대학원)에서 러시아 어문학과 문화, 체호프와 톨스토이를 강의했다. 2006년부터 청주대학교 인문대학 어문학부 러시아어문학과에서 교수로 재직하고 있다. 체호프, 톨스토이, 가르쉰에 대한 주제로 20편 이상의 논문을 권위 있는 전국 규모의 학술지에 게재했고, 한국학술진흥재단의 지원으로 ≪체호프의 세계≫(개정판 ≪체호프와 그의 시대≫)라는 학술서를 번역했다. 체호프 선집(총 5권)을 기획하고, ≪체호프 선집4-철없는 아내≫를 번역했다. 체호프의 희곡 ≪벚나무 동산≫과 톨스토이 말년의 걸작 ≪하지-무라트≫도 번역했으며, 톨스토이 전집(총14권) 중에서 후기 걸작들이 담긴 14권을 맡아 번역하고 있다. 또한 ≪체호프 다시, 깊이 읽기(A thorough re-reading of Chekhov's works)≫도 왕성하게 집필을 진행하고 있다. 총 3부로 구성된 이 책은 체호프 연구를 확장해 보려는 연구자의 노력이 기호학 차원에서, 작가간의 비교 연구 차원에서 드러나 있다.

체호프문학의 몇 가지 쟁점

2009년 3월 4일 초판 1쇄 펴냄

지은이 강명수
펴낸이 김흥국
펴낸곳 도서출판 보고사

등록 1990년 12월 13일 제6-0429호
주소 서울특별시 성북구 보문동7가 11번지 2층
전화 922-5120~1(편집), 922-2246(영업)
팩스 922-6990
메일 kanapub3@chol.com
http://www.bogosabooks.co.kr

ISBN 978-89-8433-704-6 93890

정가 15,000원